Livia Haydon

A WHISPERED CURSE

Livia Haydon

A WHISPERED CURSE

Roman

PIPER

Wenn Ihnen dieser Roman gefallen hat, schreiben Sie uns unter Nennung des Titels »A Whispered Curse« an *empfehlungen@piper.de*, und wir empfehlen Ihnen gerne vergleichbare Bücher.

»A Whispered Curse« enthält Themen, die triggern können.
Deshalb finden Sie am Ende dieses Buches
auf Seite 319 eine Inhaltswarnung.
Achtung: Diese beinhaltet Spoiler für die gesamte Geschichte.
Wir wünschen allen ein bestmögliches Leseerlebnis.

Unser Versprechen für mehr Nachhaltigkeit
Klimaneutrales Produkt
FSC®-zertifiziertes Papier
Hergestellt in Europa

FSC
www.fsc.org
MIX
Papier | Fördert gute Waldnutzung
FSC® C083411

Originalausgabe
ISBN 978-3-492-70599-8

Satz: Satz für Satz, Wangen im Allgäu
Gesetzt aus der ITC Galliard Std
Druck und Bindung: CPI Books GmbH, Leck
Printed in the EU

10 JAHRE ZUVOR

Ich starre *sie* an. Allem Anschein nach schon sehr lange, auch wenn ich es erst jetzt kapiere.

So, wie *sie* mich anlächelt, ist es *ihr* vermutlich gleich aufgefallen. Aber *sie* bleibt locker. Bestimmt ist *sie* es gewohnt, dass die Kerle *sie* angaffen. Verdammt, *ihr* Aussehen ist darauf ausgerichtet, einen in den Wahnsinn zu treiben. Und darauf, dass die glotzenden Idioten es nicht mal mitbekommen, wenn ihnen der Mund vor Sabberei offen steht.

Ich bin auch so ein Idiot. Und deshalb schließe ich peinlich berührt den Mund, bloß um ihn gleich wieder aufzumachen. »Sorry«, sage ich. »War mit meinen Gedanken woanders.«

»Wirklich?« *Sie* lächelt noch ein wenig breiter.

Das macht mich fertig. Die ganze Frau macht mich fertig. Sie ist der absolute Traum.

Ich weiß, dass ich es nicht sollte, dass es sogar völlig irre ist, aber das Verlangen, sie zu berühren, ist übermächtig. Und sie ist so nah … Ich müsste lediglich die Hand ausstrecken, um über ihre golden schimmernde Haut zu streichen. Wobei ich mir gehörig die Finger verbrennen würde. Lieber nicht. Oder doch?

Schauen wir einmal nüchtern auf die Situation: Jeder normal tickende Mensch hätte aufgeschrien, wenn plötzlich mitten in der Nacht eine fremde Frau in seinem Zimmer steht. Außerdem wäre ihm sofort klar gewesen, dass es so hardcore umwerfende Frauen in der Realität nicht gibt.

Leider ist mit meinem Teenagerverstand gerade nicht allzu viel los, und selbst wenn, würde mir das jetzt nichts bringen. Es ist nämlich nicht bloß ihr Aussehen, das mich in eine Witzfigur verwandelt hat, obwohl ihr Body und ihr perfektes Gesicht so ziemlich jedes Limit sprengen. Es ist auch nicht ihre Art, sich zu bewegen, gleitend, geschmeidig, als höre sie smoothe Musik.

Und, Mann, ich schwöre, ich höre ebenfalls Musik – und zwar mit einem ganz bestimmten Beat. Ein sanft, aber beständig treibender Rhythmus, dem man sich nicht entziehen kann, bei dem man sich automatisch in den Hüften zu wiegen beginnt. Mit einem bis zum Anschlag aufgedrehten Bass, der gewisse Körperregionen durchpulst, bis man nichts anderes mehr wahrnimmt.

Das alles ist Teil *ihrer* Magie, ihrer verdammten Hexerei. Aber was mich an die Grenze treibt, ist ihre prickelnde Energie, deren Funken auf jeden Quadratmillimeter meiner Haut einschlagen und sie zum Glühen bringen.

Was soll ich tun?

Ich weiß, was nun zu tun ist. Es ist mir oft genug eingebläut worden. Senk den Blick, dreh dich langsam um und geh. Ohne Hast, bewusst jeden Schritt setzend, und blende verflucht noch mal deine verrücktspielenden Sinne aus. Nicht einatmen, denn sie duftet süßer und sündiger als Jasmin. Halt den Mund, sonst schmeckst du sie auf deinen Lippen. Ball deine Hände zu Fäusten und ignoriere, was dir deine vor Erregung kribbelnde Haut vorgaukelt. Schließ alles fest in dir ein, verleugne es. Gib alles auf, was dich in *ihren* Bann zieht. Geh Schritt für Schritt weg von ihr, während du beiseiteschiebst, wie stark der Wunsch nach ihrer Berührung ist. Gib auf, was in dir auf Hingabe drängt. Bau eine Mauer um dich herum, versiegle deine Lippen und lass deine Haut erstarren, auch wenn es noch so schmerzt. Hat sie dich erst einmal in ihre Arme geschlossen, dann wirst du brennen. Lichterloh. Und mag sich ihre Umarmung auch anfühlen wie das Paradies, so ist es doch der gähnende Abgrund der Hölle, in den sie dich reißen wird.

All das weiß ich, kann es auswendig aufsagen, sogar, wenn man mich mitten in der Nacht weckt und danach fragt. Aber es hilft nichts seit dem Augenblick, in dem *sie* vor mir erschienen ist. Und deshalb stehe ich immer noch da und starre *sie* gebannt an.

»Was hältst du von einem Handel?«, fragt *sie*. »Du verrätst mir, woran du soeben dachtest, als du mich angesehen hast. Und ich sage dir im Gegenzug, was mir bei deinem Anblick durch den Kopf geht.«

O Jesus, lieber fall ich tot um, anstatt mir anzuhören, dass ich ein armseliger Loser bin, der seine Hüftregion nicht unter Kontrolle hat. »Warum möchtest du wissen, was ich eben gedacht habe? Weil … Was soll ich denn schon groß denken?«, frage ich nur so zur Sicherheit.

Nun wird *ihr* Lächeln fein, es ist kaum noch zu erkennen – und das macht es ganz besonders anziehend. »Du glaubst, an dir ist nichts Bemerkenswertes. Aber du irrst dich. Du bist gezeichnet, mein Schöner, und dein Zeichen hat mich gerufen. Du gehörst mir. Weißt du das denn nicht?«

Das habe ich nun davon. Ich hätte eben nicht fragen sollen. Den Plan, mich umzudrehen und Schritt für Schritt die Flucht zu ergreifen, kann ich jetzt vergessen. Wirklich, ich bin für diesen Rückzug nicht gemacht. Kein Typ ist das, darauf verwette ich meinen armseligen Hintern.

Ich versuche es mit einem letzten Rettungsanker. »Um ehrlich zu sein, ich bin nicht interessiert. Und an mir sind auch keine Zeichen, das wäre mir definitiv aufgefallen.«

Sie lacht, ganz perlend leise. »Du bist ein schlechter Lügner. Soll ich es dir beweisen?«

»Bitte nicht«, flüstere ich.

Trotzdem weiche ich nicht zurück, als *sie* sich vorbeugt und nach der Decke langt, die ich um meine Hüften gewickelt habe. Nachts auf dem Sofa, bevor ich beim laufenden Fernseher weggedöst bin. Dann, noch halb im Schlaf, spürte ich ihre Gegenwart und sprang wie vom Blitz getroffen vom Sofa auf, eine klägliche Gestalt mit zerwühltem Haar und einer Decke.

Nun schwebt *ihre* Hand verheißungsvoll über der Decke, die mir einen letzten Rest Würde bewahrt. »Sag, dass du es möchtest«, fordert *sie*.

Verzweifelt presse ich die Lippen aufeinander.

Obwohl *ihre* Finger noch einen Hauch von meiner Haut entfernt sind, jagen bereits Stromstöße durch meinen Körper, knapp vor diesem bestimmten Punkt, an dem die empfundene Lust in

Schmerz umschlägt. Ich will die Lust, die *ihre* Berührung verspricht, und ich will verrückterweise auch den Schmerz. Sobald die hauchdünne Grenze, die uns voneinander trennt, überschritten ist, würde ich alles nehmen, was *sie* mir anbietet. Und egal, was es mit mir macht, ich würde mehr wollen. Über das unstillbare Verlangen, das *sie* in Männern auslöst, sind ganze Bücher geschrieben worden.

Doch so weit ist es in meinem Fall noch nicht, es braucht eine Einladung, damit *sie* ihren Zauber wirken kann. Deswegen halte ich den Mund.

»Du musst es mir erlauben, mein Schöner«, haucht *sie*. »Sonst finden wir nicht zusammen. Es braucht nur ein Wort von dir, sag ›Bitte‹.«

Wie leicht es wäre … Meine Lippen öffnen sich von selbst, ein Atemhauch bloß und das Wort »Bitte« wäre ausgesprochen. Dann müsste ich nicht mehr kämpfen, sondern könnte mich *ihr* überlassen. Doch ich zögere, was gewiss ein Geschenk des Himmels ist. Dann senke ich den Blick, obwohl es mich beinahe umbringt.

Das Lockende, das von *ihrer* Hand ausgeht, lässt in seiner Wirkung nach, und verrät, dass *sie* sich entfernt. Dass *sie* gleich für mich verloren ist. Trotzdem stehe ich da, erstarrt, blende alles an Gefühlen in mir aus und tue damit endlich das, was mir beigebracht wurde.

»Vielleicht ein anderes Mal«, dringt *ihre* Stimme wie von weit weg an mein Ohr. »Vielleicht in einem anderen Traum, der wahr werden darf. So, wie es das Zeichen, das du trägst, verspricht. Ich warte. Für immer.«

KAPITEL 1

Im Leben gibt es Türen, hinter denen liegt das Glück. Nur sind sie manchmal verschlossen, obwohl man bereit ist, endlich den entscheidenden Schritt zu tun. In Madisons Fall handelte es sich sogar um zwei Türen. Dahinter verbargen sich die Waschräume des Wohnheims, das sie gerade erst bezogen hatte. Leider gab es keine Hinweise darauf, für wen welche Tür gedacht war. Typisch Uni, Geschlechterzuordnungen waren gestern.

Madison zog eine Grimasse, während sich unter ihrem Bademantel eine Gänsehaut ausbreitete. Sie hatte keine Lust, sich zum Abschluss ihres ersten Tages auf dem Campus die Dusche mit einer Horde Kerle zu teilen. Es war auch so schon alles nervenaufreibend genug gewesen.

Bleib locker, redete sich Madison Mut zu. Später wirst du drüber lachen. Weißt du noch, wie du als Frischling vor den Waschräumen rumgehangen und darauf gewartet hast, dass dich jemand rettet?

Und genau das passierte eine Sekunde später: Die linke Tür schwang auf, und in einen Schwall Wasserdampf gehüllt, trat eine Badenixe mit grün gesträhntem Haar heraus. Nur in ein Handtuch gewickelt, huschte sie lächelnd an Madison vorbei, barfuß, ihre Kleidung in der Hand. Es ging so schnell, dass Madison gerade noch ein »Hi« herausbrachte. Dann war sie auch schon wieder allein, nun allerdings eingenebelt in eine Wolke aus Drogerie-Düften.

Genau das, was man sich nach einem superstressigen Tag wünschte: warmes Wasser, der vertraute Duft einer Seife, die man schon seit Ewigkeiten benutzte, und die Hoffnung, unter der Dusche die klebrige Anspannung des Tages abzuspülen.

Es war kein Geschenk, mit mehreren Wochen Verspätung an der Uni für den Master-Studiengang anzutreten. Das hatte Madison bereits geahnt, als sie am Morgen mit ihrem Gepäck aus dem Bus gestiegen war. In dem Moment, in dem sie den Campus betreten hatte, war es ihr vorgekommen, als habe man sie mitten in eine Theateraufführung geschubst, bei der alle ihre Rollen draufhatten – mit ihr als einziger Ausnahme. Den ganzen Tag lang hatte sie das Gefühl gehabt, bloß im Weg zu stehen, ihren Text nicht zu kennen und nur deshalb durchzuhalten, weil irgendwann auch der grauenhafteste Tag ausgestanden war.

Und das war jetzt. Feierabend und gut.

Madison hatte ihren ersten Tag an einer neuen Uni hinter sich gebracht, der für alle anderen bereits der zigste Tag und somit nichts Besonderes mehr war. Sie hatte im Morgengrauen im Schnelldurchlauf ihr Zimmer bezogen, sich in den Kursen vorgestellt und mittags trotz des allgegenwärtigen Trubels etwas zu essen ergattert. Sogar ihren abendlichen Lauf hatte sie absolviert, wenn auch mit einer unfreiwilligen Extrarunde, weil ihr Handy unterwegs schlappgemacht hatte. Doch jetzt stand sie hier, hatte es geschafft und konnte sich selbst auf die Schulter klopfen. Stattdessen war in ihrem Kopf gerade noch Platz für warmes Duschwasser, einen Schokoriegel zum Runterkommen und eine Bettdecke, unter der sie verschwinden würde.

Auf geht's, die linke Tür ist unsere, trieb Madison ihren erschöpften Körper an.

Und tatsächlich setzten sich ihre Füße in Bewegung, griff ihre Hand nach der Türklinke, und dann begrüßte sie auch schon der Wasserdampf.

Madison zupfte bereits am Knoten ihres Bademantelgürtels, als sie in die Umkleide bog. Dabei war sie eindeutig zu schnell unterwegs, denn kaum war sie um die Ecke, stieß sie frontal mit jemandem zusammen. Sie hatte das Gefühl, gegen eine Wand zu laufen, wenn auch eine warme und lebendige Wand. Der Aufprall war trotzdem heftig, genau wie der Schreck. Und es wurde auch nicht besser, als sie beim Zurückweichen auf den feuchten Fliesen ins Rutschen kam.

Notgedrungen ließ Madison auf der Suche nach Halt ihren Kulturbeutel fallen. Doch alles, was sie zu fassen bekam, war glatte Haut. Und dann – yippie! – ein Handtuch.

Madison griff zu.

Für eine Sekunde sah es aus, als hätte sie den rettenden Sicherheitsanker gefunden. Dummerweise gab das Handtuch nach. Eine Sekunde später verlor sie den Kampf gegen die Schwerkraft und machte einen Abgang. Ihr erster Tag auf dem Campus würde mit einer hässlichen Platzwunde am Hinterkopf und ausgestreckt im halb geöffneten Bademantel auf dem nassen Fliesenboden enden. Vielen Dank auch, Schicksal.

So weit kam es jedoch nicht.

Jemand stieß einen Fluch aus – verwirrenderweise eine Männerstimme –, packte Madison alles andere als sanft und holte sie wieder auf die Beine. Der Unbekannte riss sie an seinen Oberkörper, selbst halb schlitternd, wie bei einem Tanz, der außer Kontrolle geraten war. Dabei kam es zu einem weiteren Zusammenstoß. Wo, wie und mit welchem Körperteil, konnte Madison in dem Durcheinander nicht sagen. Sie sah nur unzählige Sternschnuppen umherzischen und musste sich anstrengen, um nicht doch noch umzukippen.

»Schön stehen bleiben«, wurde sie angeraunzt.

Madison japste nach Luft. Shit, sie war völlig neben der Spur. Trotzdem versuchte sie, ihre zittrigen Knie unter Kontrolle zu bringen.

Als der Sternenflug verblasste und sie wieder einigermaßen wusste, wo sich ihre Füße befanden – Gott sei Dank unter ihr, weitgehend fest auf dem Boden –, wurde es allerdings nicht besser. Ganz im Gegenteil. Der reizende Mensch, der sie in seinen Armen hielt, hatte nämlich nicht nur eine maskuline Stimme. Er war auch viel zu muskulös. Und haarig. Falscher Film, dachte sie, als noch breite Schultern dazukamen und eine gut definierte Männerbrust, an die sie unfreiwillig ihre Wange schmiegte.

Obwohl Madison sich dagegen sträubte, musste sie erkennen,

dass sie in ein männliches Wesen reingelaufen war. Warum auch immer. Es war ein junger Typ, der sie aufgefangen hatte und nun festhielt. Er hatte seine Arme um sie geschlungen und zog sie an sich, als befürchte er, sie würde sonst umfallen – was nach ihrem heftigen Zusammenstoß ja auch durchaus im Bereich des Möglichen lag. Viel bedeutsamer war allerdings die Tatsache, dass der Kerl mindestens halb nackt war! Und wenn sie an das Handtuch dachte, das unter ihrem Gezerre nachgegeben hatte …

Um zum Hauptthema zurückzukommen: Was machte der Kerl in dem Waschraum, aus dem eben die Badenixe gekommen war?

Madisons Verstand schaltete auf Notprogramm um: nicht denken, handeln. Und das bedeutete, nichts wie weg.

Trotz des glitschigen Fliesenbodens legten ihre Füße den Rückwärtsgang ein, während ihre Hände versuchten, für ein Mindestmaß an Distanz zu sorgen. Dabei streifte sie die Hüfte des jungen Mannes und … Überraschung! Sein Handtuch hatte sich definitiv bei dem Gerangel verabschiedet.

Okay, okay, nichts wie Abstand, beschloss Madison. Sie stemmte sich gegen den Griff seiner kräftigen Arme, nur um sich sofort den genervtesten Blick ihres Lebens aus einem Paar tiefblauer Augen einzufangen. Sie gehörten einem dunkelhaarigen Typen, der gerade den Mund öffnete, um erneut zu fluchen.

»Hörst du jetzt auf mit der verdammten Zappelei? Oder willst du, dass wir uns beide alle Knochen brechen?«

»Natürlich nicht. Es ist bloß …« Was sollte sie sagen? Ich bin völlig neben der Rolle, weil mein Kopf mich auf lauter Dinge hinweist, die ich besser nicht laut sage, etwa »Du duftest ganz salzig verschwitzt« oder »Deine Lippen sind so rot«?

O nein, begriff Madison. Seine Lippen waren so rot, weil er blutete. Das waren Blutstropfen. Vermutlich hatte sie ihm bei ihrem Ringkampf gegen die Schwerkraft eins mitgegeben. Deshalb hatte sie selbst Sterne gesehen, sie musste ihm eine Kopfnuss verpasst haben.

Instinktiv fasste Madison sich an die Stirn, die plötzlich zu schmerzen begann. »Autsch.«

»Du hast einen ganz schön harten Schädel.« Ihr Freund und

Helfer leckte sich das Blut von der Unterlippe. Allem Anschein nach war er ein paar Jahre älter als sie, vermutlich Mitte zwanzig. Mit einem harten Zug um den Mund musterte er Madison, als sei *sie* für dieses Durcheinander verantwortlich.

»Tut mir leid, das mit deiner Lippe – und dass ich in dich reingerannt bin«, sagte sie. »Aber warum stehst du hier rum? Damit war ja nun wirklich nicht zu rechnen.«

Der Überraschungsgast im Waschraum der Badenixen zog den Kopf ein Stück zurück, was sie als Treffer für sich wertete. »Moment mal«, sagte er. »Machst du mich allen Ernstes an, weil ich in der Umziehkabine stehe?«

»Irgendwie ja, aber trotzdem danke fürs Festhalten.«

Apropos Festhalten … Brennend heiß wurde Madison bewusst, dass ihre eine Hand immer noch auf seiner Hüfte lag, die sich nach wie vor eng an ihren Bauch presste. So eng, dass sie die Hitze wahrnahm, die von seinem Körper ausging. Vermutlich war er ebenfalls gerade erst vom Sport gekommen. Das beantwortete aber nicht die Frage, warum sie seine verschwitzte Haut an ihrer spürte. Plötzlich erinnerte sie sich an den Knoten ihres Bademantels, den sie vor dem Zusammenstoß gelockert hatte.

O Gott, hatte sich das Teil bei ihrem verunglückten Nahtanz etwa geöffnet? Großartig, genau das fehlte noch.

Prüfend schob Madison ihre Hand in den nicht vorhandenen Raum zwischen sich und dem inzwischen genervt-sauer dreinblickenden Typen. Dabei streifte sie seinen Bauch, was ihr ein fragendes Heben seiner schwarzen Augenbraue einbrachte.

»Keine Sorge«, murmelte Madison. »Einfach stillhalten, ich will nur …« Ja, was denn? Dich nicht betatschen, auch wenn es sich so anfühlt? Checken, ob ich halb nackt bin? Das wurde ja immer skurriler. Verlegen räusperte sie sich. »Nachdem wir beide wieder einigermaßen sicher stehen, würde es dir etwas ausmachen, mich loszulassen?«

In seinen Mundwinkeln zuckte es. »Kein Problem.«

Für einen Moment spürte sie noch seine kraftvollen Finger auf ihrem Körper. Als er die Umarmung löste und einen Schritt zurücksetzte, fiel ihr jedoch das Handtuch ein, das nicht mehr um seine Hüften geschlungen war. Weil: Genau, es lag zwischen ihnen auf dem Boden. Was nicht gut war. Vor allem, weil Madisons Blick sich unwillkürlich auf seine Körpermitte richtete, als müsse die Angelegenheit trotz der eindeutigen Beweislage überprüft werden.

Ihre Augen blieben an einem Tattoo ein Stück über seiner rechten Leiste hängen, das eine schwarze Lilie zeigte. Das einzige Tattoo übrigens, soweit sie sehen konnte. Und sie sah einiges. »Wow«, rutschte es ihr raus.

»Das Kompliment kann ich nur zurückgeben«, murrte er. »Dein Bademantel ist nämlich nicht wirklich geschlossen.«

Womit er recht hatte.

Hastig schob Madison die beiden Stoffhälften ihres Bademantels zusammen. Bloß nicht drüber nachdenken, was zu sehen gewesen war, wies sie sich an. Das ist auch so schon alles peinlich genug. Dann bückte sie sich nach dem Handtuch, das sich auf den Fliesen mittlerweile mit Wasser vollgesogen hatte. Leider kniete sich ihr Gegenüber ebenfalls nieder, sodass sein Gesicht nur einen Hauch von ihrem entfernt war. Seine Unterlippe blutete nicht mehr, aber in ihrer Mitte zeichnete sich ein feiner Riss ab, und auf seinen Wangen hatte sich eine Röte ausgebreitet, die nicht richtig zu seinem selbstbewussten Auftreten passte. Madison kannte ihn zwar erst seit wenigen Momenten, aber sie war sich sicher, dass er nicht zur schüchternen Sorte gehörte. Und doch hatte ihn ihr Blick verunsichert. Warum nur? Etwa wegen des Tattoos?

Verwirrt versuchte Madison, ihn einzuschätzen, in eine Schublade zu stecken. Aber sie bekam ihn nicht zu fassen, er war ein unübersehbares Enigma an einem Ort, an dem er überhaupt nichts verloren hatte. Ein Rätsel, das gelöst werden wollte.

»Das Handtuch kannst du vergessen, das ist klitschnass«, versuchte Madison, den Bann zu brechen.

»Vielleicht sollte ich es trotzdem benutzen, dann musst du nicht mehr so angestrengt überall hingucken, nur nicht zu mir. Obwohl … Genau darum ging es dir ja anscheinend, als du hier reingerauscht bist.«

Mit einem Satz war Madison auf den Beinen. »Wie bitte? Wenn einer von uns eine Spannernummer abzieht, dann ja wohl du.«

Geschmeidig und mit aller Zeit der Welt stand der junge Mann auf und wickelte sich das tropfende Handtuch um seine Hüfte. »Lass gut sein mit den Ausreden. Du wolltest dich ein wenig umschauen, das ist es doch. Ist mir egal, ob du eine Wette verloren hast oder bloß schräg drauf bist.«

Madison traute ihren Ohren nicht. »Alles, was ich wollte, war duschen.«

Er lachte kehlig. »Mit wem denn? Falls du mit mir verabredet gewesen wärst, wüsste ich das ja wohl.«

Fragte der Typ das gerade ernsthaft? Madison starrte ihn wütend an … was er zum Anlass nahm, sie vom Kopf bis zu den Zehen abzuchecken. Wirklich frech. Nein, unverschämt.

»Das mit der Verabredung nehme ich zurück«, sagte er. »Du siehst kein Stück aus wie jemand, der im Waschraum ein Date hat, so wie Stella eben mit Raj.«

Madisons Gedanken überschlugen sich. »Hat Stella vielleicht grüne Strähnen im Haar und hat den Waschraum nur in ein Handtuch gewickelt verlassen?«

Ihr Gegenüber nickte, während er ein Pokerface aufsetzte, sodass sein Gesicht nicht verriet, was er von einer solchen Nummer hielt. Oder ob er vielleicht sogar regelmäßig jemanden traf, um sich gegenseitig unter der Dusche gründlich abzuseifen. »Stella ist die Frau, die gerade einen sehr entspannten Gang hatte, obwohl sie auf schnellstem Weg die Dusche verlassen wollte, bevor das Footballtraining vorbei ist und die Mannschaft hier reinstürmt. Ein Grund, warum ich mein Training auch immer ein paar Minuten früher beende, ich hasse Gedrängel im Waschraum.«

»Verstehe«, nuschelte Madison.

»Wirklich? Nur um das klarzustellen: Du hast hier nur was zu suchen, wenn du ein Date zum Duschen hast. Um diese Uhrzeit am besten, wenn du an der kompletten Footballmannschaft interessiert bist.«

»Danke für den Hinweis.« Es war zwar albern, aber Madison hatte das Gefühl, als wäre für ihn ganz klar, dass sie nicht der Typ für ein schnelles Abenteuer war. Auch wenn er mit seiner Einschätzung durchaus richtiglag, wie kam er auf die Idee? Schließlich stand sie nicht im Faltenrock mit Blüschen vor ihm, die Fibel für anständige junge Damen schützend vor die Brust gepresst. Trotzdem war sie in seinen Augen offenbar ein verwirrtes Küken, das sofort die Nerven verlor, wenn es auf einen nackten Mann traf. Zugegeben, sie hatte tatsächlich die Nerven verloren, zusammen mit ihrem Gleichgewichtssinn, aber deshalb musste dieser Kerl noch lange nicht auf sie herabsehen.

»Schickes Tattoo übrigens, ziemlich außergewöhnlicher Style. Es gibt bestimmt nicht viele Kerle, die sich eine Lilie, das Zeichen der Reinheit, in die Haut stechen lassen«, versuchte Madison abzulenken.

Leider kühlte die Stimmung daraufhin schlagartig ab. Allem Anschein nach gehörte er nicht zu der Sorte Tattoo-Fan, die am liebsten über nichts anderes als ihren Körperschmuck redeten. Dass sein Kiefer hörbar knackte, ließ sie vor Nervosität weiterplappern.

»Anstatt eines Blümchens wäre ein Warnschild ›Ab hier wird's gefährlich‹ passender. Kleiner Scherz, vermutlich sitzt das Tattoo unterhalb der Gürtellinie, damit es nur besondere Leute zu sehen bekommen. Und jetzt bist du angefressen, weil ich es kenne, obwohl ich nicht zu diesem exklusiven Kreis gehöre, richtig?«

Er nickte. »Das Zeichen geht dich wirklich überhaupt nichts an.«

Das klang, als habe Madison seine Familienehre, sein Vaterland und alles, was ihm heilig war, beleidigt. »Entschuldige, ich wollte dich nicht ausspionieren«, sagte sie. »Es ist nur ein ziemlich ungewöhnliches Tattoo.«

»Wie wär's mit einem Themenwechsel?«, knurrte er. »Ich könnte die Form deiner Brüste mit Obstsorten vergleichen. Oder ausrechnen, wie wahrscheinlich es ist, eine linke Tür mit einer rechten zu verwechseln.«

»Zum letzten Mal«, sagte Madison. »Das war ein Versehen, und es tut mir leid.«

»Erzähl das deinen Freundinnen, die feixend draußen auf dich warten. ›Ladys, ratet mal, wen ich splitterfasernackt erwischt habe?‹«, flötete er. »›Darien! Und wisst ihr was? Der Kerl ist tätowiert, nur einen Hauch entfernt von seinem besten Stück. Deshalb lässt er nie die Hosen runter.‹« Sein Blick wurde eisig. »So eine Story ist das doch, oder?«

Obwohl es keinen Grund dafür gab, fühlte Madison sich in ihrer Integrität verletzt. Von diesem Darien, wie er offenbar hieß. »Eigentlich finde ich nicht, dass ich mich verteidigen muss, aber heute ist mein erster Tag auf diesem Campus. Deshalb ist das ganze Unglück überhaupt passiert.«

»Die Geschichte ist echt schwach, lass dir was Besseres einfallen.«

Madison erwiderte Dariens abschätzigen Blick. »Ich weiß, es ist ungewöhnlich, aber es stimmt. Ich bin heute mit ein paar Wochen Verspätung gestartet, und niemand hat mir verraten, welche Tür ich nehmen muss. Das Pech der Nachzüglerin.«

Darien schüttelte den Kopf. »Du siehst wirklich wie ein Frischling von der Highschool aus, aber die würden dich nicht mit so viel Verspätung ins erste Semester starten lassen.«

»Ich bin für den Masterabschluss hier, da ist das was anderes«, hielt Madison dagegen. Dass sie anscheinend aussah, wie jemand, der gerade erst die Schule verlassen hatte, ließ sie jetzt mal unkommentiert.

Darien wirkte noch immer nicht überzeugt. »Und warum bist du zu spät?«

Was wollte der Typ, etwa, dass sie ihm ihre Lebensgeschichte erzählte? »Familienangelegenheiten«, sagte sie ausweichend.

Erneut musterte Darien sie. Eigentlich hätte sie sich unter dem Blick seiner kühlen blauen Augen winden müssen. Er war einige Jahre älter, strotzte vor Selbstvertrauen und strahlte eine Lässigkeit aus, die verriet, dass ihn so schnell nichts aus der Fassung brachte. Stattdessen hielt sie seinem Blick stand, und in diesem Moment war es ihr sogar egal, was ihr Bademantel machte.

Nachdenklich strich Darien sich durch das dunkle Haar. »Tatsache. Ein Neuzugang, der sich verlaufen hat. Unser Zusammenstoß war also bloß ein verrückter Zufall.«

»Genau so ist es«, bestätigte Madison. »Gut, dass ich armes Ding nicht auf den bösen Wolf, sondern nur auf einen begriffsstutzigen Senior gestoßen bin.«

Grinsend bückte Darien sich nach ihrem Kulturbeutel. »Das Leben ist schon seltsam. Sieh es einfach so: Diesen ersten Tag vergisst du nicht so schnell, allein schon wegen der mächtigen Beule an deiner Stirn und der Überdosis Körperkontakt mit einem Fremden. Dafür brauchen die meisten ein paar Partyerfahrungen plus den passenden Alkoholpegel.«

Bevor Madison eine entsprechend unverschämte Antwort geben konnte, trat ein älterer Student im Bademantel durch den Durchgang zu den Duschräumen. Sichtlich überrascht sah er sie beide an, dann grinste er. »Da hatten Stella und ich wohl nicht als Einzige die Idee, dass um diese Zeit in den Waschräumen nichts los ist.« Er griff in einen Spind und schnappte sich seine Sachen. »Und dabei heißt es immer, in weiblicher Gesellschaft blankziehen wäre nicht so dein Ding, Darien. Wegen deiner dir ach so heiligen Regeln. Steht dir gut, solltest du öfter machen.«

Darien zuckte mit der Schulter. »Du hast nur eins vergessen, Raj. Damit das was werden kann, müsste ich mehr als eine meiner Regeln brechen. Und auf Neulinge steh ich nun wirklich nicht.« Er blinzelte Madison zu. »Nimm's nicht persönlich.«

»Ich bin vielleicht neu auf dem Campus«, sagte Madison zuckersüß. »Aber ich habe genug Ahnung, um zu wissen, dass ich mich mit jemandem wie dir auch unter anderen Umständen nicht einlassen würde. Ist ebenfalls nicht persönlich gemeint, sondern nur eine Feststellung.«

Raj lachte, als er an ihnen vorbeiging. »Das Mädchen hat Geschmack. Wir sehen uns morgen beim Training, Darien, falls du nach diesem Schlagabtausch noch aufrecht stehen kannst.« Damit war er auch schon zur Tür hinaus.

Darien schmunzelte, während er nach einem Duschgel griff, das oben auf dem Spind stand. Dabei wendete er Madison kurz den Rücken zu, sodass sie feststellen konnte, dass es auch auf seiner Kehrseite keine weiteren Tattoos gab. Irgendwie erschien ihr das ungewöhnlich. Wer sich ein Tattoo machen ließ, hatte doch meist auch schon bald ein zweites.

Höchste Zeit zu gehen, bevor ich mich mit noch mehr Tattoo-Gerede völlig ins Abseits befördere, entschied sie, während ihr die

Lilie samt ihrem durchaus interessanten Umfeld immer noch lebhaft vor Augen stand.

In diesem Moment drehte Darien sich allerdings um und kratzte sich am Nacken, wodurch das Handtuch um seine Hüften ein gefährliches Stück nach unten rutschte. »Nicht, dass ich ernsthaft neugierig wäre. Aber was stimmt nicht mit mir, dass du dich an mich nicht verschwenden würdest?«

Madison musste nicht lange nachdenken. »Wir unterhalten uns seit höchstens fünf Minuten, aber in dieser kurzen Zeit hast du mich angeschnauzt, mir Voyeurismus und die Teilnahme an kindischen Wetten unterstellt, mich als ahnungslosen Neuling abgestempelt, der nicht nach deinem Geschmack ist, und mich von oben herab behandelt, weil ich was zu deinem Tattoo gesagt habe, das leider nicht zu übersehen war. Nenn mich verwöhnt, aber ich bevorzuge Jungs, die nett zu mir sind, von charmant ganz zu schweigen.«

»Dann wird das also nichts mit der gemeinsamen Dusche?«

Unwillkürlich klappte Madisons Unterkiefer runter. »Nein, ganz bestimmt nicht?«, echote sie im Frageduktus.

»Schade«, sagte Darien, plötzlich die gute Laune in Person. »Ich müsste nach dem Sport nämlich so langsam mal unter die Brause, sonst hole ich mir in diesem nassen Handtuch noch den Tod.«

»Dann viel Spaß.«

Entgegen seiner Worte blieb Darien stehen, in seinen Augen funkelte es amüsiert, wodurch das Blau plötzlich nicht mehr nach kühlem, tiefen Wasser aussah, sondern als tanze die Sonne auf den Wellen. Geradeso, als warte er darauf, dass Madison ihm einen Ball zurückspielte, damit sie in die nächste Runde ihres Schlagabtausches gehen konnten. Und zu ihrer Überraschung verspürte sie ein Kribbeln, eine Lust, es drauf ankommen zu lassen. Dieser Darien mochte so launenhaft sein wie das Wetter, aber insgeheim fragte sie sich, wohin es sie beide treiben würde: Würden sie sich am Ende anschreien? Würde einer zu Tode beleidigt sein oder würden sie vielleicht nicht wieder damit aufhören können, sich gegenseitig auszutesten? Womöglich würden sie sich sogar zusammen amüsieren … rein mit Worten natürlich. Entgegen ihrer sonstigen Art, hegte Madison das Verlangen, es auszuprobieren. Alles an Darien deutete darauf hin, dass er ihr an Alter, Erfahrung und Coolness überlegen war. Das änderte jedoch nichts daran, dass sie mit ihm spielen wollte, sich einlassen wollte auf diese Achterbahnfahrt, die der Senior offenbar für ganz normal hielt. Da war ein Ziehen in ihr, das ihr das Gefühl gab, lebendig und wach wie nie zuvor zu sein.

Leider war das Leben schneller als Madison.

Die Tür zum Waschraum öffnete sich, und ein Pulk lachender und plaudernder Studenten schob sich herein, die Madison neugierige Blicke zuwarfen und Darien im Vorbeigehen auf die Schulter klopften. Eindeutig die angekündigte Footballmannschaft. Es folgten Sprüche wie »Alter, du lässt auch wirklich nichts anbrennen« und »Im Waschraum, wie krass! Du weißt, wie man es den Frauen schön macht, Darien«.

Abpfiff. Und zwar so laut, dass Madison anschließend nur noch ein Rauschen hörte. Vielleicht lag es an der Dusche, in die bereits einige verschwunden waren. Vielleicht war es auch die Enttäuschung, so albern gewesen zu sein, jemandem, der offenbar sehr genau wusste, wie man Frauen rumbekam, auf einer persönlich tieferen Ebene zu begegnen. Einer Ebene, auf der man einander spielerisch umkreiste, um mehr über den anderen herauszufinden. Einer, auf die sich ein Aufreißer niemals ernsthaft begeben würde. Hiermit war es amtlich: Sie war ein zu junger, unerfahrener, leicht zu knackender Neuzugang. Ein dussliges Küken.

»Alles klar bei dir?«, fragte Darien.

»Jetzt ja«, sagte Madison, nickte ihm zu und ging, ohne einen Blick zurückzuwerfen.

KAPITEL 2

Rechnungswesen war genauso langweilig und deprimierend, wie alle behaupteten. Es half jedoch nichts, sich in das Gefühl reinzusteigern, langsam zu sterben, während die Dozentin in aller Ausführlichkeit über die Finessen der Finanzbuchhaltung sprach. Madison hatte sich für diesen Schwerpunkt entschieden und würde ihn durchziehen, und zwar nicht, weil sie sich nichts Großartigeres als Doppelte Buchführung vorstellen konnte, sondern weil dieses Wissen dort draußen in der Welt nützlich war. Außerdem stand Buchhaltung für Ordnung und Verlässlichkeit. Das waren beides Dinge, auf die Madison Wert legte, nachdem ihr Leben die letzten Jahre eine echte Achterbahnfahrt gewesen war. Während die meisten am College die gerade erst gewonnene Freiheit und die unzähligen Partys schätzten, mochte Madison ihren ausgeklügelten Stundenplan. Eigentlich sollte Rechnungswesen also ihre große Liebe sein, so einfach war das jedoch nicht.

»Fuck, du hast schon wieder diesen ›Ich gehe durch die Hölle, ohne zu zucken‹-Blick drauf, Madison. Davon bekomme ich Schiss.«

Beim Klang der rauen Stimme musste Madison sofort lächeln. Leandra musste schon seit einer Weile neben ihr hergegangen sein, während sie sich mit eiserner Miene Buchhaltung schönzureden versuchte. Dabei ließ sich ihre Zimmernachbarin eigentlich nicht ignorieren, allein schon deshalb, weil Leandra eine beeindruckend raumfüllende Präsenz an den Tag legte. Außerdem duftete sie, als habe sie in *Dior Homme* gebadet.

»Hey, Leandra! Solltest du nicht aus dem Haupttrakt kommen,

wo eben Medieninformatik stattgefunden hat?«, fragte Madison scheinheilig.

Mit ihrer boyischen Art strich Leandra sich ihre glänzend schwarzen Locken zurück. Dabei zeichneten sich ihre gut trainierten Armmuskeln unter der sonnengebräunten Haut ab, als der Ärmel ihres Lakers-Shirt zurückrutschte. Die Frau war mit Abstand der heißeste Kerl am College. »Der Kurs ist so gnadenlos überlaufen, da fällt es nicht weiter auf, wenn ich stattdessen zeitungslesend im Café rumhänge.«

»Und mit der hübschen Bedienung im *Sirius* flirtest«, ergänzte Madison.

»Ich flirte nicht«, sagte Leandra. »Ich begnüge mich damit, da zu sein. Du kennst ja mein Motto: Es kommt eh, wie es kommen soll.«

Madison musste schmunzeln. »Und, hat die Taktik funktioniert?«

Leandra erwiderte ihr Lächeln und hielt einen Zettel in die Luft, auf dem offensichtlich eine Telefonnummer stand.

»Sag bloß, der platinblonde Engel aus dem *Sirius* hat dir nach der wochenlangen Belagerung endlich seinen Kontakt gegeben?« Jelly, die Dritte im Bunde, gesellte sich zu ihnen und verpasste Leandra zur Begrüßung einen Knuff gegen den Oberarm. Dann glitt sie an Madisons freie Seite, um ihr im Gehen einen Kuss auf die Wange zu drücken. Einen, der zweifelsohne einen blutroten Lippenabdruck hinterließ. Alles an Jelly war so rot, als würde sie in Flammen stehen – einmal abgesehen von den paar schwarzen Dingen, die sie sich als Kontrast zu ihrer Lieblingsfarbe gönnte.

»Du weißt schon, dass das Theken-Engelchen bereits einen Verehrer hat?«, fragte sie Leandra. »Der Kerl hängt unübersehbar während ihrer Schichten im *Sirius* rum, so ein Schrank aus dem Footballteam, dem irgendein armes Würstchen gegen ein Taschengeld die Arbeiten schreibt, damit er sich um seinen Muskeltonus kümmern kann.«

»Ich habe keine Angst vor Konkurrenz«, sagte Leandra.

»*So* Macho«, lachte Jelly und warf ihrer Mitbewohnerin einen Blick zu, der verriet, wie gern sie Leandra trotz ihrer Mackersprüche hatte. Dann hakte sie sich bei Madison ein. »Und wie stehen deine Aktien heute? Bitte sag mir, dass du den schnarchigen BWL-Kurs endlich cancelst und mit mir Grafik besuchst.«

»Im nächsten Leben«, versprach Madison. »In diesem bin ich bereits fest an die Langeweile vergeben.«

»Das ist doch unmöglich dein Ernst, eine so smarte Frau wie du darf auf keinen Fall zum Abrechnungsgespenst verkümmern. Madison, du bist zu Größerem, ach, was sag ich: zu Exorbitantem geschaffen.«

Während Jelly ansetzte zu ihrem Endlosvortrag, warum Madison mit ihrer drögen Kurswahl ihr Leben ruinierte, genoss diese jede Sekunde. Niemals hätte sie gedacht, dass zwei so selbstbewusste und tolle Frauen wie Leandra und Jelly sich für sie interessieren und sogar ihre Freundschaft suchen könnten. Bis zu ihrem Highschool-Abschluss hatte sie die Karte der Unscheinbaren gezogen, die trotz ihrer guten Noten niemand bashte, weil sie einen Jahrgang übersprungen hatte und deshalb Welpenschutz genoss. Außerdem war Madison immer für sich geblieben, weil sie sich zu sehr von anderen unterschied. Während die anderen Partys feierten, sich mit dem ersten Liebeskummer rumplagten und Erfahrungen mit Weed, Alkohol und schweinischen Flaschendrehspielen machten, war sie die meiste Zeit in Lauerstellung gewesen, stets darauf gefasst, dass der brodelnde Vulkan, mit dem sie unter einem Dach lebte, hochging. Und als er dann explodiert war, brach in ihrem Leben die Hölle aus. In den folgenden Jahren kam sie gar nicht dazu, mitzuerleben, wie die Teenagerzeit vorbeiging und sie zu einer jungen Erwachsenen wurde. Sie hatte lediglich funktioniert und versucht, den Kopf trotz aller Widerstände über Wasser zu halten. Nur das Fernstudium hatte sie diesen endlosen Albtraum durchhalten lassen, weil es wie eine Versicherung gewesen war, dass eine Zukunft auf sie wartete. Und jetzt war es so weit: Sie konnte endlich in real die Uni besuchen, andere Menschen und damit irgendwie auch sich selbst kennenlernen. Und genoss jeden Moment.

Seit Madison einen Fuß auf den Campus gesetzt hatte, waren die Karten neu gemischt worden, und sie hatte den Joker gezogen. Auch wenn es an ihrem ersten Tag mit seinem Tiefpunkt im Männerwaschraum nicht danach ausgesehen hatte. Allein bei der Erinnerung drehte sich ihr der Magen um, so präsent war der Zusammenstoß mit dem Typen namens Darien noch …

Nach dem Duschfiasko, bei dem sie Darien grußlos hatte stehen lassen, hatte Madison sich auf ihr Zimmer geschleppt, um dort auf dem Bett zusammenzubrechen und den Tag als gelaufen abzuhaken.

Glücklicherweise war ihre Mitbewohnerin, Hemley Dandridge aus dem Master-Studiengang für Sozialwissenschaften, an diesem Abend nicht da. Zusammen mit einigen anderen Freiwilligen bereitete sie nämlich massenhaft Kartoffelauflauf für eine Suppenküche zu. Klingt nach Gutmensch? Ja, tut es, denn genau das war Hemley. Sie besaß ein übergroßes Herz am rechten Platz und deshalb null Freizeit, weil alles für ehrenamtliche Aufgaben reserviert war. Entsprechend leicht war es Madison gefallen, sich auf die Dreiundzwanzigjährige mit den kurzen Dreads und den Goldcreolen an den Ohren einzulassen.

An dem Abend wollte Madison nur noch daliegen, die Decke anstarren und die Gedanken auf Leerlauf stellen, denn sonst würde es bloß noch schlimmer werden. Sie hatte es aufrecht aus dem Männerwaschraum rausgeschafft und unter der Dusche unauffällig ihren Frust rausgeheult, weil sie sich so unfassbar dämlich vorkam. War sie wirklich so leicht zu manipulieren, dass sie nach ein bisschen Geplänkel glaubte, zwischen ihr und einem Typen, den sie kaum fünf Minuten kannte (nun, was seine äußere Performance anbelangte, besser als so manchen anderen), entwickle sich gerade etwas Besonderes? Als könnte sie hinter dem gegenseitigen Gepricke eine Ebene wahrnehmen, auf der zwischen ihnen ein Gleichklang herrschte.

O Gott, war dieser Moment der geistigen Verwirrung rückblickend erniedrigend!

Wie naiv von ihr, zu glauben, sie hätte in dem Kerl etwas Außergewöhnliches entdeckt. Wie ein flüchtiges Aufleuchten in der Tiefe, auf das sie zuschwamm durch viele Wasserschichten, manche eisig, andere warm, einige dunkel und andere widerspenstig. Doch egal, wie schwer es war, in die Tiefe des Wassers vorzudringen, sie hatte das Ziel vor Augen: das ferne Leuchten, ein Lichtzeichen, das ihr den Weg wies, auf den anderen zu. Genau diese idiotischen Gedanken waren es, die sie auf die Idee gebracht hatten, ein offenbar allseits bekannter Aufreißer könnte mit seinen Sprüchen mehr meinen. Er könnte *sie* meinen.

Am liebsten hätte Madison an ihrem ersten Abend am College vor Frust ins Kopfkissen gebissen. Aber sie war zu erschöpft, um sich auch nur auf den Bauch zu rollen. Als die Verbindungstür zum Nachbarzimmer aufschwang und ein Mädchen mit ketchuprot gefärbtem Pagenschnitt durch den Spalt linste, schaffte Madison es, vor Schreck nicht einmal zusammenzuzucken. Stattdessen starrte sie den Eindringling an, auf dessen Haupt ein Papierhütchen prangte, wie man sie zu Silvester trug.

»Du bist Madison, Hemleys verschollen geglaubte Mitbewohnerin, richtig? Dann hast du offenbar doch noch Lust aufs Collegeleben bekommen«, sagte der Rotschopf. »Das mit dem Bett ist nicht dein Ernst – und wenn doch, dann vergiss das mal schnell, es ist schließlich noch nicht mal einundzwanzig Uhr, Süße.« Ohne eine Antwort abzuwarten, rief sie über die Schulter: »Schnapp dir das Picknick und komm, unsere Neue liegt bloß gelangweilt im Bett rum.«

»Eigentlich versuche ich zu schlafen, ich bin nämlich völlig fertig«, sagte Madison, während sie beschloss, einen Stuhl unter die Türklinke zu schieben, sobald sie den ungebetenen Besuch wieder losgeworden war.

»Du bist doch nicht zum Schlafen hier«, verkündete der Rotschopf, obwohl die junge Frau selbst in einem Negligé steckte. »Ich bin übrigens Jelly, Schwerpunkt Design …«, sie drückte die widerspenstige Verbindungstür so weit auf, dass ein anderes Mädchen, das einen Pappkarton in den Armen hielt, durchtreten konnte, »… und das ist Leandra, Sport und Medien, falls du nicht gleich von allein drauf kommen solltest. Fall bloß nicht auf ihre lässige Art rein, sie ist ein waschechter Draufgänger.«

»Hi«, sagte Leandra mit rauchiger Stimme. Der androgyne

Klang passte perfekt zu dem durchtrainierten Mädchen, das seine halblangen schwarzen Locken zurückgestrichen hatte und ein Tanktop zu Boxershorts und eine Papiergirlande um den Hals trug. Sie setzte sich ungefragt zu Madison aufs Bett und zog eine Sektflasche aus dem Karton, in dem offenbar auch Chipstüten und jede Menge Süßigkeiten steckten.

Mit einem gekonnten Griff köpfte Leandra die Flasche, trank einen Schluck und hielt sie dann Madison hin. »Auf gute Nachbarschaft.«

Zu verblüfft, um Widerstand zu leisten, setzte Madison sich auf. Prompt zwängte Jelly ihren Hintern auf den frei gewordenen Platz und steckte ihr eine Papierkrone ins Haar. »Nicht schauen, trinken«, wies sie Madison an.

»Ich trinke eigentlich keinen Alkohol.«

Jelly wackelte mit dem Zeigefinger, während sie einhändig ihr Smartphone in eine Jukebox verwandelte. »Falsche Zeitform. Du hast keinen Alkohol getrunken, jetzt tust du es. Und zwar auf uns. Auf uns vier. Stell dir einfach vor, Hemley ist auch da, anstatt mit dieser öden Kocherei ihre Lebenszeit zu verplempern.«

Überrumpelt versuchte Madison, aus dem Überraschungsbesuch schlau zu werden. Beim Skypen hatte Hemley erwähnt, dass sie mit zwei Mädchen aus dem Nachbarzimmer gut befreundet war, aber Madison hatte nicht damit gerechnet, ebenfalls in diesen Kreis aufgenommen zu werden. Vielleicht waren die Menschen am Campus einfach viel offener als in der verschlafenen Kleinstadt, aus der sie kam?

Madison nahm die Flasche, aus deren Öffnung Schaum quoll. Eine weitere Tür, durch die sie gehen konnte, wenn sie wollte. »Auf gute Nachbarschaft«, sagte sie und nahm einen Schluck. Thema Alkohol? Abgehakt. Dann reichte sie die Flasche an Jelly weiter, die offensichtlich nur darauf gewartet hatte.

»Lass mich raten, was du als Hauptfächer belegt hast … Einerseits wirkst du wie die Zielgerichtetheit in Person, die für alles einen passenden Aktenordner vorbereitet hat. Andererseits sage ich mit meinem für Kreativität geschulten Auge, dass da mehr in dir steckt, da verbergen sich ein paar Pfauenfedern unter deiner braven Art. Ich schwanke zwischen Betriebswirtschaft und Kunstgeschichte«, sagte Jelly zwischen zwei Schlucken.

Nicht schlecht geraten, dachte Madison.

Leandra beugte sich vor, um eine Tüte Chips aus dem Karton zu fischen, und verteilte dabei ganz nebenbei eine Ladung Konfetti. »Gibt es eine heiße Story, warum du erst jetzt aufgetaucht bist?«

Madison deutete auf die Tüte mit Marshmallows, die Leandra ihr sofort zuwarf. »Leider nur Familiengeschichten.«

»Fuck, nein danke«, sagte Jelly. »Das F-Wort steht in diesem Fall für Family, und wir sagen es hier am Campus nie. Niemals.«

Madison zuckte mit den Schultern. »Ganz nach meinem Geschmack. Niemand unter fünfzig Jahren hört ernsthaft gern Familiengeschichten.«

»Zweiter Versuch«, sagte Leandra, ohne eine Miene zu verziehen. »Wie war dein erster Tag?«

Madison spülte die Marshmallow-Pampe mit einem Zug aus der Sektflasche runter, bevor Jelly sie wieder an sich nahm. »Nicht halb so schlimm wie erwartet, nur der Abschluss war eine Katastrophe«, gab sie zu. »Ich bin nämlich statt im Frauenwaschraum bei den Männern gelandet.«

»O Shit«, entfuhr es Leandra, wobei sie Chipskrümel auf der Bettdecke verteilte.

»Wie geil!« Jelly schaute Madison mit großen Augen an. »Ich will jedes Detail hören: Wer war alles da und in welchem Zustand? Raus damit!«

»Tut mir leid, dich zu enttäuschen, aber ich war außerhalb der Rushhour dort.« Der Knoten in Madisons Bauch machte sich prompt wieder bemerkbar, als sie Darien vor sich sah, seinen herausfordernden Blick, den sie als echtes Interesse fehlverstanden hatte. Nein, sie wollte nicht über Darien reden, obwohl sich die Geschichte ihres Zusammenstoßes großartig als Gagnummer bringen ließe und sie den beiden Mädchen zu gern ein Lachen entlockt hätte. Aber das mit Darien tat weh, und vermutlich würde das niemand verstehen. Nicht einmal sie selbst tat es wirklich.

Schnell griff Madison nach dem ersten Strohhalm, der sich

ihr anbot. »Wobei ich zugeben muss, dass eben doch was los war. Wusstet ihr, dass einige Paare sich unter der Dusche treffen?«

Damit hatte sie Jellys hundertprozentige Aufmerksamkeit: »Wer? Gott, ich muss es unbedingt wissen.«

Madison wackelte mit dem Zeigefinger. »Wer das war, wird nicht verraten. Nur so viel, der Raum war so voller Wasserdampf, dass es eine Weile gedauert hat, bis mir klar war, dass ich im falschen Raum gelandet bin.«

Jelly kreischte, und Leandra grinste, sodass die Lücke zwischen ihren Schneidezähnen sichtbar wurde. Ein wohlig warmes Gefühl breitete sich in Madisons Bauch aus, das nicht nur mit dem Sekt, sondern auch mit Gemeinschaft zu tun hatte. Sie lehnte sich im Kissen zurück. Vielleicht sollte sie dem College doch eine Chance geben, denn zumindest gab es ihr eine.

Madisons erster Tag am Campus war nun schon einige Wochen her, auch wenn sie immer noch an ihn dachte. In der Gesellschaft von Leandra und Jelly kam sie allerdings selten dazu, und schon gar nicht jetzt, da Leandra endlich die Telefonnummer ihres Schwarms ergattert hatte und Jelly mit ihrer Ansprache über Madisons verkehrt belegten Kursplan voll in Fahrt war.

Als die drei Freundinnen in der Mensa ankamen, zeigte Leandra auf die Auswahl an Tagesmenüs, und Madison bedeutete ihr, dass sie die Nr. 2 – Chili sin Carne – wollte. Und dann mit einer Handbewegung »Ansonsten wie immer«. Leandra nickte und schaute zu Jelly, die, ohne ihren Redefluss zu unterbrechen, eine mümmelnde Hasennase machte, was bedeutete, dass sie den Salat nahm. Jelly ernährte sich überwiegend von Süßigkeiten, weshalb sie in der Mensa jedes Mal das schlechte Gewissen überkam. Wie üblich seufzte Leandra, die mehr auf »echtes Essen« stand, wie sie es nannte. Dann kassierte sie die Marken ein, um in Richtung Marktstand – so hieß auf dem Campus die schick hergerichtete Essensausgabe – zu verschwinden. Während Madison ihrer Freundin noch hinterherblickte, hielt Jelly plötzlich in ihrem Redefluss inne.

»Das ist jetzt schon das vierte Mal in Folge, dass Lele unser Essen organisiert«, sagte sie. »Sie liebt es zwar, sich wie ein Gladiator durch die Menge zu schlagen, aber langsam wird es auffällig. Eine Idee, was dahintersteckt?«

Ausweichend ließ Madison ihren Blick auf der Suche nach Hemley schweifen, fand die auffällige Dreadfrisur in der Menge aber nicht.

»A-ha, du weißt es also.« Jelly pikte Madison mit ihrem spitzen, matt schwarz lackierten Fingernagel in die Seite.

Madison versuchte, auszuweichen, was jedoch zwecklos war. »Pass auf, sonst habe ich einen Cut im Shirt.«

»Dann rück besser raus mit der Info, du kleine Geheimniskrämerin. Außerdem würde dir so ein Cut gut stehen. Ich wünschte, ich hätte solche Rundungen, dann bestände mein Shirt nur aus Schlitzen.«

Als Madison nicht reagierte, machte sich der spitze Fingernagel erneut auf die Reise.

»Wenn du nicht so beschäftigt damit wärst, mich zu foltern, wäre dir längst aufgefallen, dass Leandra auffällig lange an der Bar rumhängt.«

Jelly stellte den Blick aus ihren mit schwarzem Kajal umrandeten Augen scharf, was jedoch nicht viel zu bringen schien, denn sie hielt sich schließlich doch ihre Brille vors Gesicht. »Alles klar. Es ist die chinesische Austauschstudentin mit dem Pixie-Cut. Jetzt mal im Ernst, unsere Lele scheint einen Service-Fimmel zu haben.« Mit diesen Worten ließ Jelly ihre Brille wieder verschwinden.

»Du solltest dir Kontaktlinsen besorgen«, sagte Madison.

»Ja, klar. Und wie setze ich die mit solchen Fingernägeln ein? Wo steckt überhaupt Hemley? Sie wollte uns doch einen Tisch freihalten.« Blinzelnd starrte Jelly in die Weiten des Essenssaals.

»Sie ist nicht hier, vermutlich konnte sie einen Tisch auf der Terrasse ergattern. Hemley ist ein Glückskind, bei dem guten Wetter ist draußen bestimmt die Hölle los.«

»Von wegen Glück«, schmollte Jelly. »Die Herbstsonne ruiniert mir meinen zarten Teint.«

»Du magst doch Rot.«

Bevor der spitze Fingernagel ihren Rippenbogen erreichte,

sauste Madison los, um Leandra mit den beladenen Tabletts zu helfen. Tatsächlich fanden sie Hemley auf der Terrasse zwischen großen Pflanzkübeln, in denen Gräser wuchsen und sich im salzigen Wind wiegten, der beständig vom nahen Atlantik herüberwehte. Kein Wunder, dass es auf der Terrasse zum Bersten voll war, jeder wollte die letzte Chance auf Sonnenschein genießen, bevor die Herbststürme, gefolgt von Unmengen an Schnee, über Maine hereinbrachen.

Mit viel »Entschuldigung«, »Dürfte ich mal?« und »Heiß und fettig« schlängelten sich die Freundinnen durch den Trubel, denn wer mit Essen fertig war, blieb einfach, plauderte und genoss das goldene Licht.

Hemley telefonierte gerade, vermutlich organisierte sie einen Wohltätigkeitsbasar für entlaufende Chemiestudierende – für einen Ausbund an Sozialbewusstsein wie Hemley gab es immer etwas zu tun. Als sie jedoch ihre Freundinnen sah, stand sie auf und winkte.

»Hem sieht in unserem Kleid aus wie eine nubische Göttin«, schwärmte Jelly.

»Unser Kleid« war eigentlich ein Projekt von Jellys Textilkurs gewesen, für den sie eine Bahn eines fuchsiafarbenen Hightechstoffs zur Verfügung gestellt bekommen hatte. Gemeinsam mit Madison hatte sie den knisternden Stoff so lange um Hemley drapiert und festgesteckt, bis sie … nun ja, in ein atemberaubendes Kunstwerk verwandelt worden war. Jelly hatte Begeisterungsbekundungen ihrer Dozentin eingeheimst, Madison den Ruf weggehabt, eine verkappte Bildhauerin zu sein, weil sie instinktiv Proportionen erkannte, wo Hem über zu viel Oberweite und einen Mordsarsch lachte, und Hemley hatte ein neues Lieblingskleid.

Madison krauste die Stirn. »Warum verzieht Hem so komisch das Gesicht und zeigt mit dem Finger in meine Richt- … Ups.« Sie rannte geradewegs in jemanden rein. Ihre Tasse Chai Tea kippte um und spritzte gegen das Shirt eines Kerls, der ihr den Rücken zugewandt hatte. Als er sich umdrehte, schluckte Madison. Irgendwer dort oben hasst mich, dachte sie, als sie ein Blick aus einem sehr genervten blauen Augenpaar traf.

»Du? Warum überrascht mich das nicht?«, sagte Darien. »Du liebst es ja offenbar, in mich reinzulaufen.«

Nun, zumindest hatte er sie ebenfalls wiedererkannt. »Sorry, hier herrscht so ein Gedränge und … Also, es war auf keinen Fall Absicht, ich habe dich wirklich nicht gesehen.« Schon seit Wochen nicht, fügte sie in Gedanken hinzu.

Darien schnaufte. »Auf irgendeiner Wahrnehmungsstufe scheine ich für dich unsichtbar zu sein.« Dann verflog seine Genervtheit, und er wirkte fast amüsiert. Jedenfalls zuckte es verdächtig in seinen Mundwinkeln. »Vielleicht will uns das Schicksal was damit sagen, dass es immer wieder für Zusammenstöße mit Folgen sorgt.«

Während Madison das Tablett auszubalancieren versuchte, damit nicht noch mehr Chai Tea durch die Gegend spritzte, wies sie ein abgedrehter Teil ihres Kopfes darauf hin, dass Darien in Klamotten fast genauso gut aussah wie ohne. Leider war das Thema, wie er hüllenlos vor ihr stand, trotz der verstrichenen Zeit noch sehr lebendig in ihr. Himmel, sie musste die Situation unbedingt schnell runterspielen.

»Dass wir zweimal hintereinander zusammenstoßen, ist bloß ein verrückter Zufall, so was passiert doch ständig.«

»Dann rennst du regelmäßig in andere Leute rein?«, erkundigte sich Darien.

»Eigentlich nie«, gab Madison zu.

»Also ist das mit uns beiden wohl mehr als ein Zufall.« Auf Dariens Stirn zeichnete sich eine steile Falte ab, dann langte er nach hinten an seinen Rücken und verzog das Gesicht. Der Tee war wohl noch kochend warm gewesen. »Was hat mich da überhaupt erwischt? Es fühlt sich an wie Heißkleber.«

Madison überkam ein schlechtes Gewissen. »Habe ich dich verbrüht? Das tut mir wirklich leid.«

»Schon gut, das meiste hat wohl das Shirt abgefangen. Nur klebt es jetzt an meinem Rücken fest.«

»Das war Chai Tea mit Honig, das wird auf deinem dunklen Shirt bestimmt keine Spuren hinterlassen. Wenn du noch ein wenig in der Sonne stehen bleibst, trocknet es sicher bald. Vermute ich zumindest.«

»Trotzdem solltest du unseren nächsten spontanen Zusammenstoß wieder auf eine Gelegenheit legen, bei der ich möglichst wenig anhabe.« Darien sagte das, ohne mit der Wimper zu zucken.

Dafür lachte ein blonder Typ, mit dem er sich bis eben anscheinend unterhalten hatte. »Bei welcher Gelegenheit hat die Lady dich denn blank erwischt, Verhoeven?«, fragte Surferboy, nur um von Darien ignoriert zu werden, der vollauf damit beschäftigt war, Madison beim Rotwerden zu beobachten.

Neben Madison japste Jelly nach Luft und erinnerte sie daran, dass sie ebenfalls nicht allein dastand. Leandra starrte stoisch ins Leere, während Hemley einige Schritte von ihnen entfernt Anstalten machte, ihrer Freundin zu Hilfe zu eilen – was von ein paar Interessenten in der Nähe bereits bemerkt wurde, die sich zu gern den einzigen freien Tisch im Sonnenschein geschnappt hätten. Die meisten Umstehenden verfolgten allerdings neugierig ihren Schlagabtausch. Erst jetzt wurde Madison bewusst, dass ein paar ältere Studenten hinter Darien sie angrinsten. Offenbar noch mehr Freunde von ihm … Ob sie wohl von der Sache im Umkleideraum wussten? Oder sich bloß amüsierten, weil sie Madison für eine von Dariens Eroberungen hielten, die verzweifelt um seine Aufmerksamkeit buhlte?

Madison hob das Kinn. »Keine Sorge, ich passe auf, dass es kein nächstes Mal gibt. Wenn ich dich künftig bemerke, werde ich direkt einen großzügigen Ausweichkurs einschlagen. Versprochen.« Da Darien sie nur mit seinem unlesbaren Blick ansah, nickte Madison ihm zu, ehe sie mit dem Chaos auf ihrem Tablett auf Hemley zusteuerte, die es ihr sofort abnahm.

»Alles klar bei dir?«, fragte Hemley. »Du bist ganz blass um die Nase.«

Madison sackte auf einem Stuhl in sich zusammen. »Shit, das war eben ein Da capo aus der Hölle.«

Leandra setzte sich, ohne einen Kommentar abzugeben, obwohl ihr die Neugierde ins Gesicht geschrieben stand.

Jelly hingegen schaffte es nicht einmal auf ihren Stuhl, bevor es aus ihr herausbrach: »Wahnsinn, ich hab immer noch Schnappatmung. Was – bitte schön – war das denn eben?«

»Ich bin in einen Kerl reingelaufen«, sagte Madison. »Schon wieder.«

Leandra lachte heiser. »Du hast ihn in Chai Tea gebadet und ihn dann mitten im schönsten Geplänkel stehen lassen, womit er eindeutig nicht gerechnet hat.«

»Der Kerl heißt Darien Verhoeven«, sagte Hemley. »Er assistiert meiner Dozentin im Statistikkurs, ein schlauer Kopf, aber komplett unnahbar. Er macht den Master in Psychologie – und ihr wisst ja, was man sagt: Psychologie studiert man nur, um sich selbst zu verstehen.«

»Jetzt bitte keine Charakteranalyse, Hem. Die ist beim fantastischen Aussehen dieses Kerls völlig nebensächlich«, fuhr Jelly dazwischen. »Mich interessiert vielmehr brennend, was unsere Süße mit ›schon wieder‹ meint. Und warum Darien gerade zu unserem Tisch schaut, als wäre er mit einer gewissen hier anwesenden Person noch nicht fertig und spiele mit dem Gedanken, ob er rüberkommen und eine weitere Runde Nahkampf einläuten soll.«

»Bitte, bitte nicht«, stöhnte Madison.

»Du kannst dich entspannen.« Leandra knuffte sie in die Seite. »Darien muss seinen Leuten ebenfalls Rede und Antwort stehen, die lassen ihn nicht so schnell von der Leine.«

Jelly schmiegte sich in ihren Stuhl. »Ich finde ihn sexy, der ganze Typ ist umwerfend. Ich würde sonst was dafür geben, den klebrigen Honig von seinem breiten Rücken ablecken zu dürfen. Also, was ist da zwischen Darien Verhoeven und dir abgelaufen, von dem ich nichts weiß?«

»Gelaufen?«, fragte Madison, die betont eifrig damit beschäftigt war, Teepfützen aus ihrem Chili zu löffeln.

Jelly knurrte. »Stell dich nicht dumm, sonst gehe ich rüber zu Darien und frage ihn. Ich wette, er ziert sich nicht, eure Geschichte zu erzählen. Schließlich serviert er sie gerade seinen Kumpels, so, wie die grinsen.«

Madison widerstand dem Impuls zu überprüfen, ob das stimmte. Nun, so viel, wie sie sich bislang zusammengereimt hatte, machte Darien kein Geheimnis aus seinen Erlebnissen. Ansonsten hätte es im Waschraum nicht so viele Sprüche gehagelt. Demnach gab es keinen Grund, warum sie sich ausschweigen sollte. Trotzdem setzte sie nur widerwillig zu einer Erklärung an. »Ich habe euch doch von dem Desaster an meinem ersten Tag erzählt, als ich versehentlich im verkehrten Waschraum gelandet bin. Dort gab es zu meinem Glück nur ein anwesendes männliches Exemplar, und das habe ich zu meinem Unglück sofort über den Haufen gerannt.«

»Und das war niemand Geringeres als Darien ›Das Prachtexemplar‹ Verhoeven.« Jelly zeigte mit ihrer Limoflasche auf Madison. »Mein Mädchen, das hast du gut gemacht! Aber jetzt mal ganz in Ruhe und schön der Reihe nach. Was genau hatte Darien bei eurem Zusammenstoß an?«

Madisons Gesichtsfarbe wechselte von Weiß zu Rot. »Du meinst, außer dem Handtuch, das bei unserem Zusammenstoß auf den Boden gefallen ist?«

Jelly quiekte.

»Wenn ihr jetzt anfangt, über Schwänze zu reden, bin ich raus.« So, wie Leandra das sagte, war es kein Spruch.

»Keine Sorge, das Letzte, worauf ich nach diesem Zusammentreffen Lust habe, ist ein Lobgesang auf das primäre Geschlechtsteil von diesem Typen«, sagte Madison wahrheitsgemäß.

»Aber du könntest mir wenigstens einen Hinweis darauf geben, ob deine Beobachtung mit dem präzise ausgemalten Bild in meiner Fantasie übereinstimmt«, bat Jelly.

Leandra gab ein Würggeräusch von sich. »Ich spiele mit Darien gelegentlich Basketball, er ist ein anständiger Shooting Guard. Also: kein Wort über sein bestes Stück.«

Hemley nickte zustimmend. »Darauf würde ich ebenfalls gern verzichten. Mal davon abgesehen, dass Madison sich bei dem Thema unwohl fühlt. Schalt mal einen Gang runter, Jelly. Hier geht es nicht um dein Entertainment.«

»Einverstanden, auch wenn es mir schwerfällt«, lenkte das rothaarige Temperamentbündel ein. »Dann erzähl wenigstens, wie der Rest von ihm aussieht, Madison.«

»Du stehst wirklich auf Darien«, stellte Madison fest.

Jelly riss ihre Augen bis zum Anschlag auf. »Hallo? Er ist superheiß, mit seinem durchtrainierten Body, dem Gesicht wie ein griechischer Gott und seiner lässigen Art. Aber das alleine ist es nicht: Sogar in sterbenslangweiligem Shirt mit Jeans ist er der absolute Hingucker. Das nennt man Charisma, meine Damen. Der Mann hat eine Ausstrahlung wie die Stadionbeleuchtung beim großen Abschlussspiel inklusive Feuerwerk. Wer kann da widerstehen?«

»Ich zum Beispiel«, sagte Madison. »Darien mag ja gut aussehen, aber deswegen hält er sich selbst auch für ein Geschenk an die Frauenwelt. Der hat mich bei unserem ersten Zusammenstoß ernsthaft gefragt, ob ich mit ihm unter die Dusche wolle, wo ich doch schon mal da sei. Ehrlich gesagt suche ich immer noch nach der passenden Antwort auf diese Dreistigkeit.«

Das Strahlen in Jellys Augen legte noch mal einen Gang zu. »Also ich hätte bei so einem Angebot auf keinen Fall Nein gesagt, eher hätte ich mir die Zunge abgebissen. Wisst ihr eigentlich, dass ich auch schon mal etwas näher an diesen wahrgewordenen feuchten Traum geraten bin?«

Leandra schnaufte. »Leider ja – und vertrau mir, Liebes: Das war keine von deinen Sternstunden.« Als ihre Mitbewohnerin wusste Lele alles über Jellys schillerndes Liebesleben – und das nicht immer freiwillig.

»Ach, bitte.« Jelly winkte ab. »Das ist eine ganz harmlose Geschichte: Im letzten Semester bin ich zu einer ›Rainbow Room‹-Party mitgenommen worden, ihr wisst schon, diese berühmten ›Alles geht, nichts muss‹-Veranstaltungen. Obwohl die ziemlich zahm geworden sind, zu dem, was da früher abgegangen sein soll. Jedenfalls bin ich beim Tanzen mit Darien auf Tuchfühlung gegangen, aber irgendwie hat er mitbekommen, dass ich nicht mehr ganz nüchtern war, und hat mich bei meinen Leuten abgeliefert. Der Typ ist easy, wenn es zur Sache geht, aber er hat so seine Prinzipien.« Während Madison gerade feststellte, dass ihr zu übel war, um ihr Essen auch nur anzurühren, schaute Jelly verträumt ins Leere. »Hat Darien dir von seinen Regeln erzählt? Für ihn gibt es drei absolute No-Gos: keine Küsse, keine nackte Haut, keine Beginners, also niemand, der sein erstes Mal noch vor sich hat.«

Madison schüttelte den Kopf. »Das ist das Dümmste, was ich je gehört habe.«

»Mit Abstand«, stimmte Hemley zu.

»Trotzdem flippen die Frauen reihenweise aus«, wunderte sich Leandra. »Wenn ich so was zu einer Lady sage, bekomme ich bestenfalls eine Abfuhr.«

»Darien ist eben heiß«, sagte Jelly.

Vor allem ist er kompliziert, fügte Madison in Gedanken hinzu.

In ihr breitete sich ein Sog aus, als würde etwas an ihr ziehen und reißen – und je mehr sie dagegen ankämpfte, desto stärker wurde es. Verwirrt hob sie den Blick, auf der Suche nach etwas, das ihr Halt gab. Sie erkannte erst, dass sie nach Dariens blauen Augen suchte, als sie begriff, dass er nicht mehr da war. Wenn er bis eben noch darüber nachgedacht hatte, ihr nachzugehen, hatte er sich letztendlich wohl dagegen entschieden. Gut, dann war es leichter, mit diesem erneuten Zusammentreffen abzuschließen, besonders, nachdem Jelly ihre Vermutung bestätigt hatte. Offenbar bestand Darien auf gewisse Regeln – die in ihren Ohren übrigens völlig abgedreht klangen. Keine Küsse? Wie wollte er einen anderen Menschen verführen, wenn nicht mit einem Kuss? Und sie konnte sich überhaupt nicht erklären, wie jemand sich einen Ruf als »easy« einhandelte, der kein Interesse an nackter Haut hatte. Küsse und das Erkunden des anderen Körpers waren doch Voraussetzungen dafür, dass es überhaupt zum Äußersten kam, oder? Jedenfalls in Madisons Vorstellung. Dass Darien einen Bogen um sexuell Ahnungslose machte, war eine überflüssige Regel, denn wer am Campus war schon ein »Beginner« in Sachen Sex? Höchstens die Nadel im Heuhaufen, dachte Madison.

Über Darien und seine Regeln nachzudenken war absurd. Die reinste Zeitverschwendung, so viel war klar. Das änderte jedoch nichts daran, dass sich der Gedanke an ihn bereits verselbstständigt hatte … und zwar seit dem Moment, als sie das erste Mal mit ihm zusammengestoßen war.

Sie hatte es einen Zufall genannt. Aber glaubte sie das wirklich?

KAPITEL 3

VIER JAHRE ZUVOR

Was zur Hölle ist passiert?

Eben noch schreien die Jungs, mit denen ich unterwegs bin, gegen die Musik an. Nur, dass die Musik lauter ist. Was letztendlich auch egal ist, weil ich eh alles wie durch Watte höre.

Zu viele Drinks sind durchaus ein Vorteil, denke ich benommen. Schwieriger ist hingegen, dass ich seit einiger Zeit nicht mehr ganz klar sehe. Aber vielleicht liegt es bloß an meinem gestörten Gleichgewichtssinn, dass alles verschwommen ist. Sicherheitshalber lasse ich mich in einen Sessel im Loungebereich fallen, wobei es mir gelingt, das derb knutschende Pärchen auf dem Sofa neben mir auszublenden. Dieser benebelte Zustand ist durchaus nice, aber so langsam dämmert mir, dass heute vielleicht nicht der ideale Tag ist, um mich zum ersten Mal in meinem Leben gnadenlos wegzuschießen. Andererseits gibt es wirklich nichts auf der Welt, das diesen Tag noch beschissener machen kann.

Dank des Alkohols in meinem Blut war immerhin die Lightshow echt der Hammer, lauter umhersausende Sternschnuppen. Die Rainbow-Party trägt ihren Namen absolut zu Recht. Der Gedanke an die Nachricht, die mich heute erreicht hat, tritt immer mehr in den Hintergrund. Auch die Musik verflüchtigt sich, und zurück bleibt sehr entspannende Taubheit.

Wann habe ich mich das letzte Mal so leicht gefühlt? Und das, nachdem ich vor ein paar Stunden noch dachte, ich versinke in einem Abgrund.

Mann, diesen Club muss ich unbedingt wieder besuchen. Wie heißt er gleich noch mal?

Meine Gedanken stieben davon, beinahe kann ich sie wie kleine Lichter wegfliegen sehen. Doch etwas anderes erregt meine Aufmerksamkeit, ohne dass ich sagen kann, was genau eigentlich. Es ist mehr so ein Gefühl, als wenn man beobachtet wird.

Ich versuche, mich in dem Sessel aufzurichten, aber das klappt nicht. Gott, der letzte Drink war einer zu viel. Also stelle ich meinen inneren Radar an und öffne meine Sinne.

Und da ist es, eine fast unhörbare Melodie unter all der Vielzahl von Geräuschen. Kaum habe ich sie entdeckt, wird sie lauter, umkreist mich und schmiegt sich an mich. Genau. Sie berührt mich. Jedenfalls fühlt es sich so an, als sich sämtliche Härchen an meinem Körper gleichzeitig aufrichten und meine Haut zu kribbeln beginnt.

Okay, das ist jetzt doch etwas heftig. Wie viele Gin Tonics braucht es, bis man halluziniert?

Im nächsten Moment zerbreche ich mir schon nicht mehr den Kopf über meine extreme Reaktion, weil sich das Gefühl, von der Musik wortwörtlich berührt zu werden, verstärkt. Sanft wie unsichtbare Finger streift sie über die empfindsame Innenseite meines Armes, fährt in Schnörkeln über meine Schulter, um meinen Brustkorb mit Glut zu füllen.

Ich japse nach Luft. Was sich sofort als Fehler erweist, denn in der Luft liegt plötzlich ein Geschmack, von dem ich nur allzu gern behaupten würde, dass er süßlich schmeckt. Wie Zuckerwatte oder meinetwegen auch Vanille. Stattdessen schmeckt er salzig und lässt mich unwillkürlich an auf eine verdammt gute Art verschwitzte Körper denken. Dadurch wird meine Situation nicht unbedingt leichter, und ich kralle meine Finger in die Sessellehnen, um dem Druck, der sich in mir aufbaut, etwas entgegenzusetzen.

Während ich darum kämpfe, wieder Oberwasser zu bekommen, steigt mir ein sinnlicher Duft in die Nase, dessen Beschreibung ich mir lieber erspare. Sofort sendet mein Körper ein eindeutiges Go!-Signal, das sich als lustvolles Aufstöhnen äußert.

Das Pärchen auf dem Sofa schaut mich gleichzeitig an, als habe ich ein geheimes Signal ausgesandt. Das Mädchen lächelt und klopft einladend auf den Platz neben sich.

Klar, ein Dreier. Vielen Dank auch.

So langsam schwant mir, was hier abläuft. Was auch immer ich intus habe, es hat einige Türen in mir geöffnet – und jemand, der schon lange auf der anderen Seite auf eine Gelegenheit wartet, nutzt seine Chance, um zu mir durchzudringen. Und wenn ich mir das Blitzen in den Augen des Paares anschaue, dann nicht nur zu mir.

Jetzt habe ich aber erst einmal ein anderes Problem als zwei angegeilte Partymäuse. Ich habe *sie* schon verflucht lange nicht mehr gesehen, aber ständig an *sie* gedacht, unentschieden, ob ich mich fürchte oder nach *ihr* sehne. Bei unserer letzten Begegnung habe ich *ihr* widerstanden, allerdings hat es sich nicht wie ein Sieg angefühlt. Ein Sieger hätte sich kaum kläglich die Fingernägel ins eigene Fleisch gebohrt, bloß um nicht an *sie* zu denken. Dabei hatte ich die ganze Zeit das Gefühl, *sie* im Hintergrund leise lachen zu hören. Weil in Wirklichkeit *sie* als Siegerin vom Platz ging und *ihre* Trophäe beizeiten einfordern würde.

Die Chancen stehen gut, dass es diese Nacht passiert.

Die entscheidende Frage ist nun: Träume ich oder reicht ein Rauschzustand aus, um *sie* in diese Welt eintreten zu lassen?

Ich versuche, mich aus dem Sessel zu erheben. Doch leider reagieren weder meine Beine noch die Arme auf meine Befehle. Ich sitze da wie festgeschnürt, die Glieder bleischwer, während meine Haut vor Ekstase glüht, auf meinen Lippen ein Geschmack, der mich halb in den Wahnsinn treibt, und umkreist von Musik, die immer drängender wird. *Sie* hat mich am Wickel, spielt mit meinen Sinnen ganz nach *ihrem* Belieben.

Es ist ein Ausgeliefertsein, das allein schon erregend hätte sein können, aber tief in mir meldet sich Widerwillen. Ich will all das erleben, mich hingeben, loslassen und zulassen. Aber nicht, wenn die andere Seite mit der Verführung nur *ihr* eigenes Interesse verfolgt. Ich würde einen Preis zahlen für dieses Fallenlassen – und dazu bin ich selbst in diesem Zustand nicht bereit. Schon gar nicht, wenn jemand anderes mit reingezogen wird …

Neben mir streckt das Mädchen den Arm nach mir aus, als wolle sie mich notfalls gewaltsam zu sich und ihrem Freund aufs Sofa ziehen. Und nicht nur das, die Magie, die von *ihr* ausgeht, inspiriert auch andere Gäste. Zumindest glaube ich, im Durcheinander von Lichtblitzen und Nebel lauter Paare zu sehen, wo eben noch alle am Tanzen waren. Die Party verwandelt sich in einen Darkroom, der nur nicht abgedunkelt ist.

Endlich finde ich die Kraft, einen klaren Gedanken zu fassen. »Aufhören«, flüstere ich. »Es reicht.«

Augenblicklich hält die Musik an, und Stille breitet sich aus, während die prickelnde Hitze auf meiner Haut genau wie der betörende Duft verfliegt. Stattdessen nehme ich mit jeder Faser wahr, dass *sie,* wo immer *sie* sein mag, lächelt. Weiterhin siegessicher.

»Ich habe Zeit«, raunt *ihre* Stimme in mein Ohr. »Früher oder später wirst du mich mit offenen Armen empfangen. So, wie es das Zeichen auf deiner Haut besagt. Du gehörst bereits mir, ob du es willst oder nicht.«

»Bitte«, presse ich flehentlich hervor. »Nicht ausgerechnet nach dem, was heute passiert ist. Die Nachricht, dass …« Fuck, es will mir nicht mal über die Lippen, so schrecklich ist es.

»Ich weiß, was du durchmachst, mein Schöner. Und ich wünschte, ich könnte dir sagen, es tut mir leid. Aber das liegt nicht in meiner Natur.« *Sie* hält inne, als lausche *sie* auf ein geheimes Signal. »Allerdings hast du Glück im Unglück, jemand anderes versucht genau in diesem Moment, seinen Kummer zu überwinden, indem er sich der Lust hingibt, und bedarf somit dringend meiner Unterstützung. Eine Familie in Trauer – und alle kennen nur einen Weg, um mit ihrem Kummer fertig zu werden. Begierde war schon immer ein adäquates Verdrängungsmittel, sie betäubt Schmerz viel besser als das Zeug, das du in dich hineingeschüttet hast. Du kannst dich also fallen lassen, gib dich deiner Trauer hin und verlier dich zwischen all diesen willigen Leibern. Wir spielen ein anderes Mal miteinander.«

Und damit erlischt *ihre* Stimme, während ich noch versuche, aus dem Gehörten schlau zu werden. Doch das Einzige, was in meinem benebelten Hirn hängen bleibt, ist *ihr* Hinweis, dass Sex das beste Mittel gegen Trauer sei.

Ich schaue mich im Club um.

O ja, *sie* hat *ihren* Zauber wahrhaftig wirken lassen, der ganze Raum ist voller Menschen, die bloß noch eins im Kopf haben. Und auch ich kenne nur ein Ziel: nicht mehr an den Schmerz zu denken, der in mir tobt. Wie es scheint, sind für diese eine Nacht sämtliche Regeln aufgehoben.

Ich klettere rüber aufs Sofa, wo ich bereits freudig erwartet werde, und folge dem Rat, den *sie* mir gegeben hat: Ich lasse die Lust den Schmerz verdrängen.

KAPITEL 4

Das Licht ging an.

»He, was soll der Unsinn! Es ist noch mitten in der Nacht«, beschwerte sich Madison.

Schon wieder wegschlummernd, wollte sie sich auf die andere Seite drehen, als jemand sie an der Schulter rüttelte. Notgedrungen öffnete sie die Augen – und sah im Licht eines Handys in Leandras von Stress angespanntes Gesicht.

Ruckartig setzte Madison sich auf. »Was ist passiert?«

»Ich bin noch nicht ganz schlau draus geworden«, flüsterte Leandra. »Jelly ist gerade von einer Party zurückgekommen und direkt ins Bett gegangen. Ich wäre fast wieder eingeschlafen, aber dann habe ich sie weinen gehört. Das ist so gar nicht ihre Art, also bin ich rüber zu ihr und hab gefragt, was denn los sei, aber das hat alles nur schlimmer gemacht. Und als ich sie in den Arm genommen habe, fing sie richtig an zu heulen. Ich bin echt von den Socken. Es geht wohl um einen Kerl. Mads, ich brauche deine Hilfe, in so was bin ich nicht gut.«

Spätestens jetzt war Madison hellwach. »Ich komme schon. Sollen wir auch Hemley wecken?«

Leandra schüttelte den Kopf, auf dem die Locken zu dieser frühen Stunde nicht gestylt anlagen, sondern wild in alle Richtungen abstanden. »Hemley hält am Vormittag diesen Vortrag, mit dem sie uns alle seit Tagen verrückt gemacht hat. Lass sie schlafen, sie ist unsere Notfallwaffe, falls wir es nicht allein hinbekommen.«

Madison schwang ihre Beine aus dem Bett und griff im Laufen noch schnell nach ihrem Bademantel. Hinter ihr schloss Leandra superleise die Verbindungstür, vor ihr erklang ein Wimmern.

»Hey«, sagte Madison, nachdem sie sich auf Jellys Bettkante gesetzt hatte. Ihre Freundin hatte das Gesicht tief ins Kissen vergraben, und als sie aufblickte, zuckte sie am ganzen Körper zusammen.

»O nein«, schluchzte Jelly. »Leandra hat ausgerechnet dich geholt? So eine Scheiße.« Damit weinte sie wieder los.

Madison streichelte ratlos ihren Rücken, während Leandra auf und ab lief.

»Möchtest du nicht erzählen, was passiert ist? Hat dir jemand wehgetan …« Unauffällig ließ Madison den Blick über Jelly schweifen. Sie trug noch ihre hohen Stiefeletten, die Fischernetzstrümpfe an ihren Beinen wirkten unversehrt unter dem Sixties-Kleidchen, mit dem sie am Abend noch bestens gelaunt losgezogen war.

»Wehgetan?«, wimmerte Jelly. »Ja, das hat er. Es tut furchtbar weh. Aber nicht so, wie du denkst.«

Er, dachte Madison. Wer ist *er?* »Warum erzählst du mir nicht, was geschehen ist? Leandra und ich sind auf jeden Fall für dich da, wir sind deine Freundinnen. Was auch immer los ist, wir stehen total hinter dir.«

»Das siehst du bestimmt anders, wenn du erst mal Bescheid weißt. Fuck, ich schäme mich so.« Für einen Moment sah es aus, als würde Jelly erneut im Kissen Zuflucht suchen, doch dann setzte sie sich auf und zog den Saum ihres Kleides zurecht. »Allerdings habe ich mir das selbst eingebrockt, da muss ich jetzt wohl durch.« Sie sah Madison aus verweinten Augen an. »Du kennst mich zwar erst seit ein paar Wochen, aber du hast doch schon mitbekommen, dass ich manchmal zu heftigen Aktionen neige.«

Das war noch milde ausgedrückt, Jelly war ein *wild child,* das sich ohne Rücksicht auf niemanden ins Leben stürzte. Sie liebte es, zu feiern, sich mitreißen zu lassen und Dinge auszuprobieren, die selbst fürs Collegeabenteuer ungewöhnlich waren. Kein Wunder, dass der halbe Campus sie kannte – nicht nur wegen ihrer ausgefallenen Outfits, sondern auch, weil keine spaßversprechende Aktion ohne sie stattfand. Alles an ihr schrie: »Hier bin ich!«, und die meisten liebten sie dafür. Es war immer ein Erlebnis mit Jelly, sodass man ihr ihre Verrücktheiten gern verzieh. Aber das Häufchen

Elend, das jetzt vor Madison hockte, hatte anscheinend etwas zu sehr über die Stränge geschlagen.

»Ich mag dich genau so, wie du bist«, versicherte Madison ihrer Freundin, obwohl sich in ihrer Brust Beklemmung ausbreitete. »Und es ist gerade schwer auszuhalten, dass du so angeschlagen bist.«

Jelly schlug sich die Hände vors Gesicht.

Nicht ganz das, worauf Madison gehofft hatte. Sie tauschte einen ratlosen Blick mit Leandra aus, die ihre Hände zu Fäusten geballt hatte, als würde sie in ihrer Hilflosigkeit gern jemandem eine reinhauen. Bevor Madison den Vorschlag machte, doch Hemley zu holen, begann Jelly mit leiser Stimme zu reden, wobei sie allerdings den Kopf gesenkt hielt.

»Ich war letzte Nacht auf einem Brassband-Konzert in der Stadt, und danach gab es noch Musik, alles ein bisschen abgefuckt, aber trotzdem cool. Und der Abend wurde noch besser, als ich jemand Bestimmtes entdeckt habe.«

»Darien Verhoeven«, sagte Madison mit einer Gewissheit, die sie sich selbst nicht erklären konnte. Sie wusste es einfach.

Jelly nickte und ließ den Kopf noch ein Stück tiefer hängen. »Genau der. Du hast neulich auf der Terrasse zwar ziemlich klargemacht, dass du kein Fan von ihm bist. Ich habe allerdings auch mitbekommen, wie ihr euch angeschaut habt. Vielleicht glaubst du, dass er nicht dein Typ ist, aber …«

»Schon gut«, unterbrach Madison. »Hier geht es nicht um mich oder um mein verquastes Gefühlsleben. Sondern darum, dass Darien etwas getan hat und du deshalb weinst.«

»Ich weine vor allem, weil ich so wütend auf mich selbst bin. Und weil ich mich schäme. Vor dir und vor Leandra. Na ja, vor Lele eher nicht, die hält mich eh für durchgeknallt.«

»Komplett – und außerdem für bescheuert.« Mit einem liebevollen Lächeln hockte Leandra sich vor Jelly und tätschelte ihr Knie. Mehr Freundschaftserklärung ging nicht.

Jelly holte tief Luft. »Jedenfalls spielte Darien mit ein paar von seinen Leuten Pool, aber er war nicht richtig bei der Sache. Nach einer Weile schlenderte er durch die Gegend, fast so, als wolle er die Zeit totschlagen. Und ich dachte mir: ›Hallo, wenn er nach Abwechslung sucht, ist er bei mir an der richtigen Adresse.‹ Es lief dann auch ganz problemlos, wir sind raus auf den Hinterhof, er hebt mich aufs Treppengeländer und …« Sie stockte, suchte nach Worten. »Das Ding war, dass er so unbeteiligt wirkte. Als wären nur unsere Körper in Action, während er sich immer noch langweilte, als wäre der Sex bloß ein Zeitvertreib. Ich hab dann versucht, das Ganze etwas interessanter zu gestalten … und plötzlich war Schluss. Mittendrin. Er hat mich angesehen und gefragt, ob ich in der Schauspielklasse sei. Wirklich, ich bin fast gestorben, so peinlich war das. Also bin ich nur noch weg. Es ist so verkehrt gelaufen, ich wollte etwas Abgefahrenes erleben, und Darien hat diesen gewissen Ruf. Aber statt eines Abenteuers habe ich mir eine gewaschene Abfuhr eingefangen. Ich bin nicht nur langweilig, sondern auch noch eine schlechte Laiendarstellerin.«

»Süße, nun mach dich nicht selbst runter«, sagte Leandra. »Du wolltest eine Erfahrung machen, einen von den großen, wilden Jungs zähmen, und es ist halt nicht so gelaufen, wie du es dir erhofft hast. Nimm's von der sportlichen Seite, das sagt doch nichts über dich als Frau oder gar als Mensch aus.«

Jelly schüttelte den Kopf. »Wie soll es mich kalt lassen, wenn ein Typ mich so dröge und albern findet, dass er lieber auf den Abschluss einer Nummer verzichtet, als noch einen Moment mit mir zusammen zu sein?«

»Leandra hat recht«, sagte Madison. »Was passiert ist, verrät nur, dass Darien ein Arschloch ist.«

»Noch nie war ein Mann von mir so abgeturnt, schon gar nicht, während er mit mir Sex hatte.« Jelly machte ein Geräusch, als würde sich ihr der Magen umdrehen. Dann blickte sie endlich aus ihrem Haarvorhang heraus und sah Madison direkt an. »Und, findest du jetzt auch, dass ich echt das Allerletzte bin?«

Madison hörte in sich hinein. Da war ein Schmerz, eine Enttäuschung, aber diese Empfindung hatte nichts mit Jelly zu tun. Sie nahm ihre Freundin in den Arm. »Das Einzige, was ich finde, ist, dass du so ein Verhalten auf keinen Fall verdient hast. Niemand hat so etwas verdient, wenn er sich auf einen anderen Menschen einlässt. Vielleicht war es nur eine Begegnung auf dem Hinterhof, aber wenn man so weit geht, dann trägt man eine gewisse Verantwortung für den anderen. Das scheint noch nicht bei Darien angekommen zu sein, egal, wie viele Hinterhöfe er schon kennengelernt hat.«

Jelly schniefte. »Danke. Du glaubst gar nicht, wie wichtig es mir ist, dass du nicht auf mich herabsiehst.« Endlich wich ihre Anspannung, und sie schmiegte sich in Madisons Umarmung, während Leandra hörbar ausatmete. »Und du bist wirklich die Jüngste von uns, Maddie? Klingt eher so, als wärst du die Erwachsenste.«

Widerwillig rang Madison sich ein Lächeln ab. Ja, sie war immer so erwachsen, auf Hinterhöfen traf man sie ganz bestimmt nicht an. Aber nicht, weil sie die Phase schon hinter sich hatte. Sie hatte notgedrungen alles übersprungen, um dort auf der Zeitleiste zu landen, wo Menschen darüber nachdenken, ob sie sich vielleicht eine Katze anschaffen sollen. Aber das behielt sie lieber für sich, ihre Probleme waren einfach nicht genug Drama fürs College. Vielleicht würde sie ihren Freundinnen eines Tages davon erzählen … Falls sie die Vergangenheit nicht ohnehin einholte. Schließlich hatte sie schon einige Male geglaubt, alles sei gut – und dann war wieder die Hölle ausgebrochen.

Madison verdrängte den Gedanken, bevor er zu mächtig wurde. Und wo sie schon dabei war, blendete sie auch den Schmerz aus, den ihr Dariens Verhalten bereitete. Der Mann ging sie schließlich nichts an, er konnte tun und lassen, was er wollte. Stattdessen konzentrierte sie sich auf Jelly, die gerade wieder zu weinen anfing. Ihre eigenen Probleme konnten warten. Hoffentlich.

KAPITEL 5

Es war immer noch viel zu früh für einen Morgen am College, als Madison die angeschlagene Jelly in Leandras Obhut zurückließ. In ihrer Hand hielt sie eine Tüte mit Marshmallows, die sie mit einer Tasse Kakao warm machen wollte – für den Süßigkeitenjunkie Jelly gab es kein besseres Trostpflaster. Der Herbsthimmel war mit dicken Wolken verhangen, und auf den Gängen des Wohnheims herrschte noch Stille, abgesehen von ein paar knallharten Sportlern, die gerade zu ihrer Morgenrunde aufbrachen.

Die äußere Ruhe war Madison nur recht, denn in ihr tobte ein Sturm, den sie mühsam im Zaum hielt. Sie war wütend – wütend auf das, was Jelly widerfahren war. So etwas sollte das Leben keinem Schmetterling antun, der nichts anderes als lustig herumflattern wollte. Sie war wütend auf Darien, den es nicht kümmerte, mit wem er sich einließ, und der sich kein Stück darum scherte, wenn er jemanden vor den Kopf stieß. Aber vor allem war sie wütend auf sich selbst, weil es sie ganz krank machte, dass er so unterwegs war. Und dass er tatsächlich ein Aufreißer war, während sie für einen – zugegeben – sehr kurzen Moment geglaubt hatte, eine Verbindung zwischen ihnen beiden wahrzunehmen. Nun stand endgültig fest, dass ihr innerer Kompass heftige Orientierungsschwierigkeiten hatte, wenn es um diesen Mann ging. Sich ihren Irrtum einzugestehen, tat verrückterweise nach wie vor weh. Schlimmer noch, sie hatte das Gefühl, als würde etwas Wertvolles aus ihr herausgerissen.

Nur: Daran, dass es so schmerzte, war sie selbst schuld, dafür konnte sie Darien nicht verantwortlich machen.

Ganz im Gegensatz zu dem, was er mit Jelly angestellt hatte.

Madison blieb auf dem Flur stehen und gab sich der angestauten Wut hin. Wütend zu sein war tausendmal besser als zu leiden.

Wie schwer konnte es sein, Dariens Zimmer im Wohnhaus ausfindig zu machen und den Druck in ihrem Inneren an ihm persönlich abzulassen? Seit ihrer Ankunft hatte sie ihn im Wohnhaus nicht mehr getroffen, was allerdings kein Wunder war, denn das alte Backsteinhaus hatte vier Stockwerke, und auf jedem waren an die dreißig Doppelzimmer untergebracht. Madison begegnete jeden Tag einem neuen Gesicht im Gemeinschaftsraum, und sogar im Waschraum, den sie meist immer zur selben Zeit besuchte, herrschte rege Fluktuation. Trotzdem hatte sie sich darüber gewundert, dass sie Darien nicht wenigstens einmal von Weitem auf dem Flur sah oder ihn auf einer Bank im Innenhof entdeckte. Nicht, dass sie nach ihm Ausschau gehalten hätte. Oder sich allzu viele Gedanken um ihn machte. Sie hatte nicht einmal Lust, seinen Namen zu hören. Sie war auch so schon kurz davor zu explodieren.

Das war jedoch alles eh völlig egal, sie war schließlich losgezogen, um Jelly eine heiße Schokolade zu machen. Und genau das würde sie jetzt tun, alles andere konnte warten.

Mit mehr Power als nötig stieß Madison die Tür zur Gemeinschaftsküche auf und trat ein.

An der Kaffeemaschine stand Darien.

Hinter ihr schwang die Küchentür wieder zu.

Madison hörte ihren Herzschlag so laut, als würde eine aufgepeitschte Herbstwelle ans Ufer donnern.

»Guten Morgen«, sagte Darien. »Willst du noch mal rausgehen und ich stelle mich vor die Küchentür, damit du mich über den Haufen rennen kannst?«

Mehr als ein Knacken ihrer Kiefer brachte Madison nicht zustande.

Darien legte den Kopf schief. »Offenbar bist du so früh am Tag noch nicht ganz auf der Höhe … Was erklärt, warum du dein Sweatshirt auf links anhast. Kein Wunder, dass ich dich um diese Zeit noch nie in der Küche gesehen habe.«

»Dabei hätten wir es meinetwegen auch gern belassen können«, sagte Madison. »Was machst du hier?«

Darien hielt seinen Kaffeebecher hoch. »Ich bin Frühaufsteher. Was ist deine Ausrede?«

Madison überging seine Frage. »Frühaufsteher sind Menschen, die morgens in ihrem Bett aufwachen. Deins hat dich letzte Nacht doch gar nicht zu sehen bekommen.«

Sichtlich überrascht blinzelte Darien. »Willst du mir deshalb eine Standpauke halten?«

»Deshalb nicht.«

Darien lehnte sich rücklings gegen die Küchentheke und nahm einen Schluck von seinem Kaffee, sichtlich ratlos, warum Madison ihn wütend von der Seite anmachte. Aber viel erstaunlicher war, dass ihn ihre Ansage offenbar nicht kalt ließ.

Der Kerl steht halt auf Spielchen, sagte sich Madison, während sie eine Tasse aus einem der Hängeschränke holte, darauf bedacht, die Schranktür nicht mit Wucht zuzuschlagen. Für ihn war das hier eine nette Abwechslung nach einem eher drögen Abend ohne echten Höhepunkt.

»Okay, lass mich nachdenken, was hier gerade schiefläuft«, sagte Darien.

Mit einem Blick aus den Augenwinkeln stellte Madison fest, dass er ein T-Shirt und mitgenommen aussehende Jeans zu schwarzen Schnürstiefeln trug. Eigentlich nichts Besonderes, so liefen viele Studenten herum. Das änderte jedoch nichts daran, dass Darien in seinen Sachen ungewöhnlich gut aussah, genau, wie Jelly gesagt hatte. Seine Ausstrahlung verpasste allem den richtigen Anstrich.

Madison beschäftigte jedoch etwas ganz anderes. Sie fragte sich unwillkürlich, ob das noch die Klamotten von letzter Nacht waren, die, in denen er Jelly an sich gezogen hatte. Ohne sie zu küssen, wie es seinen absurden Regeln entsprach.

Darien rieb seinen Kaffeebecher zwischen den Händen. »Steht noch was zwischen uns wegen meines Angebots unter der Dusche? Fürs Protokoll: Das war nicht wirklich ernst gemeint, ich wollte dich nur aufziehen – und ich dachte, du hättest das auch mitbekommen. Schließlich bist du selbst nicht gerade auf den Mund gefallen.«

Madison drehte ihm den Rücken zu, um einen Becher Milch in die Mikrowelle zu stellen. Das kam ihr ganz recht, denn es fiel ihr leichter, mit Darien zu reden, wenn sie ihn nicht ansehen musste. Vor ihrem geistigen Auge sah sie sonst nur, wie Jelly sich lustvoll an ihn schmiegte. »Vergiss das mit der Dusche.«

»Okay, dann ist es also nicht die Waschraumsache, für die du mich mit Verachtung strafst. Und du wirst mich bestimmt auch nicht spontan dafür hassen, dass du mir mit deinem heißen Tee den Rücken verbrüht hast. Also, was habe dir Schreckliches angetan, dass du mich mit deinen Blicken durchbohrst?«

Madison wirbelte herum. »Mir? Nichts. Es ist eher deine Haltung, die mich stört.«

»Woher willst du meine Haltung beurteilen können? Wir kennen uns doch gar nicht.«

»Gott sei Dank. Aber eine Freundin von mir hatte gestern Nacht auf dem Brassband-Konzert weniger Glück.«

Darien dachte einen Moment nach, dann nickte er. »Verstehe, du meinst die Frau, der ich mein Wasser über ihr weißes T-Shirt gekippt habe. Das war wirklich nur ein Missgeschick und keine Absicht, damit es durchsichtig wird. Auch wenn sie das vermutet hat. Das wäre nicht mein Stil, mal davon abgesehen, dass ich so was nicht nötig habe.«

Madison schüttelte den Kopf. »Davon rede ich nicht. Und ehrlich gesagt wundert es mich, dass du mir mit so einer Lappalie kommst, wenn da letzte Nacht noch was ganz anderes gelaufen ist.«

»Und du bist dir sicher, dass du von letzter Nacht redest?« Darien dachte erneut nach, nur schien er dieses Mal zu keinem Ergebnis zu kommen, was Madison noch mehr aufbrachte. Konnte er Jelly einfach so abhaken?

»Ich meine die Sache mit dem Hinterhof«, half sie seiner Erinnerung auf die Sprünge.

»Ach das …« Darien strich sich fast verlegen über den Nacken, aber das nahm Madison ihm nicht ab. »Das hatte ich bereits erfolgreich verdrängt.«

»Es ist keine vier Stunden her, also tu bitte nicht so«, sagte Madison mit einer Ruhe, die in keinem Verhältnis zu dem Aufruhr in ihrem Inneren stand.

»Willst du jetzt auch noch beurteilen, wie gut ich im Verdrängen bin?«

»Du hattest Sex. Auf einem Hinterhof. Ich wette, wenn man dir nah genug kommt, riecht man noch einen Hauch von Saint Laurents schwülstigem *Opium*. Verdammt, ich kann es sogar bis hier drüben riechen.« Und das war kein Spruch, Madisons Nase meldete den Duft, den Jelly liebte, tatsächlich. »Mir wird ganz schlecht davon.«

Dariens Kopf zuckte zurück, als habe sie ihm eine Ohrfeige verpasst. Aber er machte keine Anstalten, das Gespräch abzubrechen, weil sie zu weit gegangen war, obwohl ihm ihre Reaktion merklich zusetzte. Auch das kannte sie schon an ihm: Er wich nicht aus. Er war offenbar ebenso hartnäckig wie sie.

»Du bist aber gut informiert«, sagte er leise.

»Ich schaue eben nicht weg, wenn es jemandem schlecht geht.«

»Und was willst du dann noch von mir hören, wo du doch schon so ausführlich in mein Liebesleben eingeweiht bist?«

»Wie es dazu kommen konnte, dass du dich wie ein Dreckskerl aufgeführt hast.« Nun war es raus – trotzdem fühlte Madison sich kein Stück besser. Vermutlich würde das so bleiben, bis sie tatsächlich Dariens Sicht gehört hatte. Sie konnte nicht sagen, warum, doch es war ihr wichtig.

Für einen Moment wirkte es so, als würde Darien sie einfach stehen lassen. Vermutlich hätte Madison ihm das nicht einmal übel genommen. In ihrer Wut saß sie auf einem ganz schön hohen Ross, allerdings hatte er Jelly als Elendshäuflein ja auch nicht erlebt. Er hatte mit seiner abweisenden Art diesem bunten Vogel die Flügel gestutzt – und das würde Madison ihm nicht so leicht verzeihen.

»Also gut.« Darien nickte. »Ich verstehe zwar nicht, warum ich mich vor dir wegen etwas rechtfertigen soll, mit dem du absolut nichts zu tun hast, aber meinetwegen. Der ganze Abend war ein einziger Reinfall, ich konnte meine Leute trotzdem nicht dazu überreden, abzuhauen – und da ich der Fahrer war, musste ich wohl oder übel bleiben. Als deine Freundin mir ein eindeutiges Angebot gemacht hat, bin ich mit, weil ich sonst vor Langeweile umgekommen wäre. Ich hätte aufmerksamer sein sollen. Normalerweise halte ich mich von Mädels fern, die abenteuergeil sind, ohne zu wissen, wie es mit mir abläuft. Ich folge da nämlich einem bestimmten Kodex.«

»Das ist ja echt nett, dann hat meine Freundin sich die Abfuhr wohl selbst zuzuschreiben, während du dich bloß an deine tollen Regeln gehalten hast.« Mehr brachte Madison nicht raus. Sie verspürte einen Druck auf der Kehle, als müsse sie schreien, wenn sie die Lippen nicht fest aufeinanderpresste.

Darien nahm einen Schluck von seinem Kaffee. »Ich habe deine Freundin nicht abblitzen lassen, es stellte sich nur etwas spät heraus, dass wir beide nicht dasselbe wollten. Ich bin anspruchslos, wenn es um Getbys geht. Eigentlich kann man sagen, dass ich generell unkompliziert bin, solange es für beide passt. Und danach geht jeder wieder seines Weges. Aber man sollte ehrlich sein, das ist eine Grundvoraussetzung. Einen auf ekstatisch zu machen wie in einem schlechten Porno, obwohl es eher so mäßig läuft, ist nicht ehrlich – und so was kann übel nach hinten losgehen, darauf lasse ich mich auf keinen Fall ein. Tut mir leid, wenn deine Freundin schlecht damit klarkommt, aber das ist der Deal.«

»Wie du dir vermutlich denken kannst, kenne ich mich als naives Küken mit solchen Deals nicht aus«, gab Madison zu. »Aber wenn du schon mitbekommen hast, dass meine Freundin nur einen auf lasziv gemacht hat, um dich anzuturnen, dann hättest du wenigstens nett zu ihr sein können, auch wenn dir die Lust auf sie vergangen ist.«

Darien blickte ernsthaft erstaunt drein. »Warum?«

Fragte er das jetzt wirklich? Madison wusste nicht, wo sie anfangen sollte. »Weil dein Quickie menschliches Wesen ist? Weil Verständnis für andere kein Luxusverhalten darstellt? Weil man eine Pflicht eingeht, wenn man ein Mädchen so nah an sich ranlässt?«

Darien schüttelte den Kopf. »Wir waren uns nicht nah, wir hatten nur Sex im Stehen. Herrgott, nun schau mich nicht so anklagend an, ich kenne ja nicht mal den Namen von deiner Freundin.«

Das war ja wohl der absolute Gipfel. So schnell, wie Madison vor Wut eben heiß geworden war, so schnell kühlte sie jetzt auf Eistemperatur runter. »Sie heißt Jelly«, sagte sie ruhig. »Und die wichtigste Spielregel, wenn man sich körperlich vereint, wäre doch wohl ein Mindestmaß an Interesse an seinem Gegenüber.«

»Kurze Auszeit. Hast du eben tatsächlich ›körperlich vereint‹ gesagt?« Darien musterte Madison mit so unverhohlener Neugierde, als sei sie ein exotisches Tier, von dem er bislang nur gehört hatte. »Lass mich raten: Du hebst dich für deine große Liebe auf. Richtig?«

»Ich verstehe zumindest auch ohne Hinterhof-Erfahrung, dass man um Typen wie dich lieber einen großen Bogen macht.«

»Das hast du bereits bei mehreren Gelegenheiten klargestellt. Ganz ehrlich, deine Abneigung ist bei mir angekommen.« Darien schnalzte mit der Zunge und grinste Madison an, als habe er sie durchschaut. »Andererseits … Im Kurs über Verhaltenspsychologie würde man bei so einem Benehmen vermuten, dass du in Wahrheit durchaus interessiert bist. Warum solltest du dich sonst so reinhängen, mir mein unentschuldbares Verhalten vor Augen zu führen, anstatt mir einfach den Mittelfinger zu zeigen und mich ansonsten zu ignorieren? So würde ich es nämlich halten, wenn mir jemand dermaßen gegen den Strich geht.«

Es war eine große Willensanstrengung, aber es gelang Madison, diesem aufgeblasenen Kerl nicht die Tüte mit den Marshmallows überm Kopf zu entleeren. Vermutlich hätte sie dafür eh einen Stuhl gebraucht, Darien war nämlich ein ganzes Stück größer. Rein körperlich gesehen, ansonsten war er nicht mal auf Augenhöhe mit ihr. Trotzdem streckte sie sich zu ihrer maximalen Höhe und schaute ihm in die Augen, um dann seelenruhig zu sagen: »In deiner Welt mag es ja dicht beisammen liegen, wenn man sich abgestoßen fühlt und trotzdem etwas miteinander anfängt. In meiner nicht.«

Es brauchte keine Sekunde, bis Darien eine Antwort parat hatte. »Dafür unterhältst du dich aber schon ganz schön lange mit mir, meine liebe …« Verblüfft stellte er fest, dass er ihren Namen nicht kannte. Anscheinend eine Spezialität von ihm. »Entschuldige, wir haben uns einander ja noch gar nicht vorgestellt, ich bin Darien Verhoeven«, sagte er übertrieben höflich.

Madison verzog keine Miene. »Ehrlich gesagt, lege ich keinen Wert drauf, dass du meinen Namen kennst.«

»Autsch.« Darien lachte. »Ist das der zwischenmenschliche Respekt, auf den du so bestehst?«

Prompt bekam Madison ein schlechtes Gewissen, obwohl Darien nicht verletzt, sondern vielmehr so aussah, als wären sie zwei Gegner in einem Spiel, die sich gegenseitig in die Bande stießen und dabei – trotz der Blessuren – Spaß hatten. Aber so wollte Madison nicht sein, sie spielte nicht mit den Gefühlen von anderen. Und es bereitete ihr auch kein Vergnügen, gemein zu jemandem zu sein, selbst wenn derjenige wie Darien geradezu darum bettelte.

»Wenn du die Sache mit Jelly wieder geradebiegst«, bot sie an, »entschuldige ich mich in aller Form für meine grobe Art und verrate dir meinen Namen.«

Darien zuckte mit den Schultern, während in seinen Mundwinkeln immer noch ein Grinsen steckte. »Wozu der Aufwand? Ich könnte einfach zu einem der anwesenden Gaffer, die dich offensichtlich kennen und uns gerade völlig entgeistert anstarren, rübergehen und fragen. Wenn ich das wirklich nötig hätte.«

Erst jetzt bemerkte Madison, dass die Gemeinschaftsküche sich während ihres Wortgefechts nicht nur gefüllt hatte, sondern dass Darien und sie beobachtet wurden. Ein Junge aus ihrem Steuerrechtskurs winkte ihr schüchtern zu.

Sofort überkam Madison das Verlangen, wegzulaufen, schließlich hatte sie im Schultheater nicht mal einen Baum spielen wollen. Aber einen solchen Sieg gönnte sie Darien mit seiner unverschämten Selbstsicherheit nicht. Er war es allem Anschein nach gewohnt, als Sieger aus solchen Gesprächen hervorzugehen, weil er immer noch einen draufsetzte. Aber so leicht würde sie ihn nicht davonkommen lassen.

»Es wäre nicht das Gleiche, wenn du jemand anderen nach meinem Namen fragst. Und das wissen wir beide.«

Dieses Mal wirkte Dariens Lachen echt – genau wie die Geste, mit der er sich durchs Haar fuhr. »Du hast nicht zufällig auch Psychoanalyse bei Mrs Quentist belegt? Nein? Dann bist du ein Naturtalent darin, Leute in die Ecke zu bekommen, in der du sie haben willst.«

In aller Ruhe ließ Madison Marshmallows in die warme Milch fallen. »Mach, was du willst, das ist doch eh dein Motto. Aber vielleicht überraschst du mich ja.«

Während Madison sich zum Gehen umdrehte, hört sie Darien leise sagen: »Vielleicht überrasche ich mich ja selbst.«

KAPITEL 6

SIEBEN JAHRE ZUVOR

Es ist eine dieser Partys, die meine Eltern so gern schmeißen. Oder vielmehr mein Vater, der es liebt, seinen Golffreunden und Geschäftspartnern sein neustes Schätzchen vorzuführen. In diesem Fall ein Haus in Malibu, direkt am Strand, bei dem allein die Versicherungspolice gegen Überschwemmung höher ausfällt als manches Jahreseinkommen. Das macht es für ihn vermutlich noch interessanter – und, soweit ich das beurteilen kann, gilt das auch für die Gäste, die durchaus beeindruckt wirken, obwohl sie sicherlich ständig auf solchen Angeberpartys rumhängen.

Ich schaue mir das Spektakel aus sicherer Entfernung an. Mit meinen siebzehn Jahren wird lediglich von mir erwartet, dass ich anfangs höflich die Gäste begrüße und meine Eltern gut aussehen lasse, aber das war es dann auch schon. Die Großen spielen gern untereinander, und die paar Kids, die mitgeschleppt wurden, sind jetzt schon kleine Kopien ihrer Eltern. Anders ausgedrückt: nicht meine Kragenweite.

Gelangweilt hänge ich am Pool rum, den es gibt, obwohl man den Strand samt Meer doch direkt vor der Nase hat. Nicht mehr lange, dann ist es Mitternacht, und mein Vater hält eine Ansprache, bei der ich lächelnd an seiner Seite stehen muss – dann kann ich mich endlich verziehen. Ich bin ohnehin nur da, weil mich meine Mom darum gebeten hat. Es ist schwer, ihr etwas abzuschlagen, zumal es ihr momentan mal wieder nicht gut geht. Sie will nicht darüber sprechen, aber ich sehe es ihr an, jeden Tag wird sie ein wenig grauer und durchsichtiger.

Scheiße, darüber wollte ich nun wirklich nicht nachdenken.

Ich überlege gerade, ob ich mir nicht ausnahmsweise doch mal einen Drink gönne, als ich ein Pärchen bemerke, nicht mehr als Schatten, die instinktiv Acht darauf geben, das Licht zu meiden. Sie bemerken mich nicht, ich sitze im Dunkeln auf einer Liege. So schnell, wie es bei ihnen vorangeht, würden sie meine Anwesenheit inzwischen nicht einmal mehr dann registrieren, wenn plötzlich ein Flutscheinwerfer auf mich gerichtet wäre.

Langsam steuert das Paar auf das Loungebett zu, das in einer begrünten Nische steht.

Meine Chance, mich noch abzusetzen, bevor es zu spät ist.

Ich will gerade aufstehen, als das indirekte Licht in der Nische einen rötlich-goldenen Ton bekommt und eine verräterische Hitze sich ausbreitet. Ich bin ein paar Schritte entfernt, und trotzdem trifft sie mich so heftig, dass ich einen Augenblick lang keinen klaren Gedanken fassen kann. Dafür reagiert mein Körper eindeutig auf die sich ausbreitende Energie.

Ich muss auf der Liege eingepennt sein, das ist es!

Bitte, bitte nicht, bete ich still in Gedanken. Das darf hier einfach nicht passieren, nicht auf der Feier meiner Eltern.

Aber wenn ich eingenickt bin, warum sitze ich dann in dem dämlichen Anzug, den meine Mutter mir aufgedrängt hat, auf der Liege und kämpfe dagegen an, mich in einen brunftigen Neandertaler zu verwandeln? Das ist alles viel zu real, ich träume auf keinen Fall. Aber, verfluchte Scheiße, ich kenne diese Vorboten inzwischen zu gut, um mir was einzureden.

Und wie auf ein geheimes Zeichen hin taucht *sie* auf. Direkt neben dem Loungebett, auf dem es inzwischen ordentlich zur Sache geht. *Sie* erwidert meinen fragenden Blick mit einem Blinzeln, dann widmet *sie* sich dem Paar und umhüllt es mit einem glühenden Kokon *ihrer* Magie.

Ich will wegschauen. Aber es gelingt mir nicht.

Ich will nichts empfinden. Doch das macht es nur schlimmer.

Was passiert hier?

Bevor ich begreife, was vor sich geht, bin ich bereits einige Schritte auf das Loungebett zugegangen.

»Gefällt es dir?«, fragt *sie* mich.

Aber ich beachte *sie* gar nicht. Etwas ganz anderes nimmt meine Aufmerksamkeit in Anspruch. Der junge Mann, der vor mir gerade alles tut, um seine Gespielin um den Verstand zu bringen …

Er schaut auf.

Und ich sehe in Augen, die meinen verstörend ähnlich sind.

»Möchtest du mitspielen, kleiner Bruder?«, fragt er mich. »Du bist herzlich eingeladen. Höchste Zeit, dass du teilnimmst an der Familientradition.«

Seine Gespielin schimmert im goldenen Licht und scheint nichts gegen ein wenig Verstärkung zu haben, so trunken ist sie von der Magie der Dämonin.

Mir bleiben nur zwei Möglichkeiten: mich auf der Stelle zu übergeben – oder wegzurennen.

Irgendwie gelingt es mir, meine Beine in Bewegung zu setzen und die Flucht zu ergreifen.

Hinter mir erklingt Gelächter, aber das stört mich nicht. Ich bin entkommen. Dieses Mal zumindest.

KAPITEL 7

Nach ihrer persönlichen Talfahrt machte Jelly sich zwei Tage lang rar und leckte ihre Wunden. Seit dem heutigen Morgen war damit allerdings Schluss, das war Madison in dem Moment klar, als ihre Freundin perfekt rausgeputzt vor dem Saal auf sie wartete, in dem sie sich zusammen einen Vortrag über »Geometrische Muster gestern und heute« anhören wollten.

Für diesen Ausflug in fremde Gewässer schwänzte Madison ihren BWL-Kurs, was ihr ehrlich gesagt herzlich wenig ausmachte. Auch wenn sie es niemals zugegeben hätte, so lag Jelly mit ihrer Endloslitanei über Madisons komplett entgegen ihrer Persönlichkeit belegte Kurswahl richtig. Man brauchte kein Genie zu sein, um zu erkennen, dass Madison zwar der fokussierte Typ war, der gern die Kontrolle behielt und stets auf Nummer sicher ging. Das bedeutete jedoch nicht zwangsläufig, dass sie nachts von einem braven Schreibtischjob träumte. Allerdings war Madison nicht zum Träumen an die Uni gekommen, und ihr fehlten auch Zeit und Geld für Experimente. Für sie ging es nicht darum, Spaß zu haben oder sich auszuprobieren, sondern nach dem Abschluss auf sicheren Füßen zu landen. Damit musste sie jemandem wie Jelly jedoch nicht kommen, die ihre Lebenslust und Kreativität zu ihrem Job machen wollte und auch den familiären Background besaß, um sich so viel Wagemut leisten zu können.

Als Jelly durch den Flur auf Madison zukam, steckte in ihrem Pagenschnitt eine schwarze Dahlie, und sie trug ein rubinrotes Cocktailkleid, obwohl es draußen herbstlich kühl war. Wer die junge Frau nicht kannte, dachte bei ihrem Aufzug vermutlich, dass Jelly im Anschluss für ihren Insta-Account posierte. Doch Madison kannte sie besser: Jelly trug ihren Kampfanzug, mehr von ihrer Persönlichkeit ließ sich in einem Outfit nicht unterbringen.

Madison salutierte zur Begrüßung. »Willkommen zurück an Bord, Madame!«

»Danke. Stehen Sie bequem. Ich tue es auch, insofern mir das möglich ist.« Jelly presste die Hände auf ihren Bauch. »Ich hätte Leandra nicht bitten sollen, mir mit der Korsage zu helfen. Das Zuschnüren war der Höhepunkt ihres Tages. Wenn ich jetzt tief einzuatmen versuche, brechen meine Rippen.«

»Wenn es dich tröstet: Dafür siehst du umwerfend aus. Und falls du ohnmächtig wirst, versucht jeder Kerl in deiner Umgebung, dich aufzufangen und inbrünstig wiederzubeleben.«

Jelly verzog das Gesicht. »Aktuell reicht es mir, wenn mir das männliche Geschlecht schmachtende Blicke zuwirft. Ich lass es erst mal langsam angehen mit meiner Venusfallen-Attitüde.«

Madison lächelte schief. Gut, Jelly war hingefallen und tapfer wieder aufgestanden, aber ihre Krone saß weiterhin schief. Darien hatte mehr Schaden angerichtet als vermutet.

Die bereits vertraute Wut auf Darien ballte sich in Madison zusammen. Doch auch sie hatte die letzten beiden Tage nicht tatenlos verstreichen lassen und atmete deshalb tief ein, wie Hemley es ihr empfohlen hatte. Außerdem hielt sie sich vor Augen, dass sie als Freundin alles für Jelly getan hatte, was in ihrer Macht stand: Sie hatte sich um das Häufchen Elend gekümmert und dem Bösewicht nicht nur die Meinung gesagt, sondern ihm sogar einen Grund gegeben, die Angelegenheit wieder geradezubiegen. Ob Darien sich bei Jelly entschuldigte oder nicht, lag nun bei ihm.

Wie von selbst begann Madison die Unterhaltung in der Küche noch einmal im Geist durchzugehen. Von außen betrachtet, staunte sie darüber, dass Darien sie nicht einfach hatte stehen lassen, zumal er bis zum Schluss davon überzeugt schien, dass er sich nichts habe zu Schulden kommen lassen. Als würde sexy Faken nicht zum Standardrepertoire der meisten Liebespaare gehören, zumal es vor Jellys Extrazugabe ja offenbar nicht richtig gezündet hatte zwischen den beiden. Etwas an ihrem Schauspiel hatte Darien so angefasst, dass er sich zurückgezogen hatte. Wie viele Typen würden das an seiner Stelle tun? Nun, Madison war auf diesem Gebiet nicht gerade eine Fachfrau, aber sie tippte auf »verdammt wenige«. Wenn es um seine Grundsätze ging, ließ er offenbar nicht mit sich verhandeln.

Trotzdem ging Madison nicht in den Kopf, wie jemand so viele Regeln aufstellen konnte gegen alles, was die Spannung zwischen zwei Menschen erst so richtig in Fahrt brachte, um dann leichtfertig bei einer Frau mitzugehen, deren Namen er nicht einmal kannte. Egal, wie Madison es drehte, es passte alles nicht richtig zusammen. Und was schon mal gar nicht stimmte, war, dass sie unentwegt über dieses Thema nachdachte! Als spiele es eine Rolle, warum Darien Verhoeven so eine widersprüchliche Haltung zu Liebesdingen hatte. Vermutlich lief es bloß darauf hinaus, dass er es möglichst basic hielt, damit anschließend nur keine Gespielin auf die Idee kam, mehr von ihm zu wollen. Hey, war doch bloß schneller, unkomplizierter Sex! Man sieht sich – und Schluss. Nur … wenn Darien so drauf war, warum hatte er sich dann in der Küche auf eine Auseinandersetzung mit ihr eingelassen, anstatt ihr bloß die kalte Schulter zu zeigen? Warum seine Bereitschaft, sich mit ihr zu streiten und sogar einen Deal einzugehen, um ihren Namen zu erfahren? Dass sie es nicht darauf anlegte, von ihm auf ein regennasses Treppengeländer gehoben und im Stehen beglückt zu werden, durfte er inzwischen mitbekommen haben. Vielleicht hatte sie seinen Ehrgeiz geweckt … Wie ein Jäger war er ihr allerdings nicht vorgekommen, eher wie jemand, der sich auf Ablenkung einlässt, wenn sie sich anbietet, und ansonsten auch nicht traurig drum ist.

Was jedoch viel wichtiger war: Warum, um Himmels willen, zerbrach sie sich den Kopf darüber?

»Smarter Vortrag«, riss Jelly Madison aus ihren Gedanken. »Besonders die Geschichte des Paisleys hat mich geflasht. Ab jetzt bin ich süchtig nach den frühen Neunzigern und Prince, dem Paisleygott.«

Während Jelly in ihren typischen Redeschwall verfiel, schaute Madison sich verwirrt um. Überall im Saal packten Leute ihre

Sachen zusammen und tauschten sich angeregt aus. Sie hingegen konnte sich nicht mal daran erinnern, wie sie an ihren Platz gelangt war, geschweige denn, dass nur ein einziger Satz von dem Vortrag sie erreicht hätte. Dabei hatte das Thema sie interessiert!

O Gott, stöhnte Madison innerlich. Ich muss definitiv aus dieser Darien-Verhoeven-Spirale rauskommen.

Nachdem sie mit der Menge aus dem Gebäude hinausgespült worden waren, hakte Jelly sich bei Madison ein. Sie schlenderten über den Campus und genossen die kühle Luft. Das Laub der Bäume war bereits verfärbt, und die Wege wurden von den ersten goldenen Blättern geschmückt. Es roch intensiv nach nassem Laub und Salz, was Madison daran erinnerte, dass sie nun zwar schon seit einigen Wochen am College war, aber den Atlantik bislang noch nicht gesehen hatte.

»Weißt du was?«, sagte Jelly. »Ich lade dich heute in die Mensa ein, mit allem Drum und Dran. Lele und du, ihr seid die letzten Tage beide so lieb zu mir gewesen, ich weiß gar nicht, wie ich das wiedergutmachen kann.«

»Das brauchst du auch gar nicht.« Es klang wie eine Floskel, aber Madison meinte es ernst. Vermutlich hätte Jelly es nicht verstanden, wenn Madison ihr gesagt hätte, dass sie froh darüber war, ihr beistehen zu dürfen. Dass es sich gut anfühlte, einer Freundin durch eine schwere Zeit zu helfen. Dass es für sie keine Anstrengung, sondern eine berührende Erfahrung gewesen war. Aber wenn sie Jelly so anschaute, ahnte ihre Freundin es vielleicht auch, denn sie lächelte sie mit ihrem umwerfenden Charme an.

»Ich bin froh, dass es dir wieder besser geht«, sagte Madison.

Jelly lachte glockenhell, um dann plötzlich zu verstummen.

Madison folgte ihrem Blick.

Darien Verhoeven stand neben dem Eingang zur Mensa und wartete allem Anschein nach auf jemanden.

»Sollen wir noch einen Schlenker machen?«, schlug Madison vor.

Jelly knabberte angespannt an ihrer Unterlippe. »Zu spät, er hat uns bereits gesehen. Wenn wir jetzt abdrehen, wirkt das wie Schwanzeinziehen.«

»Den Trick habe ich als Frau ohnehin nicht drauf, ich …« Madison verstummte, als Dariens Blick ihren fand. Für eine Sekunde verselbstständigte sich ihre Atmung, bis sie sich vor Augen hielt, dass es hierbei nicht um sie ging. Dann musste sie das noch einmal ganz klar und deutlich wiederholen, als Darien auf sie zukam. Jap, Jelly hatte recht, selbst in einem langweiligen Pullover mit Jeansjacke war er heiß, als wäre er der erste Typ auf der Welt, der so herumlief. Ob er sich seiner Wirkung wohl bewusst war? Vermutlich ja. Merkwürdigerweise war er vollauf damit beschäftigt, sie hinter grauen Wollpullis zu verstecken, anstatt sie zu seinen Gunsten einzusetzen.

Das ist doch nicht wahr! Ich drifte schon wieder ab, rief Madison sich zur Ordnung.

Und dann stand Darien auch schon vor ihnen. Sein Gesichtsausdruck wirkte locker, aber in seinen Augen lag etwas, das Madison nicht recht deuten konnte. War es Anspannung oder Gleichgültigkeit? Jedenfalls verursachte es ein Kribbeln zwischen ihren Schulterblättern.

»Ich hoffe, es ist okay, wenn ich dich anspreche«, sagte Darien an Jelly gewandt.

»Klar doch. Warum denn nicht?« Jelly versuchte, zu lächeln. Doch so heftig, wie sie sich in Madisons Arm krallte, war klar, dass sie es nicht gerade locker nahm.

Trotzdem sagte Madison: »Soll ich schon mal in die Mensa vorgehen?« Sie hatte den Satz noch nicht ganz zu Ende gebracht, da zischte Jelly auch schon: »Auf keinen Fall!«

Dariens Mundwinkel zuckten. »Keine Sorge, ich halte euch nicht lange auf. Ich wollte mich nur bei dir entschuldigen, dass die Sache zwischen uns neulich so ein plötzliches Ende gefunden hat.«

»Schon okay, es war schließlich nur ein bisschen Fun«, murmelte Jelly.

Darien nickte. »Das sollte es sein, aber dann hat es leider einen anderen Weg genommen – und auch wenn das für mich der richtige war, schulde ich dir eine Erklärung für mein Verhalten. Es ist nämlich so, dass mir sofort alles vergeht, wenn eine Frau mir was vorspielt – aus welchem Grund auch immer sie das tut. Ich bin für absolute Ehrlichkeit, und eine nur mäßig gute Nummer ist immer noch tausendmal besser als aufgesetztes Rumgestöhne.«

»Echt jetzt? Das soll deine Entschuldigung sein?« Obwohl Madison sich zurückhalten wollte, funkelte sie Darien an – und er hob abwehrend die Hände, um sich dann wieder Jelly zuzuwenden.

»Davon abgesehen, habe ich mich dir gegenüber ziemlich respektlos verhalten«, gab Darien zu. »Wir kennen uns ja nicht, also kannst du nicht wissen, wie ich zu solchen Dingen stehe. Und vermutlich war die Schauspielerei sogar nett gemeint.«

»Es war kein Schauspiel.« Jelly rang sichtlich um Worte. »Ich wollte nur für Atmosphäre sorgen, mehr nicht.«

Zu Madisons Überraschung lächelte Darien, es fehlte nur noch, dass er Jelly aufmunternd die Schulter tätschelte. »Nimm's mir nicht übel, aber solche Spielereien können heftig schiefgehen, wenn du an den falschen Kerl gerätst. Ich finde es gut, dass du abenteuerlustig bist und weißt, was du willst. Du solltest aber trotzdem Acht geben, mit wem du was veranstaltest. Nur so als Tipp von jemandem, der auf dem Campus schon ein paar Erfahrungen mehr gesammelt hat. Mit Ehrlichkeit hat man vielleicht nicht immer den größten Spaß, aber dann kommen einem irgendwelche Scheißkerle, die man nach Konzerten aufgabelt, auch nicht dumm.«

Etwas in Jellys Gesichtsausdruck lockerte sich – und auch der Schraubgriff an Madisons Arm ließ nach. »Das klang jetzt wie die Ansprache des großen Bruders, den ich nicht habe. Extrem abturnend.«

Darien grinste. »Genau darauf habe ich gehofft. Dann ist die Angelegenheit zwischen uns bereinigt?«

»Überraschenderweise ja.« Jelly dachte einen Moment nach. »Es ist wirklich nett von dir, dass du mich noch einmal angesprochen hast. Trotzdem werde ich künftig zur Überbrückung langweiliger Abende nicht mehr zur Verfügung stehen, da schiebt sich ab jetzt der Große-Bruder-Auftritt zwischen.«

»Das halte ich aus.« Und als Madison schnaufte, fügte Darien noch ein »Ich habe es schließlich nicht anders verdient« hinzu.

Jelly zuckte die Schulter. »Wenn ich dir einen Tipp zurückgeben darf: Welche Frau auch immer sich als Nächstes auf dich einlässt, geh ruhig ein bisschen auf sie ein. Es ist kein Faken, die Stimmung anzuheizen, sondern es liegt in der Natur der Sache.«

»Ich werd's mir merken«, sagte Darien ohne eine Spur von Ironie. Dann nickte er Madison zu. »Man sieht sich.«

Klang das wie eine Drohung? Unbedingt. Mit einem eisigen Gefühl im Magen sah Madison ihm nach, wie er in Richtung Mensa verschwand, wo bereits seine Freunde auf ihn warteten.

Neben ihr atmete Jelly hörbar erleichtert auf. »Das ist ja 'n Ding. Darien Verhoeven hat sich gerade für schlechten Sex entschuldigt. Und, was soll ich sagen? Es fühlt sich großartig an.«

»Dann wisst ihr ja fürs nächste Mal Bescheid, wie ihr es richtig anstellt«, sagte Madison.

Jelly verzog das Gesicht. »Es war ernst gemeint, es wird kein nächstes Mal geben. Ich finde ihn immer noch grenzwertig heiß, aber der Typ ist mir zu heftig. An dem darf sich gern eine andere die Zähne ausbeißen. Ich möchte mich schließlich amüsieren und nicht Tiefenforschung betreiben. Aber wie steht es denn mit dir? Zwischen euch läuft doch was.«

Der Eisklumpen in Madisons Magen schwoll auf die doppelte Größe an. »Mein Bedarf daran, kompliziert verfilzte Männer zu entwirren, hält sich ebenfalls in Grenzen.«

»Warum klingt das bloß nicht besonders überzeugend?«

Als Madison hilflos die Schultern zuckte, machte Jelly eine wegwerfende Geste. »Vergessen wir die Männer und andere Schwierigkeiten, ich schulde dir ein Essen. Ich für meinen Teil habe jedenfalls einen Wahnsinnshunger.«

Bevor Madison sagen konnte, dass ihr kein Stück nach etwas Essbarem zumute war, zog Jelly sie auch schon hinter sich her. Als sie in das alltägliche Chaos der Mensa eintauchten, überkam sie ein Gedanke: Du hättest deine Schulden sofort begleichen und Darien deinen Namen nennen sollen. Inklusive Entschuldigung für übergriffiges Zusammenstauchen. Dann wäre das Kapitel abgeschlossen.

Plötzlich erkannte Madison, warum sich ihre Körpermitte in

eine Eislandschaft verwandelt hatte. Es war eine Sache, vor Darien einzugestehen, dass sie ihm auf eine ziemlich arrogante Art unverschämtes Verhalten vorgeworfen hatte. Geschenkt. Aber sich wahrhaftig zu entschuldigen, bedeutete auch, sich zu öffnen. Nur was passierte, wenn sie sich öffnete und ihr innerer Kompass wieder verrücktspielte? Wenn es um Darien Verhoeven ging, war ihr zweifelsohne nicht über den Weg zu trauen.

KAPITEL 8

EIN JAHR ZUVOR

Ich kann nicht behaupten, dass ich früher groß über das Thema Schlaf nachgedacht habe. Ich lege mich hin … und schlafe.

Selbst, nachdem ich persönlich *ihre* Bekanntschaft gemacht hatte, änderte sich daran nichts.

Bis jetzt.

Denn nun bin ich wach.

Genau genommen seit fast 57 Stunden. Und ich kann aus eigener Erfahrung sagen, dass dauerhaftes Wachsein die reinste Folter ist. Man nickt ein, ohne es mitzubekommen. Plötzlich knallt man mit dem Kopf auf den Tisch. Also steht man lieber auf, obwohl jede Bewegung höllisch wehtut – steht da und schwankt, weil selbst Stehen inzwischen eine Herausforderung ist.

Zumindest glaube ich das, denn auf mein Gedächtnis ist gerade kein Verlass.

Mein Blick wandert erneut zur Wanduhr, und es dauert einen Moment, bis mein Blick klar wird. 3:27 Uhr am Morgen. Wolfstunde. Die fieseste Zeit überhaupt. Und ich bin mir nicht sicher, ob ich auch nur eine weitere Minute durchhalte. Vielleicht hätte ich es doch mit einer Dosis Speed probieren sollen, um dem Schlaf aus dem Weg zu gehen. Aber seit dem Gin-Tonic-Aussetzer im Club bin ich mit bewusstseinsvernebelnden Mittelchen vorsichtig geworden.

Ich will, dass *sie* kommt – aber zu meinen Bedingungen.

Ich will an der Grenze zum Traum sein und doch nicht schlafen.

Ich will *sie* als das sehen, was sie in Wirklichkeit ist.

Nur bin ich mir inzwischen nicht mehr sicher, ob das tatsächlich eine gute Idee ist. Wenn man jemandem gegenübertritt, der einen mit der Berührung seiner Fingerspitze in den Ausnahmezustand versetzen kann, sollte man mindestens in Topform sein. Ich dagegen habe mich gerade übergeben, obwohl ich gar nichts im Magen hatte. Mein Geruchssinn spielt nämlich verrückt, und alles riecht nur noch widerlich. Immerhin ein Pluspunkt – mit der Taktik verführerischen Wohlgeruchs wird sie mich dieses Mal nicht ködern können.

Ab einem bestimmten Punkt des Wachseins bekommt man angeblich Halluzinationen. Sobald das passiert, breche ich das Experiment ab. Wenn zu dem Wahnsinn, der in mein Leben Einzug gehalten hat, auch noch schwebende Mönche oder goldene Hirsche hinzukommen, halte ich das nicht aus. Außerdem ist der Zustand, in dem ich mich jetzt befinde, Schlaf tatsächlich nicht unähnlich.

Vielleicht träume ich auch schon längst, einen Traum vom Wachsein … oder vielmehr einen Albtraum.

»Es ist so hart«, höre ich *sie* neben mir sagen. »Warum quälst du dich so? Es könnte doch alles so einfach sein.«

Bevor ich antworte, beiße ich mir auf die Innenseite meiner Wange, spüre dem Schmerz nach und schmecke das Blut. Kann man etwas so Echtes träumen? Ich weiß es nicht. Aber nun hat die Quälerei endlich ein Ende. *Sie* ist da.

Ich zwinge mich zur Konzentration. »Das ist heute unsere letzte Begegnung«, sage ich heiser. »Ich will, dass es endlich aufhört.«

»Aber es hat doch noch gar nicht angefangen«, flüstert *sie*. So nah an meinem Ohr, dass ich *ihren* Atem spüren kann. Falls *sie* überhaupt atmet. »Es ist mir ein Rätsel, warum du dich so dagegen wehrst. Ich spüre doch das Verlangen deines Körpers, wie er auf meine Nähe reagiert, wie deine Gedanken ständig um das kreisen, was ich dir schenken könnte. Unsere Verbindung ist so stark, dass ich sie sogar wahrnehme, wenn du wach bist.«

»Ich bin wach«, entgegne ich.

»Und wenn du jetzt endlich deinem Bedürfnis nach Schlaf nachgeben würdest, dann könntest du mich auch sehen …« *Ihr* Lächeln leuchtet vor mir auf. Wie immer wohnt ihm ein Hauch von Spott inne, was es nur noch anziehender macht. »Warum begibst du dich nicht in Morpheus' Arme, damit wir diese Unterhaltung von Angesicht zu Angesicht führen können?«

Was für eine Frage. »Weil ich dir nicht über den Weg traue.«

Auch wenn ich *sie* in diesem Zustand nicht sehen kann, spüre ich, wie *ihr* Lächeln gefriert. Dann hat *sie* sich wieder gefangen. »Willst du nicht erst mal erleben, was ich dir zu bieten habe, bevor du mich abweist? Was dir, nebenbei bemerkt, ohnehin nicht gelingen wird. Das Tor zwischen uns ist offen, du kannst es nicht wieder schließen. Nimm das Geschenk an, das dir gemacht wurde.«

»Auch auf die Gefahr hin, undankbar zu wirken, aber ich würde auf diesen Höllenritt lieber verzichten. Dafür bin ich auch bereit, Opfer zu bringen. Was verlangst du von mir, damit die Verbindung zwischen uns gelöst wird?«

Es ist mir so ernst, dass sogar die bleierne Erschöpfung schlagartig verfliegt. Meine Gedanken beginnen zu rasen, während *ihre* Stimme an Deutlichkeit gewinnt. »Ich wüsste nichts, was du mir bieten könntest, womit ich zufrieden wäre«, erklärt *sie* mir. »Ich will dich, du gehörst mir, nicht weil ich grausam bin, sondern weil du gezeichnet bist. Und dagegen kannst du nichts tun, wie du selbst bereits herausgefunden hast. Was ist passiert, als du versucht hast, das Zeichen rauszuschneiden?«

»Die verdammte Wunde ist schneller geheilt, als ich schneiden konnte«, gebe ich zu. Es war ein herber Schlag, aber in diesem Moment kümmert es mich mehr, dass *sie* von meiner Verzweiflungstat weiß. Vielleicht ist diese Bindung ja doch mein Schicksal, auch wenn ich es niemals akzeptieren werde.

»Du verdammst mich zur Einsamkeit«, sage ich. »Ich kann keine Frau an mich heranlassen. Ständig muss ich befürchten, ihre Berührung könnte in mir die Bereitschaft wecken, mich dir hinzugeben. Es kostet mich so viel Kraft, mich vor dir zu verstecken, dass ganz langsam, Stück für Stück, etwas in mir abstirbt.«

Was ich von *ihr* zu spüren bekomme, hat wenig mit Verständnis zu tun. Aber Mitgefühl und Rücksichtnahme sind nun auch wirklich nicht *ihr* Spezialgebiet. »Es gibt nur zwei Wege, die du beschreiten kannst: Den der Einsamkeit – oder ein Leben mit mir.«

»Dann wähle ich die Einsamkeit«, sage ich, ohne zu zögern.

»Das kann ich leider nicht zulassen. Du und deine Familie, ihr steht in meiner Schuld«, haucht *sie,* und die Luft beginnt so stark zu vibrieren, dass ich kaum noch das Zimmer um mich herum erkennen kann. Schwäche erfasst meinen Körper, will ihn zu Boden ringen. Meine Gedanken zerfasern.

Sie versucht, mich in *ihre* Welt rüberzuziehen.

Und ich weiß nicht, ob ich dort die Stärke aufbringen werde, *ihr* zu widerstehen.

Deshalb greife ich zu einer letzten Ausflucht. Auf dem Tisch liegt noch das Messer mit dem verkrusteten Blut. Ich schnappe es mir, genauer gesagt fasse ich in seine scharfe Klinge. Als sie sich in meine Handfläche gräbt und eine Armee von Nerven den Schmerz meldet, erhält die Welt endlich ihre Konturen zurück. Mit einem klaffenden Schnitt in der Hand ist an Schlaf nicht zu denken – und im Gegensatz zu der Haut unter dem Zeichen heilt diese Wunde nicht sofort.

Ihr Lachen ertönt. »Dummer Junge, damit schiebst du das Unausweichliche bloß auf. Ring nur mit dir, ich habe Zeit, unendlich viel Zeit. Früher oder später wird schon eine Gespielin auftauchen, der du nicht widerstehen kannst. Und dann werde ich da sein und dich an deine Schulden erinnern.«

KAPITEL 9

Das war also der *White Room*.

Eine Mischung aus Café und Bar, in erster Linie jedoch das zweite Wohnzimmer der Seniors vom College. Das merkte Madison daran, dass sie an einer unsichtbaren Grenze hängen blieb, als sie sich dem flachen Gebäude mit der weiß getünchten Backsteinfassade näherte. »Nicht deine Liga«, schien es ihr zuzuflüstern.

Früher hatten die Räumlichkeiten des *White Room* eine Konditorei beherbergt, von der noch ein großes Schaufenster übrig war. Allerdings war die Scheibe nun weiß getüncht, abgesehen von einigen kugelrunden Gucklöchern, die unschlüssige Neuzugänge zu verspotten schienen, die sich draußen in der kalten Herbstluft die Beine in den Bauch standen und sich nicht reinwagten. So wie Madison.

Es war eine dämliche Idee, am Samstagabend zum *White Room* zu gehen, wenn es da drinnen bereits brechend voll war, weil man sich hier für eine lange Nacht einstimmte. Und darüber hinaus auch noch knallverrückt, dass sie allein unterwegs war. Leandra, Jelly und Hemley warteten auf sie im *Sirius,* das am anderen Ende des Campus lag. Nicht mehr lange, und ihre Freundinnen würden sich fragen, wo sie blieb. Dieses enge Zeitfenster hatte sie sich absichtlich gelegt, damit sie nicht bummelte, sondern durchzog, was sie sich vorgenommen hatte.

Anstatt jedoch ihren Plan in die Tat umzusetzen, ließ Madison sich vom Wind durchpusten und spähte auf die Schemen, die sich hinter der geweißten Scheibe bewegten, während das Stimmgewirr jedes Mal wie eine Drohung durch die sich öffnende Tür quoll.

Und wenn er gar nicht hier ist?, ging es Madison zum gefühlt hundertsten Mal durch den Kopf.

Seit Tagen schon hatte sie sich nach Darien Verhoeven umgesehen: in der Gemeinschaftsküche, in der Mensa, einfach überall, nur nicht im Herrenwaschraum. Doch er war wie vom Erdboden verschluckt. In ihrer Not hatte sie sogar Hemley gefragt, wann denn dieser Statistikkurs stattfinde, von dem sie erzählt hatte. Sie hatte gehofft, Darien dort abfangen und es hinter sich bringen zu können, doch leider hatte sich die Statistikdozentin beim Skifahren den Fußknöchel gebrochen, sodass ihr Unterricht online stattfand.

Hemley hatte Madison aus ihren dunklen Augen gemustert. »Ich werde dich nicht ausfragen, warum du dich für diesen Kurs interessierst, aber vielleicht möchtest du es mir ja erzählen?«

Das wollte Madison definitiv nicht, doch ihr Mund hatte sich von selbst geöffnet, und sie hatte Hemley von ihrem Gespräch mit Darien berichtet, dass er sich bei Jelly entschuldigt hatte – wenn auch auf eine ziemlich krude Weise. Und nun war sie dran.

Hemley hatte sich nicht anmerken lassen, was sie davon hielt, sondern hatte Madison stattdessen Dariens Zimmernummer im Wohnhaus genannt. Seitdem hatte Madison bereits viermal an die Tür geklopft, bis heute endlich jemand geöffnet hatte. Allerdings war es der blonde Surferboy gewesen, den sie von dem Chai-Tea-Crash kannte.

»Hi, ist Darien da?«

Der Surferboy hatte sie angesehen, als wäre sie eine Erscheinung, dann hatte er im Zeitlupentempo den Kopf geschüttelt. Entweder hatte sie ihn bei seinem Nachmittagsschläfchen geweckt oder er war komplett bekifft. Der aufdringliche Gestank, der aus dem Türspalt drang, deutete auf Letzteres.

»Sorry, Darien ist nicht da. Ich steh gerade unter Prüfungsstress, und da verabschiedet er sich immer für eine Weile. Keine Ahnung, warum.«

Madison hatte versucht, trotz der Rauchwolken nicht zu blinzeln. »Weißt du, wo ich ihn finden kann?«

»Wozu willst du denn Darien finden? Mädchen, du bist so was

von überhaupt nicht sein Typ, viel zu niedlich und …« Er dachte angestrengt nach. »Anständig.«

Madison hatte sich die Frage verkniffen, wie Dariens Typ denn aussehe, sondern blieb so lange hartnäckig, bis Surferboy meinte, sie solle es am Wochenende mal im *White Room* probieren.

»Heute ist Samstag.«

»Echt? Scheiße. Dann hab ich die Prüfung verpasst.«

Madison hatte sich mit einem Winken über die Schulter verabschiedet.

Und nun stand sie hier. In einem kurzen A-Linienkleid mit grafischem Aufdruck, das sie für den heutigen Abend bei Ebay ersteigert hatte. Darüber trug sie bloß einen dünnen Mantel, der gegen den stetig heftiger werdenden Wind nicht wirklich viel ausrichten konnte. Aus ihren kunstvoll hochgesteckten Haaren lösten sich bereits die ersten Strähnen, und wenn es jetzt auch noch zu regnen anfing, würde sich der Kajalstrich auf ihren Augenlidern verabschieden. Dabei hatte sich Jelly damit so viel Mühe gegeben.

Nun mach endlich, spornte Madison sich an. Vermutlich ist er eh nicht da. Und wenn doch, dann bringst du es endlich hinter dich. Denk dran, du hast heute Abend noch was Besseres vor, als vor dem großartigen Verhoeven zu Kreuze zu kriechen.

Als eine weitere Gruppe Seniors den *White Room* betrat, schlüpfte Madison mit ihnen durch die Tür.

Die meisten Cafés auf dem Campus waren gemütlich, oftmals sogar retro-kitschig, Orte, an denen man sich wohlfühlen konnte, mit alten Sofas, nicht besonders cleanen Tischen und liebevoll verzierten Tresen, die sich bogen unter Krimskrams und Cookiegläsern. Es gab mehr Kerzen als indirektes Licht, und es duftete immer so süßlich, als hätte man sich in einen Süßigkeitenladen aus der guten alten Zeit verirrt. Man konnte in ein paar dicken Kissen versinken oder plaudernd an einem der Holztische sitzen.

Der *White Room* hatte nichts davon. Er war komplett in klinischem Weiß gehalten, und durch das ohnehin grelle Licht zuckten Stakkato-Blitze. Von Sofas keine Spur, die Gäste standen dicht an dicht. Der Tresen war ein nackter Metallquader, hinter dem schwarz angezogene Bartender unter Hochdruck arbeiteten, und anstelle von einer cozy Playlist gab es nur das Stimmengewirr der Gäste. Unter anderen Umständen wäre Madison rückwärts wieder rausgegangen.

Wer wollte seinen Abend in einer Bar starten, die wie ein Raum für soziale Experimente aussah, nach dem Motto »Wenn wir es so ungemütlich wie möglich einrichten, konsumieren die Gäste dann besonders viele Drinks, um es irgendwie auszuhalten?«.

Leider war der *White Room* jedoch so beliebt, dass man in dem Pulk niemanden ausmachen konnte. Notgedrungen stemmte Madison sich auf die Zehenspitzen, um sich einen Überblick zu verschaffen, was ihr ein paar schräge Blicke und spöttisches Grinsen einbrachte. So uncool führte man sich im *White Room* allem Anschein nach nicht auf. Die demonstrative Überheblichkeit der älteren Studierenden sorgte jedoch nur dafür, dass Madison anfing, auf der Stelle zu hopsen. Sollten diese Snobs von ihr denken, was sie wollten, die würden sie eh nie wiedersehen. Sie würde erledigen, weshalb sie gekommen war, und dann nichts wie raus aus diesem Mistladen.

Allerdings stellte Madison das Gehopse sofort ein, als Darien vor sie trat.

Es mochte Samstagabend sein, aber an seinem Look änderte das nichts. Und auch sein Gesichtsausdruck war genauso genervt wie immer. Was wird das?, schienen seine dunkelblauen Augen zu fragen.

Tatsächlich sagte er: »Hi, das ist ja eine Überraschung. Das ist nicht gerade der Laden, in dem ich dich erwartet hätte.«

Madison war so peinlich berührt, dass sie nur ein Kopfnicken zustande brachte.

Darien musterte sie mit verschränkten Armen. »Nicht, dass es mich was anginge … Aber was machst du hier? Hast du etwa ein Date?«

Der Mann hatte vielleicht Ideen. »Klar. Ich mache mich immer zum Idioten, wenn ich mit einem heißen Typen verabredet bin. Das ist mein Markenzeichen. Und frag mich jetzt auch bitte nicht schon wieder, ob ich eine Wette verloren habe und mich deshalb an einem Ort rumtreibe, an dem ich nichts verloren habe.«

»Wenigstens hast du deine Sprache wiedergefunden«, schoss Darien zurück, während er sie völlig unverhohlen abcheckte. Nichts von dem, was er an Madison sah, schien ihm zu gefallen. »Wenn du kein Date hast, warum dann diese Prinzessinnenfrisur?«

Madison sparte sich den Hinweis, dass es eine Stunde gebraucht hatte, ihre wellige und entsprechend widerspenstige Mähne von dieser Frisur zu überzeugen. Mal davon abgesehen, dass es Samstagabend war. Wenn es eine Chance auf Aufbrezeln gab, dann ja wohl heute. Aber das wollte sie nicht wirklich mit Darien diskutieren, dessen Fashion-Höhepunkt in einem sauberen T-Shirt bestand.

»Du hast recht, Darien: Es geht dich nichts an, warum ich mich so zurechtgemacht habe. Ich bin bloß auf einen Abstecher reingekommen. Dein Mitbewohner aus dem Wohnhaus hat mir den Tipp gegeben, dass ich dich hier finden könnte.«

»Dann hast du bei dieser Bunny-Nummer in deinem für Springaktionen viel zu kurzen Kleid also nach mir Ausschau gehalten.«

Instinktiv zog Madison ihren Kleidersaum nach unten, und Darien verkniff sich merklich ein Grinsen.

»Wenn das so ist …«, sagte er plötzlich gut gelaunt. »Dann besorge ich dir erst mal was zu trinken, du siehst nämlich leicht durch den Wind aus. Der Winter hier an der Küste hat es in sich.« Damit nahm er auch schon ihre Hand. Seine Haut fühlte sich seltsam rau an, als durchkreuze eine Narbe seinen Handteller. Er zog sie durch das Gedränge in Richtung Tresen, vor dem die Leute reihenweise standen und sich den Hals verrenkten, um ihre Bestellung loszuwerden. Darien dagegen machte sich nicht die Mühe anzustehen, sondern winkte einem Bartender zu, der sofort zurückwinkte.

»Was darf ich für dich bestellen?«, fragte er Madison. »Sie mixen hier ein Spezial mit Chili-Ingwer-Extrakt, der einem ordentlich einheizt. So durchgefroren, wie du bist, bestimmt das Richtige. Deine Finger sind ja eiskalt.«

»Einheizen klingt gut«, sagte Madisons Mund in Eigenregie, während ihr Verstand vollauf damit beschäftigt war zu verdauen, dass Darien ihre Hand hielt.

Immer noch. Obwohl sie inzwischen standen.

Er ließ sie auch nicht los, als er dem Bartender irgendetwas mit Zeichensprache mitteilte, sondern nahm dafür einfach seine Linke.

Gerade als Madison überlegte, warum sie keine Anstalten machte, ihre Hand aus seinem Griff zu lösen, gab er sie frei. Jedoch nur, um ihr den Arm um die Taille zu legen und sie mit sich durch das Gedränge zu nehmen, wobei er seine Schulter geschickt einsetzte, um ihnen Platz zu machen. Madison ließ es geschehen, teils, weil ihr der Gang durch die Menschenmenge nicht ganz geheuer war, teils, weil es sich gut anfühlte, so dicht an Darien geschmiegt zu sein.

Moment mal. Das war doch verrückt! Da konnte sie von ihm halten, was sie wollte, aber ihr Körper sagte eindeutig Ja zu seiner Nähe. In den vergangenen Wochen hatte sie diesen Umstand stets geleugnet, aber nun umhüllte sie die Wärme seiner Umarmung, und die Anziehungskraft war nicht abzustreiten.

Sie gingen in den hinteren Teil des *White Room*. Mit jedem Schritt ließ das grelle Licht nach, bis es zu einem verwirrenden Flackern wurde. Hier lief unterschwellige Musik, aus versteckten Boxen dröhnte ein Basslauf, der so tief war, dass man ihn mehr mit dem Körper spürte als hörte. Und es gab Sitznischen, die mit anthrazitfarbenem Samt bezogen waren.

Darien steuerte eine besetzte Nische an, und bei seinem Kommen rückten die anderen Gäste so weit zusammen, dass gerade Platz für eine weitere Person entstand. Ohne auf Madisons Versteifen zu achten, schob er sie auf die freigewordene Lücke zu und drängte sich dann ebenfalls noch mit auf die Bank. Was die Sache mit der gewissen Hitze, die seine Berührung auslöste, nicht besser machte. Von ihm wegrutschen ging allerdings auch nicht, weil der Typ neben ihr sie durch blaue Brillengläser ohnehin schon finster anstierte. Allem Anschein nach hegte er eine spontane Abneigung gegen sie, sodass sie wohl oder übel an Darien gepresst dasitzen musste. Der legte locker seinen Arm hinter ihr ab, und sie spürte an ihrem Oberarm, wie sich seine Seite beim Atmen ausdehnte. Es fühlte sich verstörend intim an, genau wie sein langer Oberschenkel an ihrem, was sie daran erinnerte, dass ihr Kleid tatsächlich etwas zu kurz war.

An der Grenze zur Überforderung schaute Madison in lauter fremde Gesichter, die sie neugierig beäugten.

Halt! Ein Gesicht gehörte Raj aus der Dusche, sie erkannte ihn an seinen ungewöhnlich schönen Augen. Neben ihm saß aber nicht das Mädchen mit den grünen Haarsträhnen, sondern eine Brünette, die an seiner Schulter hing. Es gab noch eine junge Frau mit geschorenem Kopf und überlangen Glitzerohrringen sowie drei Typen, von denen zwei ziemlich schicke Anzüge trugen. Der dritte im Bunde war der mit den blauen Brillengläsern und den spontanen Hassgefühlen, der eher Marke »Künstler. Sonst noch Fragen?« war. Wenn jemand von außen auf die Tischgesellschaft geschaut hätte, wäre ihm sofort ins Auge gefallen, wer nicht in diese Runde gehörte: das Küken in dem hübschen Kleidchen, das gerade starb, weil es neben einem attraktiven Kerl saß, der sich im Gegensatz zu ihr ausgesprochen wohlzufühlen schien.

Als der Bartender mit zwei Longdrinks an den Tisch trat, wehrte Madison sich nicht, sondern nahm ihr Glas dankbar entgegen. Sie konnte es gebrauchen. Um Darien zu sagen, was ihm zustand – und um in dieser Runde irgendwie zu überleben. Hastig nahm sie einen Schluck und erinnerte sich erst in dieser Sekunde daran, dass man höflicherweise anstieß oder sich sogar für den Drink bedankte. Da war der erste Schluck jedoch schon über ihre Lippen und brannte wie Feuer.

»Hölle noch eins«, hauchte sie und saß prompt ein Stück aufrechter.

Darien grinste. »Schon wärmer?«

Madison blinzelte mit tränenden Augen. »Ist das wirklich zum Trinken gedacht?«

»Ich würde nicht zu viel darüber nachdenken«, sagte Darien. »Und jetzt runter damit.«

»Ich bezweifle, dass ich einen Longdrink exen kann. In so etwas habe ich null Übung und außerdem noch weniger Lust, dass dieses Teufelszeug wieder retour kommt.«

»Keine Sorge, da ist kein Alkohol drin.«

»Wirklich nicht?« Madison leckte über ihre kribbelnden Lippen. Kein Alkohol, sondern nur etwas zum Warmwerden. Küken bestellte man keine echten Drinks.

Während sie darüber nachdachte, was davon zu halten war, prostete Darien ihr zu und trank aus seinem Glas, um daraufhin das Gesicht zu verziehen. Dann lehnte er sich in die Polster zurück, wobei sein Oberschenkel Madisons noch ein bisschen mehr berührte. Ihm schien die Nähe jedenfalls nichts auszumachen. Aus den Augenwinkeln nahm sie wahr, wie er sie abwartend beobachtete. Vermutlich hatte der ganze Tisch sie im Blick, obwohl einige miteinander plauderten.

Was würde das Küken als Nächstes tun?

In Madison brannte der Wunsch, Darien den Drink gegen die Brust zu klatschen und sich aus dem Staub zu machen. Stattdessen nahm sie einen weiteren Schluck von dem Teufelszeug. Aus irgendeinem Grund wollte sie diesen Leuten nicht als überdrehter Kastenteufel in Erinnerung bleiben, der überraschend auftauchte, sich an ihrem Tisch danebenbenahm und dann auch schon wieder verschwand. Trotzdem: Sie hatte sich noch nie so fehl am Platz gefühlt. Im Gegensatz zu ihr hätte Jelly sich bestimmt sofort mit Dariens Freunden verstanden, die unbestritten zur coolen Sorte gehörten. Leandra hätte einfach ihr Lieblingsthema Sport ausgepackt, das zog immer. Und Hemley wäre eh klargekommen, für sie waren alle Menschenkinder interessant – und alle Menschenkinder liebten Hemley.

Nur ich bin die reinste Fehlbesetzung, dachte Madison.

Vermutlich wollte Darien ihr genau das vor Augen führen als Rache für das hohe Ross, von dem herab sie ihn wegen Jelly angezischt hatte. Jetzt befand sie sich in seinem Revier und durfte in aller Öffentlichkeit klein beigeben.

Ein bisschen verdient hatte sie das, auch wenn es ihr nicht gefiel.

Madison rang um Worte. »Darien …«

Er zwinkerte ihr zu. »Ganz genau. Darien. Das ist *mein* Name. Willst du mir nicht langsam auch mal *deinen* verraten, damit ich dich endlich meinen Leuten vorstellen kann?«

Praktischerweise war Madisons Gesicht bereits rot von dem

Drink, weshalb nicht weiter auffiel, dass ihr das Blut in die Wangen schoss. »Ich heiße Madison«, sagte sie. »Madison Farneo.«

»Dann kommst du aus Wisconsin?«, fragte Darien in bester Small-Talk-Laune.

»Meine Eltern haben bis zu ihrer Trennung tatsächlich in Madison gelebt – und meine ältere Schwester heißt Romy. Und jetzt rate mal, in welcher Stadt die beiden sich bei einer Studienreise in Italien kennengelernt haben, meine Mutter hat nämlich Antike Geschichte studiert. Kleiner Tipp: Florenz war es nicht. Ich war allerdings noch nie in Madison, ich bin nämlich bei meiner Granny in einer Kleinstadt namens Selma hier in Maine aufgewachsen, nachdem meine Mom bei einem Autounfall verunglückt ist. Da war ich noch ein Kleinkind, ich habe deshalb leider keine Erinnerung an sie«, sprudelte es aus Madison hervor, als habe Darien mit seiner Frage einen Knopf bei ihr gedrückt. Normalerweise vermied sie es, über ihre Vergangenheit zu reden. Zumal sich am College ohnehin niemand dafür interessierte.

Mit einer einzigen Ausnahme, die ihr gerade gegenübersaß und deren Blick schlagartig ernst wurde. »Das tut mir leid – und das sage ich nicht bloß so dahin. Meine Mutter ist nämlich auch schon tot, auch wenn das eine ganz andere Geschichte ist.«

Unterhielten sie sich jetzt tatsächlich über ihre verstorbenen Mütter? Darien zeigte eine solche Anteilnahme, als würde ihn ihre trostlose Vergangenheit wahrhaftig interessieren. Und trotzdem schnürte sich ihr die Kehle zu. Wenn sie erst einmal anfing, über ihr Leben und seine Brüche zu reden, dann hörte sie vermutlich nicht mehr so schnell auf. Habe ich schon erwähnt, dass ich meinen Vater erst gar nicht kennengelernt habe? Du studierst doch Psychologie, meinst du, dass ich deshalb so ein gewisses Problem mit Männern habe? Und dann hätte ich da noch ein paar andere interessante Storys in petto, etwa, warum ich mit so viel Verspätung auf dem Campus aufgetaucht bin …

»Eigentlich rede ich nicht gern über meine Familiengeschichte«, zog Madison die Notbremse.

Darien nickte. »Das ist hier auch nicht unbedingt der richtige Ort dafür, in den *White Room* kommt man, um sich genau von solchen Dingen abzulenken. Komm, ich stell dich meinen Leuten vor.«

»Lieber nicht, ich wollte dir eigentlich nur sagen …«

Doch Darien ließ bereits seine kräftige Stimme aufdröhnen. »Das ist übrigens Madison. Lasst euch von ihrer zurückhaltenden Art nicht täuschen – die Lady ist knallhart. Jedes Mal, wenn ich sie treffe, fährt sie mit mir Schlitten.«

»Schon klar, nur eine echt toughe Lady kann diese widerliche Ingwerpisse trinken, auf die sonst bloß du stehst«, lachte einer der Anzugträger und prostete Madison mit einem Tequila zu. »Hi, Madison, ich bin Greyson. Und der Kerl neben mir, der aussieht wie mein Klon, ist Bart. Wir spielen beide später noch ein Jazzkonzert, deshalb die Klamotten.«

»Als ob ihr jemals aus den Anzügen rauskommt«, murmelte Darien gerade so laut, dass Madison es hören konnte.

Dann lehnte sich das Mädchen mit dem geschorenen Kopf vor und lächelte sie an. Ihre Eckzähne waren golden überkront. »Hi, ich bin Nadja. Du bist eine Freundin von Hemley, richtig? Ich hab dich auf ihrem Insta-Account gesehen.«

Madison nickte. »Vermutlich neulich, als sie mich ungefähr tausend Tonnen gespendete Kleidung hat sortieren und waschen lassen.«

»Ich liebe Hem, sie ist ein echter Schatz. Schön, dich kennenzulernen«, sagte Nadja. Dann deutete sie auf den Künstlertypen, dem es trotz des akuten Platzmangels gelungen war, einen gewissen Abstand zwischen sich und Madison zu bringen. Das war so unangenehm, dass Madison überlegte, einfach auf Dariens Schoß auszuweichen. So entspannt, wie er an ihrer Seite saß, würde ihm das bestimmt nichts ausmachen – im Gegensatz zu ihr, die kaum ihren Kopf zu bewegen wagte, weil sein Arm direkt hinter ihrem Nacken lag. Es war die Hölle, aber in Bittersüß.

»Das neben mir ist Lemaire«, sagte Nadja. »Und wenn du schlau bist, machst du dir nichts draus, dass er gerade scheiße drauf ist. Das ist so seine Art.«

»Was macht bitte schön diese Minnie Mouse an unserem Tisch?«, fragte Lemaire niemanden Spezielles.

Neben Madison verspannte sich Darien. Bevor er jedoch lospoltern konnte, verdrehte Nadja die Augen.

»Siehst du, was ich meine, Madison?«, sagte sie. »Einfach ignorieren, Lemaire ist die Aufregung nicht wert. Und das neben mir ist unser Freund …«

»… Raj. Madison und ich kennen uns bereits.« Der junge Mann lächelte Madison an, allerdings mit etwas Anzüglichem im Blick. »Obwohl … Ohne deinen Bademantel hätte ich dich fast nicht erkannt.«

Bei diesen Worten wurde die brünette Schönheit an seiner Schulter wach. »Was heißt das: Du hast sie im Bademantel gesehen?«

Raj drückte seiner Begleitung einen Kuss auf die Schläfe. »Ganz ruhig, Sweety. Ich bin aus Versehen reingeplatzt, als Madison in der Herrendusche Darien besucht hat.«

»Ganz so war es nicht«, beeilte sich Madison richtigzustellen.

»Das weiß Raj auch, lass dich von ihm nicht provozieren, damit würdest du ihm nur einen Gefallen tun.« Darien legte ihr eine Hand auf den Unterarm, was sie sofort zum Erstarren brachte. Warum machte er das? Seit sie gesagt hatte, dass sie seinetwegen in den *White Room* gekommen war, verhielt er sich, als wären sie zumindest gute Bekannte und nicht zwei lebende Gegensätze, die sich jedes Mal nach kürzester Zeit zu streiten anfingen.

Raj lachte. »Stimmt, aber eigentlich wollte ich dich aus der Reserve locken, Darien. Madison hätte sich bloß in der Tür geirrt, hast du mir erzählt. Ein dummer Zufall. Dann badet sie dich neulich in kochendem Chai Tea – angeblich wieder ein Zufall. Und jetzt ist sie hier, ausgerechnet im *White Room,* und sitzt an dich gekuschelt, als hättet ihr ein Date. Ich will ja nicht unhöflich sein, aber du hast nie Dates – und das hier ist wohl kaum die passende Location für die süße Madison.«

»Du bist geistig die totale Einbahnstraße, Raj«, sagte Anzug-Greyson mit einem Lachen. »Die Location ist die eine, die Gesellschaft eine ganz andere Sache. Madison ist mit Darien hier – also passt es. Hör auf, die beiden deshalb vorzuführen, du bist ja bloß neidisch.«

Es war lieb, dass einige von Dariens Freunden ihr beisprangen. Trotzdem wurde es Zeit, reinen Tisch zu machen. »Danke, aber Raj hat recht, ich fühle mich in diesem Club wirklich nicht sonderlich wohl.« Madison überhörte Lemaires »Die Einsicht kommt besser spät als nie«. Stattdessen sagte sie: »Und ich bin auch nicht mit Darien hier, sondern habe nach ihm gesucht, weil ich ihm etwas schulde.«

Wenn Darien sich zuvor schon immer mehr versteift hatte, so spannte er jetzt jeden einzelnen Muskel in seinem Körper an. »Lass gut sein, wir sind quitt«, sagte er. »Bleib einfach noch etwas sitzen und schau dich um, dann bringe ich dich zur Tür oder wohin auch immer du willst. Irgendwo wartet doch jemand auf dich, für den du dich extra so hübsch zurechtgemacht hast.«

Das Angebot war großzügig, in jeder Hinsicht. Aber es war klar, dass Darien nur einlenkte, weil er sie an einen Tisch gebracht hatte, an dem ihr zwei seiner Freunde nicht besonders nett gekommen waren. Madison war es jedoch egal, ob Lemaire sie als eine Beleidigung seiner Existenz betrachtete und Raj sich offen darüber wunderte, warum Darien den Samstagabend in Gesellschaft eines Non-Dates verbrachte. Sie war gekommen, weil sie seit Wochen, nein, Monaten in jeder freien Sekunde an Darien denken musste, sich den Kopf über ihn zerbrach. Und weil damit nun endlich Schluss sein musste. Sie gehörte nicht hierher, nicht in den *White Room,* nicht an diesen Tisch voller Seniors, und sie gehörte definitiv nicht an Dariens Seite, obwohl die Berührung seiner Finger eine prickelnde Spur auf ihrem Unterarm hinterlassen hatte.

Madison riss sich zusammen. »Hör zu, Darien. Ich bin wirklich froh darüber, dass du mit Jelly gesprochen hast – und zwar auf Augenhöhe und nicht, als wäre sie ein armes Opfer, das auf deine Freundlichkeit angewiesen ist. So respektvoll bin ich nicht gewesen, als ich mit dir wegen der Hinterhofsache ins Gericht gegangen bin.«

Darien zuckte die Achseln. »Du warst wütend. Ich war nicht gerade nett zu jemandem, der dir nahesteht, und du bist auf Angriff gegangen. Belassen wir es dabei.«

»Gott, Darien«, stöhnte Lemaire. »Sag nicht, dass du schon wieder einen Hinterhof unsicher gemacht hast. Das ist nicht nur geschmacklos, sondern allmählich wird es auch langweilig.«

Darien ignorierte seinen Freund und achtete stattdessen nur auf Madison. Deshalb bemerkte sie auch das feine Zucken in seinem Gesicht. Es gab also mehr als eine Hinterhofgeschichte, vermutlich hatte er sogar einen ganzen Sack voll davon. Nun ja, er machte auch kein Geheimnis daraus, wer er war: jemand, der sich ohne jede Verbindung amüsieren wollte.

»Ich möchte hier und jetzt einen Schlussstrich unter der Sache ziehen«, sagte Madison. Inzwischen war es ihr gleichgültig, dass alle am Tisch mithören konnten, was sie Darien zu sagen hatte. Warum auch nicht? Sie würden wohl kaum überrascht sein, sie kannten ihren Freund schließlich. Und Darien ... Der hatte sie, ohne zu fragen, mit zu seinen Leuten genommen, obwohl er wusste, wie verfahren die Sache zwischen ihnen war. Was hatte er sich nur dabei gedacht? Dass sie ganz entspannt diese scheußlichen Drinks zusammen schlürfen und dabei ein wenig plaudern würden? Wohl kaum.

Madison holte tief Luft. »Es tut mir leid, dass ich in der Dusche in dich reingerannt bin, dass ich dir das Handtuch von den Hüften gerissen und dann auch noch Kommentare über dein Tattoo gemacht habe. Dass ich dich mit Tee verbrüht und dann einfach habe stehen lassen, anstatt mich um Wiedergutmachung zu kümmern. Es tut mir leid, dass ich über dich hergefallen bin, weil du so ein Mistkerl bist, wenn es um Sex geht, und an diese albernen Regeln glaubst. Es tut mir auch gerade leid, dass ich es immer noch so unsagbar daneben finde, aber was soll ich machen? Und es tut mir wirklich furchtbar leid, dass ich heute ohne Anmeldung in deinem Stammlokal aufgetaucht bin und dich vor deinen Freunden blamiere. Damit ist jetzt aber Schluss, versprochen. Ab jetzt machen wir einen Neustart und benehmen uns so, wie es eigentlich unter normalen Umständen gelaufen wäre: Jeder lebt in seiner eigenen Bubble, ich in meinem gut behüteten – Nest, in dem man noch an romantische Beziehungen glaubt, während du deinen eiskalten und abgefuckten ›Komm mir nicht zu nah‹-Krams machst.« Madison stockte, während Dariens schwarze Augenbrauen hochrutschten.

»War das eben schon wieder eine von den Beleidigungen, mit denen du eigentlich aufhören wolltest?«, erkundigte er sich ruhig.

»Tut mir leid.« Madison biss sich auf die Unterlippe. Was war nur an diesem Menschen, dass er sie so auf die Palme brachte? Das war doch sonst nicht ihre Art. »Es ist wohl besser, wenn ich jetzt gehe. Danke für den Drink.«

Madison stand auf. Und nach einem kurzen Zögern erhob sich auch Darien, um sie durchzulassen. Sie spürte seinen Blick, hielt ihren Kopf aber gesenkt. Bestimmt würde ihr sonst noch was anderes Absurdes einfallen, das sie ihm vorwerfen konnte. Vielleicht, dass er sich dafür schämen sollte, so tiefblaue Augen zu haben. Oder dass er ihre Aufmerksamkeit gar nicht verdient hatte, obwohl ihre Gedanken nonstop um ihn kreisten. Es stimmte, was Jelly über seine außergewöhnliche Ausstrahlung sagte. Nur leider ließ die bei ihr immer die Sicherungen durchbrennen. Was sie dringend brauchte, war ein Sicherheitsabstand für den Rest ihrer Collegezeit. Und der konnte gar nicht groß genug sein.

Ohne einen Blick zurückzuwerfen, hielt Madison auf das weiß flackernde Licht im vorderen Teil des *White Room* zu, suchte sich den schnellsten Weg durch das Gedränge, kämpfte sich bis zur Tür durch und stolperte hinaus ins Freie. Hinter ihr schlug die Tür wieder zu und dämpfte das Stimmengewirr. Das änderte jedoch nichts an dem Lärm in ihrem Kopf, der Vielzahl an Stimmen, die sie anschrien, was sie da bloß tat, warum sie weglief, anstatt ihm eine Chance zu geben, sie aufzuklären, was es mit seinen idiotischen Regeln auf sich hatte, warum er so wenig Wert auf sich legte und nur schnelle Affären suchte … und ob er vielleicht auch diese absurde Anziehungskraft zwischen ihnen wahrnahm.

Aber dafür war es nun zu spät.

Madison legte den Kopf in den Nacken. Der Wind hatte Regen gebracht, Tropfen fielen auf ihr überhitztes Gesicht. Regen, das war gut, dann würde niemand, der ihren Weg kreuzte, bemerken, dass sie weinte.

KAPITEL 10

Madison war bereits einige Straßen vom *White Room* entfernt, als ein Wagen neben ihr anhielt. Sie ging weiter. Auch, als Schritte hinter ihr auf dem Gehweg erklangen, drehte sie sich nicht um. Ihre Sinne waren überreizt, und sie fühlte eine bleierne Erschöpfung. Sie wollte nur noch das *Sirius* erreichen, in dem ihre Freundinnen auf sie warteten. Erst, als sich eine Hand von hinten auf ihre Schulter legte, wurde ihr bewusst, dass sie ganz allein auf einer dunklen Nebenstraße unterwegs war. Sie fuhr herum, bereit, sich zu verteidigen – und ihr Verfolger machte gerade noch rechtzeitig einen Schritt zurück, sonst hätte er eine rechte Gerade abbekommen.

Es war Darien.

»Hoho«, sagte er beschwichtigend. »Hast du mich nicht rufen gehört?«

Das Einzige, was ich hören will, ist der Regen, dachte Madison. Sie war nur froh, dass auch Dariens Gesicht bereits tropfnass war. Dann erkannte er wenigstens nicht, in welcher Verfassung sie war.

»Falls du auf eine weitere Entschuldigung aus bist, vergiss es«, sagte sie.

»Eigentlich wollte ich dir nur zu Hilfe eilen, damit deine Prinzessinnenfrisur bei dem Scheißwetter nicht schlappmacht. Nicht, dass ich am Ende noch schuld daran bin, dass dein Date die Kerzen auspustet und dich wegen unüberbrückbarer Äußerlichkeiten mit der Rechnung sitzen lässt.«

»Wie heldenhaft von dir.« Madison drehte sich um und ging weiter.

Uneingeladen ging Darien neben ihr her. »Der Regen wird nicht weniger. Und, ohne deine zarten Gefühle verletzen zu wollen, du siehst um die Augen bereits aus wie ein Pandabär.«

Madison blieb stehen. »So schlimm?«

Darien nickte.

Sie schaute zu dem Wagen, den er mit offener Fahrertür am Seitenrand hatte stehen lassen. Die angeschaltete Beleuchtung ließ sein Inneres warm und einladend wirken. Trotzdem kaute Madison noch an ihrer Entscheidung. Wenn sie weiterlief, benahm sie sich albern. Aber wenn sie einstieg und sich ausgerechnet von Darien chauffieren ließ …

»Dieser todschicke Wagen gehört wirklich dir?«

Unter Anstrengung verkniff Darien sich ein Grinsen. »Vor allem ist er uralt, aus den 1960ern, das Lieblingsjahrzehnt meiner Mutter. Daher auch mein altmodischer Name, den heute kaum noch jemand kennt.«

»Eine Frau mit Geschmack. Schade, dass sie ihn dir nicht vererbt hat.« Der Spruch war raus, bevor die Erinnerung, dass Dariens Mutter tot war, ihr Mundwerk bremsen konnte. Sofort fühlte Madison sich mies. »Das hätte ich nicht sagen dürfen, es tut mir leid.«

»Schon gut, meine Mutter hätte darüber gelacht, sie liebte schwarzen Humor«, sagte Darien. »Wie sieht es jetzt aus? Sollen wir weiter im Regen herumstehen?«

Unschlüssig blickte Madison zu dem eisblau lackierten Wagen.

»Ich kann dich auch zum Auto tragen, wenn dir das lieber ist«, bot Darien an.

Bevor es so weit kam, hielt Madison auf das Coupé zu und sparte sich auch einen Kommentar, als Darien ihr gentlemanlike die Beifahrertür öffnete. Der Spiegel im Sonnenverdeck verriet, dass Darien mit dem Panda-Vergleich nicht übertrieben hatte. Es war sogar noch schlimmer: Mit ihrer finsteren Miene sah sie aus wie ein gerupfter Batman. Kommentarlos nahm sie eins der Taschentücher, die er ihr anbot, um den ganzen verschmierten Zauber abzuwischen. Und als er fragte, wo es denn nun hingehen sollte, wollte sie am liebsten »Zum Wohnheim« sagen. Aber das war nicht fair, ihre Freundinnen warteten auf sie, wie ihr Smartphone bewies, das zuletzt immer nervöser vibriert hatte. Deshalb sagte sie »Ins *Sirius*« und löste die Haarnadeln, denn auch auf dieser Baustelle war inzwischen nichts mehr zu retten.

Als Darien den Wagen vor dem Studentencafé anhielt, war Madisons Haar dank der Feuchtigkeit ein einziges Lockennest und ihr Gesicht so ungeschminkt wie schon lange nicht mehr. Sie brauchte nicht zu Darien rüberzuschauen, um sich vorstellen zu können, wie seltsam und verschieden sie beide wirkten. Niemand wäre auf die Idee gekommen, zu sagen: »Hey, ihr zwei seid wie füreinander gemacht!«. Nein, sie waren eher Marke Perfect Mismatch.

»Soll ich dir noch was Nettes sagen, bevor du aussteigst?«, fragte Darien. »Du machst nämlich den Eindruck, als hättest du eine Motivationsrede nötig.«

Madison verzog das Gesicht. »Das war keine Lüge, als ich gesagt habe, dass auf mich kein Date, sondern meine Freundinnen warten.«

Trotzdem schien Darien immer noch nicht überzeugt. »Und warum dann der ganze Aufwand mit deinem Aussehen, das ist doch sonst nicht so dein Stil? Versteh mich nicht falsch, der Prinzessinnen-Look ist niedlich, wirklich, aber er scheint irgendwie angestrengt.«

Madison beschloss, das »niedlich« zu überhören. »Wir wollen heute Nacht in meinen Geburtstag reinfeiern. Wenn mir danach zumute ist, setze ich auch noch eine Papierkrone auf.«

»Verstehe. Eine Geburtstagsparty.« Dariens Finger trommelten auf dem Lenkrad. »Darf ich fragen, wie alt du wirst?«

Nun, welchen Sinn hätte es, hieraus ein Geheimnis zu machen? »Einundzwanzig«, sagte Madison.

Darien pfiff leise. »Gut, dass der Drink vorhin alles Mögliche, nur keinen Alkohol enthalten hat.«

Da war sie wieder, die gute alte Wut auf Darien. Aufgebracht starrte Madison ihn an, was ihn leider nicht beeindruckte, dafür amüsierte er sich viel zu gut auf ihre Kosten. Wenigstens bemühte er sich darum, nicht zu grinsen. »Ich bin kein Kind«, knurrte sie. »Sondern eine erwachsene Frau, falls du das noch nicht mitbekommen hast.«

»Den Eindruck hatte ich auch nicht, als du in deinem langsam auseinandergleitenden Bademantel vor mir gestanden bist. Himmel, ich sehe es noch in allen Details vor mir.« Kaum waren die Worte raus, kniff er die Augen zusammen, als habe sie ihm für diese Unverschämtheit einen Schlag verpasst.

Dafür war Madison allerdings viel zu baff. Hatte Darien eben zugegeben, dass auch er noch an ihren ersten Zusammenstoß dachte, obwohl er ansonsten ein wahrer Meister im Verdrängen war? Konnte es wirklich sein, dass sie in diesem Spiel nicht die Einzige war, die sich unablässig fragte, was – um Himmels willen! – da nur zwischen ihnen abging?

Darien drehte sich ihr im Sitz zu, und fast rechnete Madison damit, dass er nach ihrer Hand greifen würde. Er hatte so etwas an sich … Als habe seine Unnahbarkeit Risse bekommen, und was durch die Risse hindurchstrahlte, fühlte sich an wie warmes Licht. Achtung, ermahnte sich Madison. Du warst schon einmal bereit, dich auf ihn einzulassen. Dein innerer Kompass ist seitdem nicht unbedingt verlässlicher geworden.

Vorsichtshalber wich sie im Sitz zurück, was Darien dazu brachte, abwehrend die Hände zu heben.

»Tut mir leid«, sagte er. »Vergiss einfach, was ich eben gesagt habe. Ich wollte dich bloß aufziehen, und dann ist der Schuss nach hinten losgegangen. In deiner Gegenwart scheine ich immer das Falsche von mir zu geben. Was ich eigentlich meine, ist: Der einundzwanzigste Geburtstag ist was Besonderes, ein echter Sprung. Danach gehört man eindeutig in eine andere Liga.«

»Das Gefühl habe ich auch«, gab Madison zu. »Ehrlich gesagt, warte ich schon ziemlich lange darauf. Innerlich bin ich vom Kindsein nämlich direkt in Richtung Erwachsenenleben losgelaufen und habe das Teenagerdasein übersprungen.«

»Ein großer Verlust?«, erkundigte sich Darien.

»Wohl eher nicht, solche In-between-Sachen liegen mir nicht sonderlich gut.«

»Darauf hätte ich auch getippt. Du bist mehr so der straighte Typ, das Ziel immer fest im Auge.« War das ein Schmunzeln auf Dariens Lippen? Gott, es stand ihm erschütternd gut. Bevor Madison sich zusammenreißen konnte, erwiderte sie es. »Umso mehr Grund, heute Abend richtig zu feiern«, setzte er nach.

»Das habe ich auch vor«, bestätigte Madison.

»Hier im *Sirius*? Das Café ist nett, aber …« Erneut trommelte Darien mit den Fingern aufs Lenkrad, dann griff er ins Handschuhfach – wobei er Madisons Oberschenkel nur ganz leicht streifte. Sie bekam trotzdem eine Gänsehaut. Er holte einen Block samt Stift heraus, um etwas auf einem Zettel zu notieren.

»Hast du einen Führerschein?«, fragte er.

Madison verdrehte die Augen. »Ich bin zwanzig und nicht sieben.«

»Wollte mich nur vergewissern.«

Mit einer eleganten Bewegung stieg Darien aus. Während Madison noch damit beschäftigt war, sich zu sortieren, war er bereits ums Auto herum und öffnete ihr die Tür. Wenn er ihr jetzt auch noch beim Aussteigen geholfen hätte, hätte sie vermutet, durch ein unsichtbares Portal in eine Parallelwelt gewechselt zu sein.

Als sie neben Darien auf dem Bürgersteig stand, hielt er den Zettel hoch. »Das ist die Adresse von dem Club, in dem Greyson heute Abend mit seiner Combo spielt. Im Gegensatz zum *White Room* ist das ein stylisher Laden in Portland, in den man nur über die Gästeliste reinkommt. Eure Namen werden heute Nacht draufstehen. Und damit ihr dort auch hinkommt …« Er drückte Madison den Zettel zusammen mit seinem Autoschlüssel in die Hand, an dem ein geflochtenes Lederband hing. »Falls du und deine Freundinnen keine Lust auf Jazz habt, gib den Autoschlüssel morgen einfach beim Pförtner im Wohnhaus ab, die Papiere sind im Handschuhfach.«

»Und du?«, fragte Madison verwirrt.

»Ich gehe zu Fuß, ist doch das perfekte Wetter für einen Spaziergang.«

»Aber warum …?« Mehr brachte Madison nicht über die Lippen.

Darien schlug den Kragen seiner Jeansjacke hoch. »Mein Geburtstagsgeschenk. Willkommen im richtigen Leben, Madison Farneo«, sagte er. Damit drehte er sich um und verschwand im Regen.

Madison stand noch einen Moment da und starrte ungläubig auf den eisblauen Mustang und den Zettel in ihrer Hand. Dann hörte sie ein Klopfen. Hinter dem Schaufenster des *Sirius* saßen ihre Freundinnen an einem Tisch und starrten sie mit offenen Mündern an.

Nun, dann würde sie wenigstens nicht erklären müssen, warum sie zu spät dran war.

KAPITEL 11

»Das ist definitiv ein irre angesagter Laden.« Hemley checkte den Club auf ihrem Smartphone, nachdem es ihnen gemeinsam gelungen war, Dariens Handschrift zu entziffern. »Das *Deep Space* hat es nicht mal nötig, seine Adresse anzugeben. Gut, dass Darien nicht nur den Namen des Clubs aufgeschrieben hat, sonst wären wir geliefert.«

»Es steht doch noch gar nicht fest, dass wir dort hingehen«, sagte Madison. Sie saß direkt neben dem Heizkörper, um sich zu trocknen.

»Du meinst nicht hingehen, sondern hinfahren.« Leandra klimperte mit Dariens Autoschlüssel. »Dort draußen steht einer der großartigsten Wagen, die je gebaut wurden: ein Ford Mustang Fastback. Soweit ich das von hier aus beurteilen kann, ist er in einem Topzustand, obwohl er Mitte der 1960er vom Band lief. Wenn es nicht so regnen würde, würde ich rausgehen und die Karre umarmen.«

»Ablecken trifft es wohl eher«, sagte Jelly. Sie trug ein Bandeau-Kleid mit schwarz-roten Blockstreifen und zur Feier des Tages einen Haarreif, auf dem zwei Glitzerkugeln wippten. Mehr gute Laune ging nicht. Als sie sich vorbeugte, rechnete Madison fest damit, einen weiteren Kuss aufgedrückt zu bekommen. Eine Wolke aus Jellys Opium-Parfüm und einem zuckersüßen Cocktail namens »Lollipop«, den ihre Freundin wie Wasser trank, wallte ihr entgegen. Im Gegensatz zu Jelly hatte Madison sich bloß einen Pfefferminztee bestellt, obwohl sie sich kein Stück vorstellen konnte, diesen alten und – laut Leandra – echt wertvollen Wagen zu fahren.

Jelly blinkerte sie durch ihre Maskarawimpern an. »Hab ich doch gleich gesagt, dass da was geht zwischen dir und Darien. Ich meine, wie der dich nach eurem Zusammenstoß angeschaut hat, obwohl du ihn mit klebrigem Chai Tea beglückt hast … Als wärst du seine Lieblingsspeise nach einem Endlosmarsch durch die Hölle. Wenn ich es nicht besser wüsste, würde ich glatt behaupten, dass er sich bloß bei mir entschuldigt hat, um vor dir gut dazustehen.«

»Dann meinst du, seine Entschuldigung zählt nicht?« In dem Fall würde Madison Darien den Autoschlüssel bei der ersten Gelegenheit an den Kopf werfen.

Doch Jelly winkte ab. »Entspann dich. Der Kerl meint alles ernst, was er sagt. Den bekommst du nur pur.«

»Was dann wohl ohne Küsse und nackte Haut stattfinden darf, wenn das mit Dariens seltsamen Regeln stimmen sollte«, warf Hemley ein.

Während Jelly schier ausgetickt war über Madisons Auftritt inklusive Konzerteinladung für sie alle und Leandra den Mustang anschmachtete, wenn sie nicht gerade mit der platinblonden Bedienung flirtete, war Hemleys Miene unlesbar geblieben. Eine Tatsache, die Madison ziemlich verunsicherte, weil sie besonders viel Wert auf die Meinung ihrer besonnenen Mitbewohnerin legte.

»Du hältst es allem Anschein nach für keine gute Idee, wenn ich Darien näher kennenlerne. Oder, Hem?«, erkundigte sich Madison.

Hemley nahm einen Happs von der Schokoladentorte auf ihrem Teller und kaute nachdenklich darauf herum. »Das ist nicht leicht zu sagen. Ich kenne Darien nicht weiter persönlich, sondern nur aus einem Kurs. Im Anschluss habe ich mich ein paar Mal mit ihm über Parallelen zwischen Soziologie und Psychologie unterhalten. Meiner Meinung nach ist er einer von den Schlauen, auch wenn er das nicht raushängen lässt. Ohnehin scheint er keine große Selbstdarstellung nötig zu haben, stattdessen legt er es darauf an, unterm Radar zu bleiben. Deshalb wundert mich dieses Auto, das da draußen steht, den Wagen kann man ja nun echt nicht übersehen. Andererseits hätte ich auch nie gedacht, dass Darien sich auf schnelle Nummern mit überdrehten Nachtschwärmern einlässt.« Dabei warf sie Jelly einen strengen Blick zu, den diese mit einem Handkuss erwiderte. Die beiden hatten eine hitzige Unterhaltung darüber geführt, wie viel Erfahrungsammeln gut für einen war, ohne einen gemeinsamen Nenner zu finden.

»Dass Darien leicht zum Schuss kommt, wenn er es drauf anlegt, ist doch klar«, sagte Leandra. »Richtig smart finde ich allerdings, dass er tropfnasse Vögelchen in diesem Wahnsinn auf vier Rädern rumkutschiert, um ihnen einen Traum von einem 21. Geburtstag zu ermöglichen.« Aus ihrem Mund war das schon fast eine Heiligsprechung. »Bei Darien mag nicht alles rundlaufen, aber wir sind uns doch wohl einig, dass der Kerl das Herz am rechten Fleck hat. Er hat sich bei Jelly entschuldigt und Madison nicht auf eine Stippvisite hinters *Sirius* eingeladen, sondern sich wie ein Gentleman benommen. Wir sollten dem Mann unbedingt eine Chance geben, Hem.«

»Du bist ja bloß scharf auf dieses blaue Ponycar.« Trotzdem wirkte Hemley schon versöhnlicher. »Einverstanden, Darien ist cool. Das heißt aber noch lange nicht, dass er der Richtige für Madison ist.«

»Und warum nicht?«, fragte Madison. »Nur so aus Neugierde.«

»Was denkst du denn?«, spielte Hemley den Ball zurück. »Ist jemand wie du, der so viel Wert auf Berechenbarkeit legt und sich durchweg vernünftig und reif verhält, gut beraten mit einem Mann, der zwar sein eigenes Ding macht, aber was Beziehungen anbelangt allem Anschein nach ein Problem hat? Ich habe dich in den letzten Monaten so gut kennengelernt, dass ich darauf tippen würde, dass du nur für Sachen mit Herz zu haben bist. Bestimmt darf es etwas unkonventionell zugehen – aber Regeln, die eigentlich jede liebevolle oder gar verspielte Ebene von vornherein ausschließen? Und solche Regeln sagen ja nicht nur etwas über den Sex aus. Wer Nähe vermeiden will, hat bestimmt auch auf der emotionalen Seite einen Hau. Ehrlich, Madison, der Campus ist voll mit tollen Menschen. Wenn du Lust auf eine romantische Beziehung hast, wirst du nie wieder so gute Karten haben, jemanden kennenzulernen.«

Madison konnte Hemley in jedem Punkt nur zustimmen, genau so sah die Sache aus, auch wenn Leandra etwas wie »So vernünftig ist niemand, wenn es um Gefühle geht« nuschelte, und Jelly bloß gelangweilt abwinkte. Egal, was Darien umtrieb, sie war bestimmt nicht das, wonach er suchte. Falls er überhaupt suchte. Und sie war nicht bis ans College gekommen, weil sie sich von spontanen Empfindungen und ihrem Bauchgefühl leiten ließ. Die Karten lagen vor ihr ausgebreitet, und die Mehrheit von ihnen sagte klar »Fehler« und »Finger weg«. Vielleicht konnte man es so halten, dass Darien und sie zwar durchaus aneinander interessiert waren, aber ihr Spielbereich – nüchtern betrachtet – bereits ausgereizt war. Nur … der Teil, der bei Madison das Ruder übernahm, wenn es um diesen speziellen Mann ging, interessierte sich keinen Deut für Vernunft. Stattdessen schoss er jedes Mal eine Konfettikanone ab, wenn Dariens Name fiel, und drängte darauf, endlich in dieses Auto zu steigen und herauszufinden, was die Nacht noch an Geburtstagsgeschenken zu bieten hatte.

»Na, wie sieht's bei euch aus, Mädels?«

Madison stellte fest, dass die platinblonde Bedienung an ihren Tisch getreten war – oder vielmehr hinter Leandra, der sie ganz nebenbei eine Hand auf die Schulter legte. Automatisch blickte Madison zu dem Tisch rüber, an dem eine Horde Footballer saß. Und einer von ihnen reckte den Hals, um genau zu erkennen, was sich bei ihnen abspielte.

»Kann ich euch noch was Gutes tun? Ich habe nämlich gleich Feierabend«, sagte die Bedienung, auf deren Namensschild »Bonnie« stand.

»Unbedingt«, sagte Leandra mit einem Lächeln, bei dem man zusehen konnte, wie Bonnie ganz heiß wurde. Das entging auch dem Footballer nicht.

»Wie weit sind die beiden miteinander?«, erkundigte sich Madison leise bei Jelly.

»Weit genug, dass Leandras Konkurrent so was von ausflippen würde, wenn er auch nur eine Ahnung hätte, was hier gerade abgeht.«

»Ich befürchte, die Ahnung hat er.« Madison sah, wie der

Schrank von einem Kerl aufstand. Das *Sirius* war am frühen Abend knallvoll, aber das hielt Leandras Konkurrenten nicht davon ab, sich einen Weg zu bahnen. Hastig checkte Madison die Lage bei Leandra, die ihrer Angebeteten gerade einen Kuss auf den Handrücken drückte. Die beiden bekamen eindeutig gar nichts außerhalb ihrer Welt mit, dafür rutschte jetzt auch Hemley nervös auf ihrem Stuhl hin und her.

»Hältst du es auch für das Beste, schleunigst einen Abflug zu machen?«, fragte sie.

Madison griff nach den Autoschlüsseln, die Leandra auf den Tisch hatte fallen lassen, um auch ihre zweite Hand für ihre Angebetete frei zu haben. »Abflug – und zwar in Rekordzeit.«

»O Maddie, du hast es aber verdammt eilig, zu Verhoeven zu kommen«, witzelte Jelly, die dank zu vieler Lollipop-Cocktails nicht ganz so fix zündete. Madison packte sie unter dem Arm und zog sie auf die Beine. »Hey, Vorsicht, sonst springen meine Möpse aus dem Ausschnitt!«

»Im Zweifelsfall kannst du damit für Ablenkung sorgen.« Madison zeigte auf den schnaufenden Typen, der auf dem Weg zu ihnen glücklicherweise von Bekannten begrüßt wurde, die unbedingt erst einmal mit ihm abklatschen mussten.

Hemley war es inzwischen gelungen, Leandra auf ihr nahendes Problem aufmerksam zu machen, aber anstatt den Rückzug anzutreten, lehnte der Casanova der Neuzeit sich im Stuhl zurück. »Soll er ruhig sagen, was er zu sagen hat. Ich bin da ganz bei mir.«

Während Hemley ein frustriertes Stöhnen von sich gab, lehnte sich Bonnie über Leandras Schulter. »Und wenn ich mitkomme? Ich steh auf Jazz und hab ohnehin schon Feierabend.«

Bei dieser Aussicht war Leandra sofort auf den Beinen.

»Okay, Ladys, auf geht's. Die Party zieht um – und zwar jetzt!« Madison schnappte sich ihren Mantel, der über der Heizung trocknete. Dann schob sie Jelly in Richtung Ausgang, gefolgt von Leandra mit ihrer Bonnie an der Hand, während Hemley die Nachhut bildete und kurzerhand den Ausgang verstopfte, als der Footballer sich an ihr vorbeidrängen wollte.

»Versuchst du mich anzutatschen oder was wird das?«, knurrte

Hem ihn an. »Wie wäre es mit ein bisschen Respekt, oder hat deine Mama dir das nicht beigebracht?«

Trotz seiner tobenden Eifersucht brachte der Footballer genug Verstand auf, um einen Schritt zurückzutreten und wenig freundlich zu fluchen.

Kichernd kletterten die Mädchen in den Wagen, und Madison startete den Motor, als Hemley sich auf den Beifahrersitz schwang.

»Fahr, fahr, fahr, sonst haut dieser testosteronverseuchte Typ dir noch eine Beule in die Seitentür.«

»Bin schon dabei.« Madison trat aufs Gas ... und der Wagen machte buckelnd einen Satz auf die Straße.

Fünf junge Frauen schrien unisono.

Ein Buick wich mit viel Gehupe aus.

Nachdem Madison überprüft hatte, dass sie noch atmete, tippte sie vorsichtig das Gaspedal an. Sofort röhrte der Motor. »Himmel, wie viele Pferde hat der Mustang denn unter der Haube?«

Auf dem Rücksitz brach man in schallendes Gelächter aus, während Hemley bereits ihr Smartphone gezückt hatte und den Routenplaner anschmiss. »Auf zu Madisons best ever Geburtstagsparty«, sagte sie – was für Hemley-Verhältnisse schon hart überdreht war.

»Bitte fahren Sie geradeaus«, erscholl die Anweisung.

Madison legte den nächsten Gang ein. »Geradeaus ist gut, das bekomme ich hin.« Wenn nur alle Wege im Leben so leicht auszumachen wären.

So sanft wie möglich ließ Madison den Mustang durch den Regen gleiten. Sie genoss das fröhliche Konzert der Stimmen ihrer Freundinnen, die warme Geborgenheit im Wageninneren, und als Hemley das altmodische Radio zum Laufen bekam, stellte sie fest, dass sie offenbar auch Cool Jazz mochte. Den Sender hatte Darien eingestellt, vermutlich, um sich auf den Abend einzustimmen.

Schlagartig wurde Madison mit einer geradezu körperlichen Intensität bewusst, dass sie in *seinem* Wagen saß, dessen Inneres nach einem herben und doch warmen Aftershave duftete. Im Handschuhfach steckte neben einem zerknüllten Kaffeebecher ein gebundenes Notizbuch, aus dem lockere Zettel herausschauten, und auf dem Rücksitz lag eine Tasche mit Uni-Büchern und ein dunkelgrüner Parka, laut Inspektorin Jelly so groß wie ein Zelt.

Wenn Madison sich weiter umschaute im Wagen, würde sie vermutlich noch mehr Details entdecken. Lauter Kleinigkeiten, die etwas über Darien verrieten – und das fühlte sich erschreckend intim an. Er hatte ihr den Autoschlüssel ohne groß nachzudenken überlassen, sodass sie gar nicht die Chance gehabt hatte, zu begreifen, was gerade passierte. Selbst, als sie später benommen im Café gesessen hatte und sich von Hemley den Puls nehmen ließ (angeblich war sie so aschfahl gewesen, als würde sie gleich umkippen), waren die Ausmaße des Ereignisses noch nicht zu ihr durchgedrungen. Und auch jetzt, während sie in seinem Wagen durch die Nacht fuhr, kam es ihr unglaublich vor: Darien Verhoeven, die Unnahbarkeit in Person, hatte nicht nur dafür gesorgt, dass sie auf schillernde Weise in ihren 21. Geburtstag reinfeiern konnte. Sondern er hatte sich ihr damit auch geöffnet und ließ sie hinter seine Fassade blicken, etwas, das er sonst mit allen Mitteln vermied. Darien war sein undurchdringlicher Schutzwall heilig, keine Frau durfte dahinter schlüpfen und sich ihm nähern. Warum machte er ausgerechnet in ihrem Fall eine Ausnahme?

Vermutlich verstehe ich seine freundliche Geste komplett falsch, überlegte sie, während die ersten Lichter von Portland in der Ferne auftauchten. Darien ist bloß einer spontanen Eingebung gefolgt, ganz ohne Hintergedanken. Dass sie etwas in das verfrühte Geburtstagsgeschenk hineininterpretierte, lag einzig und allein an ihrer romantischen Ader, die sie einfach nicht abschalten konnte. Als könnte man Dariens Angebot nicht auch für sich stehen lassen. Höchste Zeit, sich einzugestehen, dass ein unbelehrbarer Teil von ihr immer noch an die fixe Idee glaubte, zwischen ihr und Darien könnte, allen unübersehbaren Unterschieden zum Trotz, mehr sein. Das war der Fehler, und er lag nur bei ihr.

Warum aber wurde sie dann den Verdacht nicht los, dass Darien sich in diesem Augenblick ebenfalls fragte, was er da eigentlich angestellt hatte – und vor allem: Warum?

KAPITEL 12

SECHS JAHRE ZUVOR

Das Mädchen fasziniert mich absolut.

Ich kann mich dagegen wehren, so viel ich will, es ändert nichts daran, dass ich regelrecht besessen bin. Dabei haben wir bislang nur ein paar Worte miteinander getauscht, und unsere Hände haben sich für einen Augenblick gestreift. All das reicht allerdings aus, damit ich meine Vorsicht vergesse. Vielleicht, weil es so unschuldig ist.

Ich fühle mich berührt, von ihrer Art, ihrem Lachen, ihren Bewegungen. Es geht nicht darum, in Flammen zu stehen oder vor lauter Anziehungskraft kaum noch einen klaren Satz herauszubekommen. Sondern um etwas Zartes, das gerade erst im Entstehen ist und trotzdem schon so viel Platz in meinem Kopf einnimmt, dass ich unachtsam werde.

Das halte ich mir vor Augen, doch es bringt nicht viel. Die ständige Vorsicht wird weggespült von der lichten Freude, die mich erfüllt.

Ehrlich gesagt will ich nicht akzeptieren, dass mir diese so sommerwolkenleichten Gefühle Schwierigkeiten bescheren könnten. Dafür fehlt ihnen schlicht die krasse Sinnlichkeit, die ich bislang kennengelernt habe. Jene überwältigende Lust, die ich nur unter Kontrolle behalte, indem ich alles abtöte, worauf sie abzielt. Deshalb habe ich mich in den letzten Jahren in ein Brachland verwandelt: In meinen Fingern gibt es kein Kribbeln mehr, das sich danach sehnt, fremde Haut zu berühren. Kein Verlangen nach Nähe und dem Eintauchen in einen anderen Menschen, dieses Verschmelzen, von dem ich bisher nur ahnte, wie es sich wirklich anfühlen könnte. Das Risiko, es auszuleben, war zu hoch.

Denn im Hintergrund, das weiß ich nur zu gut, lauert *sie*. Immer und unermüdlich wartet *sie* auf *ihre* Gelegenheit.

Doch das jetzt ist anders. Es findet nicht zwischen verschwitzten Laken statt, begleitet vom Ringen nach Atem und der schwülen Atmosphäre, die das reine Wollen erzeugt. Also schwebe ich glücklich durch den Tag, nachdem ich sie gerade noch auf der Straße getroffen habe. Zufällig. Und doch perfekt. Sie wollte mich nämlich wiedersehen, später, auf einen Spaziergang.

Vielleicht ist das ja meine Chance, bevor die Highschool zu Ende geht.

Für eine Sekunde steigt mir die Aussicht auf dieses Treffen wie Champagner in den Kopf, und ich bleibe stehen. Ein Gedanke hallt durch meinen Geist, eigentlich mehr eine Idee.

Wie wäre es wohl, sie zu küssen?

Was bedeutet ein Kuss? Ist er ein Ausdruck für die Anziehungskraft, die ein Mensch auf einen anderen ausübt, sodass man ihm nicht nah genug kommen kann, seinen Atem, seinen Herzschlag spüren will, ganz dicht an ihm dran. Fast, als könnte man dadurch mit dem anderen verschmelzen und für einen Moment vergessen, dass er ein Gegenüber bleibt, auch wenn man nichts so sehr will, als eins mit ihm zu sein? Weil man es nicht erträgt, dass der Mensch, den man mehr will, mehr braucht, mehr spürt als sich selbst, doch immer er selbst bleibt. Mit Kammern in seinem Inneren, die uns keinen Einlass gewähren, manche, weil sie nur einem Menschen allein gehören, andere, weil sie verschlossen sind. Manchmal besser verschlossen bleiben. Aber für die Dauer eines Kusses kann diese Grenze aufgehoben werden, oder? Es kann möglich sein, es braucht nur den richtigen Schlüssel …

Wenn ich es richtig anstelle, rede ich mir ein, dann kann ich ihr nahekommen, ohne sie und mich in Gefahr zu bringen. Wenn ich dem Kuss eine andere Bedeutung verleihe, ihn so leicht halte wie das Gefühl, das dieses Mädchen in mir weckt, kann es klappen.

Ich schließe die Augen und versuche, es mir vorzustellen. Zuerst würde ich ihr Haar berühren, das hat mich von Anfang an begeistert, wie sich das Licht darin brach. Dann würde ich mich nähern, ganz behutsam, bis meine Lippen ihre berühren. Und es würde in meinem Kopf nur Platz dafür geben, wie wunderbar es mit ihr war. Nicht mehr und nicht weniger.

»Das wäre großartig, nicht wahr?«, sagt eine Frauenstimme direkt vor mir. Eben die Stimme, vor der ich mich so fürchte und nach der sich mein verräterischer Körper sehnt. »Du würdest sie küssen, ganz sanft. Aber dann würde der Griff deiner Hand in ihrem Haar auch schon stärker werden, sie würde unter deiner Begierde aufstöhnen. Nur ganz leise, aber es würde dir nicht entgehen – und bevor du dich versiehst, willst du sie mit jeder Faser deines Körpers, so sehr, dass alles andere unwichtig erscheint. Und du wirst sie dir nehmen, das wissen wir beide, es entspricht nämlich deiner Natur.«

Ich will die Augen aufreißen, doch es gelingt mir nicht. Ich bin gefangen in einem Tagtraum, in den sich mein persönlicher Albtraum eingeschaltet hat und mich nun nicht loslassen will.

»Erzähl du mir nichts über meine Natur«, zische ich in Gedanken. »Du weißt nichts darüber, was wir Menschen empfinden. Du kannst nur unsere Lust manipulieren. Damit hätte ein solcher Kuss nichts zu tun.«

»Ein Kuss ist immer eine Einladung«, widerspricht *sie* mir. »Das Mädchen, das du begehrst, wird deine Einladung annehmen, und ich, das verspreche ich dir, werde zur Stelle sein und dir dabei helfen, ihr ein unvergessliches Erlebnis zu bescheren.«

»Ein Erlebnis zu welchem Preis?« Ich schüttle den Kopf, zumindest in meiner Vorstellung. In Tagträumen gelten Zeit und Raum bekanntlich nicht mehr, vermutlich sind bislang höchstens ein paar Sekunden verstrichen. »Du kannst dir abschminken, dass ich dir ein Opfer bringe. Nichts liegt mir ferner, als meine Zuneigung mit deiner Blenderei zu verbinden. Falls du es noch nicht begriffen hast, mir ist klar, wie das bei dir läuft: Während du Menschen mit Lust wie mit einer Droge vollpumpst, greifst du sie hintenrum ab.«

Vielleicht bilde ich mir das ein, aber *sie* scheint genervt zu schnaufen. »Das ist doch nicht wichtig, denn dein Mädchen wird gern zahlen. Und so, wie ich die Menschenfrauen kenne, wird sie sogar um einen Nachschlag flehen. Was dich anbelangt, so wirst du voller Dankbarkeit sein. Mit meiner Unterstützung werdet ihr euch zu lustvollen Höhen aufschwingen, die euch ansonsten verborgen geblieben wären. Da ist es doch nur fair, wenn ich eine kleine Aufmerksamkeit bekomme.«

»Der Haken ist bloß, dass ich kein Interesse an deiner Kunst habe. Ich werde sie küssen, wenn sie mich lässt. Und für das, was uns miteinander verbindet, wirst du nicht gebraucht.«

Sie lacht. »Geh zu ihr und probiere es aus. Küss sie, mach es auf deine Art. Ich bitte dich sogar darum. Vielleicht lerne ich nach Tausenden von Jahren ja noch einmal etwas Neues über das Verlangen der Menschen.«

Unsicherheit breitet sich klamm in meiner Brust aus. Reicht ein erstes Aufflackern dieser speziellen Magie, die Menschen einander zu etwas Besonderem macht, aus, um ein solches Risiko einzugehen? Was, wenn ich mich irre und ein Mädchen, das ich nur flüchtig kenne, an dieses Ungeheuer ausliefere?

In diesem Moment begreife ich, dass in meinem Inneren noch etwas absterben muss, wenn ich niemanden gefährden will: das, was man Liebe nennt.

KAPITEL 13

Madison ließ den Blick schweifen.

Schon wieder.

Und das, obwohl das Konzert mitreißend war. Die Musik nahm einen gefangen, rief die verschiedensten Gefühle wach und überraschte stets aufs Neue, wie es nur dem Jazz gelang. Aber nicht nur die Musik hatte es in sich, sondern auch das Geschehen auf der Bühne. Allein der riesige Kontrabass, den man bis in den Bauch hinein spürte, hätte Madison unter anderen Umständen gefesselt. Oder die Performance der Sängerin, die in ihrem strengen Hosenanzug und mit ihrer volltönenden Stimme in kein Klischee passte. Der ganze Club war ein einziger Hingucker, eine Reminiszenz an die 1920er-Jahre, mit Schirmlämpchen auf den Tischen und einer unfassbar schicken Art-déco-Bar. Aber er wirkte trotz seiner Eleganz kein bisschen angestaubt, sondern verströmte den aufregenden Flair von »Alles geht, nichts muss«.

Von der Größe her war der Club überschaubar auf zwei Ebenen angelegt und bis auf den letzten Platz ausgefüllt. An einem Tisch nah der Bühne saßen Nadja mit den Glitzerohrringen, der schlecht gelaunte Lemaire und Raj mit seiner Freundin.

Von Darien hingegen war keine Spur zu entdecken.

Madison und ihre Freundinnen hatten zwei Stehtische bei der Bar ergattert, nachdem der Türsteher sie mit einem neugierigen Blick an der Schlange vorbeigewunken hatte. Es hatte eine kurze Diskussion gegeben wegen Bonnie, die Arm in Arm mit Leandra ging, jedoch nicht auf der Gästeliste stand. Aber offenbar fand der Türsteher, dass die Turteltäubchen eine Bereicherung für jeden Club darstellten. Sie waren nicht nur ein absolut hinreißendes

Paar, sondern sahen aus, als wären sie zu einer Black-&-White-Mottoparty unterwegs: Leandra mit ihren glänzend dunklen Locken und einem schwarzen Overall zu Boots – Bonnie hingegen mit dem platinblonden Pferdeschwanz zu einem weißen T-Shirt-Dress. Oder mehr so Teufelchen und Engelchen, wenn Madison das Grinsen des Türstehers richtig gedeutet hatte, als er sie reinließ.

»Dieser Darien muss ein wirklich guter Freund von dir sein«, hatte Bonnie gesagt, als sie die Stufen zum Club hinabgestiegen waren. »Nicht nur wegen dieses tollen Wagens, den er dir ausgeliehen hat. Bestimmt musste er auch Beziehungen spielen lassen, um eine so große Truppe wie unsere auf den letzten Drücker auf die Gästeliste zu bekommen. Ich hab schon vom *Deep Space* gehört, vor allem, weil alle in den Laden wollen, aber nur handverlesene Gäste reingelassen werden.«

»Zwei von Dariens Freunden spielen in der Combo, die heute auftritt, vermutlich hat es deshalb geklappt«, hatte Madison versucht, sich rauszureden.

Bonnie hatte die Nase krausgezogen, was Leandra allem Anschein nach oberniedlich fand und sie enger an sich zog. »Ich bezweifle, dass zwei Kumpels in der Band zu haben ausreicht, um ins *Deep Space* zu kommen«, hatte sie Madison zu bedenken gegeben.

Damit gab es nun noch eine weitere Sache, mit der Madison sich beschäftigen konnte, während die Jazz-Band sich immer mehr warmspielte: Was wusste sie überhaupt über Darien? Sie konnte ziemlich genau beschreiben, wie er ohne Handtuch aussah, nämlich wow! Außerdem konnte sie sich hervorragend und sehr unterhaltsam mit ihm streiten. Er glaubte an völlig abstruse, selbst auferlegte Regeln, stand zu seinem Wort und – das fiel ihr jetzt wirklich schwer zuzugeben – war mehr als interessant.

Aber Madison wusste nicht, woher Darien kam. Und sie kannte auch nicht seine Geschichte, die ihn zu dem Mann gemacht hatte, an dem sie sich bei jeder Gelegenheit bis zur Schmerzgrenze rieb. Bislang hatte sie ihn zwar nicht danach gefragt, aber sie hatte den Verdacht, dass er ohnehin nicht gern darüber sprach. Dafür hatte sie durchaus Verständnis, sie mied das Thema Familie auch nach

Möglichkeit. Das College war die Gelegenheit, sich neu zu erfinden, nachdem man jahrelang von Eltern, Bekannten und Mitschülern in eine Schublade gesteckt worden war. So gesehen konnte ihr Dariens Hintergrund egal sein, aber ein paar Fragen ergaben sich letztendlich doch. Leider war weit und breit keine Spur von ihm zu entdecken, obwohl das Konzert sich bereits seinem Höhepunkt näherte. Und nicht nur das.

»Es geht mit großen Schritten auf Mitternacht zu, deshalb spendiere ich die nächste Runde Drinks«, rief Hemley. »Wer möchte was?«

»Stopp, für die Geburtstagsrunde bin ich zuständig«, warf Madison ein.

Hemley schüttelte den Kopf. »Du hast uns hierhergebracht, Süße. Das ist einer der verdammt besten Abende meines Lebens, und deshalb gebe ich einen aus. Wenn du möchtest, kannst du dir was mit Prozenten drin bestellen, dann schmeißen wir später zusammen und nehmen ein Taxi zum Campus. Vielleicht willst du auf deinen neuen Lebensabschnitt ja mit was Extravaganterem anstoßen als mit Ginger Ale.«

»Aber ich liebe Ginger Ale«, behauptete Madison inbrünstig. »Außerdem lasse ich mir auf keinen Fall die Gelegenheit entgehen, diesen eisblauen Wahnsinn auf vier Rädern noch mal zu fahren. Jetzt, wo ich die richtige Dosierung am Gaspedal so langsam draufhabe.«

Hemley musterte sie grinsend. »Vielleicht tritt sein Besitzer ja Punkt zwölf auf die Bühne und schmettert ein Lied für dich.«

»Das bezweifle ich«, sagte Madison. »Darien hat mir zum Abschied nur alles Gute gewünscht, das klang nicht, als habe er vor, im Club aufzutauchen.«

»Warum rufst du ihn nicht an und fragst, ob er dazukommen möchte?«, sagte Hemley. »Jelly würde es bestimmt nichts ausmachen, für sie ist die Sache mit Darien Schnee von gestern, und Leandra ist sein Sportsbuddy, die verstehen sich aus Prinzip. Lade ihn ein, dann musst du dir auch nicht mehr den Hals verrenken vor lauter Ausschauhalten.«

Dann war es also aufgefallen, dass sie, anstatt den geschenkten

Abend zu genießen, genau das machte, was sie eh schon seit Wochen tat: sich über Darien den Kopf zu zerbrechen. »Ich habe seine Nummer nicht«, gab Madison zu.

Falls Hemley überrascht war, ließ sie es sich nicht anmerken. »Wenn du möchtest, könnte ich sie für dich organisieren.«

»Mach dir nicht die Mühe, er weiß ja, wo ich bin.« Okay, das klang stur. Und ein bisschen eingeschnappt. Aber Madison wollte wenigstens einen Rest an Würde wahren. Wenn Darien so lässig war, ihr einen tollen Geburtstag zu bescheren – und dann nicht dabei zu sein, dann konnte sie das auch auf eine ebenbürtige Weise handhaben.

»Zur Feier des Tages nehme ich ein Ginger Ale mit extra vielen Eiswürfeln«, sagte Madison tapfer. »Und ich will ein Schirmchen im Drink.«

Einen Moment lang musterte Hemley sie noch, als warte sie darauf, dass Madison endlich zugab, was sie wirklich und wahrhaftig wollte. Dann verschwand sie in Richtung Bar, während Madison beschloss, sich ab jetzt ganz auf ihre Party zu konzentrieren. Nur leider unterhielt sich Jelly mit einem Fashion-Trio am Nachbartisch, vermutlich über die besten Stofffundgruben diesseits des Äquators, während Leandra und Bonnie damit beschäftigt waren, sich besser kennenzulernen. Dabei wurde klar, dass bei diesem Paar niemand an irgendwelchen »Keine Küsse«-Regeln interessiert war. Blieb noch die Musik. Und die war nach wie vor großartig.

Dass die Band sie eingefangen hatte und sie sich zur Musik mitbewegte, merkte Madison erst, als jemand sie an der Schulter antippte: Sie zuckte zusammen und haute dabei fast ein volles Getränketablett um. Es war jedoch nicht Hemley und auch keine Kellnerin, die es balancierte – sondern Darien. Und allem Anschein nach war er nicht besonders gut darin. Es wackelte – und Madison nahm es ihm ab, bevor mehrere Gläser und ein gefüllter Champagnerkübel den Abgang machten.

»Ich hätte an meinem ursprünglichen Plan festhalten und um Mitternacht aus einer Torte springen sollen«, sagte Darien. »Wenn das geliehene Hemd auch nur einen Fleck abbekommt, bringt Greyson mich um.«

Behände räumte er den Tisch für die Getränke frei, sodass Madison ihn unauffällig betrachten konnte. Er hatte die dunklen, vermutlich noch nassen Haare zurückgestrichen und trug ein weißes Hemd mit aufgekrempelten Ärmeln, aber für sie roch er immer noch nach Regen, ganz frisch und klar.

»Dann hattest du von Anfang an vorgehabt, mit mir auf meinen Geburtstag anzustoßen?«, erkundigte sie sich.

»Höchstens aus der Ferne, ich wollte nicht stören und bin hinter der Bühne geblieben. Aber Hemley hat mich angetextet und gefragt, was ich denn trinken wolle, du würdest davon ausgehen, dass wir zusammen reinfeiern.«

Als Madison die gerade zurückgekehrte Hemley fragend anblickte, grinste die über sämtliche ihrer schneeweißen Zähne. »Mein verfrühtes Geburtstagsgeschenk für dich, du kannst dich gern später bedanken.«

Madison versuchte, ein Pokerface aufzusetzen. Es gelang ihr nicht. Dann wollte sie Hemley, die gerade die Sektflasche köpfte, böse anfunkeln. Das klappte ebenfalls nicht. Also ließ sie sich von Darien ihr Ginger-Ale-Glas mit Schirmchen geben, und sah zu, wie er kurz Hallo in die Runde sagte. Jelly winkte und warf ihm sogar eine Kusshand zu, während Leandra stolz ihre Freundin im Arm hielt, die Darien ansah, als wäre er der Weihnachtsmann, der mit schicken Autos und Konzertkarten nur so um sich schmiss und jetzt auch noch – o Wunder über Wunder – als Überraschungsgast die Party crashte. Dann wendete er sich wieder Madison zu und legte den Kopf schief.

»Täusch ich mich oder hast du für heute genug Überraschungen erlebt?«

Da brauchte Madison nicht lange zu überlegen. »Ehrlich, ich bin für den Rest meines Lebens bedient.«

Darien nickte, dann holte er sein Smartphone raus und tippte etwas.

Madison ahnte nichts Gutes. »Hast du soeben die Konfettibombe entschärft?«

»So etwas in der Art.«

»Raus mit der Sprache.«

»Hey, du hattest genug Aufregung für heute.«

»Darien …«

Sein Grinsen elektrisierte Madison. »Wenn du es unbedingt wissen willst: Es war ein Lied für dich geplant.«

Die Band stimmte den nächsten Song an, und zu Madisons Erleichterung war es »My Funny Valentine«, das nicht das Geringste mit einem Geburtstagssong zu tun hatte. So laut, wie Madison aufatmete, musste Darien lachen. Dann wurde er von Hemley beiseitegeschoben, die laut den Countdown bis zwölf Uhr runterzählte.

»4 … 3 … 2 … 1 … Auf unser großes Mädchen!«

»Alles Liebe zum Geburtstag, ganz viel Sonnenschein, Abenteuer und Liebe, ja, vor allem Liebe«, jubelte Jelly und umarmte Madison stürmisch, um ihr ins Ohr zu flüstern: »Am besten Liebe hinten auf dem Rücksitz von diesem superscharfen Wagen. Wenn jemand diesen Kerl knackt, dann du.«

Madison hauchte »Danke«, obwohl sie sich nicht sicher war, ob so die passende Antwort lautete. Aber dann wurde sie auch schon an Leandra weitergereicht, die sie kurz, aber heftig drückte, ihr ein Freundschaftsarmband überstreifte und »Einfach so weitermachen, dann machst du alles richtig« sagte. Bonnie hauchte ihr Küsschen auf die Wangen und versprach ihr während ihrer Schichten im *Sirius* so viele freie Milchkaffees und Brownies, wie sie wollte. Auch Hemley schloss Madison in die Arme und wollte sie gar nicht wieder loslassen, während sie eine Aufzählung machte, was sie Madison alles wünschte: Von »immer frische Unterwäsche« über »schillernde Sonnenaufgänge« bis hin zu »ein Leben, das dir gerecht wird, das hast du nämlich verdient«.

Madison standen schon vor Rührung Tränen in den Augen, als Hemley sie weiterschob, direkt vor Darien. Fast hoffte sie, dass er sie umarmte, denn ihre Knie waren nicht mehr die stabilsten. Doch er stand nur vor ihr, während seine Augen amüsiert funkelten.

»Glückwunsch, jetzt spielst du also bei den Großen mit. Das hast du dir doch gewünscht«, sagte er.

»Wehe, du klopfst mir jetzt kumpelmäßig auf die Schulter.«

»Niemals.«

In diesem Moment verklangen die letzten Töne von »My Funny Valentine«, und die Sängerin sagte mit ihrer markanten Stimme: »Dieser Song war für Madison. Happy Birthday, Herzchen, trink einen für uns mit.«

Madison zeigte drohend mit dem Finger auf Darien. »Du hältst mich für ein ›Funny Valentine‹? Das ist ja wohl … Mal abgesehen von der Flunkerei.«

»Ich hab nicht geflunkert.« Darien versuchte, sich mit einem schiefen Lächeln aus der Affäre zu ziehen. Als Madisons Miene sich verdüsterte, beugte er sich rasch vor und gab ihr einen Kuss auf die Wange. Dann berührten seine Lippen leicht ihr Ohr. »Alles Liebe auch von mir.«

»Danke«, flüsterte Madison zurück, sich überaus bewusst, dass zwischen ihnen nur ein Hauch Abstand herrschte. Unwillkürlich dachte sie daran, dass sie ihm das letzte Mal so nah und noch näher gewesen war, als er nicht einmal ein Handtuch um die Hüften getragen hatte. Jetzt fühlte es sich unerklärlicherweise trotzdem viel intensiver an. »Danke für alles. Aber womit habe ich das überhaupt verdient?«

Ein leichtes Beben ging durch Dariens Körper, vielleicht lachte er lautlos, aber als er sprach, klang seine Stimme sehr ernst. »Ich weiß es nicht, es hat sich einfach richtig angefühlt. Wie du da heute im *White Room* gestanden hast … Mir war klar, dass du nur reinen Tisch machen wolltest, aber ich wollte nicht, dass es so schnell vorbei ist. Zuerst habe ich mir eingeredet, dass ich dich lediglich etwas vorführen wollte, weil du immer so peinlich genau weißt, was Sache ist. Und dann hat es sich irgendwie verselbstständigt.«

»Das heißt, du drückst nicht regelmäßig irgendwelchen Bekannten deine Autoschlüssel in die Hand?«

»Normalerweise würde ich mich eher umbringen, als den Mustang zu verleihen, dafür ist er mir viel zu heilig. Aber so weit müssen wir gar nicht gehen, du bist auch die erste Frau, die ich meinem Freundeskreis auf dem Campus vorgestellt habe. Darum hat Nadja mir mit der Gästeliste geholfen, sie datet nämlich den Clubbesitzer.«

»Für jemanden, der Frauen mit einem ziemlich verrückten Regelwerk auf Abstand hält, lehnst du dich ganz schön weit aus dem Fenster.«

»So lange ich die Regeln einhalte, wird es vielleicht gut gehen. Darin besteht meine einzige Hoffnung.« Als Madison die Augen verdrehte, verschwand das Spielerische aus Dariens Gesicht. »Die Regeln klingen zwar verrückt, aber ich habe mir etwas dabei gedacht, auch wenn es auf dich wie ein Freischein wirkt. Es geht mir aber kein Stück darum, mich unverbindlich durchs College zu vögeln. Die Regeln sind meine Versicherung, dass ich keinen Mist baue in einem schwachen Moment.«

So, wie er das sagte, glaubte Madison ihm. Darien war vieles, aber kein Lügner, auch wenn es das leichter gemacht hätte. So warf seine Haltung nur unzählige neue Fragen auf.

»Vermutlich möchtest du mir nicht erzählen, wie es dazu gekommen ist?«, fragte Madison.

Darien schüttelte den Kopf. »Nicht heute Nacht, das ist wohl kaum das richtige Thema für eine Geburtstagsparty. Aber falls es dich beruhigt: Du bist die Erste, die mich in Gefahr bringt, meine Regeln zu vergessen.«

KAPITEL 14

»Nie hab ich mich mehr gefreut, das Wohnheim zu sehen!«, rief Jelly von der Rückbank des Mustangs. »Halt bitte direkt vorm Eingang, Mads, meine wundgetanzten Füße bekomme ich nämlich auf keinen Fall wieder in die Schuhe.«

Darien, der neben Madison auf dem Beifahrersitz saß, bedeutete ihr, in zweiter Reihe zu parken. »Je näher am Eingang, desto besser. So wie Jelly gerade rumjammert, wirst du sie für das letzte Stück Huckepack tragen müssen, ich übernehme die Parkplatzsuche. Das kann eine Weile dauern, nachdem sie die meisten Parkplätze auf dem Campus in Fahrradwege verwandelt haben.«

Madison hielt den Wagen an, rührte sich jedoch nicht.

»Madame, hören Sie mich?«, fragte Darien. »Bitte aussteigen.«

»Du bist der Beifahrer, also lässt du die beiden Partyleichen auf deiner Seite aussteigen«, sagte Madison entschieden.

»Und du hältst währenddessen das Lenkrad fest, oder was? Nur zu deiner Information: Es braucht keine Stütze, es ist montiert.«

»Sehr witzig. Nein, ich bleibe sitzen, weil ich immer noch Geburtstag habe, und solange das so ist, bin ich die Frau mit dem Autoschlüssel.«

Darien grinste. »Raus mit der Sprache, was war in deinem Ginger Ale?«

Eine gute Frage.

Allerdings war Madison sich nicht sicher, ob ihre Dickköpfigkeit tatsächlich am Ginger Ale lag oder nicht doch an der Magie, die der Abend entwickelt hatte. Als wäre pünktlich zu ihrem 21. Geburtstag eine gute Fee erschienen und hätte unbemerkt ihren Zauberstab geschwungen. Genauer gesagt, seit Madison sich dazu durchgerungen hatte, über ihren Schatten zu springen und den *White Room* zu betreten. Selbst wenn sie sich die perfekte Feier hätte wünschen dürfen, hätte sie nie auf ein exklusives Jazz-Konzert getippt. Und auch in ihren kühnsten Träumen wäre sie nicht auf die Idee gekommen, dass sie über den Mut und auch die nötige innere Freiheit verfügte, so ausgiebig zu feiern. Schon gar nicht in Darien »Bad Ass« Verhoevens Gesellschaft. Wenn sie sich allerdings nicht täuschte, dann hatte Darien ebenfalls eine ordentliche Portion Feenstaub abbekommen. Sie kannte ihn zwar nicht gut, aber bei diesem als unnahbar verschrienen Mann stand es bestimmt nicht auf der Tagesordnung, mit einer Horde Frauen die Nacht durchzufeiern, ohne Aussicht auf schnellen Sex mit einer von ihnen.

Vermutlich hatte Darien deshalb Madison im Club immer wieder angesehen, als wisse er selbst nicht richtig, was mit ihm los war und warum er sich nach dem Konzert nicht zu seinen Freunden verzogen hatte. Stattdessen lieferte er sich, kaum dass der letzte Akkord der Combo verklungen war, eine heiße Diskussion mit Madison über den Sinn ihrer angepeilten Collegeabschlüsse. Kurz gesagt: Er hielt ihren Schwerpunkt auf Betriebswissenschaften für völlig bescheuert, während sie nur den Kopf schütteln konnte, weil er Psychologie im Hauptfach aus reiner Neugierde belegt hatte und keineswegs beabsichtigte, beruflich etwas in diese Richtung zu machen – was aus Madisons Sicht die reinste Ressourcenverschwendung war. Was Darien wiederum spießig fand, wofür sie ihrerseits nur ein müdes Lächeln übrig hatte. Vermutlich hätten sie sich noch die halbe Nacht gegenseitig die Bälle zugeschmissen, hätte nicht eine DJane aufgelegt und den Club mit Vibes geflutet. Eine Weile versuchten sie noch, ihren Schlagabtausch aufrechtzuerhalten, während um sie herum die Tanzwütigen loslegten.

Irgendwann konnte auch Madison das Kribbeln in ihren Beinen nicht länger übergehen und deutete fragend auf die Tanzfläche.

»Geh ruhig zu deinen Freundinnen«, sagte Darien. »Ich halte solange den Tisch frei.«

Das war dann wohl ein Korb, dachte Madison.

Bevor sich jedoch ein Gefühl von Demütigung breitmachen konnte, gab es noch eine Prise Zauberstaub. Sie konnte es selbst nicht fassen, als sich ihr Mund öffnete. »Dann bleibe ich auch lieber am Tisch, ich bin nämlich erst ein paarmal ausgegangen, seit ich am College bin. Ich tanze ohnehin wie eine Ente.«

Das Geständnis hatte es offensichtlich in sich, denn Darien starrte sie mit purer Verblüffung an. Dann nahm er ihre Hand und führte sie – ohne ein Wort zu verlieren – auf die Tanzfläche.

Sofort bereute Madison, dass sie sich von der Musik zu einem Seelenstriptease hatte hinreißen lassen. Klar, sie wollte tanzen und die Energie, die sich während dieses unerwarteten Abends aufgebaut hatte, ausleben. Auf dem Barhocker war es auch kaum auszuhalten gewesen, als drohe sie zu implodieren, wenn sie sich nicht sofort austobte. Dabei hatte sie einen wichtigen Faktor allerdings vergessen: Darien.

Darien, der wegen der Enge der Tanzfläche jetzt so dicht vor ihr stand, dass sie die Schatten in der Kuhle unter seinem Schlüsselbein bemerkte, wenn sein Hemdausschnitt beim Tanzen auseinanderglitt – ein Anblick, der ihr regelrecht den Atem raubte. Und seine Unterarme unter den aufgekrempelten Hemdsärmeln ließen sich ebenfalls nicht ignorieren, die hatten sie eh schon am Tisch aus der Fassung gebracht. Was war nur so komplett verrücktmachend aufregend an einem Paar männlicher Unterarme? Was jedoch am schlimmsten war: Der Kerl wusste, wie man sich bewegte. Darien tanzte ganz natürlich, mit kein bisschen Show dabei. Außerdem schaffte er es, Madison das Gefühl zu geben, mit ihm zu tanzen, ohne sie zu berühren. Unverständlicherweise machte es das nur aufregender, was allerdings nichts daran änderte, dass sie bei jeder noch so kleinen Zufallsberührung ein Stromschlag durchfuhr.

Madison war wegen akuter Reizüberflutung kurz davor, zu flüchten und sich auf der Damentoilette einzuschließen, bis ihre Sinne sich wieder halbwegs beruhigt hatten, als Hemley tanzend dazustieß.

»Lust auf einen Dreier?«, rief ihre Freundin. »Zwischen Lele und ihre Angebetete passt kein Blatt, und für Jelly ist jeder Tanz ein Paarungstanz, das halte ich auf die Dauer nicht aus.«

Madison hätte Hem küssen können. Wenn sie dabei war, gab es keinen Druck, dann musste sie nicht mehr allein mit diesem in jeder Hinsicht zu heftigen Mann fertig werden, in dessen Gegenwart sie ständig die Nerven zu verlieren drohte. Mit Hemley an ihrer Seite waren sie nur ein paar aufgekratzte Collegekids, die sich amüsierten. Besonders, als Hem ihnen ein paar Tanzschritte zeigte, die vor allem dazu gut waren, dämlich auszusehen. Schon ein paar Minuten später war es Madison völlig egal, dass sie weder Rhythmusgefühl noch sexy Moves auf Lager hatte. Das überließ sie Jelly, die sie immer wieder anzüglich von hinten antanzte. Sie alberte mit Hem rum und bewunderte Darien heimlich dafür, dass … nun ja, dass er einfach verdammt umwerfend aussah, wenn er sich bewegte. Zugegebenermaßen auch, wenn er stillstand.

Wie gesagt, es lag Magie in der Luft, anders ließ sich all das nicht erklären.

Warum sonst jagte Dariens Nähe ihr heiße Schauer über die Haut? Spielten ihre Sinne in seiner Nähe verrückt? Ein regelrechter Sog schien von ihm auszugehen, dem sie nicht widerstehen könnte, wenn er sie plötzlich an sich zog. Es war zu intensiv, zu betörend, um normal zu sein. Dabei tat er nicht einmal etwas, um sie um den Finger zu wickeln, wie man es von einem geübten Aufreißer erwarten würde. Stattdessen benahm er sich wie ein Gentleman, der … ja, worauf eigentlich hoffte? Was auch immer Dariens Geisteswechsel hervorgerufen hatte, sie konnte nur staunen.

Auch jetzt, da es bereits auf den Morgen zuging und Madison den Fahrersitz seines Mustangs nicht räumen wollte, reagierte Darien keineswegs abweisend.

»Mal im Ernst, ein Geburtstagskind muss keinen Parkplatz suchen«, sagte Darien. »Wenn du das Lenkrad jetzt loslässt, verspreche ich dir, dass du den Wagen jederzeit wieder fahren kannst.« Demonstrativ ließ er seinen Anschnallgurt aufspringen.

Madison verstärkte den Griff ums Lenkrad, als müsse man sie notfalls mit Gewalt davon wegreißen. »Keine Chance. Ich habe die Schlüssel, ich bin die Fahrerin.«

»Wie du meinst, dann überlasse ich dir eben die so unfassbar spannende Parkplatzsuche.« Darien öffnete die Beifahrertür und klappte den Sitz vor, damit Jelly und Hemley aussteigen konnten. Leandra hatte sich mit ihrer Eroberung Bonnie schon früher verabschiedet und ein Taxi genommen.

Beim Aussteigen zwitscherte Jelly: »Noch viel Spaß auf dem Rücksitz«, woraufhin Hemley ihr einen Schubs verpasste. Bevor sie selbst ausstieg, lehnte sie sich noch zu Madison rüber. »Soll ich auf dich warten?«

So müde, wie Hemley aussah, würde ihr das bestimmt nur mit eiserner Willenskraft gelingen. »Leg dich ruhig hin, auch wenn ich gleich nachkomme. Ich will es nur noch für einen Augenblick genießen, Herrin dieses wilden Gefährts zu sein. Und bedanken muss ich mich wohl auch noch bei jemand Bestimmtem für den Abend.«

»Darien steht zwar nicht auf Küsse, aber sicher hat er nichts gegen Umarmungen. So, wie ihr zwei miteinander getanzt habt, würde mich das jedenfalls sehr wundern. Ich habe keine Ahnung, was, aber irgendwas hast du mit ihm gemacht. Ich wette, so ist er noch nie mit einem weiblichen Wesen umgegangen. Der Mann hat heute Nacht seine romantische Ader entdeckt.« Hemley warf ihr einen Handkuss zu, dann stieg auch sie aus.

Madison umfasste das Lenkrad so fest, dass ihre Fingerknöchel hell hervorstachen. Was war nur los? Bis vor ein paar Stunden hatte noch festgestanden, dass es keinen größeren Gegensatz gab als zwischen ihr und Darien. Und jetzt war sie froh über seine Regeln, die keine Küsse zuließen. Wer konnte sonst sagen, wie diese Nacht noch endete?

Nachdem Darien wieder auf den Beifahrersitz geglitten war, startete Madison den Wagen. Unauffällig warf sie ihm einen Seitenblick zu. Er sah ebenfalls zu ihr und sein Ausdruck wirkte unschlüssig, als wiege er ab, ob es eine gute Idee war, keinen Schlussstrich unter den Abend gezogen zu haben.

»Falls du den dummen Spruch von Jelly über den Rücksitz gehört hast, kannst du dich entspannen. Ich habe mich schon auf der Tanzfläche ausgetobt und möchte jetzt bloß noch einen Augenblick hinter dem Steuer auskosten.«

»Für sechs Uhr morgens klingst du allerdings ganz schön unternehmungslustig.«

Madison nickte. »Stimmt. Ich bin hellwach.«

»Geht mir genauso«, gab Darien zu. »Außerdem ist die Vorstellung, jetzt aufs Zimmer zu gehen, wo es nach kalter Kiffe und Jeremys vor Stress durchgeschwitzten T-Shirts stinkt, nicht besonders verlockend. Hast du Lust auf einen Ausflug?«

»Mit dir? Ja.« Die Antwort war über Madisons Lippen, bevor sie auch nur einen Gedanken fassen konnte.

Darien lehnte sich im Sitz zurück. »Alles klar, du fährst, und ich navigiere.«

Damit war es offiziell zu spät, um die Sache abzubrechen.

»Ein bisschen mehr an Information wäre nicht schlecht«, sagte Madison. »Du weißt, dass ich für heute und im Allgemeinen mit Überraschungen durch bin.«

»Sieh es eher als eine Reise an, auf der man bereits den Weg genießt.«

»Danke für den Rat, o weiser Mann.«

»Möchtest du noch einen?«, fragte Darien. »Der Mustang hat nichts dagegen, wenn man einen Tick härter aufs Gas tritt. Probier es ruhig mal aus, am besten gleich.«

Madison verpasste Darien mit der flachen Hand einen Schlag gegen die Schulter, den er nicht einmal abzuwehren versuchte. Dann konzentrierte sie sich auf die Fahrt.

Der Regen hatte inzwischen aufgehört, aber die Nacht war selbst in den Morgenstunden noch dunkel. Unterwegs hielten sie an einer Tankstelle an, wo Darien ihnen Kaffee und Donuts besorgte, während Madison schnell Hemley schrieb, dass es später werden würde. Sie wurde nämlich den Verdacht nicht los, dass ihre Freundin ihrer Müdigkeit zum Trotz auf sie wartete – und bekam prompt ein Grinse-Smiley als Antwort zurück. Während sie durch immer einsamere Gegenden fuhren, unterhielten Darien und sie sich, ohne dass Madison sagen konnte, worüber genau.

Ein Wort fand das andere, sie sprangen vom Mensaessen zu Netflixserien, die man unbedingt gesehen haben musste (es herrschte durchweg Uneinigkeit), um bei Wunsch-Reiseorten und schließlich bei einem Ranking der besten Crackersorten zu landen. Es war unglaublich leicht, mit Darien zu plaudern, einfach über Belangloses zu reden, während sie die Gesellschaft des anderen genossen. Es war fast, als würden sie einander schon lange kennen. Allerdings nicht wie gute Freunde, dafür ärgerten sie einander zu gern. Wenn Madison sich nicht täuschte, schlug nicht nur *ihr* Puls schneller, sobald sich ihre Blicke trafen.

Der Mustang glitt röhrend über die nächtlichen Straßen, während sie die Häuser hinter sich ließen, der Verkehr trotz des anbrechenden Morgens immer spärlicher wurde und sich die Landschaft öffnete. Wälder taten sich auf, Dünen zeichneten sich am Horizont ab und versprachen, dass irgendwo hinter ihnen der Atlantik mit seiner wilden Brandung lag.

Doch was auch immer ihr Ziel sein mochte, es kümmerte Madison nicht. Wenn es nach ihr gegangen wäre, hätte die Fahrt mit Darien an ihrer Seite ewig weitergehen können. Denn anzukommen, würde bedeuten, dass ihr unbekümmertes Beisammensein ein Ende fand und ihr Kredit auf Unbeschwertheit ausgereizt war. Dann würde sich die Realität zurückmelden, in der Darien auf emotionslosen Sex bestand und sie ihren Gefühlen und noch mehr ihrer Wahrnehmung nicht über den Weg trauen durfte. Aber bis dahin würde sie jede Sekunde an seiner Seite genießen.

KAPITEL 15

Mitten im Nirgendwo bat Darien Madison, den Wagen auf dem unbefestigten Seitenrand abzustellen. Die ersten Sterne verblassten bereits, trotzdem waren sie schon seit einer Weile keiner anderen Seele mehr begegnet.

»Lust auf einen Spaziergang?«, fragte Darien.

Madison ließ den Blick schweifen. Sie waren das letzte Stück durch eine einsame Dünenlandschaft gefahren, und nun, da der Motor abgestellt war, konnte sie das Rauschen des Meeres hören. »Ich hab in den letzten Tagen immer wieder daran gedacht, dass ich den Atlantik noch gar nicht gesehen habe. Ehrlich gesagt, kenne ich das Meer bislang nur von Fotos.«

Wenn Darien es merkwürdig fand, dass sie noch nie am Meer gewesen war, ließ er es sich nicht anmerken. »Du wirst es mögen. Wenn ich mir dich als Landschaft vorstelle, dann wärst du eindeutig das Meer: in einem Moment ruhig und gelassen, nur um dann plötzlich so heftig über einen zu kommen, dass man nicht mehr weiß, wo oben und unten ist. Außerdem weckt das Meer immer das Gefühl in mir, nach Hause zu kommen.«

Abrupt verstummte Darien, als habe jemand Fremdes aus ihm gesprochen, nämlich jener sich immer mehr öffnende Typ, der seit Neustem öfter das Ruder übernahm und ihn Dinge tun ließ, die er sonst eigentlich nach Kräften vermied.

Sie verstand Dariens Verwirrung, schließlich rang sie selbst mit ihrem Verhalten, das so gar nicht der alles kontrollierenden Madison entsprach. Zu ihrem Erstaunen gelang ihr ein Lächeln. »Wenn ich das Meer bin, dann bist du das Ufer, mit dem ich regelmäßig zusammenstoße und an dem ich mich abarbeite. Es werden noch Wetten angenommen, wer von uns beiden länger durchhält.«

Die Leichtigkeit kehrte in Dariens Züge zurück, und er lachte, als er die Beifahrertür aufstieß.

Madison war noch nicht ganz ausgestiegen, als Darien schon bei ihr war und ihr den Parka hinhielt, den er von der Rückbank geangelt hatte.

»Schönen Dank, aber ich habe bereits einen Mantel.«

Darien hob eine Augenbraue. »Das dünne Teil, das du einen Mantel nennst, hilft definitiv nicht gegen die Brise, die übers Wasser kommt und einem nasskalt entgegenpeitscht.«

So leicht ließ Madison sich nicht überzeugen. »Dann hilft dir deine Jacke genauso wenig wie mir mein Mantel.«

»Ich friere nicht so schnell«, behauptete Darien und hielt den Parka demonstrativ so, dass Madison nur noch hineinzuschlüpfen brauchte.

Madison verschränkte die Arme vor der Brust. »Dann frieren wir beide halt nicht so schnell.«

»O bitte.« Dariens Gestöhne konnte nicht darüber hinwegtäuschen, dass er sich amüsierte. »Gib mir eine Chance, mich wie ein Gentleman aufzuführen. Das ist für mich eine völlig neue Erfahrung – und du willst doch nicht meine Motivation killen, bevor sie überhaupt richtig in Gang gekommen ist.«

Darien, der Gentleman. Gott, wie süß war das denn? Madison musste sich zusammenreißen, sonst hatte sie keine Ahnung, wo das mit ihnen beiden noch endete. »Gut, aber ich nehme den Parka nur, weil ich damit einen Dienst am weiblichen Geschlecht vollbringe. Deine Manieren waren bislang ja äußerst gewöhnungsbedürftig.«

Während Darien ihr in den Parka half und es sich nicht nehmen ließ, den Zipper bis unter ihr Kinn zuzuziehen, schmunzelte er. »Du ahnst nicht, wie oft ich mir das über mein angeblich miserables Benehmen schon habe anhören müssen. Nicht, dass es mich groß beeindruckt hätte.«

Madison pustete sich eine Strähne aus dem Gesicht. »Warum überrascht mich das nicht?«

»Was genau: Dass ich regelmäßig angegangen werde, weil ich mich angeblich wie die Axt im Wald aufführe? Oder dass ich mir aus der Kritik nichts mache?«

»Beides.«

Darien grinste, dann wischte er die vorwitzige Strähne, die der Wind Madison schon wieder ins Gesicht geweht hatte, hinter ihr Ohr.

Der Atlantik mit seinem rauen Klima machte seinem Ruf an diesem Morgen wirklich alle Ehre. Darien hatte recht gehabt, in ihrem Mantel wäre sie innerhalb kürzester Zeit ins Bibbern geraten. Im Parka hingegen fühlte sich Madison so gut aufgehoben wie in einem kuschligen Zelt. Als Darien ihre Hand nahm, verwandelte sich der Parka jedoch prompt in eine Sauna. Etwas an diesem Kerl sorgte mit schönster Regelmäßigkeit dafür, dass ihr Körper sich fast vor Begeisterung überschlug. Auf der sinnlichen Ebene stand fest, dass Darien ein echter Höhepunkt war. Ehrlich gesagt war sie nicht gerade eine Spezialistin auf diesem Gebiet, trotzdem konnte sie sich nicht vorstellen, dass eine solch heftige Reaktion auf einen Mann der Standard war. Darien sah gut aus, vermutlich sogar deutlich mehr als nur gut. Aber das war noch nicht alles ... Er hatte auch so einen Geruch an sich, den man kaum wahrnahm, und trotzdem wollte man am liebsten seine Nase an seiner Halsmulde vergraben und ausgiebig schnuppern. Außerdem signalisierte Madisons Haut, dass sie furchtbar gern mal wieder mit Darien auf Tuchfühlung gehen würde, so als hätte sie plötzlich ein Eigenleben inklusive Mitspracherecht. Solche Reaktionen waren definitiv nicht normal, dafür hätte doch viel mehr zwischen ihnen passieren müssen als bloß Händchenhalten. Bislang hatte Madison jedenfalls unterdurchschnittlich wenige Frauen gesehen, die beim Händchenhalten von Hitzeschüben heimgesucht wurden. Andererseits waren auch Dariens Finger warm, mit seiner Kälteresilienz hatte er wohl nicht übertrieben. Oder überkam ihn ebenfalls eine Hitzeglut, wenn er sie berührte?

Themenwechsel – und zwar sofort, beschloss Madison.

Entschlossen suchte sie Dariens Blick. »Warum ist Händchenhalten bei dir eigentlich nicht verboten, wo doch sonst alles Intime verdammt wird?«

Zu ihrer Erleichterung verhärtete sich Dariens Mund nicht zu einer verkniffenen Linie, bevor er ihr eine Abfuhr verpasste. »Es hat etwas Unschuldiges«, sagte er abwägend, als würde er noch nach der richtigen Antwort suchen. »Es ist eine Art liebevolle Annäherung. Genau wie ein Kuss auf die Wange. Niemand verliert die Kontrolle, nur weil man sich bei den Händen nimmt.«

»Dann geht es bei deinen Regeln um die Angst vor Kontrollverlust«, tastete Madison sich weiter voran.

»Ob ich Angst davor habe, die Kontrolle zu verlieren …«, wiederholte Darien nachdenklich.

Die Frage war anscheinend von einer ganz anderen Qualität. Denn völlig unvermittelt setzte Darien sich in Bewegung und lief den ansteigenden Weg über rohe Holzplanken zwischen den Dünen hinauf. Madison hatte Mühe, bei dem Tempo mitzuhalten, ohne ins Laufen zu verfallen. Gut, dass sie sich für Stiefeletten und nicht für Jellys angebotene Samtwedges entschieden hatte, sonst wäre ihr Ausflug an dieser Stelle vorbei gewesen.

Auf dem Scheitelpunkt des Dünenwegs blieben sie stehen. Unter ihnen lag der sich ausbreitende Strand und dahinter ein Band aus glitzerndem Schwarz vor dem aufgewühlten Himmel.

Das Meer.

Sein Anblick war so gewaltig, als würden seine Fluten Madison mitreißen. Alle ihre Sinne reagierten gleichzeitig, nahmen den salzig-schweren Geruch wahr, den auffrischenden Wind, der einen Hauch Seewasser mit sich führte, und den Klang der Wellen, rau, fordernd und mit einer Stärke, bei der man sich klein und zugleich unendlich fühlte. In der Ferne deutete sich bereits die Morgendämmerung an, wenn sie im Augenblick auch nicht mehr war als ein schwacher grauer Schimmer, während die letzten Sterne verblassten.

In Madison stieg das Bedürfnis auf, dieses überwältigende Gefühl zu teilen. Sie schmiegte sich an Dariens Seite, wobei sie befürchtete, er könnte sich zurückziehen. Ihre Frage nach dem

Grund für seine Regeln hatte die Stimmung völlig verändert. Hatte sie eine unsichtbare Grenze überschritten? Fühlte er sich von ihr abgekanzelt? Oder schlicht überfordert? Doch er wich ihrer Berührung nicht aus, nur der Griff seiner Hand wurde fester und verriet, dass nichts von alldem ihn gleichgültig ließ.

»Wenn ich die Frage, die du mir eben gestellt hast, beantworte …«, setzte Darien an. »Gibst du mir im Austausch dafür dann auch eine Antwort auf etwas, das ich wissen möchte?«

Das klang, als wäre da ein Haken an der Sache. »Verrätst du mir die Frage vorab?«

Darien schnaufte. »Auf keinen Fall. Entweder springen wir beide ins kalte Wasser, oder wir reden ab jetzt nur noch über so spannende Sachen wie unsere Lieblingstiere.«

»Kanarienvogel«, verriet Madison. »Sie sind wie kleine Sonnenstrahlen und singen noch heller.«

Erneut funkelten Dariens tiefblaue Augen auf, als er Madison von der Seite betrachtete. Sie wendete ihr Gesicht ab.

»Jetzt bin ich ernsthaft neugierig«, sagte er. »Was hat die süße Madison wohl zu verbergen, dass sie sich so windet? Vielleicht sollte ich auf mein Angebot noch etwas drauflegen: Wenn ich dir verrate, was die Regeln, die du so albern findest, für mich für eine Funktion haben, dann beantwortest du mir ehrlich und offen eine Frage. Nur eine einzige.«

Okay, das aktuelle Spiel zwischen ihnen hieß offenbar Poker. Nur lag das Madison überhaupt nicht, weshalb sie sich für den einzigen vernünftigen Spielzug entschied. »Das können wir machen, aber ich muss dich warnen: Nur, weil ich mich ziere, bedeutet das nicht, dass ich ein wahnsinnig aufregendes Geheimnis hüte. Ganz im Gegenteil, was mein bisheriges Leben anbelangt, habe ich leider überhaupt nichts Interessantes zu erzählen. Ich bin ein braves Mädchen aus einer Kleinstadt und habe immer meine Hausaufgaben gemacht. So viel zu meiner Geschichte.«

»Überlass das mit der Frage mal mir«, sagte Darien. »Wie sieht's aus: Deal?«

Ob es ein Warnzeichen war, dass ihr Herz bis in ihre Kehle hinauf pochte? Sie würde es wohl drauf ankommen lassen müssen.

Was Darien in die Waagschale geschmissen hatte, ließ sie sämtliche Bedenken vergessen: Er würde endlich den Grund für seine Regeln offenbaren.

»Deal«, sagte Madison, bevor sie doch noch Skrupel bekam.

Zu ihrer Überraschung erschien ein Lächeln auf Dariens Lippen. Wenn sie sich nicht täuschte, glaubte er, bereits den Jackpot geknackt zu haben. Sichtlich gelöster setzte er sich wieder in Bewegung und half Madison über einen Steg aus Holzbohlen hinab zur Wassernaht. Im Sommer gab es hier vermutlich Strandbuden, und der Sand war vor lauter Sonnenschirmen und Badetüchern nicht zu sehen, aber all das hatte man vor den Herbststürmen und der rauen Witterung des Winters in Sicherheit gebracht. Während das Meer mit seinem Wellenspiel im Morgenlicht immer mehr an Konturen gewann, fühlte es sich für Madison an, als wären Darien und sie die einzigen Menschen in einer sehr urtümlich wirkenden Welt.

Unwillkürlich drückte sie seine Hand fester, froh, dass er bei ihr war und ihr Halt gab. Es ließ sich nicht sagen, ob es an Darien oder an dem berauschenden Eindruck lag, den das Meer auf sie machte. Fest stand, dass in ihr etwas in Bewegung kam mit einer ähnlich überwältigenden Kraft wie die herannahende Flut. Madison kannte sich als durch und durch vernünftige Person, immer eine Spur zu reif für ihr Alter, weshalb sie als Teenager in den Augen ihrer Peergroup langweilig gewesen war. Aber dahinter war sie noch viel mehr, hatte es jedoch aus guten Gründen stets im Zaum gehalten. Jetzt allerdings, beim Anblick des Meeres, tat sich in ihrem Inneren eine Gefühlstiefe auf, die ihr selbst nicht geheuer war. Schon gar nicht in der Gegenwart eines Mannes, der nach außen in jeder Hinsicht easy war, jedoch auf Unnahbarkeit bestand. Wenn sie nun der drängenden Flut in ihrem Inneren Raum zugestand, würde sie dann an Darien zerschellen?

Als spürte Darien ihren Aufruhr, blieb er stehen.

Nervös schaute sie ihn an, nur um festzustellen, dass bereits mehr Morgenlicht als Schatten auf seinen Gesichtszügen lag. Sie wirkten ruhig, und doch war da um seine Augen herum eine gewisse Anspannung auszumachen. Vielleicht war sie nicht allein mit ihren Achterbahn fahrenden Gefühlen.

»Warum bleiben wir stehen?«

Darien blinzelte ihr zu. »Wenn du ins Wasser laufen möchtest, bin ich dabei. Aber dann sollten wir vorher unsere Stiefel ausziehen.«

Erst jetzt begriff Madison, dass sie den Steg hinter sich gelassen und über den Strand bis an die Ausläufer der Brandung geschlendert waren. »Großartig, ich bin so in Gedanken versunken, dass ich nicht mal mehr mitbekomme, wohin ich laufe.«

»Worüber hast du denn so intensiv nachgedacht?«, erkundigte sich Darien.

»Über das Meer.«

»Dann ist es kein Wunder, dass du aufs Wasser zugelaufen bist.«

»Glücklicherweise habe ich es nicht über den Haufen gerannt, wie es ansonsten meine Art ist.«

Darien lachte.

Immer deutlicher zeichneten sich die Wellen ab, die unablässig heranrollten und mit ihren gischtgekrönten Ausläufern an dem Streifen dunklen Strands leckten. Unmöglich, dass man jemals genug von diesem Anblick bekam.

»Wie war das jetzt noch mal mit unserem Deal?«, fragte Madison. »Diese drei Regeln … Entspringen die nun einem Kontrollbedürfnis oder gibt es tatsächlich eine nachvollziehbare Erklärung?«

Dariens Mundwinkel zuckten, als er ein Grinsen unterdrückte. »Gerade von dir würde ich erwarten, dass du ein Herz für Kontrollfreaks hast, so gern, wie du den Kurs vorgibst.«

»Das stimmt doch gar nicht!«, rief Madison. »Allein, dass wir beide jetzt am Strand stehen, zeigt doch, dass ich lediglich ein Blatt im Wind bin. Wäre ich der straighte Typ, hätte ich dir im *White Room* gesagt, weshalb ich gekommen bin, und das wäre es dann auch schon gewesen. Stattdessen verbringe ich die ganze Nacht mit dir, ausgerechnet dem Kerl, der mir seit meinem ersten Tag am College den letzten Nerv raubt.«

So leicht gab Darien nicht nach. »Und warum ist es dir dann so wichtig, meine Regeln zu hinterfragen? Wohl doch nur deshalb, weil du der Überzeugung bist, dass ich mit meiner Haltung falschliege – und du es nicht einfach dabei belassen kannst. Du willst unbedingt alles in Ordnung bringen, auch wenn dich niemand darum gebeten hat. Ist das etwa ein Helferkomplex?«

Madison ließ Dariens Hand los und zeigte drohend mit dem Zeigefinger auf ihn. »Wieso reden wir über mich, obwohl *deine* Regeln auf dem Plan stehen? Dieses Ausweichen könnte als Dealbreaker gedeutet werden.«

Darien schaute sie herausfordernd an. »Wenn du diesen anklagenden Zeigefinger nicht sofort runternimmst, beiße ich rein.«

»Denk erst einmal ganz in Ruhe drüber nach, mein Finger ist schließlich nackt, und damit wäre das ein Regelverstoß.«

Auf Dariens Lippen lag immer noch ein Lächeln, während er sein vom Wind zerzaustes Haar zurückstrich. Aber in seinen Augen flackerte etwas auf, bei dem Madison unwillkürlich die Schulterblätter zusammenzog. Zweifelsohne wäre es vernünftiger, umsichtiger mit Darien umzugehen, anstatt ihn vor lauter Übermut herauszufordern. Wenn er sich strikte Regeln auferlegte, die ihn Frauen gegenüber auf Abstand hielten, dann tat er das bestimmt nicht ohne Grund.

»Was ist das Gegenteil von Kontrolle?«, fragte er so ruhig, wie Raubkatzen sich an ihre Beute anschleichen.

Madison scharrte mit der Fußspitze im nassen Sand. »Schwierig zu sagen. Vielleicht Gedankenlosigkeit oder auch die Abwesenheit von Verantwortungsbewusstsein, indem man rein willkürlich handelt. Und dann wäre da noch das Ausgeliefertsein, ohne über einen Hauch von Macht zu verfügen, was vermutlich die unangenehmste Form ist.«

Langsam wendete Darien sich ihr zu, sodass er direkt vor ihr stand. Der anbrechende Tag warf inzwischen sein weiches Licht auf sein Gesicht, aber es wirkte trotzdem, als läge es im Schatten: hart und kantig vor Anspannung, während seine Stimme gedämpft und suchend klang. »Wenn ich dich an der Hand nehme, können wir nebeneinander hergehen. Es ist eine Geste der Verbundenheit zwischen Menschen. Und wenn wir uns dann wieder loslassen, so wie eben, als du meine Hand freigegeben hast, um mal wieder mit dem Finger auf mich zu zeigen, dann verändert das nichts.

Ich kann sie erneut nehmen, solange zwischen uns klar ist, dass ich nichts anderes will, als deine Hand zu halten.« Wie zum Beweis umfasste er sanft Madisons Finger.

Sie ahnte mehr, was er meinte, als dass sie es verstand.

»Es ist jedoch etwas ganz anderes, wenn ich mich jetzt vorbeuge und dich küsse, selbst wenn es nur eine flüchtige Berührung unserer Lippen wäre. Ein Kuss ist eine unausgesprochene Einladung zu mehr und steckt voller Möglichkeiten.«

Madison nickte, unfähig, etwas zu sagen. Dafür stand Darien zu nah.

In seinen Blick zog ein Ausdruck, der Madison neu war. Er hatte etwas Lockendes, das so gar nicht zu ihm passte und sie dennoch nach Luft schnappen ließ. Das bildete sie sich doch ein, dass jemand anderes sie durch die Augen dieses Mannes ansah! Es war genau diese Art von Illusion, die sie unbedingt wegschieben musste, wenn sie nicht an sich selbst verzweifeln wollte.

»Andererseits ist nicht jeder Kuss eine Einladung«, dachte Darien mit rau werdender Stimme nach. »Sollen wir den Unterschied herausfinden?« Langsam führte er ihre Hand an seine Lippen.

Das war nicht Darien! Etwas in Madison scheute auf, wollte auf Abstand gehen, während ein weitaus größerer Teil ihrer selbst noch viel mehr von der Wärme spüren wollte, die von seinen Fingern ausging. Als läge unter seiner Berührung eine Verlockung verborgen, von der sie nicht recht wusste, ob sie ihr gewachsen war. Als könnte von Dariens zarter Berührung ganz plötzlich eine Intensität ausgehen, die nur noch den Wunsch zuließ, sich ihm hinzugeben und alles andere zu vergessen. Eine beängstigende Vorstellung, und trotzdem war sie sich nicht sicher, ob sie zurückweichen würde. Ob sie die Kraft aufbringen würde …

Unter Dariens Wangen zeichneten sich Schatten ab, die seine Anspannung verrieten, als er näher trat. In dem rasch schmaler werdenden Abstand zwischen ihnen schien sich eine glitzernde Energie aufzubauen, die sich mit jedem Herzschlag mehr verdichtete. Und ihr Herz schlug viel zu schnell.

Das passiert nicht wirklich, das bilde ich mir nur ein, ich verliere mich in einer Illusion, dachte Madison. Sie vergaß den Gedanken jedoch sofort wieder, als seine leicht geöffneten Lippen nur noch einen Hauch über ihrem Handrücken schwebten. Fast glaubte sie, ihre Berührung zu spüren, als Darien sich plötzlich aufrichtete und ihre Hand sinken ließ.

Madison schloss die Augen – und wurde von Erleichterung durchströmt. Als wäre sie nur knapp einer Prüfung entronnen, die sie vermutlich nicht bestanden hätte.

»Tut mir leid, ich wollte dich überfordern«, raunte Darien.

Nach einem kurzen Zögern sah sie ihn an. Die prickelnde Energie mit ihrem Funkenflug war fort, ihr Verstand meldete sich zurück, und das Gefühl, nicht mehr Herrin ihrer Sinne zu sein, löste sich auf. So war das also, wenn man sich in einem Kuss zu verlieren drohte …

»Es ist ein Wunder, dass Menschen überhaupt noch etwas anderes tun, als sich zu küssen, wenn sich jedes Mal ein solcher Sog aufbaut. Oder ist das nur in deinem speziellen Fall so?«, fragte sie.

Darien erwiderte ihren Blick, als suche er darin nach einer Antwort. »Vielleicht verstehst du jetzt, warum ich aufs Küssen lieber verzichte. Wenn ich jemanden küsse, weiß ich nicht, in welche Richtung es sich entwickeln wird. Es entzieht sich meiner Kontrolle, verselbstständigt sich. Und bevor man sich versieht, ist man ausgeliefert an seine unstillbare Lust, an eine Illusion, der man sich hingibt, bis man sich selbst vergisst, ohne Rücksicht auf die Konsequenzen. Ich halte es für besser, das Risiko nicht einzugehen, schon gar nicht mit jemandem, an dem mir etwas liegt.«

»Ist dir etwas zugestoßen, dass du dir solche Sorgen machst?« Der Gedanke war naheliegend, auch wenn er Madison verstörte. Schließlich kannte sie Dariens Geschichte genauso wenig, wie er ihre. Was konnte geschehen sein, dass er ein solches Bild von Intimität entwickelt hatte?

Ein Beben ging durch Dariens Schultern, kaum sichtbar, und doch spürte Madison es, als durchführe es sie selbst. Dann ließ er ihre Hand los und strich sich über den Mund. »Meine Entscheidung fußt auf reiner Selbsterkenntnis. Ich kann mir leider nicht über den Weg trauen, und noch weniger traue ich Küssen, auch wenn das seltsam wirken mag. Aber ich komme besser damit klar, wenn man mir Beziehungsunfähigkeit nachsagt, als mich zu verlieren und am Ende herauszufinden, dass ich einen folgenschweren Fehler begangen habe.«

Obwohl Darien sich Mühe gab, seine Haltung verständlich zu machen, begriff Madison es nicht. Wie auch? Es war völlig verdreht. »Du würdest mich also nicht küssen, weil du nicht weißt, wohin das führen könnte. Und falls es schiefgeht, könntest du es nicht aushalten. Aber du würdest mit mir schlafen, weil du dabei die Kontrolle behältst.«

Darien nickte. »Im Prinzip ja. Purer Sex ist kein Spiel, er ist ein Naturgesetz, etwas zutiefst Menschliches. Wenn man sich an den reinen Akt hält, ohne jede Verführung, gibt es keine Komplikationen.«

»Es sei denn, es kämen Küsse und nackte Haut hinzu«, vergewisserte sich Madison.

»Beides hat mit dem Sex, für den ich zu haben bin, nichts zu tun.«

Es fühlte sich an, als würde sich eine unsichtbare Wand zwischen sie schieben, obwohl sie so dicht voreinander standen, dass Madison mitbekam, wie Dariens Nasenflügel vor Selbstbeherrschung bebten. Er atmete mindestens ebenso gehetzt wie sie, auch wenn er sich seine Unruhe nicht anmerken lassen wollte. Die Lage zwischen ihnen spitzte sich zu, es war ein Ausloten der Positionen, ein Kampf, den sie von Anfang an geführt hatten, ineinander verschlungen und ums Gleichgewicht ringend, wie bei dem unfreiwilligen Tanz auf dem nassen Boden bei ihrer ersten Begegnung.

Und Madison spürte, dass sie nicht bereit war aufzugeben.

Nicht, nachdem sie Darien an diesem Abend von einer anderen Seite kennengelernt hatte, selbst um den Preis, dass in ihm etwas schlummerte, vor dem sie sich besser in Acht nahm.

»Aber ich könnte Sex mit dir haben, solange ich auf Zärtlichkeit und körperliche Nähe wie bloße Haut verzichte?«, hakte sie nach.

Die Frage kitzelte sein Lächeln wach, nur ein wenig, aber es reichte, um Madisons Hoffnung zu wecken. »Bevor es so weit kommt, müsste ich meine Freischein-Frage an dich stellen, damit du mir verrätst, mit wie vielen Männern du schon zusammen warst. Du kennst ja meine dritte Regel.«

Madison schlug sich mit gespielter Dramatik vor die Stirn. »Stimmt, die ›keine Beginner‹-Regel gibt es ja auch noch. Wobei ich mir beim besten Willen nicht vorstellen kann, wie du jemandem, der bereit ist, mit dir den nächstbesten Hinterhof zu besuchen, eine solche Frage stellst, ohne ausgelacht zu werden oder dir Ohrfeigen einzuhandeln.«

Nun schlich sich das Lächeln endgültig zurück auf Dariens Lippen. »Die Frauen, mit denen ich normalerweise zusammenfinde, brauche ich nicht zu fragen. Und bevor jetzt *deine* Hand in meinem Gesicht landet: Bei dir ist es anders. Du bist eindeutig der Typ, der, wenn er sich tatsächlich schon mal so weit auf jemanden eingelassen hätte, als verlobte Frau am College aufgetaucht wäre. Für halbe Sachen bist du nicht zu haben – und ich sehe keinen Ring an deinem Finger.«

Madison schluckte. So schätzte Darien sie also ein. »Es ist mir ein Rätsel, wie du überhaupt jemals bei einer Frau gelandet bist.«

»Du würdest staunen.«

»Urgh … du Angeber.« Madison wich zurück.

Sofort streckte Darien die Hand aus und umfasste ihren Ellbogen, halb, als wolle er sie stützen, halb, als wolle er sie an sich ziehen, nur um mitten in der Bewegung zu verharren. »So meine ich das nicht. Auch wenn du es nicht glauben willst, es gibt Frauen, die ein solches Angebot gern annehmen. Der Wunsch von uns Menschen nach unverbindlichem Sex ist erstaunlich stark, besonders wenn man nach echter Nähe ausgehungert ist. Kannst du das nicht wenigstens ein bisschen nachvollziehen?«

»Willst du mir damit durch die Blume sagen, dass du es nur aushältst, wenn dein Gegenüber ebenfalls beziehungsunfähig ist?«, mutmaßte Madison. Bei der Vorstellung tat sich in ihrer Brust ein ungeahnter Schmerz auf.

»Ich hab kein Problem mit Nähe, ich kann mich sehr wohl auf Menschen einlassen«, sagte Darien sanft. »Wie du heute selbst herausgefunden hast, habe ich einen engen Freundeskreis. Außerdem habe ich das Gefühl, dass wir beide, nach einigen Anfangsturbulenzen, auch miteinander klarkommen. Oder wirke ich auf dich wie ein Eisblock?«

Der Moment der Wahrheit war gekommen. Madison war froh, dass Darien immer noch ihren Ellbogen umfangen hielt, so konnte sie wenigstens nicht spontan ausbrechen und sich ins eisige Wasser stürzen, was bestimmt angenehmer gewesen wäre, als die Wahrheit zu sagen.

»Es klingt wahrscheinlich irrational, aber ich spüre, dass du Grenzen ziehst, an denen ich mich stoße«, gab Madison zu. »Als würde ich, sobald ich auf dich zugehe, so wie es meinem Empfinden entspricht, automatisch von dir zurückgestoßen. Dir geht es darum, dich zu schützen, das habe ich verstanden. Trotzdem fühlt es sich für mich wie eine Zurückweisung an, als würdest du mir nicht einmal eine Chance geben. Und das ist schwer auszuhalten. Eben weil wir beide …«, sie rang nach Worten, »… weil wir uns erstaunlich gut verstehen, auch wenn ich nie deiner Meinung bin. Aber wie soll ich mich dir gegenüber öffnen, wenn immer ein latentes Misstrauen in der Luft liegt?«

Obwohl Darien sich nicht bewegte, schien er Madison plötzlich näher zu sein. Vielleicht lag es auch daran, dass sie nur noch das Blau seiner Augen sah, während das Meer mit seinem Wellenspiel vergessen war. »Jeder Mensch hat Grenzen, wir alle bringen unsere Geschichten, Erfahrungen und Schutzmechanismen mit. Das sind die unwägbaren Risiken, die wir eingehen, wenn wir uns auf jemanden einlassen.«

»Ich weiß«, gab Madison zu. »Aber es hilft mir nicht, weil es sich falsch anfühlt, auf Abstand gehalten zu werden. Du fürchtest dich vor der Unberechenbarkeit eines Kusses – und ich fürchte mich davor, deine Grenzen kennenzulernen und mich daran zu verletzen.«

»Das Letzte, was ich will, ist, dir wehzutun«, sagte Darien. »Gerade deshalb ist es so wichtig, dass wir beide die Kontrolle bewahren. Solange wir uns an die Regeln halten, ist alles gut.«

Obwohl Madisons Bauchgefühl sie darauf hinwies, dass nichts okay war, solange Darien sich hinter einem Sicherheitswall versteckte, glomm ein Funke Hoffnung auf. Wie viel hatte sich in dieser Nacht zwischen ihnen bewegt? Sie hatten sich beide vorgewagt, waren Risiken eingegangen, um herauszufinden, wie der andere reagieren würde und wie er sich fühlte. Vielleicht würden sich Dariens Befürchtungen von allein verflüchtigen, wenn sie sich besser kennenlernten. Ein erleichterter Schauder ging durch ihren Körper, und es gelang ihr, die Anspannung abzuschütteln.

»Es muss ja nichts jetzt und hier entschieden werden«, sagte sie. »Nur so viel: Derartig auf Nummer sicher zu gehen, passt überhaupt nicht zu dir.«

Darien legte den Kopf schief. »Ach ja? Vor Kurzem fandest du noch, ich sei ein dämlicher Arsch, der dir ständig dumm kommt und bloß im Weg steht.«

»Zugegeben, wir hatten nicht den besten Start. Und danach wurde es auch nicht unbedingt besser, aber seit heute Abend …« Madison biss sich auf die Unterlippe.

»Nur zu, ich bin ganz Ohr.«

Warum bloß hatte sie ständig die Karte, auf der »Mach dich nackig« stand?

Madison räusperte sich. »Also, seit heute Abend sind zu der ›dämlicher Arsch‹-Einschätzung, die ich von dir hatte, noch ein paar Facetten hinzugekommen, wodurch sich meine Haltung verändert hat. Und da ich im Gegensatz zu dir sehr viel beweglicher bin, wenn es um die Neueinschätzung gewisser Situationen geht, bin ich bereit, mein bisheriges Urteil noch mal zu überdenken. Möglicherweise stimmt ja weder das ›dämlich‹ noch der ›Arsch‹. So weit die vorläufige Erkenntnis.«

»Wie großzügig.« In Dariens Gesicht zeichnete sich nach der langen Nacht Erschöpfung ab, doch in diesem Moment breitete sich ein Leuchten darin aus, dem kein Schlafmangel etwas anhaben konnte. »Aber ich kann das Kompliment zurückgeben: Du bist vom bissigen College-Neuzugang mit Gleichgewichtsstörungen über die rechthaberische beste Freundin eines One-Night-Stands bis hin zum peinlichsten Auftritt im *White Room* ever inzwischen bei der Frau gelandet, mit der man am schönsten gemeinsam am Strand frieren kann.«

Madison zog eine Grimasse. »Ich sollte deinem Profil die Facette ›Macht Komplimente, die wie Unverschämtheiten klingen‹ hinzufügen.«

»Madison?«

»Ja?«

»Kann es sein, dass du vor Müdigkeit lallst?«

Madison brauchte einen Moment, um darüber nachzudenken. Ihr Verstand war tatsächlich etwas träge. Dann sagte sie: »Jep. Wenn ich hinterm Lenkrad keinen Sekundenschlaf riskieren will, müssen wir langsam zum Wagen zurückkehren, so wunderschön das Meer im Morgendunst auch aussieht.«

Darien schmunzelte, dann bot er ihr seinen Arm an – und Madison hakte sich ohne zu zögern ein.

Gemeinsam gingen sie den Weg zurück zum Steg und durch die Dünen, wobei Madison staunte, wie weit sie überhaupt gelaufen waren. Ein paar Möwen kreisten über ihnen, aber ansonsten war weit und breit keine Seele zu sehen. Als sie am Wagen ankamen, öffnete Darien ihr die Beifahrertür, denn – so schwer es ihr fiel, das zuzugeben – sie war erschöpft. Der aufregende Abend, die durchfeierte Nacht und der Ausflug ans Meer, der sie innerlich wie äußerlich durchgerüttelt hatte, ließen sie in die Polster sinken, froh, als Darien den Motor startete. Sie schloss die Augen und genoss das Gefühl von Geborgenheit und einer Vertrautheit, die sie so noch nie in der Gesellschaft eines Mannes verspürt hatte. Was sich auch immer zwischen Darien und ihr entwickelte, es fühlte sich richtig an – solange sie sich an die Regeln hielten. Aber würden sie das wirklich schaffen?

KAPITEL 16

Der kurze Moment, für den Madison glaubte, die Augen geschlossen zu haben, erwies sich als deutlich länger. Denn als sie Dariens Hand auf ihrer Schulter spürte, kostete es sie ordentlich viel Willenskraft, um aus der Dunkelheit aufzusteigen und die schweren Lider zu heben.

»Tut mir leid, dich wecken zu müssen. Aber wenn ich dich schlafend auf dein Zimmer trage, ruft der Portier sofort die Polizei, weil er denkt, ich hätte dich mit K.o.-Tropfen ausgeknockt.«

»Kein Problem, ich bin topfit.« Entgegen dieser Behauptung brauchte Madison zwei Anläufe, um den Anschnallgurt aufzubekommen.

»Aber so was von topfit«, schmunzelte Darien.

Für einen Sonntagmorgen war noch nicht viel los auf dem Campus, und auch das Wohnheim wirkte, als würden sich seine Bewohner nach einer durchfeierten Nacht gerade auf die andere Seite drehen und genüsslich weiterdösen. Auch in Madison breitete sich der Wunsch nach Bettwärme aus, machte ihre Gedanken träge und hüllte ihre Sinne in eine kuschlige Daunendecke. Das änderte sich auch nicht, als sie vor Darien auf dem Gehweg stand, noch in seinen Parka eingepackt, während der Wind an ihrem Haar zupfte. Trotzdem glaubte sie, ihn mit einer Klarheit wahrzunehmen, für die man weder einen wachen Blick noch seinen Verstand brauchte. Ihr innerer Kompass deutete auf ihn, da gab es kein Vertun.

Jetzt ist es wieder so weit: Du wirst romantisch und damit völlig irrational, ermahnte Madison sich. Wenn du nicht aufpasst, ruinierst du zum Abschied noch alles.

Aber so richtig schlug die Ermahnung nicht durch, besonders nicht, als Darien sie anlächelte. Obwohl er hellwach wirkte, machten sich nun doch Schatten unter seinen Augen bemerkbar, und er rieb seine vom salzigen Meerwind aufgerauten Lippen.

»Vielen Dank für den schönen Abend«, sagte er.

Madison schüttelte den Kopf. »Ich muss mich bedanken – und zwar für so viel, dass ich es kaum noch alles zusammenbekomme. Jedenfalls nicht in diesem halb benommenen Zustand. Dank dir hatte ich den zauberhaftesten Geburtstag überhaupt.«

Darien zog staunend die Augenbrauen hoch. »Ich hätte niemals darauf gewettet, dass du in diesem Leben mich und das Wort ›zauberhaft‹ in einem Satz unterbringst.«

»Schieb es auf mein überfordertes Gehirn, das sich zwischen Melatonin und einer Überdosis Serotonin nicht entscheiden kann.« Ohne nachzudenken, legte sie eine Hand auf seine Brust. Er ließ es zu. Vermutlich fiel diese Berührung unter die Händchenhalten-Kategorie, was gut war, denn sie wollte ihre Hand zu gern dort liegen lassen, während sie glaubte, durch den dünnen Hemdstoff seinen Herzschlag zu spüren. »Danke«, sagte sie ernsthaft.

»Ich bin froh, dass es sich so ergeben hat«, erwiderte Darien.

»Ja, ich auch. Möglicherweise war es doch kein Zufall, dass wir immer wieder zusammengestoßen sind. Wir haben nur nicht verstanden, was das Schicksal uns damit sagen wollte.« Damit wagte Madison sich weit vor. Aber anscheinend nicht zu weit, denn Darien ergriff weder die Flucht, noch wich er ihr mithilfe eines Spruchs aus.

Ermutigt ging sie noch einen weiteren Schritt auf ihn zu. »Bevor ich mich verabschiede, möchte ich gern noch meine Schulden bei dir einlösen. Schließlich hast du noch eine Frage bei mir gut. Was willst du von mir wissen?«

Langsam drehte Darien seinen Kopf zur Seite, als könne er in ihrer unmittelbaren Nähe keinen klaren Gedanken fassen. Aber als er Madison dann ansah, war da ein Ausdruck auf seinem Gesicht, der sie ihre Müdigkeit schlagartig vergessen ließ. Darien hatte eine Entscheidung getroffen, die etwas Wesentliches zwischen ihnen veränderte, als würde ihre Verbindung auf ein neues Level gehoben. Sie konnte es spüren – worin die Entscheidung bestand, wusste sie allerdings nicht. Sie bemerkte nur, dass das Beben seiner Brust unter ihrer Hand stärker geworden war.

»Du meinst, was mich gerade mehr interessiert als alles andere?«, fragte er.

Madison brachte nicht mehr als ein Flüstern zustande. »Ja.«

Das Blau von Dariens Augen war so ruhig wie das Meer an seiner tiefsten Stelle. »Ob du trotz allem, was ich dir erzählt habe und was zwischen uns geschehen ist, von mir geküsst werden möchtest.«

Nun war es an Madison, eine Entscheidung zu treffen. Anstelle einer Antwort stemmte sie sich auf die Zehenspitzen, brachte ihr Gesicht vor Dariens und schloss die Augen.

Ein Herzschlag.

Noch ein Herzschlag.

Dann spürte sie seine kühlen Lippen auf ihren.

Es ist nur ein Kuss, dachte sie. So unverbindlich wie das Halten unserer Hände, nicht mehr als ein Hauch von einer Berührung und keine Eröffnung eines unabwägbaren Spiels. Gleich, wenn er sich wieder von mir löst, werden wir darüber lachen und uns verabschieden.

Während Madison sich in Sicherheit zu wiegen versuchte, glitt Dariens Arm um ihre Taille und zog sie dicht an ihn, so dicht, dass sie sich gegen seine Brust geschmiegt wiederfand. Nun spürte sie seinen Herzschlag nicht nur an ihrer Hand, sondern vom Kopf bis zu den Fußspitzen, als ginge von seinem Körper ein Ton aus, der von ihrem einer Klangschale gleich aufgenommen wurde.

Vor Verblüffung öffnete Madison die Lippen, was Darien als Einladung nahm. Er vertiefte die Berührung ihrer Lippen so tastend und achtsam, dass sie es kaum aushielt. Eine zarte Liebkosung, und doch verbarg sich dahinter nur spärlich verkleidet der Wunsch nach mehr: nach dem nächsten Kuss, der ein wenig inniger und drängender ausfallen würde. Oder leidenschaftlicher. Oder vielleicht auch ... Der Gedanke verflüchtigte sich, als seine Finger ihre Hüfte umfassten und er sie noch enger an sich zog.

Es fiel ihr leicht, sich auf sein Suchen einzulassen, nach einem

Entgegenkommen zu forschen, das ihre Lippen weiter öffnete und ihn einließ, damit das, was als ein Hauch von einem Kuss, nicht mehr als ein Streifen der Lippen begonnen hatte, sich entfalten konnte. Dabei sperrte sie sich gegen die dunkle Flut, die in ihr aufsteigen wollte, eine Warnung, dass sie seine Regel nicht umsonst verletzen durfte, dass sie für diesen Kuss gewiss einen Preis zahlen würde. Dazu war sie bereit, wenn Darien es auch war.

Und das war er, denn seine Lippen gaben nach und öffneten sich. Mit einem wohligen Schauer nahm sie den Geschmack seines Mundes wahr und überließ sich der Wärme, die ihr entgegenströmte. Wenn ich das Meer bin, dachte sie berauscht, dann fließe ich ihm jetzt entgegen. Sie spürte die Kraft, die in ihrer Liebkosung lag, obwohl es nicht mehr als ein Kuss war.

Es war echt, kein Spiel.

Seine Hand legte sich um ihren Nacken, seine Finger verstrickten sich mit Strähnen ihrer Locken, eine zärtliche Geste und zugleich ein wenig besitzergreifend. Solange er sie nämlich so hielt, würde sie sich seinem Mund nicht einfach wieder entziehen können. Was sie keineswegs vorhatte, dafür war die Begegnung ihrer Lippen zu intensiv und sein Geschmack nach einer Spur von bitterem Kaffee und Salz zu aufregend. Während sie seine Liebkosung mit allen Sinnen auskostete, war sie sicher, dass sie etwas sehr Pures von ihm wahrnahm. Und es passte zu ihr, als wäre er ihr Gegenstück.

Es war kein Fehler, diesen Mann zu küssen. Ganz im Gegenteil – egal, was er befürchtete. Nichts war natürlicher als dieser Kuss. Was sollte ihnen denn schon passieren?

Je mehr Madisons Zweifel wichen, desto intensiver reagierte ihr Körper auf Dariens Zärtlichkeiten. Obwohl er sie weiterhin leicht in der Taille umfasst hielt, spürte sie, wie er die Muskeln in seinem Arm anspannte, als liefe er sonst Gefahr, sie an sich zu reißen. Und die Hitze, die er plötzlich ausstrahlte … Die kommt daher, dass er genauso stark auf euren Kuss reagiert wie du, erkannte sie.

Mehr brauchte es nicht, damit Madison ihre letzten Vorbehalte vergaß und sich ganz dem überließ, was sich zwischen ihnen abspielte. Was zu Beginn suchend gewesen war, wurde nun zunehmend selbstbewusster und stürmischer. Aus dem vorsichtigen Tasten war ein inniges Geben und Nehmen geworden, das immer noch stärker wurde. Falls ihm das ebenfalls auffiel, tat er jedenfalls nichts, um das Tempo zu drosseln. Stattdessen atmete er zwischen den Küssen hastig ein, als wolle er keine Zeit mit Luftholen verschwenden. Zwischen ihnen entwickelte sich ein Sog, alles schien einzig und allein darauf ausgerichtet, sich in dem Kuss zu verlieren. Was ihr verblüffend leicht fiel, wie sie bemerkte, als ihre Hand ganz von allein einen Weg in den Halsausschnitt seines Hemdes fand und von seinem Schlüsselbein über seine Schulter glitt. Begierig erkundete sie, wie es sich anfühlte, was sie bislang nur gesehen hatte, genoss es, seine Haut und die darunterliegenden Muskeln zu ertasten. So fühlte sich also der Mann an, zu dem sie sich allen Widersprüchen zum Trotz hingezogen fühlte. Es war Darien, der sie hielt, so nah, dass sie die Wellen spürte, die ihre Begegnung durch seinen Körper jagte. Und der sie mit einer Hingabe küsste, als könne er nie wieder von ihr ablassen.

Und sie? Sie konnte es nicht glauben, dass sie wirklich mit einer solchen Intensität auf ihn reagierte. Ihr Körper war eine einzige fiebrige Antwort auf seinen Kuss. Eine hitzige Sekunde lang überlegte sie, wie es wohl erst sein musste, wenn es mit diesem Mann zu mehr kam. Wenn ihre Hand nicht nur auf Erkundungstour ging, sondern ihm das Hemd abstreifte. Wenn seine Haut auf ihre traf … Allein bei der Vorstellung presste sie unwillkürlich ihre Hüften gegen ihn, sodass sie befürchtete, er würde gleich ihren Kuss unterbrechen.

Eine bange Sekunde verstrich, dann erwiderte er ihre Bewegung. Wenn sie geglaubt hatte, dass sie zuvor schon nicht hätten enger stehen können, so wurde sie nun eines Besseren belehrt. Allem Anschein nach hatte Darien auf keinen Fall vor, seine Lippen von ihren zu lösen. Warum auch?, dachte Madison. Es gab keine Gefahr außer der, einander nicht nah zu sein. Wenn er bereit war, seine erste Regel für sie zu brechen, welchen Bestand hatten dann noch die beiden anderen? Dieser Kuss war seine Chance, einen neuen Weg einzuschlagen, einen Weg, der zu ihr hinführte.

Nichts ist überflüssiger als diese Regeln, bestätigte eine Stimme Madison, die scheinbar aus ihrem Inneren aufstieg. *Ihr beide seid wie füreinander geschaffen, warum sich also mit einem Kuss zufriedengeben? Du magst glauben, dass die Erregung, die du verspürst, nicht mehr zu übertreffen ist. Aber in Wahrheit ist sie erst der Anfang. Das heißt: Falls du mehr willst … Willst du mehr?*

Die Antwort lag Madison bereits auf der Zunge. Natürlich wollte sie mehr! Mehr von Darien. Aber war es das, wovon die Stimme sprach?

Warum zögerst du? Alles an ihm schreit danach, dir mehr geben zu dürfen. Er wurde dafür geschaffen, dir Lust zu schenken. Du musst nur bereit sein, dieses Geschenk auch anzunehmen.

Als wolle Darien die Worte bestätigen, wanderte seine Hand von ihrem Nacken in ihren Halsausschnitt, berührte ihre bloße, empfindsame Haut und ließ eine Glutspur zurück, die sie verrückt machte. Verrückt nach mehr.

Madison stöhnte auf.

O ja. Genau so fühlt es sich an, bestätigte die Stimme. *Und weißt du was? Du hast dir dieses Vergnügen viel zu lang versagt, es ist höchste Zeit, es in all seinen Formen auszuleben. Er wird dir zu Diensten sein, wenn du es nur willst.*

Aber will ich das?, fragte sich Madison benommen, während ihr Körper vor Verzückung zu pulsieren begann.

Der Kuss veränderte sich bereits, wurde zu dem unabwägbaren Spiel, vor dem Darien sich so gefürchtet hatte. Doch so, wie er ihren Mund erforschte und seine Lippen immer wieder suchend mit ihren verband, wollte er nicht im Geringsten mehr damit aufhören. Ganz im Gegenteil.

Irgendetwas stimmt hier nicht, dachte Madison. Entgegen sämtlicher Sinne zwang sie sich, die Augen zu öffnen.

Da war Darien.

Aber noch etwas anderes … Fremdes …

Als würde etwas durch ihn hindurchstahlen, ein Licht, das jede seiner Berührungen in ihrer Intensität vervielfachte. Und ihr Körper schrie geradezu danach, wollte mehr, unbedingt mehr.

Und?, setzte die Stimme nach. *Willst du es? Du brauchst es nur zu sagen – und es wird geschehen. Triff die Entscheidung, es ist ganz leicht.*

»Darien«, brachte Madison zwischen zwei Küssen hervor, unsicher, ob sie das wirklich sagen wollte. »Möchtest du mehr?«

»Mehr?«, wiederholte er außer Atem. »Ja, möchte ich. Ich möchte das machen, was du willst.«

Siehst du, er ist vollkommen Wachs in deinen Händen, gurrte die Stimme. *Höchste Zeit, dass du das Steuer in die Hand nimmst und sagst, wonach dir der Sinn steht, ohne Rücksicht auf Verluste. Folg einfach deiner Begierde, ich helfe dir dabei.*

Nein, etwas stimmt ganz und gar nicht, beschloss Madison.

In diesem Moment löste Darien bereits seine Hand von ihrem Nacken, als er ihr Zögern bemerkte.

Und da passierte es: Hinter ihm sah Madison die Gestalt einer Frau stehen, von einem glühenden Licht erfüllt. Es war eindeutig eine atemberaubend schöne Frau, ganz aus Feuer gemacht. Ein Feuer, mit dem sie Madison in Brand stecken wollte, indem sie Dariens Berührungen mit ihrer Glut versah. Sie blinzelte ihr zu, dann war sie auch schon verschwunden.

Geschockt befreite Madison sich aus Dariens Umarmung und taumelte rückwärts.

Das war es also, wovor sie sich insgeheim schon lange gefürchtet hatte. Nun war es passiert. Und sie hatte gedacht, sie sei vor diesem Fluch gefeit! Aber nun hatte er auch sie heimgesucht und würde nicht nur Darien, sondern auch sie den Verstand kosten.

Darien starrte sie mit entsetztem Blick an, dann legte er eine Hand vor seinen Mund, als gelte es, seine eben noch zum Kuss geöffneten Lippen zu verbergen. Als wolle er es ungeschehen machen.

Es war ein Gefühl, als würde der Horizont kippen, weil sich die Erdachse verschoben hatte, dabei war es nur Madisons inneres Gleichgewicht, das aus dem Lot geriet. Warum passiert mir das ausgerechnet jetzt?, schoss es ihr durch den Kopf. Was habe ich ihm damit angetan? Er wird es nicht verstehen, sondern denken, dass ich ihn zurückweise. Himmel, ich verstehe es ja selbst nicht! Aber die Frau war da, ich habe sie gesehen. Nein, noch viel schlimmer, ich habe ihre Stimme gehört und stand kurz davor, ihrem Locken nachzugeben. Ich lasse mich von jemandem leiten, den es nicht gibt, außer in meinem kranken Inneren.

Darien stand nur einen halben Schritt von Madison entfernt, sein Gesicht noch hinter der erhobenen Hand verborgen, als sei er mitten in der Bewegung erstarrt, verloren in Gedanken und Gefühlen, von denen er sich eigentlich hatte fernhalten wollen. Er hatte ihr viele Gründe genannt, warum er auf diese Art von Zärtlichkeit verzichtete. Weil man nie wusste, was geschah. Nun war es geschehen, wenn auch anders, als er befürchtet hatte – und sie würden beide einen hohen Preis dafür zahlen.

Langsam ließ Darien die Hand sinken, und auf seinem Gesicht zeichnete sich ein innerer Aufruhr ab. Er hatte seine Regel gebrochen, und ein Teil von ihm wollte es noch immer. Doch der Schmerz und die Verwirrung auf seinen Zügen trafen Madison stärker, als jede Ablehnung es gekonnt hätte.

»Es tut mir leid«, sagte Madison leise. »Das hätte niemals passieren dürfen.«

»Kann sein«, sagte Darien. »Würdest du die Zeit denn zurückdrehen, wenn du es könntest? Ich nämlich nicht.«

Sie sah die Hoffnung, die in seinen Augen aufleuchtete. Der Schmerz, ihn enttäuschen zu müssen, zwang sie fast in die Knie. Doch ihr blieb nichts anderes übrig, sie musste den Weg jetzt zu Ende gehen. Nach dem, was sie eben gesehen hatte, war sie für ihn verloren.

»Ich wünschte, ich könnte diesen Kuss ungeschehen machen«, sagte sie. »Damit es ihn nie gegeben hat.«

»Wirklich?«, vergewisserte sich Darien.

»Ja.«

Mehr gab es dazu nicht zu sagen.

Madison drehte sich um und ging, lief den Weg entlang, auch, als sie glaubte, zu hören, wie Darien ihren Namen rief. Aber sie konnte nicht stehen bleiben, ihm nicht noch einmal gegenübertreten, seine Stimme hören, seine Worte an sich heranlassen. Nicht jetzt, da jede Faser in ihr schmerzte, als hätte man winzige Stückchen aus ihr herausgerissen und sie wund und bloß zurückgelassen. Die ganze Zeit über hatte sie befürchtet, gegen eine Grenze zu stoßen, die er errichtete. Nun war sie tatsächlich an eine Grenze geraten, aber die ragte in ihr auf, hoch und unüberwindlich.

KAPITEL 17

JETZT

Ich warte.

Taste mich vor durch den inneren Nebel, hinter dem *sie* sich sonst verbirgt, auf einen schwachen Moment lauert.

Und nun hatte ich einen schwachen Moment. Mehr als das. Ich habe meinen Schutzwall fallen lassen, habe mich meinen Gefühlen hingegeben – und wurde zerstört.

Das muss *ihr* doch gefallen haben.

Der Blick, mit dem Madison mich bedacht hat … Ich krümme mich, halte die Erinnerung kaum aus. So fühlt sich das also an, wenn man zerbricht. Dann schneidet man sich unentwegt an den Scherben.

Fuck, warum ist das passiert? Das Verrückte ist, selbst wenn ich mich noch einmal entscheiden müsste, würde ich es wieder genauso tun. Die Art, wie Madison mir ihr Gesicht hingehalten hat … meine Lippen auf ihren … Jede Sekunde war es wert, gebrochen zu werden.

Trotzdem will ich, dass *sie* jetzt verdammt noch mal auftaucht.

Ich suche nach *ihr*. Denn das Einzige, was mich jetzt von dem wahnsinnigen Schmerz ablenken kann, ist *ihr* Spott. Wenn *sie* mir ins Gesicht sagt, dass ich genau das bekommen habe, was ich verdiene. Weil ich so ein dämlicher Idiot bin, der geglaubt hat, eine Frau wie Madison zu verdienen. Trotz des Zeichens, das ich trage.

Ich suche. Doch ich finde nichts.

»Wo bist du?«, flüstere ich.

Es kommt keine Antwort.

KAPITEL 18

Es war um die Mittagszeit, aber die Sonne wollte nicht hinter den dichten Wolken hervorbrechen. Dann fiel es auch nicht so auf, dass die ehemals weiße Hausfassade schon lange ein schmutziges Grau angenommen hatte. Jetzt, Ende November, sah ohnehin alles farblos aus, sogar die Rasenfläche vor dem Haus hatte sich in Matsch verwandelt.

Madison störte sich am Zustand des Hauses nicht, dafür war sie viel zu froh, dass es nach all den Jahren überhaupt noch stand. Dass sie immer noch nach Hause kommen konnte. Sogar die verdächtig knarrende Treppe zur Veranda schien sie willkommen zu heißen. Geschickt übersprang sie eine geborstene Stufe und stand dann vor der Eingangstür, den Finger schon am Klingelknopf, als sie es sich anders überlegte. Unter dem Blumenkasten verbarg sich ein Ersatzschlüssel.

Vorsichtig steckte Madison den Kopf durch den Türspalt. »Hallo, nicht erschrecken, ich bin's, Madison. Ich komme jetzt rein, okay?« Da sich im Haus nichts rührte, rief sie zur Sicherheit noch einmal: »Ich bin es, Madison. Und ich bin jetzt im Haus.« Dann schlüpfte sie zur Tür hinein – nur um zusammenzufahren, als sie ein verschlafenes Krächzen aus dem Wohnzimmer hörte.

»Himmel! Wer lässt die Kälte rein? Da klappern einem ja die Zähne.«

In einem Lehnsessel saß Madisons Großmutter Dorothee mit einer Patchworkdecke über den Knien. »Romy? Bist du schon so früh zurück?«

»Nein, ich bin es, Granny.« Madison lief zu Dorothee und beugte sich für einen Kuss zu ihr runter.

Die Überraschung zeichnete sich auf Grannys Gesicht ab, während ihr Blick weiterhin ins Leere ging, etwas, woran sich Madison noch immer nicht gewöhnt hatte. Dann schloss sie ihre Enkelin in die Arme. »Meine Kleine, was machst du denn hier?«

»Ich hab es einfach nicht ausgehalten, meinen Geburtstag ohne euch zu feiern.« Madison schluckte einen Anflug von Tränen hinunter. »Deshalb habe ich heute früh den ersten Bus genommen.«

»Na, dann ist es ja gut, dass aus Romys Überraschungsbesuch am College nichts geworden ist«, schmunzelte Granny.

Madison entglitten die Gesichtszüge. »Romy wollte ernsthaft … Dabei hat sie mir hoch und heilig versprochen, sich an unsere Absprachen zu halten. Ein komplett strukturierter Alltag ist überlebenswichtig für sie – und spontane Ausflüge in Richtung Portland gehören eindeutig nicht dazu!«

»Nun reg dich nicht auf, Herzchen.« Granny drückte Madisons Hand. »Romy ist inzwischen vernünftig genug, kein Risiko einzugehen. Sie hält sich geradezu sklavisch an eure Absprache. Aber jetzt zieh erst einmal dieses Ungetüm von einer Jacke aus, damit ich dich richtig umarmen kann.«

Als Madison aus dem Parka schlüpfte, überkam sie ein schlechtes Gewissen, weil er Darien gehörte. Bei ihrer übereilten Flucht nach dem Kuss hatte sie nicht eine Sekunde daran gedacht, ihn seinem Besitzer zurückzugeben. Später, als sie wartend an der Bushaltestelle gestanden hatte, war sie mehr als froh gewesen, sich in seinem Schutz verkriechen zu können. Dabei roch der Parka schwach nach Darien und seinem herben Aftershave, ein Geruch, der Gefühle in ihr weckte, die sie so weit wie nur möglich von sich wegzudrängen versuchte.

Trotzdem flackerte das Bild einer brennenden Frau in ihrer Erinnerung auf und zwang sie, nicht an den Kuss, sondern an ihre aussichtslose Lage zu denken.

Nachdem Madison den Parka abgelegt hatte, setzte sie sich auf die Sessellehne zu ihrer Großmutter. Wobei Dorothee eigentlich ihre Urgroßmutter war, denn ihre richtige Oma hatte sie nicht kennengelernt, während Granny immer da gewesen war. Sie hatte Madisons Mutter Fran bei sich aufgenommen, als die junge Frau mit einer kleinen Tochter an der Hand und einem Baby im Bauch vor ihrer Tür gestanden hatte. Damals hatte Madisons Mutter nicht darüber sprechen wollen, warum ihre junge Ehe gescheitert war. Nachdem Fran viel zu früh verstorben war, hatte Madison sich nur zusammenreimen können, was damals zu der Trennung geführt hatte. Das Erbe von Romy und ihrem Vater hatte sie nämlich eines Tages wie ein böser Fluch eingeholt. Und nun hatte derselbe Fluch auch sie getroffen, wie ihr Erlebnis in Dariens Armen bewies.

Nachdem Granny Madison ausgiebig gedrückt und mit Geburtstagsglückwünschen überhäuft hatte, lehnte sie sich im Sessel zurück. »Du bist mir eine, tauchst hier einfach so auf, ohne Bescheid zu sagen. Wenn ich das gewusst hätte, hätte ich dir eine Torte gebacken. Das hole ich jetzt nach.«

»Ich habe mich wohl verhört«, sagte Madison ungläubig. »Romy lässt dich in deinem Zustand doch nicht etwa in die Küche.«

»Als ob mich jemand von meiner Küche fernhalten könnte!«, hielt Granny dagegen. »Ich habe diesen verdammten Schlaganfall schließlich nicht überlebt, um jetzt im Sessel vor mich hin zu vegetieren. Mein Augenlicht ist zwar stark eingetrübt, aber das war schon in den letzten Jahren schwach. Du würdest staunen, was ich inzwischen alles allein hinbekomme. Ich habe fleißig geübt, seit du zum College bist.«

Das glaubte Madison sofort. Die Fähigkeit, allen Widerständen zum Trotz klarzukommen, hatte sie eindeutig von Granny geerbt. Trotzdem staunte sie nicht schlecht, wie gut sich Dorothee in der Küche zurechtfand und sich nicht einen Handschlag abnehmen ließ. Kaum zu glauben, dass Madison sie vor einigen Monaten nach ihrem Schlaganfall rund um die Uhr hatte pflegen müssen.

Als am späten Nachmittag die Haustür klapperte, saßen Madison und Dorothee in der Küche und aßen einen frisch gebackenen Blueberry-Cheesecake. Romy Farneo sah trotz Mitte zwanzig aus, als habe sie erst vor Kurzem die Highschool verlassen mit ihren wilden blonden Locken und ihrem stets neugierigen Blick. Wenn sie neben Madison auf der Straße herging, war ihr anzumerken, dass sie hoffte, man würde sie für die jüngere Schwester halten. Ein

Mädchen, dem sämtliche Türen noch offenstanden. Jemand, auf den das Leben voller Angebote wartete. Madison hingegen fühlte sich trotz des Altersunterschieds von sechs Jahren schon lange wie die Ältere, spätestens seit sie an ihrem zehnten Geburtstag Romy zur Führerscheinprüfung hatte begleiten müssen. Ihre Schwester hatte vor Stress nämlich nicht mehr ihren Nachnamen gewusst (keine große Überraschung, dass es mit dem Führerschein nichts geworden war).

Romy ließ ihre Umhängetasche, in der ihr Laptop steckte, einfach fallen. »Maddy, bist du wirklich hier oder bilde ich mir das bloß ein? Ich habe meine Medikamente doch brav eingenommen, und mein letzter psychotischer Schub liegt Monate zurück.«

»Ich bin wirklich hier, du verrücktes Huhn«, bestätigte Madison – und kniff ihre Schwester zum Beweis in den Oberarm.

Romy quiekte, den Unglauben immer noch ins Gesicht geschrieben. Dann begann sie zu lachen. »Selbst verrücktes Huhn! Anstatt es an deinem Geburtstag am College krachen zu lassen, kommst du nach Hause zu uns Langweilerinnen. Mit uns kannst du höchstens mit Apfelsaft anstoßen, und das auch nur, wenn er Zimmertemperatur hat.«

»Also ich ziehe Blueberry-Cheesecake jedem College-Party-Büfett aus Haschkeksen und gepanschter Bowle vor«, erklärte Madison, bevor sie ihrer Schwester ins Ohr flüsterte: »Warum hast du mir nicht erzählt, dass Granny die Küche unsicher macht?«

»Sie hat es mir verboten«, wisperte Romy. »Granny meinte, sonst würdest du mit deinem Verantwortungsfimmel sofort bei uns aufschlagen, um dich zu vergewissern, dass sie nicht alles in Brand steckt. Dabei sind wir dich und deine Gluckerei doch gerade erst losgeworden.«

»Genau das, was man zur Begrüßung hören will.«

Grinsend zuckte Romy mit der Schulter. »Du weißt schon, wie ich das meine. Granny und ich sind dir superdankbar, dass du für uns da warst, als wir dich brauchten. Du hast deshalb auf vieles verzichten müssen, das man nicht einfach so nachholen kann. Aber wir geben uns jetzt sehr viel Mühe, ohne dich klarzukommen – und wir packen das auch. Das College ist so wichtig für dich, Maddy.

Nicht nur, weil du da eine tolle Ausbildung bekommst, sondern weil du es verdient hast, nun endlich mal ein Leben zu führen, anstatt immer für andere da zu sein.«

Solche Worte aus Romys Mund sorgten dafür, dass Madison sich entspannte. Offenbar hatte sich nicht nur Granny in ihrem Leben nach dem Schlaganfall eingerichtet, sondern auch ihre komplizierte Schwester. Ein besseres Geschenk hätte Romy ihr nicht machen können – zumal Madison seit Dariens Kuss nicht sagen konnte, wie sicher sie selbst mit den Füßen auf dem Boden der Realität stand.

Während Romy eine viel zu große Bestellung bei ihrem Lieblingsitaliener aufgab (solange sie ihren Hang zu Extremen auf diese Weise auslebte, sollte Madison das recht sein), lauschte Madison vorsichtig in sich hinein – nur um es sofort zu bereuen. Sie hatte geahnt, dass es nicht ohne Folgen bleiben würde, einen Mann wie Darien an sich ranzulassen. Nur, dass es so schmerzhaft sein würde, ihn wieder aufgeben zu müssen, trieb sie fast an den Rand. Der Wahnsinn, der ihr Leben bedrohte, war eine Sache. Aber Darien ausgerechnet in dem Moment wegstoßen zu müssen, als er sich ihr geöffnet und sich auf sie eingelassen hatte … Es war, als hätte sie einen Teil ihrer selbst verloren, sodass sie sich zusammenkrümmen und lautlos schluchzen wollte. Stattdessen blieb sie lächelnd in der Küche ihrer Großmutter sitzen und versuchte, sich auf das Nächstliegende zu konzentrieren: atmen – und sich nicht anmerken lassen, dass ihr Inneres so dunkel war wie das nächtliche Meer.

Auf diese Weise hielt sich Madison die ersten Tage nach ihrer Rückkehr in das Haus ihrer Kindheit bei Verstand. Solange Granny alles über ihren Collegealltag wissen wollte und Romy von ihrem Job in einem Buchhaltungsbüro erzählte, konnte Madison ausblenden, was zwischen Darien und ihr passiert war. Dann vergaß sie, was für ein Gefühl es war, von ihm umarmt zu werden, seine streichelnden Finger in ihrem Haar zu spüren und von ihm geküsst zu werden, als könnte er nie wieder damit aufhören. Und dann musste sie sich auch nicht die Frage stellen, was dieser Kuss bei ihr ausgelöst hatte, warum sich plötzlich der Abgrund aufgetan hatte, um sie zu verschlingen. Als habe der Familienfluch nur darauf gelauert, dass sie einen schwachen Moment auskostete, um sie mit voller Härte zu treffen. Hätte sie Darien von der Erscheinung berichten müssen? Dann hätte er als Psychologiestudent zweifellos darauf bestanden, dass sie sich untersuchen ließ, weil übersinnliche Erscheinungen, die mit einem redeten, auf einen schweren psychotischen Schub hinwiesen. Oder er hätte gedacht, sie tischte ihm eine Lügengeschichte auf, nur um ihn loszuwerden. So oder so, es hätte alles nur schlimmer gemacht, als es ohnehin schon war. Mit den Folgen des Kusses würde sie allein fertig werden müssen, denn die Pforte, die Dariens Hingabe in ihr geöffnet hatte, würde sich nicht einfach wieder schließen. Damit hatte Madison bereits Erfahrungen gemacht. Wenn ihre dunkelsten Vermutungen sich bestätigen sollten, lag noch ein langer Weg vor ihr.

Nach dem Wochenende fühlte Madison sich immer noch zu angeschlagen, um auch nur einen Gedanken an ihre Rückkehr ans College zu verschwenden.

Doch das College hatte sie nicht vergessen.

Oder vielmehr ihre Freundinnen.

Während der Busfahrt nach Selma war Madison wie betäubt gewesen. Trotzdem hatte sie ihren Mädels geschrieben, dass sie wegen ihres Geburtstags plötzlich Heimweh bekommen hätte und nach Hause gefahren sei. Jelly hatte sich über die spontane Reise nicht gewundert. Vermutlich hätte sie nicht mal dann mit der Achsel gezuckt, wenn Madison ihr Erspartes für einen Wochenendtrip nach Vegas auf den Kopf gehauen hätte. Why not? Für Jelly stand Spontaneität für Lebensqualität. Auch Leandra hatte Madisons Erklärung sofort geschluckt, für sie war die Familie heilig. Nur Hemley ließ sich nicht so leicht abspeisen. Nachdem es ihr endlich gelungen war, Madison zu erreichen, erkundigte sie sich:

Und warum nicht Facetime?

Meine Schwester hat vergessen, die Rechnung zu bezahlen. Deshalb haben sie das WLAN abgeschaltet, und darum ist mein Smartphone so gut wie tot. Ich kann nicht mal richtig telefonieren, weil die Leitung ständig wegbricht.

OK.

Madison starrte auf das Display. Dieses Okay hatte etwas Bedrohliches an sich, wie es da stand und sich keine weiteren Worte dazugesellten. Obwohl es in der Dachbodenkammer, in der ihr altes Zimmer lag, kühl war, begann sie zu schwitzen.

Dann tat sich endlich wieder was.

Madison, ist wirklich alles okay? Diese plötzliche Abreise passt so gar nicht zu dir …

Typisch Hemley. Hastig tippte Madison:

Alles bestens!!
Hatte bloß Heimweh.

So leicht war Hemley jedoch nicht abzuwimmeln.

Dann hat der Spaziergang mit Darien also nichts damit zu tun, dass du nicht mal mehr aufs Zimmer gekommen bist, um wenigstens etwas Lernstoff für die Busfahrt mitzunehmen?

Der Spaziergang mit Darien war ein Traum, ich habe zum ersten Mal das Meer gesehen. 😍

Madison zwang sich, einen Smiley mit Herzchen-Augen dahinter zu setzen. Auch wenn sie bei der Erinnerung von einem schmerzhaften Stich heimgesucht wurde, so war es nicht gelogen: Der Spaziergang war tatsächlich traumhaft schön gewesen.

Aber danach wollte ich unbedingt nach Hause.

Dann kommst du morgen zurück?

Darüber wollte Madison nun wirklich nicht nachdenken.

Weiß noch nicht.

Als eine Weile nichts zurückkam, schickte sie noch ein

Warum?

hinterher.

Es dauerte, bis Hemley antwortete.

Am Mittwoch gibt es ein Outdoor-Konzert, Jazz im Park. Hab dich und Darien mal in die Gruppe getan. Wenn alles zwischen euch okay ist, passt das doch, oder?

Madison erstarrte.

Hemley hatte Glück, dass sie gerade einhundertsechzig Meilen entfernt war, ansonsten hätte Madison sie in ihrer Panik bei den Schultern gepackt und durchgeschüttelt. Stattdessen vergrub sie ihr Gesicht im Kopfkissen, um einen stummen Schrei zu ersticken. Was hatte sich Hem nur dabei gedacht? Entweder hatte sie Darien im Verdacht, ihr etwas angetan zu haben, das sie verheimlichen wollte. Oder sie wollte ihr einen guten Grund liefern, rasch zum Campus zurückzukommen. Leider machte es nur alles schlimmer.

Zu Madisons Kummer kam jetzt noch eine überdrehte Stimme hinzu, die sich fragte, wie Darien wohl damit umgehen würde. Sofort canceln, oder die Einladung ignorieren, was sie völlig in den Wahnsinn treiben würde? Falls sie nicht schon vorher durchdrehte, weil sich mit der Gruppe die Möglichkeit eröffnete, Darien eine Nachricht zu schicken, erfüllt von der Hoffnung, dass noch nicht alles verloren war. Vielleicht würde er Verständnis haben für ihre Situation, wenn sie sich ihm erklärte. Nein, die Vorstellung war vollkommen absurd.

Hemley ließ immer noch nicht locker.

Was sagst du dazu?

Dass Mittwoch noch weit weg ist.
Und jetzt schlaf gut, Hem.

Und du, Madison Farneo, ermahnte sie sich selbst. Du machst jetzt sofort das Smartphone aus, bevor du noch etwas Dummes tust. Pack es weg!

Aber das war leichter gesagt als getan, ihre Finger wischten wie von selbst über das Display. Im nächsten Moment ploppte auch schon die Gruppe »Jazz im Park« auf. Fiebrig überflog sie die Gästeliste, auf der neben ihren Mitbewohnerinnen und einigen von Hems Studienleuten sieben weitere Personen standen, eine davon war Nadja. Ihr Profil zeigte ein Unterwasser-Porträt. Und dann war da das Kürzel DV und ein blaues Feld. Eisblau. Die Farbe eines gewissen Mustangs.

Wenn sie wollte, konnte sie ihm jetzt eine Nachricht schicken, fragen, wie es ihm ging. Ganz unverbindlich. Einfach schauen, was zurückkam. Es wäre eine Chance …

Ehe Madison der Mut verließ, tippte sie mit steifen Fingern das Erstbeste, was ihr einfiel.

Hi, wirst du im Park sein?

Sie konnte nicht sagen, wie viel Zeit sie damit verbrachte, auf das Display zu starren, während hinter ihrer Stirn die Gedanken tobten, ohne sie wirklich zu erreichen. Dann beobachtete sie, wie das blaue Icon verschwand und die Nachricht auftauchte: »DV hat die Gruppe verlassen.«

Etwas in Madison wurde ruhig, so ruhig, als dehne sich die Zeit unendlich aus. Irgendwann legte sie das Smartphone beiseite und schaltete das Licht aus.

KAPITEL 19

»Und du bist dir wirklich sicher, dass es keine Probleme gibt, wenn du eine ganze Woche lang den Unterricht verpasst?«

Romy knabberte unsicher an ihrem Glitzernagellack, als Madison im Nachthemd in die Küche kam. Schwierig zu sagen, was ihre Schwester mehr durcheinanderbrachte: dass die sonst so zielstrebige Madison, die für gewöhnlich sogar am Wochenende früh aufstand, den halben Donnerstagvormittag verschlafen hatte. Oder dass diese sonst so verantwortungsvolle Studentin, obwohl sie weder eine üble Grippe hatte noch von einem Auto angefahren worden war und im Gipskorsett lag, die Uni schwänzte.

In Madisons Kopf herrschte eine bleierne Schwere, die es ihr fast unmöglich machte, auf ihre besorgte Schwester einzugehen. »College ist keine Schule, Romy. Außerdem hat Doc Albright mich hochoffiziell krankgeschrieben.« Die Hausärztin seit ihren Kindertagen hatte Madison die Geschichte mit einer schlimmen Magen-Darm-Grippe sofort abgenommen, so elend, wie sie inzwischen aussah. Einen Moment lang hatte Madison mit sich gerungen, Doc Albright als alter Vertrauter zu erzählen, was ihr zugestoßen war. Aber dann hatte sie es nicht über sich gebracht. Sie war einfach noch nicht so weit, darüber zu sprechen und sich einzugestehen, dass sie nun das Sorgenkind der Familie war.

Da Romy immer noch ihre Fingernägel mit den Zähnen bearbeitete, seufzte Madison. »Ich hol den verpassten Stoff später nach, kein Problem.«

»Okay«, sagte Romy in einem Ton, der verriet, dass es ihrer Meinung nach keineswegs okay war. »Ich arbeite heute im Homeoffice, besser bekannt als unseren Esstisch. Ich bin also den ganzen Tag da, falls du reden möchtest.«

Das »Ich bin für dich da«-Angebot stieß Madison allmählich sauer auf, nachdem Hemley sie in den letzten Tagen damit geradezu bombardiert hatte. »Wo ist denn Granny?«, wechselte sie deshalb das Thema.

»Mrs Collin hat sie zum Kaffeeklatsch in der Gemeinde abgeholt. Was bedeutet, dass unser Mittagessen aus Tiefkühlpizza besteht.«

»Kein Problem, ich hab eh keinen Hunger.« Madison rührte in ihrem Kaffeebecher, bis ihr aufging, dass sie noch keine Milch hineingetan hatte.

Eine Gedankenlosigkeit, die auch Romy ihrer skeptischen Miene nach nicht entgangen war. Wenn das so weiterging, bekam sie noch Sorgenfalten.

»Du hast zurzeit auffallend oft keinen Hunger, Darmgrippe hin oder her«, gab Romy zu bedenken. »Granny ist schon ganz verzweifelt, weil bei dir sogar ihre Zimtschnecken liegen bleiben. Bist du vielleicht auf Diät? Wenn ja, könnte ich dir ein paar Tipps geben. Sich auszuhungern ist zum Beispiel eine ganz schlechte Idee. Und man kann sich auch fragen, ob man aus dem richtigen Grund ein paar Kilos loswerden will. Hat vielleicht jemand etwas Unfreundliches über deine Figur gesagt oder dich abfällig angeschaut? Du kannst es mir anvertrauen, wenn nicht als Schwester, dann gern als Freundin, die auch mal eine junge Frau und komplett durcheinander war.«

O Gott. Weiß Romy etwa, was passiert ist?, schreckte Madison auf. Bevor sie der Sache jedoch nachgehen konnte, blinkte ihr Smartphone auf dem Küchentisch.

Eine Nachricht von Hemley.

> Letzte Chance, damit rauszurücken, was bei dir los ist. Sonst greife ich zu drastischeren Mitteln.

Bevor Madison die Nachricht wegdrücken konnte, hatte Romy sie ebenfalls gelesen. »Willst du deiner Freundin nicht zurückschreiben? Sie scheint sich ernsthaft Sorgen um dich zu machen.«

So musste sich ein Fuchs fühlen, der von Jägern umzingelt war.

Madison stellte den Kaffeebecher in die Spüle und gab sich dabei Mühe, das Zittern ihrer Hände zu unterdrücken. »Ich springe jetzt unter die Dusche und dann hole ich uns was vom Thailänder. Ein Spaziergang ist jetzt genau das Richtige für mich, dann bekomme ich bestimmt auch wieder Appetit.«

Madison wartete Romys Reaktion nicht ab, sondern sah zu, dass sie hastig die Treppe hochkam und die Zimmertür hinter sich abschloss. In den letzten Minuten hatte sich in ihrem Inneren ein Rauschen aufgebaut, das an eine Überdosis White Noise erinnerte. Es baute einen solch überwältigenden Druck auf, dass sie kurz davor stand, aus Leibeskräften zu schreien. Wie konnte man dieses schreckliche Empfinden nur abschalten, bevor es einen in den Wahnsinn trieb? Sie wollte lieber gar nichts fühlen als dieses lärmende Chaos. Außerdem hatte sie dafür jetzt keine Zeit. Hemley hatte ihr die Pistole auf die Brust gesetzt – sie musste reagieren, und zwar zügig.

Getrieben lief Madison in ihrem Zimmer auf und ab.

Was hatte Hemley nur gemeint mit der letzten Chance, wollte sie ihr etwa die Freundschaft aufkündigen? Offenbar hatte sie den Bogen überspannt mit Rückmeldungen wie »Bei mir ist alles super, ich benehme mich kein Stück seltsam« und billigen Ausreden wie »Das Netz hier ist eine Katastrophe, ich habe deine letzten Nachrichten nicht bekommen«.

Wie hätte sie ihrer Freundin von dem Kummer und noch mehr von der Angst erzählen sollen, wenn sie selbst außerstande war, auch nur ansatzweise darüber nachzudenken? Die Worte, die sie finden könnte, waren nur hohle Phrasen. Das Einzige, was sich beschreiben ließ, war der Schmerz – und den wollte sie niemandem offenbaren. Irgendwann würde sie sich damit auseinandersetzen müssen … was mit Darien geschehen war … als hätte ein Teil von ihr einen Blick in eine Zukunft geworfen, die es nun durch ihre Entscheidung, sich von ihm küssen zu lassen, nicht geben würde …

Was mit ihr passiert war, als sie die Augen geöffnet und das Unfassbare gesehen hatte. Und dass Hemley nicht lockerließ, machte es nicht besser.

Trotzdem musste Madison endlich reagieren.

Es brauchte noch einen Moment, bis sie das Beben, das vor lauter Stress ihren Körper schüttelte, im Griff hatte. Dann tippte sie im Eiltempo:

Hi! Wie geht's, Hem?

Absolut nichtssagend, aber ihr fiel nichts anderes ein.

Leider reagierte Hemley nicht – ein Blick auf die Uhrzeit verriet, dass sie inzwischen in der nächsten Vorlesung saß und ihr Smartphone vermutlich ausgeschaltet hatte. Das bedeutete eine Schonfrist von über einer Stunde, in der Madison den Kopf klar bekommen konnte. Sie würde unter die Dusche springen und sich so weit zusammenreißen, dass sie ein Gespräch mit ihrer Freundin führen konnte, das diese Bezeichnung auch verdiente. Selbst wenn das bedeutete, ohne Rücksicht auf Verluste mit der Wahrheit herauszurücken, egal, wie schmerzhaft das war. Wenn jemand mit einer solchen Geschichte klarkam, dann Hemley.

Madison stieg gerade tropfnass aus der Dusche, als ihr Smartphone klingelte.

Ihre allerletzte Chance!

Hals über Kopf sprintete Madison los, verhedderte ihren Fuß im Vorleger, kämpfte sich frei und nahm den Anruf an, bevor Hemley die Aufkündigung ihrer Freundschaft auf ihre Mailbox sprach.

»Hi! Es tut mir leid, es tut mir leid, es tut mir leid«, sprudelte es aus Madison heraus. »Ich will dich nicht ärgern, wirklich nicht. Aber ich verstehe es total, wenn du sauer auf mich bist. Ich schulde dir eine Erklärung, aber ich weiß nicht, wie ich es dir erklären soll, weil ich es selbst nicht verstehe … Gott, es tut mir leid. Habe ich das schon gesagt?«

»Ja, bereits mehrfach«, sagte eine Stimme, die definitiv nicht Hemley gehörte.

Ungläubig starrte Madison aufs Display. Nummer unbekannt.

Natürlich kannte sie die Stimme, aber sie konnte es nicht glauben. »Darien?«, fragte sie tonlos.

»Deine Freundin Hemley hat mich heute vor Statistik in eine Ecke gedrängt.«

»Echt? Was wollte sie denn?«

Es herrschte Schweigen, dann kehrte Dariens irritierend ruhige, teilnahmslose Stimme zurück. »Nicht viel, sie hat mir deine Nummer gegeben und gesagt, ich solle dich anrufen. Sofort. Und dabei hat sie mich mit einem Blick bedacht, als würde sie mir andernfalls meine Seele rausreißen und sie vor meinen Augen in kleine Fetzen zerpflücken. Was soll das, Madison?«

Das Zittern setzte wieder ein, und Madison musste aufpassen, dass ihr das Smartphone nicht aus den Händen fiel. »Das war so nicht geplant, ich …« Das Einzige, was von Darien rüberkam, war eine verstörende Kälte, bei der sich ihr die Kehle zuschnürte.

»Hör zu«, sagte Darien. »Es ist mir ehrlich gesagt völlig egal, was bei dir geplant war, ich möchte einfach nur meine Ruhe. Mir ist schon klar, dass du ein schlechtes Gewissen deswegen hast, wie die Sache zwischen uns ausgegangen ist. Das liegt einzig und allein an deinen hohen moralischen Ansprüchen. Aber was mich anbelangt, kannst du die gern vergessen. Belassen wir es dabei, wie es ist. So ist es für uns beide besser.«

»Dann macht es dir nichts weiter aus, was passiert ist?«

»Das braucht dich nicht zu interessieren. Denn wenn das der Fall ist, dann ist das allein mein Problem«, schnitt Darien ihr das Wort ab. »Tu uns beiden den Gefallen und lass das mit deinem Verantwortlichkeitsgefühl. Und schick mir bitte keine Freundinnen mehr hinterher, das ist für uns beide demütigend.«

»Ich habe Hemley nicht darum gebeten, dir meine Nummer zu geben, falls du das meinst.«

Darien schnaufte. »Ach, komm schon, Madison. Du wolltest mich am Telefon haben, damit du deine Entschuldigungsarie loswerden kannst, ohne mir dabei ins Gesicht sehen zu müssen. Aber was ist schon groß passiert? Du hast dich ein bisschen amüsiert. Möglicherweise fandest du es auch ganz kribbelnd, auszuloten, wie weit du mich treiben kannst, nachdem ich dich mit meinen

Regeln genervt habe. So gesehen habe ich das sogar verdient. Und als du herausgefunden hattest, dass ich bei dir offenbar bereit bin, meine heiligen Regeln über Bord zu schmeißen, hast du mich stehen lassen. Da war ich nämlich plötzlich nicht mehr interessant. So läuft das eben manchmal. Steh dazu und mach kein Drama daraus, nur weil du hoch oben auf deinem moralischen Ross unbedingt Schuldgefühle haben musst.«

Entschieden schüttelte Madison den Kopf, auch wenn er das natürlich nicht sehen konnte. »Darien, ich meine es ernst: Ich habe Hemley um nichts gebeten. Wie auch? Ich habe sie seit Tagen nicht gesehen, und …«

»Jetzt lass es endlich gut sein!«, fuhr Darien sie an. »Hemley ist nicht nur deine Freundin, sondern auch deine Mitbewohnerin, ihr hängt ständig zusammen rum. Wie soll das denn bitte schön gehen, dass du sie nicht gesehen hast?«

»Weil ich …« Madison schluckte all die wirren Erklärungen, die ihr auf der Zunge lagen, runter. Darien wollte mit der Sache abschließen und nicht von ihr mit Entschuldigungen überschüttet werden. Er hatte bloß angerufen, um weitere peinliche Aktionen zu vermeiden. Vermutlich war er schon voll im Verdrängungsmodus, auf den er sich so viel einbildete. Und sie hatte ihm, wenn sie der Wahrheit ins Gesicht sah, auch nichts zu bieten außer noch mehr Probleme. Ihre Chance, ebenfalls einen Schlussstrich zu ziehen.

»Ich werde Hemley Bescheid geben, dass sie dich nicht mehr meinetwegen angehen soll«, sagte Madison. »Und das gilt auch für meine anderen Freundinnen. Tut mir leid, dass die Sache noch mal hochgekommen ist. Das wird nicht wieder vorkommen, versprochen.« Die letzten Worte brachte sie nur noch abgehackt über die Lippen.

Sie wollte das Gespräch schon wegdrücken, als Darien sagte: »Warte mal einen Moment. Wenn du tatsächlich seit Tagen nicht mit Hemley gesprochen hast … Wo steckst du dann, Madison? Ist bei dir alles okay?« Sein Tonfall wurde immer weicher, als habe er vergessen, dass er unbedingt abweisend zu ihr sein musste.

Doch dafür war es jetzt zu spät.

Madison stand zitternd da, während Wassertropfen über ihre bloßen Schultern rannen und sich unter ihren Füßen eine Lache bildete. Was sollte sie auf seine Frage sagen? Nein, nichts ist okay, ich stehe nackt und wund in einem Scherbenhaufen, und jedes Wort von dir macht es nur unerträglicher? Weil du mich wegstößt, sodass ich dir unmöglich die Wahrheit sagen kann … Er hatte den Weg zurück mit seiner Kälte verschlossen, und sie würde das akzeptieren. Das war die einzige Wahrheit, auf die es jetzt ankam.

Während sich das Schweigen zwischen ihnen ausbreitete, klopfte es lautstark an die Badezimmertür.

»Süße, kann ich reinkommen?«, erkundigte sich Romy. »Du bist schon so lange weg, ich mache mir langsam Sorgen.«

Madison schluckte. »Entschuldige, Darien, aber ich muss jetzt auflegen. Mach's gut.« Damit beendete sie das Gespräch.

KAPITEL 20

Die alte Eiche hinten im Garten war wie immer spät dran mit dem Abwerfen ihrer Blätter. Und Romy hatte mal wieder keine Lust gehabt, sich mit den goldenen Blättermassen auseinanderzusetzen. Stattdessen hoffte sie jeden Tag aufs Neue, dass ein Sturm das Blättermeer auf die anliegenden Gärten verteilte, was sie in ihrer Nachbarschaft nicht unbedingt beliebt machte.

Obwohl das Tageslicht bereits wich, hatte Madison sich mit einem Rechen bewaffnet aufgemacht, um die Spuren des Herbstes zu beseitigen. Mit vollem Einsatz zog sie Schneisen durch den dichten Blattbelag am Boden und harkte ihn zu einem Haufen zusammen.

Es tat ihr ausgesprochen gut, ihren Körper zu spüren, nachdem er tagelang nur ein nutzloser Begleiter gewesen war. Die Wärme kehrte in ihre Arme zurück, ihr Rücken pulsierte, und sie genoss die leichte Schweißschicht auf ihren Wangen, während der Blätterberg anwuchs. Nachdem sie Hemley angerufen und ihr von dem Kuss und ihrer Flucht erzählt hatte (die Erscheinung der in Flammen stehenden Frau hatte sie lieber ausgespart), war der erste riesige Stein von ihrer Brust gefallen. Der zweite war gleich im Anschluss gefolgt, als Hem ihr versichert hatte, dass sie kein Stück sauer sei, sondern Verständnis hatte. »Du warst halt überfordert«, hatte Hemley gesagt. Dann hatte sie ihr noch erzählt, dass Darien ebenfalls ziemlich angeschlagen ausgesehen habe. Vermutlich tat ihnen beiden ein gewisser Abstand gut, bevor sie noch einmal miteinander redeten. Als ob das noch zur Debatte stand.

In einer Hinsicht hatte Hemley allerdings recht: Was Madison brauchte, war Abstand – zu ihren Gedanken und Gefühlen, zu dem Wahnsinn, der sie überkommen hatte, wenn auch nur für einen Moment. Reichte das schon aus, um von einem psychotischen Schub zu reden? Madison wusste es nicht. Aber eins stand fest: Bevor sie ihre Familie in Angst und Schrecken versetzte, wartete sie lieber ab.

In der Schublade ihres Nachttisches hatte Madison ihren alten iPod gefunden, und nun dröhnte aus den Kopfhörern schon zum fünften Mal in Folge »Fly Away« von Lenny Kravitz, der perfekte Song für ihre Stimmung. Vielleicht würde es jetzt erträglich sein, sich mit ihrem Kummer auseinanderzusetzen, nachdem Darien klargemacht hatte, dass die Sache zwischen ihnen der Vergangenheit angehörte. Sie würde lernen müssen, damit zurechtzukommen, akzeptieren, dass sie etwas zerstört hatte, bevor sie eine Gelegenheit gehabt hatte, herauszufinden, was es eigentlich war.

Madison fasste einen Entschluss: Im Augenblick war sie zugegebenermaßen außerstande, sich mit dem Durcheinander in ihrem Inneren, das Dariens Kuss hinterlassen hatte, zu beschäftigen. Bislang schaffte sie es nicht einmal, zu entscheiden, wann und ob sie überhaupt ans College zurückkehren würde. Aber das bedeutete ja noch lange nicht, dass sie zur Untätigkeit verdammt war. Granny und Romy schlugen sich zwar recht tapfer, aber Madisons Abwesenheit machte sich an vielen Ecken bemerkbar. Deshalb würde sie jetzt wiedergutmachen, was nur ging. Wenn sie mit dem Harken fertig war, würde sie noch im schnell schwindenden Licht den wuchernden Efeu an der Fassade zurückschneiden. Bestimmt würde Mr Oronga, der zwei Häuser weiter wohnte, ihr für morgen seinen Pick-up ausleihen, um die Laubsäcke wegzubringen. Letztes Jahr, als sie endlich das Geld für einen Führerschein zusammengehabt und die Prüfung bestanden hatte, hatte er ihr den Wagen ein paarmal überlassen, damit sie Fahrpraxis sammeln konnte. Am besten rief sie ihn sofort an.

Voller Energie legte Madison die Harke beiseite und lief auf die Rückseite des Hauses zu. Auf der Veranda streifte sie ihre Gummistiefel ab, schob die Kopfhörer in den Nacken … und stieß beinahe mit ihrer Schwester zusammen, die in eben diesem Augenblick durch die Terrassentür treten wollte. Madison schenkte ihr zum ersten Mal seit ihrer Ankunft ein echtes Lächeln. Allerdings fiel das, mit dem Romy reagierte, irgendwie schräg aus, als habe sie bereits zwei Gläser Weißwein intus und stehe neben sich.

»Da bist du ja, wirklich gut, sehr schön«, sagte Romy atemlos.

»Hast du erwartet, dass ich im Garten in ein Kaninchenloch falle und Tee mit irgendwelchen Hutmachern trinke?«, fragte Madison, während sie den Zipper ihres Parkas öffnete.

Nach der Highschool hatte Romy eigentlich Literaturwissenschaften studieren wollen und liebte normalerweise jede Anspielung auf Klassiker. Aber jetzt lachte sie nur gezwungen, zupfte an Madisons verstrubbelten Haaren und schob sie dann ins Wohnzimmer. »Du hast Besuch, Süße.«

Unwillkürlich wollte Madison zurückweichen, doch Romy hatte hinter ihr bereits die Tür geschlossen.

Neben dem zerschlissenen Cordsofa, auf dem sie schon als kleines Mädchen rumgetollt war, stand Darien.

Seine Stiefel hatte er allem Anschein nach an der Eingangstür abgestreift, aber die Lederjacke hatte er anbehalten, als rechne er nicht damit, dass er länger bleiben würde. Seiner verschlossenen Miene nach war er sich eh wohl nicht mehr sicher, ob es eine gute Idee gewesen war, das Haus der Farneos überhaupt zu betreten.

»Entschuldige, dass ich hier einfach so aufschlage, aber ich habe versucht, dich vorher anzurufen.«

Eine Entschuldigung. Das wurde bei ihnen langsam zur Gewohnheit. Und Madison war froh, denn zu diesem Thema konnte sie tatsächlich etwas sagen. »Mein Smartphone musste aufgeladen werden, und der Nachmittag ist im Garten wie im Flug vorbeigegangen. Ich habe säckeweise Laub zusammengeharkt und …« Weiter wusste sie nicht.

Darien nickte. »Scheint Spaß zu machen, du siehst richtig rosig aus. Keine Sorge, ich will auch gar nicht lange stören.«

»Unsinn!«, mischte sich Romy ein. »Du bist doch extra aus Portland nach Selma gekommen, richtig? Du besuchst das gleiche College wie Maddy, hast du gesagt. Das ist ja nicht gerade um die Ecke, nach so einer Fahrt haut man doch nicht gleich wieder ab.«

Romy redete wie ein Wasserfall in einem Ton, der fröhlich klingen sollte, aber ihre Überspanntheit verriet. Zu Madisons Entsetzen lief ihre Schwester auf Darien zu, als beabsichtige sie, ihn festzuhalten, sollte er Anstalten machen, in Richtung Haustür zu entwischen. Wenn Romy erst einmal in Stimmung kam, gab es kein Halten mehr. Normalerweise federten die Medikamente ihre emotionalen Hochs und Tiefs ab, aber in Ausnahmesituationen ging es trotzdem mit ihr durch.

»Unsere Granny zaubert in der Küche gerade ihren fantastischen Süßkartoffelauflauf, und du bist als Maddys Studienfreund selbstverständlich zum Essen eingeladen. Wenn ich bitten darf?« Romy deutete auf Dariens Lederjacke. Als er nicht reagierte, stupste sie ihn an. Entweder hatte Romy den Feierabend bereits mit einem Glas Wein eingeläutet – oder die Gegenwart eines jungen Mannes, der auf gut Glück drei Autostunden in Kauf nahm, nur um ihre kleine Schwester zu sehen, ließ sie zu Hochtouren auflaufen.

Überrumpelt zog Darien seine Jacke aus, und Madison glaubte, einen Hauch von Röte an seinem Hals zu entdecken. Der Gute war eben doch nicht so abgebrüht, wie er sich gern gab. Das fand sie so berührend, dass sie für einen Moment ihre Befangenheit vergaß und auf ihn zutrat, während Romy in Richtung Garderobe verschwand.

»Für euch Farneo-Frauen scheint es ein Riesenspaß zu sein, mir meine Jacken abzunehmen.« Darien deutete auf den Parka, den Madison trug. *Seinen* Parka, in dem sie am liebsten sogar geschlafen hätte.

»Wo du diese Eigenart schon erwähnst …«, setzte Madison zu einem Rettungsversuch ihres Stolzes an. »Ich könnte noch ein Oversized-Sakko für meine mündliche Prüfung in Finanzplanung gebrauchen. Du hast nicht zufällig was Passendes im Angebot, das ich dir abnehmen könnte?«

Darien tat, als müsse er scharf überlegen. »Bedaure, Sakkos gibt es in meinem Kleiderschrank leider überhaupt nicht. Aber ich könnte als Ersatz meinen Feiertagskaschmirpullover anbieten.«

»Besser als nichts. Ich nehme, was ich kriegen kann.« Madison stellte verblüfft fest, dass sie lächelte. Und dass Darien … nun ja, zwar nicht direkt zurücklächelte, aber seine blauen Augen funkelten. Wenn das ein Traum war, brauchte er nie wieder aufzuhören.

»Darien Verhoeven im verschlafenen Selma, das nenne ich wirklich einen Überraschungsbesuch«, tastete sich Madison voran. »Woher wusstest du, wo ich bin?«

Wie durch Zauberhand gelang es Darien, ganz gelassen zu wirken. Als könne nichts und niemand ihn aus der Ruhe bringen, nicht einmal das familiäre Wohnzimmer einer Frau, die ihn nach der besten Nacht überhaupt einfach hatte stehen lassen. Entweder war er wirklich so gut im Verdrängen, wie er immer behauptete, oder verdammt geübt darin, einen auf unberührbar zu machen. »Dich zu finden, war keine Detektivarbeit. Du hast mir an deinem Geburtstag erzählt, dass du aus Selma kommst. Und der Vorteil von Kleinstädten ist, dass einen immer irgendwer kennt.« Darien kratzte sich am Nacken. »Schöne Grüße übrigens von einer gewissen Marcie, du sollst dich mal wieder im Grocery blicken lassen. Und zu Marcies Entschuldigung: Bevor sie mir deine Adresse gegeben hat, hat sie mich ordnungsgemäß gefragt, ob ich dich stalke oder wirklich nur vom College bin.«

Smarte Antwort, aber Madison brauchte Klarheit. »Ich meine eigentlich, warum du überhaupt nach Selma gekommen bist. Doch wohl kaum, weil ich nicht ans Telefon gegangen bin.«

»Das wäre ja wohl auch ein wenig schräg, nicht wahr?«

Darien grinste – was Madison völlig durcheinanderbrachte. Allein die Tatsache, dass er sich nach dem Horrortelefonat noch dafür interessierte, dass es sie gab, stellte sie vor ein unlösbares Rätsel.

»Wenn du mich quälen willst, machst du es genau richtig«, sagte sie.

Sofort verschwand der Schalk aus Dariens Gesicht. »Tut mir leid. Nach unserem Gespräch bin ich noch mal zu Hemley, und sie hat mir erzählt, dass du von deiner Geburtstagsfeier direkt nach Hause gefahren bist. Sie ist ernsthaft bestürzt darüber, dass du die Vorlesungen schwänzt. Bislang hättest du dich sonst sogar mit Fieber hingeschleppt, um ja nichts zu verpassen. Hem macht sich

Sorgen um dich. Vor allem, weil du wohl nicht damit rausrücken willst, warum du spontan abgereist bist, und es so klingt, als würdest du nicht so schnell wieder ans College zurückkommen.« Er machte einen Schritt auf sie zu, um gleich wieder zurückzuweichen, als ringe er mit sich selbst. Dann sagte er leise: »Nachdem ich das erfahren habe, blicke ich anders auf unseren Kuss. Das, was da zwischen uns passiert ist, hat dich nicht wirklich kalt gelassen, auch wenn du dich einfach umgedreht hast und gegangen bist. Etwas muss geschehen sein, etwas, das dich Hals über Kopf die Flucht hat antreten lassen. Und, egal wie miserabel ich küsse, das kann nicht der Grund dafür gewesen sein.«

Madison lachte – doch es klang nicht echt. Je aufmerksamer Darien sie musterte, desto mehr schwächelten ihre Nerven. Falls bis eben noch Hoffnung bestanden hatte, dass sie ohne Federn zu lassen aus diesem Gespräch rauskam, war die spätestens jetzt obsolet. Dieser Mann war nicht gekommen, um sich mit Ausflüchten zufriedenzugeben. »So einfach ist das nicht. Bei unserem Telefonat klang es noch so, als wolltest du die Sache schleunigst vergessen. In der Hinsicht warst du ziemlich eindeutig. Woher der plötzliche Sinneswandel?«

»Das habe ich mich auch gefragt – allerdings erst, als ich schon in eurem Wohnzimmer stand und du bei meinem Anblick am liebsten den Rückwärtsgang eingelegt hättest.«

»Ich war nur so …«

»Geschockt?« Darien lächelte schief.

»Nein, eher überrascht. Oder auch … Wie nennt man es, wenn etwas eintritt, womit man in seinem ganzen Leben niemals gerechnet hätte?«

»Ein Wunder?«

Madison zog eine Braue hoch. »Nun übertreib mal nicht. Ich bekomme nur zwei Bilder in meinem Kopf nicht zusammen: das Haus, in dem ich aufgewachsen bin – und Darien Verhoeven, der sich genau in diesem Haus befindet.« Sie dachte nach. »Obwohl … Darien Verhoeven in besockten Füßen, der sich verlegen vor meiner großen Schwester windet – das hatte schon was.«

Nun lachte Darien sogar, leise, aber es war ein Lachen. »Das hat dir gefallen, was? Mir kommt langsam der Verdacht, dass es dir generell gefällt, wenn ich in peinliche Situationen gerate.«

Madison musste sich zwingen, nicht zu kichern. Doch die Anspannung der letzten Tage fiel so überraschend schnell von ihr ab, dass ihr ganzer Körper kribbelte. »Bestimmt musstest du dich noch nicht oft mit aufgeregten großen Schwestern arrangieren, bei deinen …« Sie brach den Satz ab, bevor sie etwas wie One-Night-Stands sagte.

Aber Darien hatte sie auch so verstanden. »Stimmt, so was ergibt sich nicht, wenn man sich nicht mal den Namen seiner Zufallsbekanntschaft merkt. Mit ein bisschen mehr Übung hätte ich das mit deiner Schwester vermutlich smarter hinbekommen. Aber dafür müsste ich ja daten, was ich strikt ablehne. Normalerweise, wenn ich nicht gerade mit dir zusammen bin. Du scheinst etwas an dir zu haben, dass ich ständig Dinge mache, die ich eigentlich überhaupt nicht tun will.« Als Madison ihren Mund öffnete, hob er abwehrend die Hand. »Bitte keine weitere Entschuldigung, das halte ich nicht aus.«

Also stand Madison nur stumm da.

»Möchtest du den Parka nicht langsam mal ausziehen?«, schlug Darien vor. »Du bist schon ganz rot im Gesicht. Ich verspreche dir auch, dass ich ihn dir nicht wegnehme, er steht dir ohnehin viel besser als mir.«

Jetzt stand es fest: Madisons vor Kummer zerstörter Verstand hatte die Notbremse gezogen und gaukelte ihr eine Traumwelt vor, in der Darien ihr eine Chance gab, nachdem er sie erst vor ein paar Stunden am Telefon nach allen Regeln der Kunst hatte abblitzen lassen. Und nicht nur das, er sprang sogar höher über seinen eigenen Schatten, als sie ihm jemals zugetraut hätte. Doch für einen Traum fühlten sich seine Finger, die ihre Schulter streiften, während er ihr aus dem Parka half, erstaunlich echt an. Und ihre Nase geriet ins Schwärmen, als sie seinen vertrauten Geruch wahrnahm. Ein Geruch, von dem sie nicht geglaubt hatte, ihn jemals wieder einatmen zu dürfen.

Das Auftauchen aus der Traumblase war weniger zauberhaft. Aus der Nähe betrachtet, wirkte Darien übernächtigt und sein Gesicht kantiger als sonst. Sein dunkles Haar war zwar zerwuschelt wie immer, allerdings auf eine keineswegs beabsichtigte Art. Von ihm ging eine unruhige Energie aus, als habe tief in ihm eine Erschütterung stattgefunden, deren Ausläufer immer noch nicht abgeebbt waren. Die undurchdringliche Selbstgewissheit, die ihn sonst umgab, schien wie ausgeknipst, als wäre nicht genug Kraft da, sie wieder erstrahlen zu lassen.

Betreten schaute Madison an sich hinab. Sie sah kein Stück besser aus – allein ihr uralter Islandpulli voller Mottenlöcher. Ein Umstand, der nicht nur ihr auffiel, Darien hakte nämlich seinen Finger in eins der größeren Löcher.

»Vielleicht solltest du den Parka besser wieder anziehen«, schlug er vor.

Madison funkelte ihn an. »Nimm's mir nicht übel, aber hättest du deinen Humor nicht am College lassen können?«

»Gegenfrage: Nimmst du es mir übel, dass ich vorhabe, die Einladung deiner Schwester zum Abendessen anzunehmen?«

In diesem Moment kam Romy um die Ecke. »Natürlich machst du das, Darien! Es wäre eine Schande, Grannys Kochkünste zu verpassen.« Im Gegensatz zu ihrer jüngeren Schwester hatte Romy es geschafft, sich innerhalb weniger Minuten ein frisches Shirt anzuziehen und sogar Lippenstift aufzutragen. »Maddy, geh und hol zur Feier des Tages ein paar Kerzen, sie liegen oben in deiner Kommode. Während Granny in den Endspurt geht und ihr dabei besser niemand im Weg steht, kann dein Freund mir ja beim Tischdecken helfen.«

Da hatte Romy offenbar etwas durcheinandergebracht, besser, es gleich richtigzustellen, bevor es noch peinlicher wurde. »Darien ist nicht …«

»… der Geschickteste, aber durchaus in der Lage, einen Tisch zu decken«, beendete Darien den Satz für sie.

Romy knuffte ihn lachend in die Seite, als würden sie beide sich schon seit Langem kennen. Dann bugsierte sie ihn zum Buffet, in dem Grannys edles Geschirr stand, das eigentlich nur zu Feiertagen herausgeholt wurde.

Madison widerstand dem Bedürfnis, sich die Augen zu reiben.

Es wäre auch zu schade gewesen, wenn sie dadurch den Feenstaub verrieben und sich damit rauskatapultiert hätte aus der Parallelwelt, in der es einen lächelnden, scherzenden Darien gab. Lieber lief sie die Treppen hinauf in ihr Dachbodenzimmer. Dort stellte sie fest, dass Romy nicht nur sich selbst in Rekordtempo aufgehübscht, sondern ihr auch eins ihrer Kleider rausgelegt hatte. Kein sexy Mini, wie Madison zuerst befürchtete, sondern ein Vintagekleid, das man zu Boots tragen konnte und darin lässig und süß zugleich aussah. Nicht zu viel, wie für ein Date. Aber auch nicht zu wenig, als würde man sich aus dem Besuch nichts machen.

Während Madison einen stillen Dank an ihre verrückte, aber absolut liebenswerte Schwester aussprach, schmiss sie ihre Gartensachen in den Wäschekorb, schlüpfte in das Kleid und kam dann noch auf die Idee, nach der Haarbürste zu greifen. Was sich als genau richtig herausstellte, denn ihre welligen Haare hatten sich in der Herbstfrische zu Locken aufgezwirbelt, in denen das ein oder andere Blatt feststeckte. Sie schaffte es gerade noch, etwas Lipgloss aufzutragen, als sie ein Gedanke eiskalt erwischte.

Was passiert hier eigentlich?

Sie hatte nicht die geringste Ahnung.

Und wenn sie sich nicht irrte, wusste Darien es auch nicht.

Bei ihm musste sich wie von Geisterhand ein Schalter umgelegt haben, als er von ihrer plötzlichen Abreise erfahren hatte. Als ließ die Nachricht, dass Madison nach ihrem Kuss nicht einfach ins Bett gekippt war und keinen weiteren Gedanken an ihren gemeinsamen Regelbruch verschwendet hatte, für ihn alles in einem anderen Licht erscheinen. Eine überforderte Madison war für ihn also ein Mädchen, dem er nachlief. Nur … warum sie überfordert gewesen war, wollte er das wirklich wissen? Würde er damit klarkommen – oder zusehen, dass er möglichst viel Abstand zwischen sie brachte?

Madison versuchte, einen klaren Gedanken zu fassen. Was war eigentlich genau schiefgelaufen? Der Kuss, den es eigentlich nicht hätte geben dürfen – oder die Art, wie sie danach auseinandergegangen waren? Wobei er von der Erscheinung, die sie so über alle Maßen geschockt hatte, ja gar nichts mitbekommen hatte. Eben weil diese Frauengestalt mit ihren süßen Verlockungen nur in ihrem Kopf existierte. Doch eins nach dem anderen … Nachdem sie sich in dem tiefer und tiefer werdenden Kuss fast verloren hatten, gab Darien sie sofort frei, als sie sich aus seiner Umarmung wand. Er nahm ihre Zurückweisung hin, ließ sie gehen. Was hatte ihre anschließende Flucht zu ihrer Familie daran geändert, woher kam sein Sinneswandel, der ihn viele Meilen ohne klares Ziel fahren ließ?

Weil er für mich genauso empfindet wie ich für ihn.

Der Gedanke tauchte völlig unvermittelt auf und stand dann breit und übersehbar im Raum, obwohl Madison sofort den Kopf schüttelte.

Zweifelsohne gab es darauf eine vernünftige Antwort, aber im Augenblick drang Romys durchdringendes Lachen bis zum Dachboden hoch. Vermutlich war Darien jetzt taub. Was zu der Frage führte, warum Romy vor Lachen kaum an sich halten konnte. So, wie Madison ihre manchmal irritierend neugierige Schwester kannte, musste Darien gerade bestimmt mehr Fragen beantworten, als selbst unter der spanischen Inquisition üblich gewesen waren. Und allem Anschein nach machte er das sehr unterhaltsam. Tja, dachte Madison. Entweder blieb sie mit Herzrasen in ihrem Zimmer stehen und zerbrach sich den Kopf. Oder sie genoss das Abendessen in der Gesellschaft eines ausnehmend gut gelaunten Darien, der so tat, als sei das Band zwischen ihnen niemals durchschnitten worden. Als sei sie nach dem Ausflug ans Meer aus seinem Wagen gestiegen und hätte sich bloß für einen Familienbesuch verabschiedet.

Madison strich sich durchs Haar, dann lief sie die Treppen hinab. Nur um sie gleich wieder hochzusteigen. Sie hatte nämlich die Alibi-Kerzen vergessen.

Granny legte die Haferkekse fein säuberlich und mit viel Fingerspitzengefühl in eine Schachtel, dann widmete sie sich den Auflaufresten. Madison stand daneben und fühlte sich überflüssig. Sie hatte ihrer Großmutter helfen wollen, doch die hatte ihr mit ziemlich klaren Worten gesagt, dass sie keine gebrechliche Alte sei, der man alles aus der Hand nehmen müsse.

»Viel ist vom Auflauf nicht übrig geblieben«, stellte Granny fest.

»Kein Wunder, Darien war echt begeistert. Wir haben Glück, dass er die Schale nicht ausgeleckt hat.«

»Vielleicht täusche ich mich ja, so blind wie ich bin. Aber mir ist, als ob du dir auch zweimal nachgenommen hast. Seit der junge Mann aufgetaucht ist, scheint es mit deiner Hungerei glücklicherweise vorbei zu sein. Man sagt ja nicht umsonst, Liebe geht durch den Magen.« Als Madison nur etwas Unverständliches nuschelte, lächelte sie wissend. »Du musst mir nicht erzählen, was zwischen dir und unserem Gast vorgefallen ist. Ich bin nur froh, dass es offenbar dabei ist, auszuheilen. Es war schwer für mich, ausgerechnet dich, wo du doch immer stark und unbeirrt bist, ganz krank vor Kummer zu erleben. Und dann auch noch so verschlossen, als müsstest du ein schreckliches Geheimnis vor uns verbergen, obwohl du über meine und Romys Schwächen alles weißt. Dieser Darien muss etwas Besonderes sein, vorher hat dich noch nie ein Mann aus der Fassung gebracht, mein Schatz.«

»Ehrlich gesagt, bringt Darien mich sogar um den Verstand«, gab Madison zu. Wie gut, dass ihre Großmutter nicht ahnte, wie ernst es ihr mit dieser Aussage war. Aber sie hatte nicht vor, Granny noch mehr Sorgen zu bereiten. Zumal über Dinge, an denen die alte Frau nichts ändern konnte.

Während Granny sich wieder dem Proviantpaket zuwendete, forschte Madison zum gefühlt tausendsten Mal in ihrer Erinnerung nach, was genau während des Kusses passiert war. Hatte sich währenddessen wirklich etwas Fremdes eingeschlichen? Oder erst danach, als sie überlegte, wie es nun weitergehen könnte mit der zunehmenden, ja, geradezu übergreifenden Anziehungskraft zwischen ihr und Darien? So oder so hatte eine weibliche Stimme auf sie eingeredet, sie angeheizt und ihr schließlich ein ungehöriges Angebot gemacht. Und als ob das noch nicht genug gewesen wäre, hatte Madison plötzlich eine Frau gesehen, eine, die es gar nicht geben konnte. Solche Sachen erzählte man seiner tapferen, aber eben gesundheitlich angeschlagenen Granny nicht, auch wenn man ihr sonst immer alles anvertraute. Romy hingegen hätte sie verstanden – und hätte anschließend völlig den Kopf verloren, weil nun auch noch ihre kleine Schwester durchdrehte. Allein die Vorstellung, wie Romy auf ein solches Geständnis reagieren würde, sorgte bei Madison für Schnappatmung. Nein, sie würde einen Teufel tun und jetzt über etwas reden, das vielleicht ein einmaliger Ausrutscher war. Denn bislang hatte sich keine brennende Frau mehr gezeigt, und es hatte auch keine lockenden Stimmen gegeben, die erotische Tipps auf Lager hatten.

Granny hüstelte, der Vorratskorb war fertig gepackt, fast so perfekt, wie er es früher auch gewesen wäre. Der entschlossene Ausdruck auf ihrem Gesicht verriet, dass sie mit der Befragung ihrer Enkeltochter noch nicht am Ende war.

»Wenn der Bursche dich um den Verstand bringt, meine Süße, dann doch wohl hoffentlich auf eine gute Art. Oder ist Darien etwa zu weit gegangen, und du bist deshalb nach Hause geflohen? Der junge Mann scheint mir ja durchaus einer von der draufgängerischen Sorte zu sein, auch wenn er sich eben bei Tisch ganz vorbildlich benommen hat und mir seine Stimme gut gefällt.«

»Darien hat mich nicht bedrängt«, beeilte Madison sich klarzustellen. »Es war nur ein Kuss – und den habe ich unbedingt gewollt, mehr als alles andere. Vielleicht zu sehr. Danach stand ich jedenfalls neben mir und bin … davongelaufen.«

Obwohl Grannys Augenlicht erloschen war, glaubte Madison, ihren prüfenden Blick auf sich zu spüren. »Anders ausgedrückt: Der Junge kann gut küssen, verdammt gut sogar.«

Madison musste lachen. »Ja, das kann er.« Einem Impuls folgend, schmiegte sie sich an die Schulter ihrer Großmutter. »Ich befürchte allerdings, dass es bei diesem einen Mal bleibt, nach dem, was geschehen ist.«

»Um dich nicht noch einmal zu küssen, ist er aber ganz schön weit gefahren. Und jetzt raus mit dir, bevor dein Chauffeur ohne dich zurück nach Portland fährt.« Granny drückte ihre Enkeltochter zum Abschied, lange und so liebevoll, wie sie es schon immer getan hatte.

Während des Essens hatte Granny Darien gefragt, ob er vorhabe, Madison zum College mit zurückzunehmen. Das Mädchen habe nämlich lang genug in der Küche rumgesessen und Trübsal geblasen. Warum genau, würde sie gern mal wissen, ob er vielleicht eine Idee habe. Darien hatte charmant behauptet, er habe keinen Schimmer, aber Madison wäre ihm eh ein einziges Rätsel. Dann hatte er Madison auf den Rücken geklopft, weil sie sich vor Schreck an einem Stück Brot verschluckt hatte.

Nachdem Madison sich die letzten Tage nicht einmal ansatzweise hatte vorstellen können, ans College zurückzukehren, stand nun – holterdiepolter – ihre Abreise an. Oder anders ausgedrückt: Vor ihr lag eine mehrstündige Autofahrt mit Darien, eine, auf der sie nicht länger so tun mussten, als ob zwischen ihnen alles in bester Ordnung sei.

Um den Moment des Abschieds noch etwas hinauszuzögern, drückte sie ihre Granny noch einmal, bis die sich aus ihrem Griff befreite.

»Mein liebes Mädchen, du gehst jetzt – und zwar zu deinem eigenen Besten«, sagte Dorothee. »Wer weiß, was deine Schwester diesem Jungen in der Zwischenzeit alles erzählt. Romy ist ein liebes Mädchen, aber ihrer Selbstbeherrschung sind Grenzen gesetzt. Ihre Versuche, dich um jeden Preis in einem guten Licht dastehen zu lassen, haben schon bei Tisch seltsame Blüten getrieben. Wahrscheinlich erzählt sie ihm gerade, dass du schon mit vier Jahren das Alphabet rückwärts aufsagen konntest.«

Mehr Ansporn brauchte Madison nicht. Sie küsste Granny, dann schnappte sie sich die Verpflegung und eilte nach draußen, wo Romy gerade Dariens alten Mustang bewunderte.

»Und dein Vater hat dir dieses Schmuckstück einfach so überlassen?«, fragte Romy ungläubig, während ihre Hand über die Kühlerhaube glitt. Ihre Augen glitzerten, aber zu Madisons Erleichterung nur vor Begeisterung.

Darien stand auf dem Bürgersteig, die Hände in den Jackentaschen. Allem Anschein nach schien er es trotz der abendlichen Kälte nicht eilig zu haben. »Es ist nicht so, dass mein Vater den Wagen groß vermissen würde. Er hat nämlich jede Menge davon, er sammelt Oldtimer mit der gleichen Versessenheit wie ein Zehnjähriger Klebebilder seiner Lieblingsmannschaft. Und noch lieber, als dass er seine Garage mit alten Wagen füllt, schachert er mit ihnen. Oder schenkt sie im Zweifelsfall seinem Sohn, weil er dessen 21. Geburtstag vergessen hat. Dabei gehört das bei uns zur Familientradition, seit meine Mutter gestorben ist.«

Romy brachte nur ein schwaches »Trotzdem ein schönes Auto« heraus.

Auch Madison hielt inne. Natürlich hatte sie sich gefragt, woher Darien als Student einen so außergewöhnlichen Wagen hatte. Sie wäre jedoch nie auf die Idee gekommen, dass dahinter ein vergesslicher Vater mit einer Garage voller Luxuswagen stecken könnte. Darüber hinaus einer, dessen Sohn auf seiner Interessenliste offenbar auf den unteren Rängen rangierte. Was ihr nur wieder vor Augen führte, wie wenig sie überhaupt über Darien wusste.

Während Madison noch gedankenversunken dastand, nahm Darien ihr das Care-Paket ab und legte es auf den Wagenrücksitz. Betont langsam, damit sie sich unbehelligt von ihrer Schwester verabschieden konnte.

Romy schloss Madison in die Arme und raunte ihr ins Ohr: »Das ist wirklich nett von deinem Freund, dass er dich nach Portland mitnimmt. Das nächste Mal kann er dich gern auch bringen, er ist herzlich willkommen. Auch wenn ich mir nicht sicher bin, ob er die Sorte Kerl ist, die ich meiner kleinen Schwester empfehlen würde.«

Unwillkürlich verspannte sich Madison. »Wie meinst du das? Hast du bei Darien ein ungutes Gefühl?«

»Entspann dich, er ist nicht wie die Draufgänger und Loser, mit denen ich früher bevorzugt ausgegangen bin«, beruhigte Romy sie. »Es ist nur … Darien ist ein wirklich umwerfend aussehender Typ und hat sich beim Essen wacker geschlagen, obwohl Granny ihn ganz schön in die Zange genommen hat. Das täuscht jedoch nicht darüber hinweg, dass er etwas Verletztes an sich hat, auch wenn er es sehr gut zu verbergen versteht. Für Schwächen habe ich ein Gespür, wie du weißt. Ich hätte mir für dich einen netten Freund ohne Vergangenheit erhofft.«

»Dann ist ja gut, dass wir nicht zusammen sind«, flüsterte Madison. »Das mit Darien ist kompliziert, wir haben beide keine Ahnung, wohin es mit uns geht. Mal davon abgesehen, dass wir insgesamt sehr wenig voneinander wissen. Dass er anscheinend keine enge Bindung zu seinem Dad hat, habe ich eben erst erfahren. Andererseits darf ich mich nicht beschweren, denn ich habe auch so meine Geheimnisse vor ihm.«

»Dann hast du ihm nichts von mir erzählt?«, fragte Romy. »Maddy, warum nicht? Du solltest bei jemandem, der dir wichtig ist, immer ehrlich sein. Gerade wenn es um verrückte große Schwestern geht. Darien wird schon nicht vor Schreck weglaufen.«

»Danke für den Tipp, aber ich schlage ihn auch ganz allein in die Flucht, ohne Familiengeheimnisse.« Madison drückte ihre Schwester noch einmal fest an sich. »Gib Acht auf Granny und auch auf dich. Wenn ich zu Weihnachten komme, möchte ich keine von euch im Krankenhaus besuchen müssen, weil Granny zu viele Keksteig genascht hat und du mal wieder vom Dach gefallen bist. Es gilt die gleiche Regel wie die Jahre zuvor: keine leuchtenden Rentiere auf dem Haus und auch sonst keine Beleuchtung, für die man auf Leitern steigen muss. Wir haben aus der Vergangenheit gelernt.«

»Wir sind artig, versprochen.« Romy zog schniefend die Nase hoch, doch es war zu spät, ihre Augen füllten sich bereits mit Tränen. »Und jetzt gehe ich ins Haus, bevor ich anfange zu heulen. Bis bald, Schwesterherz.« Hastig lief sie den Weg zum Haus hoch und verschwand durch die Tür.

Als Madison sich umdrehte, stand Darien ein Stück hinter ihr, seine Jacke hatte er auf den Rücksitz gelegt, obwohl die Temperatur merklich gefallen war und eine eisige Kälte in der Luft lag. In der flach ausgestreckten Hand hielt er den Autoschlüssel.

»Möchtest du den ersten Teil der Strecke fahren? Später kann ich dann übernehmen, wenn mich nicht alles täuscht, wird es bald schneien. Und dieses alte Auto hat weder Servolenkung noch ist es gegen Aquaplaning ausgerüstet.«

Madison zögerte. »Ich denke, du magst es nicht, wenn jemand anderes deinen Wagen fährt. Das neulich an meinem Geburtstag sei die absolute Ausnahme gewesen.«

Darien schaute sie ernst an. »So, wie's aussieht, befinden wir beide uns in einer ständigen Ausnahmesituation. Wir sind sozusagen die Spezialausgabe von ›friends with benefits‹. Wobei mit ›benefits‹ der Autoschlüssel gemeint ist.«

»Dann sind wir also Freunde?«, versicherte sich Madison.

»Wir haben eine lange Fahrt vor uns und somit genug Zeit, um das herauszufinden.«

Darien hielt ihr den Schlüssel hin – und Madison nahm ihn.

KAPITEL 21

Es war ein Heimspiel, Dariens Wagen zu starten und ganz lässig auf die Straße zu bringen. Dafür brauchte Madison sich nicht anstrengen, ihr Körper hatte sich genau eingeprägt, wie man dieses Auto fuhr. Und er fuhr es verdammt gern. Ohne Motorröcheln und Reifenquietschen lenkte sie den Mustang durch die vertrauten Straßen von Selma, auf denen an diesem ungemütlichen Abend nicht viel los war. »Nicht viel los« war ohnehin das Motto der Kleinstadt, und Madison gestand sich ein, dass sie eine gewisse Erleichterung verspürte, weil sie schon bald die Ortsgrenze hinter sich ließen. Daheim – das war immer Grannys Haus gewesen, aber ihr eigenes Leben hatte erst am College begonnen. Seitdem sah sie eine Zukunft, in der sie sich etwas Eigenes aufbauen konnte. Keine Frage, sie war gern für Romy und Granny da gewesen, als diese sie gebraucht hatten. Aber am College von Menschen umgeben zu sein, die gerade in ihr Leben aufbrachen und voller Träume waren, war wie Frühlingsluft atmen. Die vibrierende Energie auf dem Campus hatte ihr zugeflüstert, dass auch sie, Madison Farneo, bekannt als Stubenhockerin, Online-Studentin und ungelernte Pflegekraft, sich eine Zukunft ganz nach ihren eigenen Vorstellungen ausmalen durfte. Viel mehr noch: dass es in ihrer Hand lag, was sie aus ihrem Leben machen wollte.

Doch nach dem, was Dariens Kuss in Bewegung gebracht hatte, stellte sich die Frage, ob sie tatsächlich ihres Glückes Schmied sein durfte. Oder ob es da nicht eine andere Macht gab, die ihre Zukunft an sich reißen und ihre Hoffnungen zu Staub zerfallen lassen konnte. Gegen Familienflüche ließ sich nichts ausrichten.

Geheimnisse, dachte Madison. Und ich Idiotin dachte, ich wäre ihnen endlich entkommen. Wenigstens bin ich damit nicht allein.

Heimlich betrachtete sie Darien aus den Augenwinkeln, wie er aus dem Seitenfenster in die dunkle Nacht starrte. Bis er sich ihr unvermittelt zuwendete, als habe er ihren Blick bemerkt.

»Hat Romy irgendwas gesagt, das dich aus dem Konzept gebracht hat?«, fragte er.

»Wie kommst du darauf?«

»Weil du still bist, seit wir losgefahren sind. Dabei hast du, seit ich dich kenne, in meiner Gegenwart nicht einen Moment den Mund gehalten.«

Madison wusste, dass dieses Gepricke Dariens Aufforderung zum Spielen war. Aber zugleich lag etwas Ernstes in seinem Blick, das verriet, dass er ihr auch in tiefere Gewässer folgen würde. Sie beschloss, auf ihr Bauchgefühl zu hören.

»Wir beide haben uns ganz schön weit aus unseren Schneckenhäusern rausgewagt«, sagte Madison. »Wobei es bei dir sehr viel offensichtlicher ist – schließlich hast du keinen Hehl aus deinen Regeln gemacht und daraus, dass du One-Night-Stands richtigen Beziehungen vorziehst, weil dir alles andere zu gefährlich ist.«

»Womit ich zu hundert Prozent richtig lag, wie sich ja bestätigt hat, als du mich plötzlich hast stehen lassen.« Darien ließ sich tiefer in den Sitz sinken. Und obwohl seine Mimik verriet, wie sehr ihm dieses Thema zusetzte, verschloss er sich nicht.

Trotzdem rang Madison mit sich. »Inzwischen ist ja wohl klar, dass ich dich nicht geküsst habe, um herauszufinden, wie weit ich dich treiben kann. Nur um dann sofort das Interesse zu verlieren, nachdem du dich auf mich eingelassen hast.«

»Trotzdem verstehe ich immer noch nicht, was sich zwischen uns abgespielt hat. Irgendetwas habe ich da nicht mitbekommen. Soweit ich mich erinnere, haben wir uns geküsst – und es war so, wie es sein sollte. Jedenfalls vermute ich das, schließlich bin ich kein Spezialist auf dem Gebiet.«

»Ich auch nicht«, gab Madison zu. Als Darien sie überrascht anschaute, zuckte sie mit den Schultern. »Ehrlich, ich hatte in den letzten Jahren anderes zu tun, als zu daten. Das wollte ich mir fürs

Campusleben aufheben. Dummerweise bin ich dann gleich am ersten Tag in dich gecrasht – und seitdem warst nur du ein Thema.« Himmel, wenn das mal nicht eine Steilvorlage für einen dummen Spruch war, dann wusste Madison auch nicht.

Doch Darien nutzte die Chance nicht. Stattdessen sagte er: »Nimmst du es mir ab, wenn ich zugebe, dass es bei mir dasselbe war?«

»Trotz der Hinterhöfe, die du mit deinem Besuch beehrt hast?«

Typisch Darien, schaute er kein Stück verlegen drein. »Mir ist schon bewusst, dass du die Sache anders siehst. Aber für mich hat Gelegenheitssex nichts mit dem zu tun, was sich zwischen uns entsponnen hat. Es ist für mich etwas Besonderes, mit dir zusammen zu sein, Madison. Du bewegst etwas in mir, das habe ich so vorher noch nie erlebt. Deshalb bin ich auch nach Selma gekommen – obwohl die Sache mit dem Kuss passiert ist.«

Verblüfft umfasste Madison das Lenkrad fester. Mit so viel Direktheit hatte sie nicht gerechnet, obwohl Darien nicht der Typ war, der um den heißen Brei redete. Trotzdem … sie musste sich verhört haben. »War das eben ein Liebesgeständnis?«, erkundigte sie sich.

»So etwas in der Art. Ein richtiges Liebesgeständnis würde wohl darauf hinauslaufen, dass man eine Beziehung eingehen will. Nach allem, was zwischen uns passiert ist, halte ich davon allerdings noch weniger als zuvor, damit würden wir vermutlich nur alles vermasseln.« Darien legte eine Pause ein, als wolle er ihr die Chance geben, zu protestieren. Doch Madison nickte zustimmend. Eine Beziehung mit Darien kam auch ihr unmöglich vor, selbst wenn diese Erkenntnis schmerzte. »Okay«, fuhr er fort, scheinbar nicht sonderlich glücklich über ihre Reaktion. »Aber ich möchte Zeit mit dir verbringen und ein Teil von deinem Leben sein. Vermutlich wäre es besser, sogar darauf zu verzichten. Aber so, wie's aussieht, bin ich ein hemmungsloser Egoist.«

»Da passen wir gut zusammen, ich kann mir nämlich auch nicht vorstellen, dich nicht wiederzusehen«, gab Madison zu.

»Aber eigentlich stehen meine Regeln zwischen uns?«, wollte Darien wissen.

»Nein, daran liegt es nicht.« Kurz spielte Madison mit dem Gedanken, ihm von der brennenden Frau zu erzählen, aber dann verließ sie der Mut. Vielleicht würde es ja auch so klappen, wenn sie nur Freunde waren. Vielleicht würde es dann nicht noch einmal passieren …

Schweigend lenkte Madison den Mustang durch den einsetzenden Schneefall. Sie hatten Selma schon lange hinter sich gelassen und fuhren durch eine einsame Gegend. Außerhalb des Autos waren bloß schwarze Nacht und rasch dichter werdende weiße Tupfen zu sehen, nur gelegentlich kam ihnen ein anderer Wagen entgegen. Während Madison ihren Gedanken nachhing, wurde Darien zunehmend unruhiger; er fläzte sich im Sitz, und seine Hände strichen über seine Oberschenkel, gerade so, als sei ihm seine Haut plötzlich zu eng geworden. Unvermittelt murmelte er etwas, das verdächtig nach einem Fluch klang. Wenn Madison sich nicht verhört hatte, nahm er einem gewissen älteren Herrn mit Bart, der auf einer Wolke wohnte, einiges übel.

Wahrscheinlich wäre es klüger, den Mund zu halten, nur leider öffneten sich Madisons Lippen bereits. »Bereust du es, dass du mich geküsst hast?«

Es brauchte einen Moment, bevor Darien antwortete. »Erst, als du weggelaufen bist. Davor war ich gar nicht imstande, auch nur einen einzigen Gedanken zu fassen. Alles, was ich wollte, war, dich zu küssen.«

»Trotzdem werden wir jetzt nur Freunde sein.«

»Sieht ganz so aus.«

»Darien, ich muss es genau wissen, es ist wichtig«, drängte Madison.

»Es wird keine Küsse mehr geben, zumindest habe ich mir das fest vorgenommen.« Demonstrativ blickte Darien hinaus in die Nacht, als wäre die Unterhaltung damit abgeschlossen.

Das war sie jedoch nicht.

Sich etwas vorzunehmen, war etwas ganz anderes, als etwas zu versichern. Aber Madison brauchte die Sicherheit, dass die Angelegenheit zwischen ihnen geklärt war, wenn sie eine Freundschaft aufbauen wollten. Es gab nur eine Möglichkeit, das herauszufinden. Sie fuhr den Wagen auf den Seitenstreifen und hielt an. Dann löste sie den Anschnallgurt, damit sie sich im Sitz Darien zuwenden konnte. Als er still sitzen blieb, berührte sie mit den Fingerspitzen ganz leicht seinen Oberschenkel. Trotzdem nahm sie wahr, wie ein Energiestoß durch seinen Körper pulsierte und er scharf einatmete. Eine so heftige Reaktion auf ihre flüchtige Berührung – und er konnte sie nicht verbergen.

»Wenn ich mich jetzt zu dir rüberbeuge«, flüsterte sie, »ganz dicht, bis mein Gesicht vor deinem ist, dann …«

»… dann kann ich für nichts garantieren«, gab er zu.

Madison zog ihre Hand zurück. »Das habe ich mir schon gedacht.«

»Und jetzt?« Dariens Atem ging immer noch verräterisch schnell.

»Jetzt haben wir ein Problem. Oder vielmehr ich habe eins, weil ich offenkundig eine komplette Egoistin bin.«

Auf Dariens Stirn zeichnete sich eine senkrechte Einkerbung ab. »Das mit dem Egomanentum ist doch mein Job. Du willst nicht ernsthaft in Konkurrenz zu mir treten?«

Sogar in so schwierigen Situationen schaffte Darien es mit seinem trockenen Humor, sie zum Schmunzeln zu bringen. Doch die Leichtigkeit währte nur kurz, so, wie die Dinge standen, schuldete sie ihm die Wahrheit. »Du musst etwas wissen über unseren Kuss, und es fällt mir wirklich nicht leicht, darüber zu reden. Weil ich mir damit etwas eingestehe, das mir eine Heidenangst macht. Außerdem ist es sehr wahrscheinlich, dass ich damit alles zwischen uns zerstöre.«

Darien zuckte nicht zurück. »Das klingt sehr ernst.«

»Es hängt mit meiner Familiengeschichte zusammen«, tastete sich Madison voran. »Du musst wissen, dass Romy und ich bei unserer Granny aufgewachsen sind.«

»Davon hast du mir im *White Room* erzählt«, sagte Darien. »Deine Mutter ist früh verstorben.«

»Und du hast es dir gemerkt«, stellte Madison fest. Warum nur unterschätzte sie diesen Mann bloß immer wieder aufs Neue? Fiel es ihr wirklich so schwer, sich einzugestehen, dass er neben seinen schwierigen auch viele wunderbare Seiten hatte? »Jedenfalls ist die Beziehung unserer Eltern zerbrochen, als Mom mit mir schwanger war. Mein Dad war Künstler – und möglicherweise ist er das noch immer, keine Ahnung, er ist sofort nach der Trennung in sein Heimatland Italien zurückgegangen. Soweit ich mir das zusammengereimt habe, war es eine stürmische Liebe, und als sie vorbei war, fühlte sich meine Mom wie zerbrochen. Sie hat ihre Doktorarbeit geschmissen und ist zu Granny gezogen, weil sie einfach nicht wieder auf die Beine kam. Deshalb habe ich so den Verdacht, dass sie es bei dem Autounfall, bei dem sie ums Leben kam, hat drauf ankommen lassen. Wie gesagt, ich war damals noch klein, aber Romy hat ihr Tod sehr zugesetzt.«

»Deine Schwester steht nicht wirklich auf sicheren Beinen?«, fragte Darien vorsichtig.

Madisons Brust verkrampfte sich. »Du hast Romy kennengelernt. Sag du es mir.«

Darien begegnete Madisons forschendem Blick, mit dem sie herausfinden wollte, wie viel er sich schon selbst zusammengereimt hatte. Als ahne er, wie wichtig ihr seine Rückmeldung war, wägte er seine Worte ab. »Romy ist ein sehr offener, gastfreundlicher Mensch, und sie scheint sich viel Mühe zu geben, einen ganz normalen Eindruck zu machen. Eben Madisons große Schwester, die ihr Leben voll im Griff hat. Ich hatte trotzdem das Gefühl, dass sie recht impulsiv sein kann, über das normale Maß hinaus. Dass sie ständig um die richtige Balance ringen muss, weil es nicht ihrem Naturell entspricht. Trifft es das so ungefähr?«

»Das trifft es verdammt gut. Das war bei einem Psychologiestudenten wahrscheinlich auch nicht anders zu erwarten, vermutlich lernt ihr gleich im ersten Semester, wie man ein Borderlinesyndrom diagnostiziert.« Eigentlich hätte Madison erleichtert sein müssen, weil Darien auch ohne große Erklärungen verstand, wie es um ihre Schwester bestellt war. Stattdessen nahm der Schmerz in ihrer Brust zu, manchmal tat die Wahrheit eben weh.

»Nicht, dass du mich falsch verstehst«, nahm sie den Faden wieder auf. »Normalerweise mache ich kein Geheimnis daraus, dass Romy schnell ihr inneres Gleichgewicht verliert. Sie steht selbst dazu, während sie sich gleichzeitig große Mühe gibt, mit ihrer Krankheit klarzukommen. Wofür ich größten Respekt hege. Das Thema ist, dass es nicht immer so war. Meine Jugendzeit war die Hölle, weil ich die kleine Schwester von Romy Farneo war, die einfach jeder in Selma kannte. Romy war jahrelang *das* Stadtgespräch in diesem Kaff mit ihrer offenen Art, ihrem Hang zum Drama und ihren stürmisch-verrückten Beziehungen – hier benutze ich ausdrücklich den Plural. Jede Veranstaltung war ihre, sie stand immer und überall im Mittelpunkt. Und wenn nicht, dann ließ sie sich etwas einfallen, koste es, was es wolle. Nach solchen Szenen sperrte sie sich dann auf ihrem Zimmer ein und weinte, weil sie sich selbst nicht ertrug. Währenddessen durfte ich mir üble Sprüche in der Schule anhören und wurde von älteren Jungs angegrabscht, weil ich doch bestimmt wie meine Schwester drauf sei. Granny hat mich dann getröstet und gesagt, dass Romy nicht anders könne. Etwas in ihr sei kaputt und ließe sich nicht wieder heilen. Ich habe ihr das geglaubt, auch weil ich Romy liebe. Aber es war trotzdem nicht leicht, zu ihr als Schwester zu stehen, und noch schwieriger war es, sie auszuhalten, wenn sie eine ihrer Phasen hatte.«

»Das klingt, als hätte Romys Erkrankung dein Leben als junge Frau stark geprägt«, sagte Darien.

»Es erklärt zumindest, warum ich vom Küssen bislang so wenig Ahnung hatte wie du. In Selma war ich immer nur Romys Schwester, neben ihr war kein Platz für meine Persönlichkeit. Andererseits hatte ich auch genug um die Ohren, als dass ich groß was vermisst hätte.« Madison schluckte die bitteren Gefühle, die aufsteigen wollten, runter. »Und ich habe ja meine Chance bekommen, das College hat mich mit offenen Armen willkommen geheißen. Jetzt kann ich endlich ich selbst sein und herausfinden, wozu ich Lust habe. Eine echte Herausforderung nach den letzten Jahren, in denen es nie um mich ging.«

Vorsichtig schaute Darien zu ihr rüber. »Weil du Granny nach ihrem Schlaganfall gepflegt hast?«

Beim »Heiß-kalt«-Spiel wäre Darien zwar in der richtigen Richtung unterwegs, aber trotzdem noch meilenweit vom Ziel entfernt. »Grannys Schlaganfall ging eine üble Phase bei Romy vorweg. Auf dem Höhepunkt ist sie einfach Hals über Kopf mit einem wildfremden Typen verschwunden. Nach einigen Wochen des Wartens wurden wir dann von einer Klinik in Mexico City darüber informiert, dass Romy wegen eines psychotischen Schubs bei ihnen eingeliefert worden sei und man sie auf der Geschlossenen untergebracht habe.«

»Das war bestimmt ein Schock für euch, auch wenn solche Schübe bei Borderline-Patientinnen durchaus vorkommen. Vermutlich ist Romy in eine Stresssituation geraten, etwa, als ihr Freund sie verlassen hat.«

Madison lachte bitter. »Ich habe nicht die geringste Ahnung, was zwischen den beiden in Mexiko abgelaufen ist – und ich will es auch nicht wissen. Jedenfalls erzählte Romy lauter krudes Zeug über Stimmen, die auf sie einflüsterten und sie zu abstoßenden Dingen überredet hätten, bei denen ich mir die Ohren zugehalten habe. Ich kann nur hoffen, dass das alles nur in ihrer Fantasie stattgefunden hat. Wenn jemand einen psychotischen Schub hat, kann er offenbar alles verlieren, inklusive seiner Würde. Dann ist er dem ausgeliefert, was sein durcheinandergeratenes Gehirn ihm vorgaukelt.« Madison brach ab, sie hatte das Gefühl, als müsste sie gleich ersticken.

Zögernd streckte Darien die Hand nach ihrer aus, so langsam, als wolle er ihr die Chance geben, sie wegzuziehen, wenn ihr das zu viel war. Vermutlich wäre das auch das Beste gewesen, aber sie schaffte es nicht. In diesem Moment brauchte sie seine Nähe und Wärme, auch wenn sie gleich wieder würde auf Abstand gehen müssen.

»Es hat dich verletzt, was Romy zugestoßen ist«, sagte er leise.

»Das hat es«, gab Madison zu. »Auch wenn mir klar ist, dass die Krankheit solche bizarren Blüten treiben kann. Mir geht es jetzt allerdings nicht um diese alten Verletzungen, sondern um etwas, das mich persönlich betrifft.«

Madison starrte in die Nacht hinaus, im Rückspiegel tauchten Wagenlichter wie Glühpunkte im Schneetreiben auf. Entweder sie gestand es ihm jetzt – oder sie ließ es bleiben. Das würde allerdings bedeuten, dass sie die Beziehung völlig abbrechen musste. Wenn sie sich jedoch öffnete, gab es die Chance, dass er damit zurechtkam. Wenn es jemand schaffte, dann Darien. Und im Augenblick schien es ihr schlicht undenkbar, ihn aus ihrem Leben zu verbannen.

»Bislang kam ich mir wie eine Zuschauerin in meinem Leben vor, eine Zeugin, die sieht, wie die Frauen in meiner Familie nach und nach zerbrechen. Erst meine Mutter, deren Schmerz ich mir nur ausmalen kann, dann Romy, und schließlich Granny. Ich dachte, meine Aufgabe sei es, in diesem Gefüge der feste Anker zu sein. Aber seit unserem Kuss bin ich mir da nicht mehr so sicher.«

Ruckartig zog Darien seine Hand zurück. »Sag so etwas nicht. Die Umstände waren vielleicht ungewöhnlich, aber der Kuss selbst war doch nicht mehr als ein Kuss. Oder ist etwas passiert, von dem ich nichts weiß?«

Die Scheinwerfer des vorbeifahrenden Autos warfen ein kurzes Schlaglicht auf Dariens Gesicht und zeigten seinen erstarrten Ausdruck. Ihre Worte versetzten ihn in Schrecken, so viel stand fest.

»Der Kuss ...«, tastete sich Madison vor. »Er hat etwas in mir geweckt, das wohl schon lange dort war, auch wenn ich nicht die geringste Ahnung hatte. Vermutlich ein Erbe unseres Vaters, der den wenigen Geschichten nach ein sehr unbändiger Mensch gewesen ist, bei dem sich die hellen und dunklen Phasen so schnell abwechselten, dass einem schwindelig werden konnte. Es könnte doch sein, dass Romy und ich angeschlagen ins Leben gestartet sind, oder dass wir ein gewisses Erbe mit auf den Weg bekommen haben. Jedenfalls ... nach unserem Kuss habe ich plötzlich eine Stimme gehört. Ich dachte erst, es sei eine Gedankenstimme, wie sie Menschen ständig hören, wenn sie mit sich selbst debattieren. Aber dann wurde mir klar, dass es eine richtige Stimme war, die mir einflüsterte, wie ich dich gefügig machen könnte, um mehr von dir zu bekommen. Wie ich dich dazu bringe, dich mir hinzugeben. Und als ich die Augen aufmachte, stand eine Frauenerscheinung hinter dir. Sie sah aus, als würde sie von innen heraus brennen.«

Madison hielt inne. Das war der perfekte Moment für Darien als angehender Psychologe, darauf hinzuweisen, dass solche Wahrnehmungstäuschungen in Ausnahmesituationen nichts Ungewöhnliches waren. Dass dieser Aussetzer nur ihrer Angst vor dem Unbekannten geschuldet war. Irgendeine vernünftige Erklärung, während er wieder ihre Hand nahm und liebevoll drückte. Doch stattdessen saß Darien da, als habe sie ihm völlig unerwartet einen Schlag verpasst. Ungläubig starrte er sie an.

»Du hältst mich für verrückt, nicht wahr?«, sagte Madison.

»Nein, das tue ich nicht.«

»Aber es ist verrückt, was ich eben erzählt habe, völlig irre und psychotisch. Damit bin ich die dritte Farneo, in der etwas zersprungen ist.«

»Das, was du erlebt hast, war kein Stück psychotisch. Es war real, Madison.«

Dariens Stimme war so ausdruckslos und fremd, dass Madison ihm kein Wort glaubte. Er belog sie, so, wie man eine Verrückte anlog, um sie zu beruhigen – und damit zerriss er das Band zwischen ihnen.

Bevor Madison einen klaren Gedanken fassen konnte, stieß sie die Fahrertür auf und lief in die Dunkelheit abseits der Straße. Sie hörte das Scheppern der Beifahrertür, die zugeschlagen wurde, Darien, der ihr etwas nachrief … vielleicht ihren Namen, vielleicht aber auch einen Fluch. Es war egal, sie hatte nicht vor, sich umzudrehen. Es gab bloß einen Weg, und der führte weg, einfach nur weg.

Schneeflocken brannten in ihren Augen, die nichts als Schwarz und flirrendes Weiß sahen, während die Kälte sofort in ihre nackte Haut an Gesicht, Hals und Händen biss. Ihre Stiefel schlugen durch die Schneeschicht auf gefrorenes Gras, woran sich auch so schnell nichts ändern würde, denn in Maines Einöde konnte man meilenweit laufen, ohne abseits der Straße auf ein menschliches Zeichen zu stoßen. Aber das war Madison gleichgültig, genau wie die Schneenacht und ihr bereits vor Kälte zitternder Körper. Sie musste laufen, fliehen vor dem Schmerz, den sie mit Darien zurückgelassen hatte, auch wenn diese Flucht nur ein weiterer Beweis dafür war, dass sie den Verstand verlor.

»Madison!«

Sie hörte Dariens Stimme, nur ganz leise, gedämpft vom Schnee, so weit weg, dass sie kaum sagen konnte, aus welcher Richtung er überhaupt zu ihr durchdrang. Trotzdem wirbelte sie herum. Nein, in der Dunkelheit war kein Schattenumriss eines Mannes zu erkennen. Und auch sonst nichts. Sogar die weißen stetig fallenden Tupfen waren in der Dunkelheit kaum noch auszumachen.

Madison drehte sich um die eigene Achse.

Aus welcher Richtung war sie gekommen? Nicht, dass sie versehentlich zur Straße zurücklief. In dem nächtlichen Schneetreiben hätte sie das kaum mitbekommen. Kein Stern am Himmel schenkte ihr Orientierung, aber die brauchte sie auch nicht. Ihr Kompass deutete nur in eine Richtung, und die führte weg von Darien. Wie er sie zu beruhigen versucht hatte, genauso, wie sie es mit Romy in ihren abgedrehten Momenten gehalten hatte: zustimmen und die psychotische Frau bei Laune halten, bis sich ruhigere Gewässer abzeichnen. In ihrem Fall wäre das bestimmt beim Erreichen des Campusgeländes gewesen, dann wäre das Letzte, was sie jemals von Darien zu sehen bekommen hätte, die Rücklichter seines Wagens gewesen.

Madison kam mitten im Lauf ins Trudeln, ihre Beine plötzlich schwer wie Blei. Welchen Sinn hatte die Lauferei? Sie war allein. Mitten im Nirgendwo. Dort, wo sie hingehörte.

»Warum habe ich es nicht für mich behalten?«, flüsterte sie, obwohl sie die Antwort schon kannte: Es war ihre einzige Chance gewesen. Nur leider hatte ihre Entscheidung, es zu wagen, den Bruch mit Darien bloß beschleunigt. Natürlich war es sein gutes Recht gewesen, sie so zu behandeln, wie man eben mit labilen Personen im Notfall umging. Das änderte nichts daran, dass sie es nicht ertrug. Niemals ertragen würde. Sie wusste, welches Leben das Beste für einen war, wenn die innere Welt der äußeren nicht länger standhielt. Schließlich hatte sie ihre Schwester auf diesem Weg begleitet, der nun auch ihrer werden würde, wenn sie künftig auf wirre Stimmen in ihrem Kopf und Halluzinationen verzichten wollte. Darin war kein Platz für jemanden wie Darien mit seinen Regeln und den starken Gefühlen, die er in ihr hervorrief.

Aber konnte sie das wirklich aushalten?

Oder würde sie eines Tages einen ähnlichen Ausweg nehmen wie ihre Mutter, wenn die Verzweiflung zu groß wurde?

Warum so lange warten?, flüsterte eine leise Stimme in ihr. Die Nacht ist lang, und der Schnee fällt stetig. Wahrscheinlich hat sich dein Dilemma bis zum Morgengrauen von selbst erledigt.

Madison blinzelte Schneeflocken von ihren Wimpern. Offenbar hatte sie in ihrem Wahn bereits eine Entscheidung gefällt, wie sie mit ihrer so unerwartet ausgebrochenen Krankheit umgehen wollte. Und selbst wenn sie es rückgängig machen wollte, wüsste sie nicht, wie. Die Dunkelheit hatte sie verschluckt, und um sie war nur noch Kälte. Nicht einmal der Hall von Dariens Stimme erklang noch. Sogar wenn er bloß wenige Hundert Meter von ihr entfernt sein sollte, würde er sie nicht finden.

»Darien?«, fragte sie zögerlich.

Nur das leise Knistern des Schnees.

Madison wartete darauf, Erleichterung oder Verzweiflung zu empfinden. Aber dort, wo sonst die Gefühle aus ihrer Mitte hervorbrachen, war jetzt lediglich Taubheit, als sei dieser Teil von ihr bereits erfroren. Ungläubig tastete sie zu ihrer Brust, nur um festzustellen, dass ihre Fingerspitzen schon zu taub waren, um überhaupt etwas wahrzunehmen. Aber es war auch möglich, dass dieses Gefühl zu erstarren bloß eine Wahnvorstellung war. Wer weiß, vielleicht saß sie in Wirklichkeit noch neben Darien im Wagen, während ihr Geist an einem dunklen Ort gefangen war und Stück für Stück zu Eis gefror. Falls es Darien überhaupt gab …

Etwas zog Madisons Aufmerksamkeit auf sich und lockte sie aus dem dunklen Labyrinth ihrer Gedanken.

Etwas Helles, wie ein goldenes Leuchtfeuer.

Es schien weit weg, hinter unzähligen Schleiern aus Schnee – und trotzdem konnte sie seine Wärme spüren. Sie strömte auf sie zu und umhüllte sie so zärtlich, dass sie aufstöhnte. Um sie herum begannen Funken zu tanzen, umkreisten sie, verwandelten auch sie in ein Licht im Dunkeln, eine Antwort auf das Leuchten in der Ferne. Dann kam das Feuer, das seine Boten zu ihr ausgeschickt hatte, auch schon näher, gewann an Konturen, bis es den Umriss eines Menschen annahm … er kam auf sie zu. Und mit ihm noch mehr Wärme und eine vibrierende Energie, die ihren vor Kälte tauben Körper mit einer Geschwindigkeit wiedererwachen ließ, dass ihr schwindlig wurde.

Madison wollte zurückweichen vor der nahenden Gestalt, doch ihre Füße verweigerten ihr den Dienst. Schützend hob sie die Hand vors Gesicht, als die rot leuchtende Flamme, die aus der Gestalt hervorbrach, sie zu blenden drohte. Dann umfassten sie auch schon Arme zu einer glühenden Umarmung und ließen sie brennen.

Als Madison die Augen aufschlug, fand sie sich weder inmitten eines Flammeninfernos wieder noch schwebte sie im Morgenlicht zwei Meter über ihrem erfrorenen Körper. Stattdessen saß sie in Dariens Parka gehüllt auf dem Beifahrersitz des Mustangs, leicht zusammengekrümmt, als sei sie im Sitzen eingeschlafen. Draußen herrschte noch immer Nacht, die Landschaft war in eine weiße Decke gehüllt, und es flogen noch vereinzelte Flocken umher. Inzwischen befanden sie sich jedoch auf einer befahrenen Straße, dem Verkehr nach bereits in der Nähe von Portland. Auf der Mittelkonsole stand ein To-go-Becher, der nur darauf zu warten schien, dass sie aufwachte.

»Greif zu, der Kaffee dürfte noch einigermaßen warm sein«, sagte Darien, der hinterm Steuer des Wagens saß.

Steif in den Gliedern, setzte Madison sich auf und nahm den Becher. Er fühlte sich in ihren Händen wunderbar an. Obwohl die Heizungslüftung auf vollen Touren lief, fror sie nämlich. »Was ist passiert?«, fragte sie, unsicher, ob sie ihren Erinnerungen trauen durfte. Gut möglich, dass sie ihre Flucht in den Schnee nur geträumt hatte.

Oder auch nicht. Denn Darien umfasste das Lenkrad fester, als suche er nach Halt. »Du bist plötzlich aus dem Wagen gesprungen und weggelaufen – das ist passiert. Als ich dich endlich gefunden hatte, warst du schon ziemlich weggetreten. Es ist auch verflucht kalt heute Nacht, ich hab dich aufgewärmt, so gut es ging.«

Vor Madisons Augen loderte der Umriss eines in Flammen

gehüllten Menschen auf, als habe er sich in ihre Netzhaut eingebrannt. Unsicher betrachtete sie Darien. Nichts an ihm wies darauf hin, dass er einem Feuer zu nah gekommen war. Genau wie bei ihr, dabei hatte sie die Hitze doch auf ihrer Haut gespürt.

»Wie hast du mich in der Dunkelheit überhaupt gefunden?«

Der Zug um Dariens Mund verhärtete sich. »Ich glaube, das weißt du.«

Madison schüttelte den Kopf. »Ich weiß nichts, außer, dass ich wieder eine Wahnvorstellung hatte.«

»Hattest du nicht.«

»Darien, hör bitte damit auf, mir gut zuzureden.«

»Das tue ich nicht. Wenn ich dir sage, dass alles, was du gesehen und erlebt hast, echt war, dann meine ich das auch so.«

Madison wollte ihm schon drohen, dass sie gleich wieder aussteigen würde, wenn er seine Beschwichtigungsversuche nicht sofort einstellte. Dann drang zum ersten Mal der Gedanke zu ihr durch, dass Darien wusste, wovon sie sprach. Dass ihm nicht fremd war, wovon sie ihm erzählt hatte. »Woher weißt du, dass meine Erlebnisse echt sind?«, fragte sie.

»Möchtest du das wirklich wissen? Es ist nämlich ein Unterschied, ob man mal einen geistigen Aussetzer hat oder sich eingestehen muss, dass manche Dinge anders sind, als sie scheinen.«

»Egal, was es ist, ich will die Wahrheit wissen«, entschied Madison.

Darien schenkte ihr ein Lächeln, das seine Augen nicht erreichte. Die blieben seltsam reserviert, als habe er sich innerlich hinter eine Mauer verzogen. »Einverstanden, aber zuerst musst du mir noch versprechen, wenn ich jetzt auf den nächsten Parkplatz fahre, dass du mir nicht wieder aus dem Wagen springst.«

So schlimm also. Schlimmer, als nur so überfordert vom Leben zu sein, dass einem das eigene Bewusstsein Streiche spielte. Aber sie hatte ihre Entscheidung getroffen.

Sie fuhren eine Weile, bis schließlich ein Rastplatz auftauchte, auf dem die ersten Lkw-Fahrer gerade zu ihrer morgendlichen Tour starteten. Darien parkte den Wagen ein Stück abseits, dann schnallte er sich ab und saß nur da, die Hände auf seinen langen Oberschenkeln. Madison begann schon unruhig zu werden, als er einen leisen Fluch ausstieß.

»Was soll's, dann ruiniere ich halt alles zwischen uns«, sagte er. »Was ich dir zu erzählen habe, wird dir nicht gefallen, aber das kann ich nicht ändern. Eigentlich sind sich unsere Geschichten gar nicht so unähnlich, wir sind beide mit ordentlich viel Familienballast unterwegs. Manchmal ist es wie ein Fluch, der auf einem lastet, obwohl man selbst nichts Verkehrtes getan hat.« Er lachte rau. »In meinem Fall ist es tatsächlich ein Fluch – oder ein Deal, wie mein geschäftstüchtiger Vater es nennen würde. Er gehört zu der Sorte Mann, die nie genug bekommt, egal, um was es sich handelt. Das hat ihn in seinen frühen Jahren zu einem verdammt erfolgreichen Geschäftsmann gemacht, aber auch einen Hunger in ihm geweckt, der nur durch immer mehr von etwas zu stillen ist. Und das Verlangen nach *mehr* bezog sich auf viele Bereiche seines Lebens: mehr Geld, mehr Angestellte, mehr Geschäftszweige, mehr Häuser, mehr Luxus, mehr Sex, vor allem mehr fantastischer Sex. Man könnte sagen, in seinem ständigen Suchen und Wollen hat er die richtigen Leute angezogen, die sich damit auskannten, wie man selbst das Unmögliche möglich macht, wenn die Bezahlung stimmt. Für meinen Vater muss diese Zeit wie ein Rausch gewesen sein – nicht, dass er groß mit mir darüber gesprochen hätte. Aber es fällt mir nicht schwer, eins und eins zusammenzuzählen. Und irgendwann hat ihm jemand einen in Gold aufgewogenen Tipp gegeben, nämlich, wie man die Nacht seines Lebens verbringt: Man lädt eine Frau zu sich ein, die in Flammen steht und die einen brennen lässt, allerdings auf prickelnde Weise.«

»Wir sprechen hier von dem fantastischen Sex, auf den er versessen war, oder?«, versicherte sich Madison, obwohl sie die Antwort längst kannte.

Darien nickte. »Das Zauberwort, das meinem alten Herrn ein paar sensationelle Höhepunkte bescherte, heißt Sukkubus. Du weißt, was das ist?«

»Ein weiblicher Dämon, der sich Männern andient«, stellte Madison überrascht fest. »Darüber haben wir uns während der ›Pinken Stunde‹ in der Schule unterhalten. Das ist doch eine biblische Erfindung, um die weibliche Lust zu diffamieren und sexuell selbstbestimmte Frauen zu dämonisieren.«

»Das kannst du gern mit der brennenden Lady diskutieren, wenn du ihr das nächste Mal begegnest. Allerdings bin ich mir ziemlich sicher, dass sie auch in männlicher Gestalt auftreten, eben so, wie es gerade passt. Soweit ich das beurteilen kann, sind Sukkuben Geschöpfe, die nicht in unserer Realität zu Hause sind. Aber das hält sie nicht davon ab, sie zu betreten und mit den Sterblichen ihre Spielchen zu veranstalten. Das hat mein Vater am eigenen Leib erfahren, er musste nämlich für sein Vergnügen einen enorm hohen Preis zahlen.«

Madison wurde flau im Magen. »Was wollte diese Dämonin denn im Gegenzug für ihre Liebesdienste?«

»Etwas, das für meinen Vater nach einem großartigen Deal klang: *Sie* wünschte sich bloß, ihr Zeichen auf ihm zu hinterlassen, damit sie in Kontakt bleiben und gemeinsame Sache machen konnten. Noch mehr Spaß für meinen Vater, lauter hingerissene Ladys, die gar nicht genug von ihm bekommen konnten. Dafür sorgt der Sukkubus schon, es ist schließlich seine Spezialität, uns Menschen vor Geilheit komplett verrückt werden zu lassen. Die heftigste Droge überhaupt, nur, dass man sich anschließend wie ausgebrannt fühlt. Wortwörtlich. Das hat meinen Vater aber nicht groß gekümmert, weil nämlich die Frauen, mit denen er das Bett teilte, die Rechnung zahlten. Er dagegen fühlte sich großartig. Eines hatte die Dämonin ihm jedoch verschwiegen, nämlich dass durch den Pakt auch seine Nachfahren gezeichnet werden. Nicht umsonst heißt es, eine Sünde wird sieben Generationen weitergegeben. Das wurde ihm aber erst Jahre später klar, als er schon mit meiner Mutter verheiratet war und Kinder bekam.« Darien verstummte, heimgesucht von einem Kummer, der ihm ins Gesicht geschrieben stand.

Fieberhaft überlegte Madison, was sie sagen konnte … sollte. Denn, so absurd Dariens Geschichte auch klang, sie glaubte ihm. Nicht nur, weil sie die brennende Frau – *sie* – gesehen hatte. Oder weil gerade mal vor ein paar Stunden eine lodernde Gestalt sie in der Dunkelheit gefunden hatte. Sie glaubte Darien, weil sich nicht die leiseste Spur von Widerstand in ihr regte.

»Dann stehst du unter einem Familienfluch«, stellte sie mit brüchiger Stimme fest. »Wenn dein Vater so wohlhabend ist und viele Menschen kennt, warum hat er dann nicht irgendwann versucht, herauszufinden, wie man sich dem Sukkubus entziehen kann?«

»Das hat er wohl, wenn auch erst deutlich später. Viel hat er nicht darüber erzählt, sondern nur angedeutet, dass der Sukkubus ihm keine Nachforschungen erlaube. Und über *sie* reden kann er auch nur mit Menschen, die unter ihrem Einfluss stehen. Die Dämonin treibt ihr Unwesen vermutlich schon seit Ewigkeiten und lässt sich nicht gern in die Karten schauen. Mein Vater hat mir bloß beibringen können, wie ich sie mir vom Leib halte, solange ihr Zeichnen noch nicht erwacht ist. Alles andere, was ich über sie weiß, habe ich mir selbst zusammengesucht. Was eine Heidenschinderei war, denn die Infos sind rar und schwer zu finden. Die einzigen nennenswerten Aufzeichnungen sind sehr alt und liefern eine Beschreibung der Dämonin und besonders ausgiebig ihrer Künste. Je moderner die Zeiten wurden, desto seltener sind die Aufzeichnungen. Mein Vater hat die Dämonin ja auch nicht als eine Ausgeburt der Hölle gesehen, sondern als den ultimativen Kick. Die Egomanen der heutigen Zeit sind ihre besten Kunden, für die ist Seelenheil ein Fremdwort. Jedenfalls war nicht herauszubekommen, wie man den einmal mit ihr geschlossenen Pakt wieder löst. Und glaub mir, ich habe danach gesucht.«

Das musste Darien nicht extra betonen, natürlich hatte er sein Schicksal nicht einfach hingenommen. Und trotzdem war er ihm nicht entgangen ... »Dein Vater ist mit voller Absicht einen Handel mit dem Sukkubus eingegangen, aber wie war das dann bei dir?«

Dariens Gesicht war so grau, als wäre kein Lebensfunke mehr in ihm. Darüber zu erzählen, was ihm widerfahren war, schien ihn fast umzubringen. Ob das auch das Werk des Sukkubus war? »Sobald man den Kinderschuhen entwachsen ist, taucht das Zeichen des Sukkubus auf, wie ein unübersehbarer Hinweis auf die Geschlechtsreife. Und mit ihm erscheint *sie* und fängt an, einen in den Nächten zu besuchen. Sie will, dass man sie einlädt und damit das Zeichen zum Leben erweckt. Dann kann sie jederzeit in unserer Welt auftauchen und ihre Dienste anbieten. Dafür ist sie bereit, alle möglichen Hebel in Bewegung zu setzen, das Zeichen ist ihr Tor.«

Als Darien seinen Pullover auszog, überkam Madison Panik. Sie wollte nicht sehen, was diese Dämonin mit ihm angestellt hatte! Allein die Vorstellung machte ihr Angst und bereitete ihr gleichzeitig Übelkeit. Doch sie schuldete es ihm, zu bleiben, nachdem er sich ihr geöffnet hatte. Trotzdem konnte sie vor Anspannung kaum atmen, als er seine Jeans so weit über die Hüfte schob, bis seine Leiste freilag.

Ein vorbeifahrender Lkw drückte bei diesem Anblick vor Begeisterung auf die Lichthupe, doch Darien zuckte nicht mal. Auch Madison kümmerte es nicht, ob jemand mitbekam, was sie tat, als sie sich im Sitz vorlehnte, um besser sehen zu können, was über seiner Leiste prangte.

Sie kannte die Lilie bereits. Als sie Darien das erste Mal gegenübergestanden hatte, hatte sie die Blüte für ein ungewöhnliches Tattoo gehalten, wegen ihres rötlichen Schimmerns, fast, als würde sie von innen heraus glühen. Kein Wunder, dass Darien so ungehalten reagierte, als sie ihn darauf ansprach. Doch die Lilie hatte sich verändert, jetzt wirkte sie nicht mehr wie raffiniert unter die Haut gesetzte Farbe. Sondern eher wie ein frisches Brandzeichen, das man vor den Augen anderer verbarg, weil es einen kennzeichnete, so, wie man früher Schandmale in die Haut eingebrannt hatte, um jemanden zu stigmatisieren. Es war eine Verletzung, schwer zu ertragen für denjenigen, der sie trug trotz ihrer unleugbaren Schönheit. Als Madison sich zwang, genauer hinzuschauen, schien das Tattoo sehr viel tiefer als in die Haut zu gehen. Es war kein Brandmal und auch kein Körperschmuck, sondern ein Riss in der Realität, verschlossen von einer hauchdünnen Membran, hinter der ein unheilvolles Feuer loderte.

Aber war das wirklich echt und keine Illusion?

Mit den Fingerspitzen berührte Madison ein Blütenblatt. Sofort glühte die Lilie in einem tiefen Rot auf, während Darien ein kehliges Brummen von sich gab. Ein sexy Geräusch, das eigentlich für Augenblicke reserviert war, in denen man über zögerliche Berührungen schon weit hinaus war. Und trotzdem reichte dieses Antippen, dass die Muskeln sich unter seiner Haut anspannten – und eine Stimme wisperte Madison zu, dass das verdammt gut aussah. Was wäre wohl, wenn sie die Lilie erneut berührte, vielleicht sogar liebkoste? Darien würde sich bestimmt nicht beschweren, so, wie er sich jetzt schon im Sitz rekelte …

Es kostete Madison ihre gesamte Kraft, die Hand wieder zurückzuziehen. Von diesem Zeichen ging eindeutig eine Versuchung aus.

Darien musste sich räuspern, ehe er seine Stimme wiederfand. »Heute Nacht, als ich dich gesucht habe, habe ich das Zeichen benutzt. Es war *ihre* Flamme, die dich gefunden hat. Sie hat mich ihre Magie benutzen lassen.«

»Das menschliche Leuchtfeuer, das ich gesehen habe, das warst du?« Madison konnte es kaum glauben. »Wie hast du das gemacht?«

Bei der Erinnerung schlich sich ein Glühen in Dariens Gesicht und etwas an der Art, wie er Madison ansah, veränderte sich. Als redete er zwar über den Moment im Schnee, dachte aber in Wirklichkeit noch daran, wie sich ihr Finger auf seiner nackten Haut angefühlt hatte. Auf der Lilie, die immer noch in tiefem Rot pulsierte.

»Ich konnte dich im Schneetreiben nicht finden, und mir war klar, dass du da draußen nicht mehr lange durchhalten würdest«, sagte Darien so leise, dass Madison sich ihm zuneigen musste, um ihn verstehen zu können. Dabei kam sie nicht umhin, den warmen Geruch seines Körpers einzuatmen. »Weil ich mir nicht anders zu helfen wusste, habe ich das Zeichen der Dämonin wachgerufen. Es hat mir den Weg gezeigt zu der Frau, die ich mehr als alles andere auf der Welt begehre. Es war die Macht des Sukkubus, die mich zu dir gebracht hat, auch wenn es *ihr* wohl wenig schmecken dürfte, dass aus unserem Zusammentreffen nicht mehr geworden ist. Aber das kann ja noch werden. Möchtest du, dass ich die Lilie noch einmal für dich brennen lasse?« In seiner Stimme lag etwas gefährlich Lockendes.

Madison spürte, wie ihr Körper auf sein gerauntes Angebot mit einem machtvollen Aufbäumen antwortete. Diese Reaktion, die so voller Verlangen und Lust war, erinnerte sie an das Ende ihres Kusses. Eine Intensität breitete sich aus, die weit über die Anziehungskraft zwischen zwei Menschen hinausging, so stark, dass es bald nur noch das eigene Verlangen gab und man alles dafür tat, um es endlich zu befriedigen. Der Verlockung haftete eindeutig der Geruch des Sukkubus an, auch wenn von der in Flammen stehenden Frau keine Spur zu entdecken war – und das allein reichte Madison schon, um sie abzukühlen.

»So verführerisch das Angebot auch ist, ich verzichte«, sagte sie. Betont langsam zog sie ihre Hand zurück und ignorierte dabei das lustvolle Prickeln in ihren Fingern.

Dariens Brust bebte. Ob nun, weil er um seine Selbstbeherrschung rang oder aus Erregung, ließ sich nicht sagen. Ein goldenes Glühen glitt über seinen bloßen Oberkörper und lockte mit dem Versprechen, welche Freude es bereiten würde, wenn es bei einer Berührung auf sie übersprang. Eine Lust, die sie noch nie zuvor verspürt hatte. Sie musste es nur wollen … darum bitten. Jetzt gleich.

Und dann – endlich – ließ Darien einen Teil der Lilie unter seiner Jeans verschwinden und brach damit den Zauber.

Eine Weile saßen sie beide schweigend da und rangen nach Atem, mit dem Gefühl, ganz knapp einer Katastrophe entkommen zu sein.

»Glaubst du mir jetzt, dass ein Fluch auf mir liegt?«, fragte Darien.

Madison konnte nicht anders, sie musste es laut aussprechen. »Du trägst das Zeichen eines Sukkubus als Erbe deines Vaters. Und du hast es meinetwegen geweckt. Was bedeutet das für dich?«

Darien legte den Kopf in den Nacken. »Dass ich *sie* jetzt so richtig am Hals habe. Bislang ist sie nur alle paar Monate mal aufgetaucht, um mich für ihre Dienste zu begeistern. Ich vermute mal, dass sie eine äußerst viel beschäftigte Dämonin ist.« Seine Kiefer knackten, so fest presste er sie aufeinander. »Shit, wenn ich nur an sie denke, wird mir schon übel. Ihre verdammte Magie … Was das eben für ein Gefühl war … Schon die kleinste Berührung von dir war der reinste Höhepunkt.« Er legte den Kopf in den Nacken.

Vollkommen absurd, aber genau so war es gewesen. Und das war erst der Anfang der Lust, wie der Sukkubus sie einem ermöglichte. Ein Wunder, dass man nicht sofort den Verstand verlor, wenn man sich auf diesen Handel einließ.

»Wie lange sucht dich diese Dämonin denn schon heim?« Madison musste das Gespräch dringend in andere Bahnen lenken, solange ihre Erregung noch nachklang. Denn allein die Vorstellung, Darien außer sich vor Begierde zu erleben, brachte sie in Versuchung, auch wenn sie genau wusste, wessen Einfluss hinter dem unbändigen Verlangen stand.

Darien brauchte einen Augenblick, dann hatte er sich wieder im Griff. »Die Dame hat sich mir vorgestellt, als bei mir so langsam das Interesse an allem erwachte, was irgendwie mit dem Austausch von Körperflüssigkeiten zu tun hat. Obwohl mein Vater mir erklärt hat, wie ich mich zu verhalten habe, um *sie* nicht zum Zug kommen zu lassen, war es ein zähes Ringen, bis ich auf die Idee mit den drei Regeln kam. Sie schleicht sich nämlich über die Sinnlichkeit ein. Reiner Sex interessiert sie nicht, sie will und braucht übermäßiges Verlangen. Erst dann gelangt sie an das, was sie wirklich interessiert: die Lebenskraft eines Menschen. Und damit meine ich nicht nur die Energie, die dich am Laufen hält. Es sind deine Gefühle, Gedanken und Ideen, auf die sie aus ist. Sie lässt ihre Opfer wie einen leer getrunkenen Brunnen zurück. Viele Menschen fühlen sich nicht umsonst innerlich wie tot, wenn sie heftigen Sex hatten. Meist ahnen sie nicht mal, wer dabei seine Finger im Spiel hatte. Dafür sind sie viel zu berauscht von der Lust, die *sie* weckt.«

»Aber deinen Vater hat sie für ihre Dienste gezeichnet, anstatt ihn nur auszubeuten«, sagte Madison verwirrt.

»Mein alter Herr war mit seinem wilden Jetset-Leben offenbar ein perfekter Wirt. Dank ihm konnte sich der Sukkubus an seinen vielen Gespielinnen bedienen, wodurch deutlich mehr zusammenkam, als wenn sie nur ihn gemolken hätte. Die Affären meines Vaters zahlten ohne es zu wissen den Preis. Und später auch meine Mutter, was ihr jahrelang das Leben zur Hölle machte. *Sie* wirkt durch den Träger ihres Zeichens und versetzt ihre Opfer in Stimmung, bis sie zu allem Ja und Amen sagen.« Darien schloss gequält die Augen.

Madison konnte nur ahnen, wie viel Schmerz ihm all das bereitete. Zugleich ging ihr aber eine Frage durch den Kopf, die sie nicht mit dem überein bekam, was Darien ihr erzählt hatte. »Aber warum habe ich den Sukkubus dann bemerkt, während du nur mit uns beiden beschäftigt warst und nicht die geringste Ahnung hattest, dass sie zugegen war?«

Langsam öffnete Darien wieder die Augen und starrte ins Leere. »Ich vermute, dass es einen Moment gab, in dem du dir ihrer Verführungskunst bewusst geworden bist. Du hast gespürt, dass sich etwas geändert hatte, sehr viel schneller als ich – und da konnte *sie* sich nicht länger verbergen und ist auf Angriff gegangen. Sehr schlau von ihr, über dich an mich heranzukommen. Du hast nämlich etwas, dem ich tatsächlich nicht widerstehen kann.«

Das war eins der schönsten Geständnisse, die Darien ihr machen konnte. Trotzdem fühlte Madison sich elend. Wenn Darien recht hatte, dann hatte der Sukkubus sie um den Finger gewickelt, um ihn gefügig zu machen. Das war letztendlich kein bisschen besser als eine Psychose.

»Während des Kusses hat *sie* keine Gelegenheit gehabt, ihren Zauber zu wirken«, dachte Madison laut nach, denn denken war sehr viel besser, als sich ihrer Verzweiflung hinzugeben. »Der Kuss war nur zwischen dir und mir, mehr wollte er nicht sein. Erst während einer kurzen Pause, als ich überlegt habe, wie es weitergehen könnte, hat sich die Stimmung ganz plötzlich verändert. Ab da stand nicht mehr die Nähe zwischen uns im Vordergrund, sondern die Frage, wie ich mehr … sehr viel mehr von dir bekommen könnte. *Sie* hat mich in Versuchung geführt.« Ein Gedanke blitzte auf, und sie griff nach ihm. »Es ist nicht die Hingabe an einen anderen Menschen, die sie auf den Plan bringt, sondern eine Gelegenheit, Verlangen künstlich zu schüren und es dann nur gegen eine Belohnung zu stillen. Mit Liebe und gegenseitiger Anziehungskraft hat ihre Magie nichts zu tun.«

Von einem Moment auf den anderen kehrte wieder Leben in Dariens Blick zurück. »Das klingt richtig. Warum bin ich nicht von allein darauf gekommen? Madison, entweder bist du ein Genie – oder ich ein armseliger Idiot.« Vor Begeisterung lehnte er sich über die Mittelkonsole.

»Vermutlich warst du vor allem damit beschäftigt, sie dir vom Leib zu halten.« Madison kam nicht umhin, festzustellen, dass er seinen Pullover noch nicht wieder angezogen hatte. Und er sah gut aus, sehr gut sogar mit diesem kampflustigen Funkeln in den Augen.

»Dann könnten wir uns küssen, solange wir noch mitbekommen, ob sich da nicht eine bestimmte Sorte von Übererregtheit einschleicht«, überlegte Darien, der weiterhin noch sehr nah und sehr halb nackt war.

Okay, sie musste dringend reden, damit ihr Mund etwas zu tun bekam, das nichts mit Küssen zu tun hatte. »Wo es um Zuneigung geht, hat *sie* offenbar schlechte Karten. Sie konnte sich erst einmischen, als ich mehr wollte und bereit war, zu vergessen, warum ich dich eigentlich geküsst habe: weil ich mich zu dir hingezogen fühle und mit dir zusammen sein möchte.« Sie musste schlucken. »Wir könnten es überprüfen, gleich hier und jetzt. Es braucht nicht mehr als einen Kuss, um es herauszufinden.«

Ein weicher Zug legte sich auf Dariens Lippen, als würden sie sich daran erinnern, wie es war, sich einladend für einen Kuss zu öffnen.

Als würde sie etwas ziehen, das stärker war als sie, lehnte sich Madison ihm entgegen.

»Möchtest du das wirklich riskieren?«, fragte Darien. »Die Entscheidung liegt bei dir. Ich befürchte nämlich, dass ich in dieser Angelegenheit nicht klar genug denken kann.«

Als ob es ihr besser erging! Die Erinnerung loderte in Madison auf, was für ein Gefühl es war, ihn in ihrem Mund zu schmecken, mit ihm zu verschmelzen, zu spüren, wie er sich ihr ganz überließ … Vielleicht würde es ein einfacher Kuss bleiben, aber wenn nicht, dann wäre es vorbei. Das, was sie in den letzten Stunden und Tagen so mühsam und unter vielen Schmerzen aufgebaut hatten, wäre vernichtet.

»Du bist mir zu wichtig«, flüsterte Madison gegen Dariens leicht geöffnete Lippen. »Ich möchte mit dir zusammen sein, auch wenn das absurderweise bedeutet, Abstand zu halten. Zumindest so lange, bis wir klarer sehen.«

Darien lehnte seine Stirn gegen ihre, dann lachte er leise. »Der beste Korb meines Lebens.«

»Und um noch einen draufzusetzen, würde ich dich bitten, deinen Pulli wieder anzuziehen. Dein Wahnsinnsoberkörper in allen Ehren, aber selbst eine gelassene Natur wie ich stößt irgendwann an ihre Grenzen.«

Grinsend ließ Darien sich in seinen Sitz fallen. »So schlimm also?«

Madison griff nach dem Pullover und warf ihn Darien zu. »Du hast ja keine Ahnung. Mal davon abgesehen, dass schon mindestens zwei Lkw-Fahrern auf dem Weg zum Klo fast die Augen rausgefallen sind bei unserem Anblick. Ab jetzt darfst du dich mir nur noch komplett angezogen zeigen, gern in superunattraktiven Klamotten … Obwohl ich mir vorstellen könnte, dass du sogar darin heiß aussiehst.«

»War das jetzt ein Kompliment oder eine Abfuhr? Bei dir kann ich das manchmal nur schwer auseinanderhalten.«

»Schon vergessen? Ich halte mich nur an Regel Nr. 2: keine nackte Haut. Und die ergänzen wir ab heute um den Zusatz ›Und keine attraktive Verpackung‹, damit ich nicht auf dumme Gedanken komme. Schließlich will ich meine Position als deine Freundin mit speziellen Benefits nicht verlieren. Anders ausgedrückt: Ich möchte meinen eigenen Autoschlüssel haben und dem Wagen einen Namen geben. Wie wäre es mit Dylan?«

Darien zog die Augenbrauen hoch. »Wieso Dylan?«

»So hieß der erste Junge, in den ich verliebt war.«

»Also definitiv nicht Dylan«, knurrte Darien. »Wer sagt außerdem, dass der Mustang ein Junge ist?«

»Sein Lack ist babyblau.«

»Das ist sexistisch.«

Madison schnaufte. »Wie passend für diese Machokarre.«

»In die du verliebt bist.«

»Ich weiß, ich habe echt ein Problem.«

Darien lachte. »Um in vertrauten Gewässern zu bleiben: Das tut mir wirklich schrecklich leid.«

KAPITEL 22

AM ABEND

Als ich die Augen aufschlage, sitzt *sie* auf meiner Bettkante und stiert mich ungeniert an.

Hastig ziehe ich das Bettlaken über meine Hüften. »Verdammt, wie lange sitzt du da schon?«

»Lang genug«, sagt *sie,* ohne einen Hauch von Schuldgefühl. »War's für dich so schön wie für mich?«

Sie leckt sich demonstrativ über *ihre* Lippen, aber mir ist schon klar, dass *sie* mich bloß provozieren will. Wenn das, was ich eben getan habe, unter *ihrem* Banner stattgefunden hätte, würde ich jetzt nicht nur verschwitzt und eine Spur erschöpft in meinem Bett liegen. Nein, dann wäre ich immer noch völlig von Sinnen und würde darauf brennen, dass es in die nächste Runde geht. In den letzten Minuten habe ich zwar nicht mehr viel von meiner Umgebung mitbekommen, aber ich könnte drauf wetten, dass *sie* eben erst aufgetaucht ist.

Trotzdem.

Ich hatte mich heute Abend nicht im Griff, jedenfalls nicht so, wie es nötig ist. Fantasien sind eigentlich verboten, sie können einen wegtragen, worauf *sie* bloß lauert. Sie sind dem Reich der Träume und des Rausches einfach zu nah. Nur war ich noch zu aufgeputscht, nachdem ich mich von Madison verabschiedet hatte. Vor allem, nachdem sie mich nicht zum Teufel gejagt hat, obwohl sie nun weiß, an wen ich gekettet bin. Stattdessen hat sie sich auf meine Seite gestellt, mir Hoffnung gemacht … und mich zum Abschied umarmt. Eine fast schüchterne Geste, die jedoch reichte, dass mir ihr Duft in die Nase stieg, eine Mischung aus Waschmittel, Körperöl und einem geheimnisvollen Duft, der von ihrer Haut ausgeht und sich kaum beschreiben lässt, aber einen ins Träumen bringt.

Womit wir wieder bei meiner aktuellen Situation sind.

»Wenn du verträumt ins Leere starrst, bedeutet das doch bestimmt, dass du einen Nachschlag willst«, reißt *sie* mich aus meinen Gedanken. »Ein schlichtes ›Bitte‹ reicht, und du wirst glauben, deine kleine Freundin hocke schon mit gespreizten Schenkeln auf dir, zu allem bereit, was du dir wünschst. Und noch viel mehr.«

So sieht also *ihr* Angebot aus. Nein danke. Ich will *ihr* schon eine gepfefferte Absage an den Kopf werfen, da kommt mir ein Verdacht. Eigentlich mehr eine Ahnung, aber darauf lasse ich es ankommen.

»Wie kommst du auf die Idee, dass ich bei der Solonummer an Madison gedacht habe? Ich bin doch kein Idiot und begehe so einen Fehler, wo ich doch ganz genau weiß, dass du nur darauf lauerst.«

Sie stockt. Nur eine Sekunde, bevor *sie* eine wegwerfende Handbewegung macht. »Nun tu mal nicht so, schließlich bist du derartig heiß auf das Mädchen, dass du kaum an dich halten kannst – wie du soeben bewiesen hast.«

Treffer, ich habe *sie* erwischt. Ich grinse breit.

»Oh, ein Lächeln. Das habe ich bislang noch nie von dir geschenkt bekommen. Was amüsiert dich denn so?«

Irre ich mich oder schmollt die Dame?

Als hätte ich alle Zeit der Welt, setze ich mich auf und schiebe mir das Kissen in den Rücken. »Das eben hat Spaß gemacht«, sage ich.

Sie streicht lasziv *ihre* Haarmähne zurück. »Das habe ich, wie gesagt, mitbekommen. Die entscheidende Frage ist, ob du jetzt noch mehr Spaß haben möchtest.«

»Klar. Es macht mir gerade wahnsinnig viel Spaß, darüber nachzudenken, wie ich dich auf deinen Platz verweisen kann. Du bist in meinem Leben, dagegen kann ich wegen des Zeichens nichts machen. Aber möglicherweise gibt es einen Weg, dich endgültig auf die Zuschauerbank zu verbannen.« *Ihrem* sauren Gesichtsausdruck nach bin ich auf der richtigen Spur, zum ersten Mal seit *ih-*

rem Erscheinen gewinne ich Oberwasser. Jedenfalls bilde ich mir das ein. »Als ich Madison geküsst habe, warst du erst mit an Bord, als sie einen schwachen Moment hatte. Und auch sonst kannst du deine Dienste nur anbieten, sie jedoch niemandem aufzwingen. Bei dir dreht sich alles um Versuchung. Wenn Madison und ich es schaffen, dem zu widerstehen, ist das Spiel für dich zu Ende.« Bei der großartigen Aussicht lehne ich mich in den Kissen zurück und verschränke die Arme hinterm Kopf. »Mann, ich bin so was von reif dafür, diese verdammten Regeln endlich zum Mond zu schießen.«

Gut, damit nehme ich den Mund ganz schön voll, aber es tut so gut, endlich mal nicht bis aufs Blut ausgeliefert zu sein und hinnehmen zu müssen, dass diese verfluchte Dämonin in meinem Liebesleben den Ton angibt.

Leider sieht *sie* nicht sonderlich beeindruckt aus.

»Du denkst ernsthaft, du bist frei, nachdem du gerade erst die Verbindung zwischen uns aktiviert hast? Nun schau mich nicht so entsetzt an, was glaubst du denn, warum die Lilie rötlich glüht, als sei sie frisch in deine Haut eingebrannt? Du hast ihre Magie benutzt. Jetzt muss ich nicht mehr darauf warten, dass du durch Lust oder im Traum so weit abdriftest, dass ich mich selbst einladen kann. Ich benutze einfach die Lilie als Tor, so, wie es gedacht ist. Dein Leben ist jetzt mein Spielplatz, ob dir das passt oder nicht.«

Fuck. Das ist also der Preis, den ich dafür zahlen muss, dass ich Madison im nächtlichen Schneegestöber gefunden habe. Egal, das war es wert.

»Wenn es dir Spaß macht«, sage ich, »kannst du den Rest meines Lebens wie ein Geist neben mir hertappern und *deine* Dienste anpreisen. Ich bin sehr gut darin, auf Durchzug zu schalten.«

Nachdenklich tippt *sie* mit dem Zeigefinger gegen *ihr* Kinn. »Du und das Mädchen, das dich deine Vorsicht schon einmal hat vergessen lassen wegen eines harmlosen Kusses: Ihr wollt mir ein Schnippchen schlagen? Mich um meinen wohlverdienten Tribut bringen?«

Ich gleite an *ihr* vorbei aus dem Bett und mache mir nicht die

Mühe, mir das Laken um die Hüften zu wickeln. »Vielleicht nicht heute oder morgen. Aber wir werden herausfinden, worauf es ankommt. Das mit Madison steht zwar noch am Anfang, aber sie ist nicht weggelaufen, als ich ihr von dir erzählt habe. Sie hat mich nicht als Irren beschimpft und gesagt, ich soll mich künftig von ihr fernhalten. Ich hab so das Gefühl, wenn es mir mit jemandem gelingen könnte, dich aufs Abstellgleis zu verfrachten, dann mit ihr.«

»Süß.«

»Du kannst dir deinen Sarkasmus sparen.«

Sie schüttelt den Kopf. »Nein, wirklich, mein Schöner. Ich meine es ernst, so ernst, wie es überhaupt nur geht. Ihr beiden seid süß, und deine Hoffnung ist entzückend. Nur leider hat die Sache einen Haken, und damit meine ich nicht, dass du mir gehörst, wie das Zeichen beweist. Du vergisst bei deinem Plan einen ganz wesentlichen Faktor.«

Ein Schauer breitet sich über meine nackten Schultern aus. »Und der wäre?«

Sie schaut mich wissend an. »Ich habe Tausende von Jahren mehr Erfahrung als du. Denk daran, wenn du versuchst, gegen mich ins Feld zu ziehen. Das haben schon ganz andere probiert als du und deine ahnungslose kleine Freundin. Und was soll ich sagen? Ich bin immer noch da. Du solltest dir also ganz genau überlegen, ob du dich mit mir anlegen willst.«

Zum ersten Mal, seit *sie* in mein Leben getreten ist, erwidere ich *ihren* Blick. »Drohst du mir etwa?«

»Ja, genau das tue ich«, zischt *sie*.

Ich nicke. »Das ist gut, es bedeutet nämlich, dass du verunsichert bist. Dann gibt es also einen Weg, um dich loszuwerden.«

Während *sie* wütend *ihre* Hände zu Fäusten ballt, kehre ich *ihr* den Rücken zu und lasse *sie* stehen.

Es gibt Hoffnung. Was will ich mehr?

KAPITEL 23

Jelly saß auf der Fensterbank in Madisons Zimmer und spielte mit den schwarzen Murmeln an ihrer Halskette. Sie war immer noch beleidigt, weil sie von Madisons Krise nichts mitbekommen hatte. Stattdessen hatte sie ihr die ständigen Ausreden wie »Hab mir was eingefangen« und »Das Netz ist zu schlecht zum Skypen« abgenommen.

»Ich will ja nicht kleinlich klingen, aber ich fühle mich übergangen«, nahm Jelly das Thema zum wiederholten Mal seit Madisons Rückkehr ans College auf. »Hemley einzuweihen in dein Liebesdrama – und mich nicht … Das geht doch gar nicht.«

»Mir hat Mads auch nichts erzählt«, hielt Leandra dagegen, die hinter Madison stand und ihr das Haar zu einem Bauernzopf flocht. Dabei murrte sie immer wieder, weil Madisons welliges Haar nicht so wollte wie sie. Dummerweise lief den dreien die Zeit weg, sie waren mit Hemley für einen Wohltätigkeitsjob verabredet – oder vielmehr hatte ihre Freundin sie dazu verdonnert. Hemley hatte bereits mehrfach geschrieben, dass sie jede Verspätung persönlich nahm und keine, wirklich keine Ausrede gelten ließ. Entsprechend energisch rupfte Leandra an Madisons Haar herum, die nicht einmal zu quieken wagte aus Sorge, sonst könnte ihre Freundin vor Frust kurzerhand zur Schere greifen.

Nachdenklich krauste Jelly die Stirn. »Du zählst nicht, Lele. In den letzten Tagen warst du wegen Bonnie so derart mit Hormonen vollgepumpt, dass du von Mads' Liebeschaos mit Verhoeven nicht mal dann etwas mitbekommen hättest, wenn sie es dir direkt ins Gesicht geschrien hätte.«

»Da ist was dran«, stimmte Madison zu, nur um es sofort zu bereuen, als Leandra an ihrem Zopf zog.

Herausfordernd hob Leandra das Kinn. »Ich bin eine verdammt gute Freundin. Madison hätte nur den Moment erwischen müssen, in dem ich Bonnie nicht gerade zur glücklichsten Frau der Welt mache.«

Jelly pustete ihre Wangen auf, als müsse sie dringend Luft ablassen. »Mensch, Lele. Ich sollte dir jetzt wohl den Tipp geben, dass es peinlich ist, so einen auf dicke Hose zu machen. Aber, Scheiße, bei dir ist es irgendwie charmant.« Während Leandra grinsend ihre Flechtarbeit fortsetzte, nahm Jelly Madison wieder ins Visier.

Madison versuchte, sich kleinzumachen, was Leandra jedoch nicht zuließ.

»Weniger charmant ist es, dass du mir nicht als Erste von Dariens unfassbarem Regelbruch erzählt hast«, klagte Jelly. »Nicht nur, weil ich das *die* Neuigkeit schlechthin finde. Dagegen schmiert alles andere ab, sogar Rondas Dreier mit zwei ihrer Dozenten und der spontane Flitzer unseres Quarterbacks beim letzten Sieg, obwohl der durchaus beeindruckend war. Wenn du mich eingeweiht hättest, hätte ich was wiedergutmachen können für deine Unterstützung, als Darien mich abserviert hat. Stattdessen betrete ich erst die Bühne, als in eurem Drama schon der Abspann läuft. Das ist unfair!«

»Ich verstehe ja, dass du dich ausgeschlossen fühlst, und das tut mir sehr leid«, sagte Madison. Eigentlich war ihr nach dem Gespräch mit Darien, das ihre Welt auf den Kopf gestellt hatte, nach durchatmen zumute gewesen. Doch das war leider nicht drin. Ihr Abtauchen hatte bei ihren Freundinnen Spuren hinterlassen, und sie musste sich richtig reinhängen, um die wieder auszubügeln. »Ich wollte dich nicht ausschließen, Jelly. Wirklich! Ehrlich gesagt, stand ich so neben mir, dass ich keinen klaren Gedanken fassen konnte. Ich war wie in einem Schockzustand. Das war mein erster Kuss überhaupt – und dann mit jemandem, der es sich eigentlich zur Regel gemacht hat, nie zu küssen. Ich bin geflohen, bevor Darien mich stehen lassen konnte. Was er gar nicht vorhatte, wie sich jetzt ja herausgestellt hat. Schon absurd, dass er davon ausging, ich hätte das Interesse verloren, kaum, dass er gegen seine Regel verstoßen hat.«

»Ihr beiden hättet nicht so viel denken, sondern einfach weiter rummachen sollen. So was von verkopft, kein Wunder, dass es zu Missverständnissen von kontinentalen Ausmaßen kam«, gab Leandra zu bedenken. »Ich würde meinen Hintern drauf verwetten, dass du deine Panik wegen deines ersten Kusses völlig vergessen hättest, wenn ihr bei eurer Make-out-Session gleich die nächste Stufe genommen hättet.«

»Nein danke«, winkte Madison ab. »Die eine Erfahrung, dass mir beim Küssen eine Sicherung durchbrennt, hat vollauf gereicht. Und damit bin ich ja nicht allein, Darien ist auch damit einverstanden, dass wir künftig die Finger voneinander lassen. Platonische Beziehungen haben nämlich auch was für sich.«

Auf diese offizielle Geschichte hatte sie sich mit Darien geeinigt, bevor sie sich vorm Wohnheim getrennt hatten. Mehr davon zu erzählen, was sich zwischen ihnen abgespielt hatte, war schlicht undenkbar. Sie schaffte es ja nicht einmal, in einem stillen Moment nur für sich ganz allein über das nachzudenken, was Darien ihr gestanden hatte. Die Erkenntnis, dass der Mann, zu dem sie sich so unwiderstehlich hingezogen fühlte, mit einem weiblichen Dämon verbunden war, glich einer abgebrochenen Klinge in ihrer Seite: Sie konnte sie nicht aus der Wunde ziehen, damit diese verheilte. Aber sie konnte den Schmerz auch kaum ertragen. Dieser Sukkubus verwandelte Darien in eine verbotene Frucht, von der Madison wusste, wie süchtigmachend sie schmeckte.

Mit einem Seufzen ließ Jelly sich rücklings gegen die Fensterscheibe sinken. »Gut, du hast den heftigsten Kein-Date-Kuss aller Zeiten eingeheimst, so heftig, dass du erst einmal deine Mitgliedschaft im Make-out-Club ruhen lässt. Davon sind Leandra und ich zwar nicht überzeugt, aber ich denke, die Zeit und Dariens verflucht heißer Body werden das Problem von allein lösen. Aber du könntest bitte, bitte ein paar Details darüber verraten, wie es ist, Darien zu küssen? Hat er es drauf? Bleibt er eher lässig oder geht er voll ab? Wie sah er aus, als er dachte, er hätte es vermasselt? Und überhaupt: War das auch sein allererster Kuss, waren seine

Lippen zuvor noch unberührt?« Sie machte eine Pause, um sich Luft zuzufächeln. »Himmel, das Thema löst echt sexy Fantasien bei mir aus. Ein Typ, der definitiv weit rumgekommen ist bei den Ladys, sämtliche Treppengeländer des Campus zweckentfremdet hat, aber noch nie geküsst wurde. Bis ihn eine Jungfrau erlöst hat.«

»Das reicht jetzt aber«, knurrte Madison.

Mit einem letzten schnellen Griff beendete Leandra ihr Flechtwerk, dann ging sie auf Abstand zu Madison, als stünde die plötzlich unter Strom. »Den Kommentar hättest du dir lieber sparen sollen, Jelly.«

Madison drehte sich auf dem Hocker zu Jelly um und starrte ihre Freundin an. Auf eine Weise, von der sie bislang gar nicht wusste, dass sie sie draufhatte.

Sofort hob Jelly die Hände. »Schon gut, schon gut, ich nehme mein Gerede zurück. Hiermit gelobe ich feierlich, nie wieder Fragen über Dariens Liebeskünste zu stellen, die mir solche Blicke einbringen. Du kannst deinen Laserblick also abstellen, Mads. Am besten sofort, sonst brennst du noch Löcher in mich rein.«

»Na gut, dann will ich mal Gnade vor Recht walten lassen«, sagte Madison. »Und den Blick lasse ich mir bei Gelegenheit patentieren.«

Leandra steckte die Hände in die Taschen ihrer Joggingpants, während Madison ihre Frisur im Spiegel bewunderte. »Aber ganz uninteressant ist die Frage nicht, ob Darien in seiner Regelgläubigkeit überhaupt schon mal jemanden geküsst hat. Wäre doch der Hammer, wenn das für euch beide tatsächlich der erste Kuss war, oder? Und das sage ich als jemand, der sonst kein Stück romantisch veranlagt ist.«

»Irgendwie schon«, gab Madison zu. »Aber in erster Linie war es überraschend. Wir hatten ja kein Date, wo klar ist, dass spätestens bei der Verabschiedung ein Kuss oder ein Korb ansteht. Wir sind da mehr so reingeschlittert, ein Wort ergab das andere … und bevor ich mich versah, habe ich ihm meinen Mund zum Kuss angeboten. Und er hat das Angebot angenommen, zuerst vorsichtig, und dann suchend, ertastend … und dann …« Wie auf ein geheimes Zeichen pulsierte ihr ganzer Körper, als spüre sie Dariens Lippen erneut auf ihren.

Vor Aufregung rutschte Jelly bis auf die Kante der Fensterbank. »Ich will ja nicht neugierig sein, aber welche Stufe wurde beim Küssen denn erreicht?«

Madison zuckte ratlos mit den Schultern. »Gibt es eine Stufe namens Schwindelerregend?«

Leandra nickte mit Kennermiene. »Schwindelerregend ist gut, danach gibt es nur den vorzeitigen Höhepunkt, was einen meistens in Erklärungsnot bringt. Aber Küssen kann eben der Hammer sein, da braucht es manchmal gar nicht mehr. Jedenfalls habe ich vor Kurzem die Erfahrung gemacht, Mannomann.« Als ihre beiden Freundinnen sie fragend ansahen, winkte sie ab. »Vergesst das mal ganz schnell wieder, wir waren bei Verhoevens Künsten stehen geblieben.«

»Jetzt kapiere ich noch weniger, warum du ihn nicht mehr küssen willst, wenn es zwischen euch so heftig eingeschlagen hat«, warf Jelly ein. »Du solltest eigentlich nichts anderes mehr tun, als in Darien Verhoevens Armen zu liegen. Und wenn du ehrlich zu dir bist, dann willst du auch nichts anderes.«

Genau da liegt das Problem, dachte Madison. Natürlich will ich – und dieses Wollen könnte Darien und mir zum Verhängnis werden. Für ihn noch mehr als für mich, schließlich wissen wir nicht, was es bedeutet, dass er das Zeichen der Dämonin geweckt hat.

»Verschieben wir die Diskussion über mein Liebesleben auf ein anderes Mal. Wir müssen los, Hemley bringt uns um, wenn wir zu spät sind.«

Jelly murmelte etwas Unverständliches, stieß sich aber von der Fensterbank ab, um nach ihrem Mantel zu greifen. Auch Madison schlüpfte in Dariens Parka und schob vorsichtig ihre Mütze über das frisch frisierte Haar. Neben ihr zog Leandra sich ihre Daunenjacke über und summte dabei, als sei sie in Gedanken schon ganz woanders, aber es war spürbar, dass Jelly und sie mit dem Thema noch nicht durch waren. Madison konnte es ihnen nicht verübeln, sie wollten wissen, woran sie waren.

Schweigend liefen sie durch die Flure des verlassenen Wohnheims. Heute Abend war jeder unterwegs, um sich das große Basketballspiel anzuschauen, das das ganze Land in Atem hielt. Die Bars und Clubs rund um den Campus platzten vermutlich aus allen Nähten, oder man fuhr gleich nach Portland, um im großen Stil zu feiern. Dass sie sich auf den Weg zu Hemley machten, grenzte an ein Wunder. Aber jede von ihnen hatte einen guten Grund, Hem zu unterstützen. Besonders Madison hätte für Hem alles gemacht. Hätte ihre Freundin Darien nicht in die Enge gedrängt, wäre Madison vermutlich nicht wieder ans College zurückgekehrt, sondern hätte sich früher oder später in Therapie begeben.

Die Haupttüre des Wohnheims klemmte, und als sie die Tür endlich aufgestemmt hatten, schlug ihnen eisiger Wind entgegen. Auf den Schnee war der Frost gefolgt. Jelly hakte sich bei Madison ein, und sogar Leandra rutschte näher an sie ran.

Unwillkürlich schluckte Madison den Widerstand in ihrer Kehle runter. »Das Wichtigste für mich ist, dass ich Darien weiterhin sehen, mit ihm reden, einfach Zeit mit ihm verbringen kann. Bestimmt wird es früher oder später eine Herausforderung, den Abstand zu wahren, seit ich weiß, was für ein Gefühl es ist, ihm nahezukommen. Und auch für ihn wird es zweifelsohne alles andere als leicht, aber einen anderen Weg gibt es nicht.«

»Und das alles nur, weil du dich vom Küssen überfordert fühlst?«, vergewisserte sich Leandra, die mit ihrem überlangen Schal kämpfte.

»Genau das«, behauptete Madison. Was sollte sie auch sonst sagen? Das Risiko, vor lauter Erregung einen Lustdämon anzulocken, der einen um den Verstand und die Lebenskraft bringt, ist mir leider zu hoch? Wohl eher nicht.

»Was für eine Verschwendung«, seufzte Jelly voller Mitgefühl. »Andererseits … ich will ja nicht unken, aber so heftig, wie es zwischen euch gefunkt hat, werdet ihr auf lange Sicht eh nicht die Finger voneinander lassen können. Das ist, als ob ihr aufs Atmen verzichten sollt. Vielleicht redet ihr euch jetzt erst mal ganz vernünftig ein, dass es so und nicht anders laufen muss, aber letztendlich wird eure Anziehungskraft siegen. Und wenn es so weit ist, geratet ihr bestimmt in Versuchung, gleich auch Dariens zweite Regel zu brechen. Das wird bei seinem durchtrainierten Body definitiv ein Fest.«

»Himmel, Jelly! Du bist echt unverbesserlich.« Madison stieß ihre Freundin mit der Hüfte an.

»Vorsicht! Sonst rutsche ich auf dem gefrorenen Gehweg noch aus!«

»Aber Jelly hat recht, Dariens Regelgläubigkeit ist nach wie vor ein Problem«, sagte Leandra, die hinter ihrem Schal kaum zu verstehen war. »Wenn das Brechen der Kuss-Regel schon so eine krasse Reaktion bei euch hervorruft, was wird dann erst, wenn es mit euch doch durchgeht und er dich im Eifer des Gefechts aus deinen Klamotten schält? Brecht ihr dann den Kontakt zueinander ab oder verzieht euch sogar ins Kloster? Weil, mal ehrlich: Man kann seine Lust nur bedingt unterdrücken, besonders, wenn man derbe aufeinander steht. Irgendwann sucht sie sich ein Ventil, und da ist es in eurem speziellen Fall möglicherweise besser, die Sache kontrolliert außer Rand und Band geraten zu lassen.«

Madison stand in dem Parka da, der immer noch schwach nach Darien roch und eine Sehnsucht nach ihm hervorrief, die sich nicht so leicht abtun ließ. Leandra hatte recht, sie wollte Darien, sie wollte ihn so sehr, dass sie nicht riskieren durfte, dass der Fluch seiner Familie alles zerstörte. »Ich bin froh, dass es die Regeln gibt, vor allem, wenn sie es mir ermöglichen, mit Darien zusammen zu sein. Das ist mir wichtiger als das Bedürfnis, ihm auch körperlich nahezukommen.«

»Wie kann man nur so vernünftig sein?«, murrte Jelly.

»Apropos: Wir müssen Tempo machen, da kommt der Bus.« Leandra packte Madisons Hand und zog sie hinter sich her, während sie in Laufschritt verfiel. »Wenn wir uns nicht ranhalten, kommen wir zu spät. Ihr wisst, wie Hemley ist, dann müssen wir bestimmt nachsitzen. Und ich habe heute Abend noch was anderes vor, als Lebensmittelkisten für die Wohlfahrt zu sortieren. Im *Sirius* gibt es heute die Blaue Stunde, das heißt Basketball schauen und ›Zwei Drinks zum Preis von einem‹ kippen.«

»Dazu die Aussicht auf einen Liveporno im Thekenambiente, wenn du auf die süße Bonnie stößt«, fügte Jelly hinzu. »Danke, aber die Show habe ich bereits gesehen, und zwar auf unserem Schreibtisch. Mir tut immer noch der Kiefer weh, weil meine Kinnlade so Knall auf Fall nach unten gesaust ist.«

Ein Seitenblick auf Leandra zeigte, wie sie auf Kommando rot wurde unter ihrer sonnengegerbten Haut. »Du hättest vorher anklopfen sollen.«

»Die einen treiben es zu wenig, die anderen zu viel – Jelly kann man es halt nicht recht machen.« Madison winkte dem Busfahrer wild zu, damit er noch auf sie wartete. »Genug geplaudert, lasst uns sprinten! Wer als Letzte den Bus erreicht, muss die angedetschten exotischen Früchte inklusive riesiger Bananenspinnen im Lager sortieren.«

KAPITEL 24

Ehrenamtliche Arbeit war am College hoch angesehen. Deshalb konnte sich The Arch, eine Studententafel, darauf verlassen, dass jeden Abend genügend Freiwillige zum Arbeitsdienst auftauchten. Dann hieß es, gespendete Lebensmittel für den nächsten Tag zusammenzutragen, zu sichten und zu verarbeiten. Es sei denn, es gab ein großes Footballspiel – dann sah es schlecht aus mit den Freiwilligen. Was jedoch nichts daran änderte, dass am nächsten Tag eine Menge hungriger Studierender vor der Tür stehen würden. Es gab nämlich erschreckend viele, bei denen trotz Stipendien, Studienkredit und Nebenjobs das Geld hinten und vorn nicht reichte.

Beim letzten großen Spiel hatte Hemley sich allein mit zwei Philosophiestudentinnen, die sich eine Grundsatzdiskussion geliefert hatten, einem Informatiker mit unzähligen Lebensmittelallergien sowie mehreren Kisten überreifer Tomaten wiedergefunden. Seitdem traf sie bei sportlichen Ereignissen Vorkehrungen, was nichts anderes bedeutete, als dass sie ihre Freundinnen ungefragt zum Dienst verdonnerte. Und zwar so nachdrücklich, dass nicht einmal Sportfan Leandra aufmuckte.

The Arch durfte die Küche eines Gemeindehauses nutzen, das etwas außerhalb des Campus lag. Still und verlassen, weit und breit kein Mensch zu sehen. Als Madison mit ihren Freundinnen eintraf, waren sie ordentlich durchgefroren. In den letzten Nächten hatte der Frost Einzug gehalten, sodass die Schneedecke wohl nicht mehr so schnell weichen würde.

»Wen das Event heute nicht von der Arche fernhält, der wird an der Kälte scheitern. Bestimmt sind wir die einzigen armen Helferlein, die sich blicken lassen. Das bedeutet Überstunden«, sagte Jelly. »Wir sollten uns dringend eine neue Freundin suchen, eine, die von Natur aus eine Stubenhockerin ist und ihr soziales Gewissen mit Gelegenheitsspenden befriedet.«

»Führe mich nicht in Versuchung, Hemley jetzt gleich den Laufpass zu geben. Ich habe gerade tierisch Lust, jemanden anzuschreien«, ächzte Leandra.

»Du hast schon genug rumgeschrien, ungefähr bei jedem einzelnen Schritt vom Bus hierher«, murmelte Madison, die Leandra stützte.

Die Medienstudentin war beim Aussteigen aus dem Bus auf einer gefrorenen Wasserlache ausgerutscht und übel gestürzt – was sie jedoch nicht zugeben wollte. »Das ist höchstens eine Prellung, ist schließlich nicht das erste Mal, dass ich auf meinem Hintern gelandet bin«, hatte sie steif behauptet, nachdem Madison ihr aufgeholfen hatte. Aber so, wie sie die Zähne zusammenbiss und bloß im Schneckentempo vorankam, sah es mehr nach einem Fall für die Notaufnahme aus. Mit Madisons Hilfe und Jellys gutem Zureden schaffte Leandra es bis in die Empfangshalle, wo Hemley ihnen sofort entgegenstürzte, eine altmodische Schürze über ihrem lila Trainingsanzug.

»Herrgott, ich bin so froh, dass ihr endlich da seid. Sonst wäre ich echt aufgeschmissen.« Hemley stutzte. »Hey, alles klar bei euch?«

»Nein, alles scheiße. Superscheiße.« Leandra stützte sich auf einen Tisch im Empfang und nahm die Körperhaltung einer alten Frau an, der sämtliche Knochen schmerzten.

Mit knappen Worten brachte Madison Hemley auf den neusten Stand.

»Für die anspruchsvolleren Jobs stehe ich heute leider nicht zur Verfügung, aber in dieser Haltung kann ich alles Mögliche klein schneiden«, sagte Leandra.

Hemley schüttelte besorgt den Kopf. »Das vergiss mal ganz fix, du gehörst in die Notaufnahme. Ich ruf die an, damit sie dich abholen.« Ohne auf Leandras Protest zu achten, zückte sie ihr Handy und führte ein Gespräch, bei dem ihr Gesicht immer länger wurde. »Tja, sieht schlecht aus«, verkündete sie schließlich. »Laut der Notaufnahme hat bei der Delta-Vereinigung irgend so ein Vogel die Bowle mit Halluzinogenen aufgepeppt, und jetzt ist der ganze Trupp am Ausflippen, weil das Zeug wohl fies auf den Herz-Kreislauf geht. Jedenfalls ist das Notfallteam komplett im Einsatz. Das könne noch ein Weilchen dauern, meinte die Zentrale, bis sie jemanden vorbeischicken können. Und dann stellt sich die Frage, ob Leandra wirklich inmitten von zugedröhnten und kotzenden Deltas rumsitzen will.«

»Lieber tot«, klärte Leandra ihre Freundinnen auf.

»Dann schaffen wir dich in die Stadt, allerdings müssen wir für die Transportkosten selbst aufkommen, das ist hier nämlich nicht ihr Einsatzgebiet. Werft das Geld schon mal zusammen, ich rufe ein Taxi.« Hemley tippte auf ihrem Smartphone rum, und ihr Gesicht wurde noch länger. »Das wird auch nix, ich bekomme kein Taxi und kein Sonstwas, die sind vor dem Spiel vermutlich alle ausgebucht, wenn die Fahrer es sich nicht selbst in der nächsten Bar ansehen.«

»Ich bin mit meinem Roller da«, sagte der Informatikstudent, der sich unbemerkt dazugesellt hatte. Trotz seiner Lebensmittelallergien war er tapfer wieder zum Dienst angerückt.

»Allein für diesen idiotischen Vorschlag würde ich dir am liebsten deine Hosenträger verknoten«, knurrte Leandra. »Nur leider bringt mein Arsch mich vor Schmerzen schon beim Rumstehen um.«

»Wir brauchen aber einen Fahrdienst«, sagte Jelly, die Leandra besorgt den Rücken tätschelte, bis die vor Schmerzen einen unzitierbaren Fluch ausstieß. »Und zwar einen, der sofort kommt, wenn ihn jemand Spezielles ganz lieb bittet. Egal, ob er sich gerade das Spiel ansieht oder nicht.«

Wie auf Kommando schauten alle in Madisons Richtung.

Seit ihrer Rückkehr ans College vor ein paar Tagen hatten Madison und Darien sich nicht gesehen, was vor allem daran lag, dass Madison jede Menge Lernstoff nachzuholen hatte und die Sache mit ihren Freundinnen geradebiegen musste. Als sie ihn heute angetextet hatte, war prompt eine Einladung zurückgekommen, ihn zu Nadja zu begleiten.

»Darien schaut sich das Spiel mit seinen Leuten an, sie treffen sich in Nadjas Loft in der Stadt. Das ist bestimmt eine Riesenveranstaltung, außerdem liebt er Basketball.«

Hemley stemmte die Hände in die Hüften. »Es gibt nur einen Grund für Darien, hier nicht sofort aufzutauchen: weil er bereits stockbesoffen ist. Alles andere lasse ich nicht gelten. Und er ist nie besoffen, weil er nicht trinkt. Sag ihm von mir, er soll seinen Hintern ins Auto schwingen. Der Kerl schuldet mir nämlich noch was dafür, weil ich ihn wegen dir auf den richtigen Kurs gebracht habe. Ohne mich würde er immer noch durch die Gegend laufen wie ein Zombie, der sein Verfallsdatum schon lange überschritten hat. Hau ihm das um die Ohren, falls er etwas über *das* Sportereignis des Jahres zu schwafeln anfängt.«

Das war ja mal eine klare Ansage. Madison schluckte, dann sagte sie: »Ich kann's versuchen.«

Unauffällig legte Madison den Rückwärtsgang ein, dieses Telefonat wollte sie nicht vor Publikum führen. Draußen vor der Tür empfing sie eisige Kälte, aber es war immer noch gemütlicher als mit einer aufgebrachten Hemley in einem Raum. Die Lady konnte wirklich heftig werden, wenn es um ihre Schützlinge ging. Und kam dann noch ein schlechtes Gewissen hinzu, weil Leandra gestürzt war, als sie Hemley hatte helfen wollen ... Mit steifen Fingern wählte Madison Darien an, und schon nach kurzer Zeit nahm er das Gespräch entgegen.

»Hey«, rief er gegen einen enormen Lärmpegel im Hintergrund. Offenbar war die Warm-up-Party für das Spiel schon im Gange. »Hast du die Nase voll vom Kartoffelschälen und brauchst ein Fluchtauto?«

Der Mann konnte offenbar Gedanken lesen. »Ich brauche tatsächlich einen Fahrdienst, allerdings für Leandra. Sie ist schlimm hingefallen und muss zum Arzt. Blöderweise ist in der Campus-Notaufnahme der Teufel los, deshalb muss sie ins städtische Krankenhaus«, ratterte Madison in Höchstgeschwindigkeit hinunter, damit Darien nur kein »Nein! Mach ich nicht« einwerfen konnte. »Tut mir leid, dass ich dich deswegen frage, aber du bist der Einzige mit einem Auto, der vermutlich noch nicht angetrunken ist, und ...«

»Moment mal, ganz ruhig, Madison«, unterbrach Darien ihren Redefluss. »Ich versteh dich ganz schlecht. Hab ich das richtig mitbekommen: Leandra hat sich verletzt?« Jemand rief genervt Dariens Namen, und es raschelte, als zerre jemand an ihm. »Warte mal kurz.« Dann war außer Musik und Gelächter nichts mehr zu hören, bis ein Knarzen ertönte.

»Darien?«

Das Tuten in der Leitung bewies, dass er den Anruf abgebrochen hatte. Als sie ihn erneut anwählte, drückte er sie weg.

So viel also zu Darien.

Eigentlich konnte sie es ihm nicht verdenken. Wer wollte schon irgendwelche Freundinnen von der Frau rumkutschieren, mit der man gerade erst einen »Wir lassen die Finger voneinander«-Pakt geschlossen hatte, während das Spiel des Jahres lief? Trotzdem war es ein mieses Gefühl, und – Widerwille hin oder her – Madison hätte sich gewünscht, dass Darien anders tickte. Du solltest aus dem Alter raus sein, in dem man noch auf Prinzen hofft, sagte sie sich. Wenn überhaupt, dann ist es dein Job, zu überlegen, wie du Leandra ins Krankenhaus bringst. Darien ist zu nichts verpflichtet.

Mit klammen Fingern wählte Madison ein Taxiunternehmen an und drehte mehrere Runden in der Warteschleife, bis sie aufgab und ein anderes Unternehmen anging, nur um erneut Fahrstuhlmusik zu hören. Womit Plan B gescheitert war. Notgedrungen versuchte sie es noch einmal, Darien ranzubekommen. Als er nach einer gefühlten Ewigkeit annahm, klang sein »Hi, Madison« mindestens so genervt, wie sie sich inzwischen fühlte.

»Ja, ich schon wieder.« Madison ballte ihre Hand in der Parkatasche zu einer Faust. »Darien, ich brauche dich wirklich, also vergiss das Spiel und setz dich jetzt verdammt noch mal in Bewegung. Ich hätte wirklich nicht von dir erwartet, dass du dich einfach tot stellst, wenn ich dich um etwas bitte. Es ist ja nicht mal für mich, sondern für eine Freundin in Not.« Madison biss sich fast auf die Zunge, denn genau genommen war das ein taktischer Fehler: jemanden zu beschimpfen, von dem man etwas wollte – und zwar ihn und sein Auto. »Du magst Leandra doch, und überhaupt … Hemley sagt … Ach, vergiss das mit Hemley. Warum lässt du mich hängen, wenn ich dich brauche?« Ihre Stimme wurde brüchig. »Mist, das habe ich mir irgendwie anders vorgestellt.«

»Irre ich mich, oder klingst du gerade mächtig enttäuscht?«, fragte Darien.

»Ein bisschen.« Madison war froh, dass sie nicht über Facetime sprachen, weil sie gerade gegen Tränen anblinzelte. Wuttränen, es waren wirklich und eindeutig Wuttränen. »Mir ist schon klar, dass es keinen Grund gibt, warum ich irgendwas von dir erwarten darf, aber ...«

»Du bist gerade echt einen Hauch zu emotional unterwegs, Madison.«

Madison zog schniefend die Nase hoch. »Überhaupt nicht.«

Darien lachte.

Das war ja wohl der Gipfel. »Ich leg jetzt auf – und das ›Tschüss, du Scheißkerl‹ spare ich mir dafür auf, wenn ich wirklich mal emotional unterwegs bin bei jemandem, der es verdient, von mir beschimpft zu werden.«

»Warte!«, rief Darien, bevor Madison ihn wegdrücken konnte. »Lass mal kurz beiseite, dass ich für dich gerade nicht den Helden gebe und du deshalb sauer auf mich bist. Fällt dir was auf?«

»Ich habe keine Zeit für Spielchen.«

»Komm schon.«

Es fiel Madison schwer, die aufgestaute Wut so weit loszulassen. Erst dann begriff sie, worauf Darien hinauswollte: Im Hintergrund war kein Partylärm mehr zu hören, sondern Motorgeräusche.

»Du sitzt längst im Auto.«

»Überraschung«, flötete Darien.

»Scheißkerl.«

»Weil ich entgegen deiner Erwartung doch den Helden gebe?«

»Weil du nichts gesagt hast!«

Darien lachte. »Als ob ich bei dir zu Wort gekommen wäre. Du hattest dir doch schon vorgenommen, mir die Meinung zu sagen, als ich deinen Anruf noch gar nicht angenommen hatte.«

»Aber nur, weil du mich vordem einfach abgewürgt hast.«

»Verstehe.« Darien seufzte. »Lemaire hat rumgestresst, als er deinen Namen gehört hat. Wenn es um dich geht, tickt er jedes

Mal aus – so war es auch jetzt, deshalb habe ich aufgelegt, damit du dir das nicht anhören musst. Und dann musste ich mich auch noch von der Party absetzen, ohne von den anderen mit Bierflaschen beworfen zu werden. Nadja hat mich nur entwischen lassen, weil ich ihr versprochen habe, dass ich dich später mitbringe. Ich gehe mal davon aus, dass du mir keine Abfuhr erteilst. Schließlich habe ich was gut bei dir, nachdem du mich für einen miesen Drückeberger gehalten hast.«

Madison war mit jeder Sekunde heißer geworden, sie öffnete ihren Parka, damit die Frostluft sie abkühlte. Allem Anschein nach war auf Darien nicht nur Verlass, sondern sie hatte später noch ein Date mit ihm. Zu dumm nur, dass sie im Gammellook zum Küchendienst erschienen war, aber da musste sie jetzt wohl durch. »Hey, ich freue mich über die Einladung, bei einer Frau wie Nadja würde ich nie Nein sagen. Ich betrachte es sogar als Ehre, ihre Party zu besuchen«, versuchte sie ihr Gesicht zu wahren.

Darien machte ein Geräusch, von dem nicht ganz klar war, ob er lachte oder abfällig schnaufte. »So ist das also, du kommst nur Nadja zuliebe mit. Soll mir recht sein. Sag Leandra, dass ich bald da bin, sie soll solange die Zähne zusammenbeißen.«

»Mach ich.« Madison zögerte. »Und … danke, du hast wirklich was gut bei mir.«

»Erinnere dich bitte dran, wenn du mir das nächste Mal die Pest auf den Hals wünschst, weil etwas an mir und meinem Verhalten nicht nach deinem Geschmack ist.«

»Das dürfte dann ja schon in wenigen Minuten der Fall sein«, sagte Madison.

Lachend drückte Darien das Gespräch weg.

KAPITEL 25

Dafür, dass der Höhepunkt des Abends in einem funktionierenden Sparschäler hatte bestehen sollen, war Madison inzwischen ordentlich schwindelig vor Aufregung. Dabei war sie schon nach dem Telefonat mit Darien auf hundertachtzig gewesen, sodass eine Steigerung kaum noch möglich war. Jedenfalls glaubte sie das bis zu dem Moment, als der Mustang im frisch einsetzenden Schneefall auftauchte und sie durch das Fenster beobachtete, wie Darien ausstieg.

Bei seinem Anblick spielte wieder einmal komplett alles verrückt, von einem Adrenalinschub über spontane Hitzewallungen bis zu dem Bedürfnis, einen spitzen Begeisterungsschrei auszustoßen.

Irgendwie gelang es Madison, die Fassung zu wahren.

Es ist nur ein Mann, der aus einem Auto steigt, sagte sie sich wie ein Mantra. Ein – zugegeben – irritierend gut aussehender Mann, der es fertigbringt, in dunkler Jeans, Lederjacke und einem dicken Schal der reinste Hingucker zu sein.

Aber, verdammt! Wie er aus dem Wagen stieg! Wo hatte er bloß gelernt, sich so zu bewegen?

Madison seufzte ergeben. Es hatte keinen Sinn, sich vormachen zu wollen, dass Darien sie kalt ließ. Und wo sie schon mal reinen Tisch machte, konnte sie sich auch gleich eingestehen, dass bei seinem Anblick in ihrem Kopf die Musik losging. Der Kerl hatte ernsthaft seinen eigenen Soundtrack bei ihr – und der klang definitiv nach beschleunigtem Herzschlag. Jetzt fehlte nur noch ein Spotlight, das auf Darien gerichtet war, für den perfekten Auftritt. Ach, wozu?, gestand Madison sich ein. In meinen Augen strahlt er ohnehin so hell, dass ich regelrecht geblendet bin.

Normalerweise hätte Madison über ihre heftige Reaktion geschmunzelt, schließlich waren romantische Anwandlungen eigentlich nicht so ihr Ding. Aber was Darien mit ihr veranstaltete, sprengte jeden Rahmen. Er haute sie schlicht um, egal, wie sehr sie sich dagegen wehrte.

»Endlich, Darien ist da«, riss Jelly sie aus ihren Gedanken.

»Ruft an, sobald ihr wisst, was unsere Zwiebelpflanzerin hat.« Hemley drückte Madison einen Kuss auf die Wange, dann verschwand sie mit Jelly in der Küche, wo der allergiegeplagte Informatiker namens Dorsey allein schuftete.

Der gute Dorsey war, obwohl er kaum ein Nahrungsmittel auch nur anschauen durfte, ohne Ausschlag zu bekommen, ihre Rettung. Wie sich nämlich herausstellte, interessierte sich sein Freundeskreis so überhaupt nicht für Sport – womit sie auf dem Campus eine rare Spezies darstellten. Darüber hinaus hatten sich drei von ihnen bequatschen lassen, Gemüse zu schneiden. Wahrscheinlich im Austausch gegen Dorseys Informatik-Herrschaftswissen, das er sonst nicht rauszurücken bereit war. Damit stand fest, dass der Junge Hals über Kopf in Hem verknallt war – was sie übrigens als Einzige nicht bemerken wollte.

Jetzt hatte Madison jedoch andere Sorgen. Obwohl sie an Leandras Ellbogen zupfte, blieb die in der seltsam verkrampften Haltung stehen.

»Wenn ich mich bewege, laufe ich Gefahr, vor Schmerzen ohnmächtig zu werden«, sagte Leandra. »Ich bleibe hier stehen, meinetwegen auch die nächsten Tage. Legt einfach eine Tischdecke über mich, dann falle ich gar nicht weiter auf.«

»Hi, seid ihr so weit?«, fragte Darien, der gerade eintrat.

Beim Klang seiner Stimme spannte sich Madisons Körper unwillkürlich wie eine Bogensehne. Wie sollte sie ihn begrüßen? Als sie mitten in der Nacht aus Selma zurückgekehrt waren, hatten sie sich mit einer kurzen Umarmung verabschiedet. Und jetzt? Vor lauter Überforderung schlüpfte sie unter Leandras Arm, als könnte sie ihre Freundin im Notfall wie eine Handtasche tragen.

Wie zu erwarten, jaulte Leandra vor Schmerzen auf. »Schon gut, ich komm ja freiwillig mit, aber bitte in meinem Tempo.«

»Das klingt nach einem Deal«, sagte Madison, ohne den Klammergriff aufzugeben. Sie bereute ihn jedoch schon einen Augenblick später draußen beim Auto. Als Leandra versuchte, sich auf dem Beifahrersitz niederzulassen, schrie sie ihr nämlich derartig ins Ohr, dass es nur so hallte.

Madison wich zurück. »Vielleicht sollten wir doch einen Krankenwagen rufen.«

»Vergiss es«, sagte Leandra. »Jetzt, wo ich in der Karre drin bin, steige ich auf keinen Fall wieder aus. Ich mache es mir irgendwie gemütlich, tut mir nur einen Gefallen und meidet Schlaglöcher, sonst drehe ich durch.«

Darien tauschte einen Blick mit Madison. »Wir sollten den Wagen tragen, ihr Geschreie halte ich nicht aus.«

»Bei mir geht's«, sagte Madison. »Ich bin seit ihrem letzten Brüller taub auf dem Ohr.«

Irgendwie schafften sie es dann doch, Leandra ins städtische Krankenhaus zu bekommen. Dort meinten es die Götter gut mit ihnen, und Leandra wurde erstaunlich schnell behandelt wegen ihres geprellten Steißbeins – was lustig klang, aber laut der behandelnden Ärztin eine extrem schmerzhafte Angelegenheit war. Man wollte sie die Nacht über dabehalten, was Leandra dank des Schmerzmittelmix in ihrem Blut gelassen nahm. Sie flüsterte Madison nur verschlafen zu: »Fahr mit Darien zum nächsten Standesamt und heirate ihn. Wenn ein Sportfan wie er ein Spiel sausen lässt, dann muss es Liebe sein.«

Nach einem kurzen Telefonat stellte sich heraus, dass auch Hemley keinen Wert mehr auf ihre Anwesenheit legte. »Es gibt morgen bunten Eintopf, der kocht sich quasi von selbst. Dorsey hat das Rezept im Internet gefunden, wir können alles reintun, was wir auf Vorrat haben, und es wird angeblich großartig schmecken. Ehrlich, ich steh auf den Mann, er ist so praktisch veranlagt.«

Madison verkniff sich den Kommentar, dass es im Netz möglicherweise auch ein Rezept gab, mit dem man Dorsey in einen Traummann verwandeln konnte – oder zumindest in einen ohne Hosenträger. Allerdings stellte Hemleys Absage Madison vor ein Problem. Denn wenn sie nicht zurück in The Arch musste, hatte sie keine Ausrede mehr, die dagegen sprach, sich mit Darien und seinen Freunden das Spiel anzusehen.

Unschlüssig, wie es nun weiterging, wog Madison das Smartphone in ihrer Hand und traute sich nicht, Dariens Blick zu erwidern.

»Dann also Party bei Nadja«, sagte er in die Stille hinein.

Madison zuckte zusammen. »Woher willst du das wissen? Ich hab dir doch noch gar nicht gesagt, dass Hem uns nicht mehr braucht.«

»Nicht nötig, du siehst verzweifelt aus, als seien die letzten Brücken hinter dir abgebrochen. Muss ja furchtbar sein, mit mir zusammen ein Spiel anzuschauen.«

Madison vergrub ihr Gesicht in den Händen. »Das ist es doch gar nicht. Deine Leute tragen bestimmt sogar beim Basketballgucken stylishe Klamotten, während sie jeden einzelnen Korb mit einem Glas Champagner feiern und dabei ›Santé‹ oder etwas ähnlich Cooles rufen. Ich dagegen habe einen zerrupften Bauernzopf und meine ältesten Sachen an.«

»Ist mir noch gar nicht aufgefallen.«

Als Madison ihn gegen den Arm boxte, grinste Darien nur.

Und nun stand Madison vor dem ultraschicken Loft, in dem Königin Nadja Hof hielt, und fühlte sich wie Aschenputtel, das von den Tauben vergessen worden war. Falls ihr spezieller Freund Lemaire ihnen die Tür öffnete, würde sie sich schnurstracks umdrehen und zu Fuß zum Campus zurücklaufen, so viel stand fest.

Glücklicherweise war es Nadja persönlich, die sie überschwänglich begrüßte. »Wahnsinn, ihr habt es noch vor dem Finale geschafft. Wie schön!«

Wie erwartet, trug Nadja einen abgefahrenen weißen Smoking, passend zu dem modern eingerichteten Loft, einem hohen Raum, dessen Decke von rohen Stahlsäulen gehalten wurde.

Staunend sah Madison sich um. »Ich dachte immer, solche Wohnungen gibt es nur in Hochglanzillustrierten. In so etwas kann man wirklich wohnen?«

Darien winkte ab. »Vergiss das Loft, wir schauen uns jetzt das Spiel an. Ich hab schon die erste Hälfte verpasst.« Dann bedeutete er Madison, ihm ihre Garderobe zu geben, doch sie wich zurück.

»Den Parka behalte ich lieber an.«

»Unsinn, darin kommst du vor Hitze um«, mischte Nadja sich ein. »Mein Freund Jules dreht die Heizung immer bis zum Anschlag auf, bis es tropisch warm ist.« Entschlossen half sie Madison aus dem Parka, nur um sofort einen Schritt zurückzutreten. »Was ist das denn für ein schleimiges Zeug an deiner Schulter?«

Madison zuckte mit den Achseln. »Leandra lief vor Heulerei die Nase, als wir sie vom Beifahrersitz hieven mussten. Ich hatte noch mal Glück, sie meinte, es hätte nicht viel gefehlt, und sie hätte vor Schmerzen gekotzt.«

Nadja nickte, dann nahm sie Madisons Hand. »Komm mit, ich geb dir was Frisches zum Anziehen.« Über die Schulter rief sie Darien zu: »Und du: husch, husch, zu den anderen Basketballjunkies, sonst bekommst du noch Entzugserscheinungen.«

Darien zögerte eine Sekunde, dann drehte er sich um und lief in den offen gestalteten Wohnraum, wo in einer Sofalandschaft gut ein Dutzend Gäste ausgelassen die Leinwand anjubelten.

Nadja führte Madison zu einer freischwebenden Treppe aus Glasstufen, die zu einer Mansarde hinaufführte, und musste sie anschubsen, weil Madison sonst vor lauter Staunen nicht weitergekommen wäre.

»Von so einem Ort habe ich bislang nicht mal geträumt«, gab Madison zu.

Nadja verdrehte die Augen. »Mein Freund ist ein waschechter Interieur-Fetischist. Wenn er Basketball nicht mit Leib und Seele hassen würde und sich heute Abend deshalb in seinem Club verkrochen hätte, würde er dir liebend gern alles über jedes Detail seines Lofts erzählen. Für meinen Geschmack ist es viel zu durchgestylt, ich mag es eher natürlich. Aber dafür ist genug Platz zum angemessenen Viewing von Spielen vorhanden, allein dafür liebe ich den Mann.«

Madison kam trotzdem aus dem Staunen nicht mehr heraus.

Besonders als Nadja den Ankleideraum neben dem riesigen Schlafzimmer aufmachte.

»Such dir was aus, es ist mehr als genug Zeug da«, bot Nadja an.

»Okay, ist das hier so was wie ein Fashion-Schlaraffenland?« Madison wedelte hilflos mit der Hand.

Nadja grinste. »Verstehe, ein akuter Anfall von Reizüberflutung. Erwähnte ich schon, dass mein Freund Jules auch furchtbar gern shoppt? Du solltest mal seinen Kleiderschrank sehen, der hat ein extra Zimmer nebenan. Atme du mal schön tief durch, und ich such dir was Passendes heraus.«

Mit ein paar gezielten Griffen fischte Nadja drei verschiedene Outfits aus den beleuchteten Regalen und breitete sie auf dem Bett im Schlafzimmer aus. Ein Bett übrigens, das ungefähr zwanzig Zentimeter über dem Boden zu schweben schien. Es kostete Madison einiges an Selbstbeherrschung, um nicht auf alle viere zu gehen und unters Bett zu gucken, ob es wirklich in der Luft hing.

»Checken wir mal kurz die Lage.« Nadja deutete auf das erste Outfit, das aus Jeans und Hoodie bestand. »Das wäre okay, falls du wegen des Spiels hier wärst und danach bloß ein bisschen abhängen wolltest. Aber so, wie es zwischen Darien und dir funkt, wäre das unaufrichtig – und wenn ein Outfit unaufrichtig ist, fühlt man sich unwohl. Also muss eine Prise Sexyness her, auch wenn du allein bei dem Gedanken rot wirst.« Sie deutete auf ein weiteres Outfit, das aus einer mit Mesh-Einsätzen versehenen Leggings und einem Basketball-Shirt bestand. Wobei jemand das Shirt mit der Schere bearbeitet hatte, sodass es jetzt bauchfrei war. »Sportlich und heiß, vermutlich eine Mischung, bei der Darien kurzzeitig das Spiel vergisst.«

»Ganz ehrlich, darauf lege ich es nicht an«, versicherte Madison.

Nadja grinste, dass ihre goldenen Eckzähne funkelten. »Ich weiß, deshalb helfe ich dir ja auch, dass er das Spiel bei deinem Anblick völlig vergisst. Womit wir bei Look Nr. 3 angekommen wären. Erinnern wir uns daran, dass Darien im *White Room* schwach geworden ist, als er dich in deinem Prinzessinnen-Outfit gesehen hat. Ich kenne ihn schon eine ganze Weile und habe noch nie erlebt, dass er uns eine Frau vorgestellt hat. Oder um genauer zu sein: dass er überhaupt eine Frau groß beachtet hat, während er von dir kaum den Blick nehmen kann. Da war bei mir alles klar. Darum bin ich für dieses Kleid, das hat Jules mir von einer Geschäftsreise aus Mailand mitgebracht. Ich bin immer noch sauer, dass er ohne mich zu dieser Möbelmesse geflogen ist, weil ich in seinen Augen auf keinen Fall auch nur eine einzige Prüfung sausen lassen darf. Deshalb habe ich es noch nie angehabt. Mal davon abgesehen, dass meine Titten zu klein sind für den herzförmigen Ausschnitt. Bei dir dürfte es hingegen großartig sitzen, du hast die perfekten Rundungen dafür.«

Unsicher hob Madison das dunkelrote Kleid hoch. »Das sieht nicht gerade nach Sportevent aus.«

»Hey, es ist aus Rippstrick, also lässig. Und wenn dir das nicht reicht, lass einfach deine Stiefel an. Außerdem sind wir heute Abend alle aufgedonnert, das ist bei uns so Tradition. Abgesehen von Darien, der besteht auf seinen Langweilerlook. Warte, es fehlt noch etwas Bling-Bling.« Nadja ging zum Schminktisch und durchsuchte die Schmuckschatulle. Als Madison immer noch unschlüssig mit dem Kleid dastand, blinzelte Nadja ihr zu. »Probier es an. Wenn es nicht das Richtige ist, suchen wir was anderes raus, versprochen.«

Rot, dachte Madison, dieses Kleid ist so superschön rot. Trotz ihres Bauchgrimmens gab sie sich einen Ruck – und sofort gab es kein Halten mehr. Ihre Schlabbersachen fielen wie von Zauberhand auf den Boden, im nächsten Moment glitt auch schon der weiche Stoff über ihre Haut und schmiegte sich an ihre Kurven. Ein Blick in den Spiegel bewies, dass das Kleid wie angegossen saß, nur leider zerstörte ihr Sportbustier den tiefen Ausschnitt.

Von unten ertönten Gegröle und Geklatsche.

Nadja zückte ihr Smartphone, um den Spielstand zu checken, und Madison nutzte die Gelegenheit, um das Bustier loszuwerden. Das war wagemutig, aber alles andere sah scheußlich aus – und von scheußlich hatte sie für heute genug. Sie zupfte gerade das Dekolleté zurecht, als Nadja ihr einen prüfenden Blick zuwarf. Und einen Pfiff ausstieß.

»Vergiss das, was ich über die anderen Outfits gesagt habe – das Kleid ist perfekt. Und vergiss den Schmuck.« Nadja warf ein Paar Kristallohrringe, die sie gerade ausgewählt hatte, zurück in die Schatulle. »Du bleibst pur, nur du in diesem Kleid, das wie für dich gemacht ist. Jules würde vor Begeisterung heulen, wenn er dich jetzt sehen könnte. Du musst ihn übrigens unbedingt kennenlernen, ihr würdet euch mögen. Ihr bekommt beide immer so große, kindliche Augen, wenn ihr was Schönes seht. Aber jetzt komm, setz dich hier hin.« Kaum hatte Madison sich auf dem Schemel vor dem Schminktisch platziert, löste Nadja mit flinken Bewegungen ihre Flechtfrisur und band ihre Haare im Nacken zu einem schlichten Pferdeschwanz zusammen. »Damit man deinen Schwanenhals auch gut sieht«, murmelte sie auf ihre Arbeit konzentriert, als sei Madison ein Kunstwerk, das sie erschuf.

Zunehmend nervös nestelte Madison an dem herzförmigen Ausschnitt herum, sie befürchtete unentwegt, dass sich sein Inhalt verselbstständigen könnte. »Der Ausschnitt ist ganz schön tief … und damit meine ich so richtig tief. Wenn ich beim Spiel vor Begeisterung meine Arme hochreiße, garantiere ich für nichts.«

Nadja winkte ab. »Du machst dir nur Sorgen, weil du so einen Fummel nicht gewohnt bist. Vertrau mir, es sieht klasse aus, kein bisschen schlampig, falls du das befürchtest. Und by the way … In diesem Kleid wirst du saugeil aussehen hinterm Lenkrad des Mustangs. Davon will ich unbedingt ein Foto.« Als Madison sie über den Spiegel fragend ansah, grinste Nadja breit. »Darien hat ausgeplaudert, dass du seinen Wagen fahren darfst. Ich kann es immer noch nicht glauben, schließlich haben wir ihn deswegen allesamt ausgiebig bekniet, bebettelt und bedroht, aber er hat nie nachgegeben. Als ihm jetzt rausgerutscht ist, dass du einen eigenen Schlüssel kriegst, hat Lemaire einen Schreikrampf bekommen vor Eifersucht.«

»Lemaire …« Madison zog eine Grimasse. »Du hast nicht zufällig einen Unsichtbarkeitsmantel in deinem Schrank, damit ich mich an ihm vorbeischleichen kann?«

Nadja schob Madison in Richtung Tür. »Ach, mach dir um den Miesepeter keine Sorgen. Der fällt vor Frust bestimmt in

Ohnmacht, wenn er dich sieht. Lemaire weiß, wann er verloren hat.«

So sicher war Madison sich da nicht. Als jedoch eine erneute Begeisterungswelle vom Viewing hinauftönte, wollte sie Nadja auch nicht länger in Beschlag nehmen und folgte ihr auf die Treppe. Es ist ein wunderschönes Kleid, sagte sie sich. Was gibt es gegen schöne Kleider zu sagen? Damit passe ich mich nur der Gesellschaft an – und der Einrichtung, wenn man es genau nimmt. Sie würde sich unauffällig neben Darien aufs überfüllte Sofa setzen – Ganz nebenbei, was waren das alles für Leute, die vor dem Fernseher saßen? Portlands In-Crowd? – und er würde vor lauter Spielbegeisterung eh nichts mitbekommen. Sie machte sich vollkommen umsonst verrückt.

Mit diesen Gedanken im Kopf nahm Madison schon deutlich entspannter die gläsernen Treppenstufen, als plötzlich Dariens Kopf herumzuckte, als habe sie seinen Namen gerufen.

Sein Blick fand sie sofort.

Und sogleich bereute sie ihren Entschluss, jemals die Sicherheit des Schlafzimmers verlassen zu haben.

Darien starrte sie an, kein Lächeln, kein ironisch theatralischer Begeisterungsausbruch, aber auch kein ablehnendes Senken seiner Mundwinkel. Er sah sie an, als würde das, was er sah, ihn so in den Bann schlagen, dass er zu keiner Reaktion fähig war. Flackerte da nicht ein goldener Schimmer über sein Gesicht? Nein, das war es nicht. Was Dariens Ausdruck verriet, war sehr viel stärker als alles, was der Sukkubus anzubieten hatte. Es war echt, keine Magie, sondern wahre Anziehungskraft, eine Naturgewalt, die sich nicht mit Vernunft zähmen ließ. Es war genau so, wie ihre Freundinnen es gesagt hatten: Sie machten sich etwas vor, wenn sie glaubten, sich unter Kontrolle zu haben.

»Treffer«, hauchte Nadja.

Da bin ich mir nicht sicher, dachte Madison.

Mal davon abgesehen, dass es Darien bestimmt unangenehm war, dass man ihm seine starke Reaktion auf Madisons Auftritt ansah, es war auch gefährlich. Wenn sie sich beide in einer Sache sicher waren, dann, dass sie nie die Kontrolle verlieren und die Anziehungskraft zwischen ihnen in dunkle Gewässer abgleiten lassen durften. Es brauchte nicht viel, um den Sukkubus auf den Plan zu rufen. Da war ein rotes Kleid eine verdammt dumme Idee.

Madison wollte auf der letzten Treppenstufe umdrehen, als Darien auch schon aufsprang und mit ein paar langen Schritten die Treppe nahm. Einige unerträglich langsame und intensive Herzschläge stand er vor ihr, um dann, ohne ein Wort zu verlieren, einen Arm um ihre Taille zu legen und sie zum Sofa zu führen, wo er sich neben sie setzte.

Die übrigen Gäste nickten Madison zu und sagten Hallo, bevor sie wieder fiebernd auf die Leinwand starrten. Auch Darien blickte nach vorn, nachdem er sich neben Madison gesetzt hatte. Trotzdem schien er nicht viel vom Spiel mitzubekommen. Seinen Arm hatte er an ihrem unteren Rücken gelassen, fast, als habe er vergessen, dass er dort war. Nur sorgte diese Umarmung dafür, dass Madison kaum zu atmen wagte aus Sorge, er würde ihn sonst zurückziehen. Sie genoss seine Nähe und fühlte sich zugleich geborgen. Doch offenbar hatte er seinen Arm nicht vergessen, denn nach einer Weile begannen seine Finger, sanft ihren Rücken auf- und abzustreicheln. Als sie sich der Liebkosung nicht entzog, atmete er vor Erleichterung merklich auf. Und auch ihre Anspannung löste sich allmählich. Vielleicht würde ja doch alles gut ausgehen.

Während die anderen die Spieler auf der Leinwand anfeuerten, ließ Madison den Blick durch das Loft schweifen. Nadjas Freund Jules hatte einen außergewöhnlichen Geschmack – was ja allein die Wahl seiner Freundin bewies, Nadja war einfach der Hammer. An den Wänden hingen riesige Gemälde, auf denen es nichts als aufgetragene weiße Farbe gab. Je länger man sie jedoch anschaute, desto mehr Strukturen und verschiedene Weißtöne traten hervor, bis sich letztendlich ein komplexes Muster abzeichnete. Es gab auch Skulpturen und Dinge, die man erst auf den zweiten Blick als Kunst entlarvte. Sogar die Schalen mit Nachos, Chips & Co. sahen wie Kunstwerke aus Keramik und buntem Glas aus.

Gerade, als Madison sich versicherte, dass der Abend durchaus gut lief, blieb sie an Lemaires Augen hängen. Dariens Kumpel und ihre persönliche Nemesis in einer Person saß etwas abseits des Trubels in einem Ledersessel und starrte sie an. Leider machte Lemaire entgegen Nadjas Behauptung keineswegs den Eindruck, als würde er vor Frust gleich losschreien. Ganz und gar nicht. Nein, er lächelte Madison an, wie der Wolf im Märchen, dem das Rotkäppchen in die Falle gegangen war.

Das Spiel endete unter großem Getöse. Dariens Favorit ging geschlagen vom Feld, was ihn jedoch nicht sonderlich zu interessieren schien, zumindest war sein Gesichtsausdruck kein bisschen angespannt, als er Madison vom Sofa aufhalf. Nachdem man sich Jacken und Mäntel gegen die Winternacht übergezogen hatte, stürmte die Gästeschar raus auf die Terrasse, um ein Feuerwerk anzuzünden. Es wurde kreuz und quer miteinander angestoßen, bis Madison nicht mehr wusste, wie viele Umarmungen und Küsschen sie bereits von Wildfremden eingeheimst hatte, während Darien wie ein Bodyguard neben ihr stand. Niemand kam auf die Idee, ihm auch nur auf die Schulter zu klopfen.

Schließlich stürmte Greyson auf sie zu, doch Darien stoppte ihn mit ausgestrecktem Arm. »Ausgerechnet der Mann, den ich jetzt am wenigsten sehen will«, schnauzte er seinen Freund an.

Greyson, heute in einem türkisfarbenen Anzug mit Lederkrawatte, warf eine Ladung Konfetti in die Luft. »Nun mach nicht so ein Gesicht, Darien, Spielschulden sind Ehrenschulden. Deine Mannschaft hat verkackt, knapp, aber sie hat verkackt. Punkt. Und ich möchte den Schlüssel ja auch gar nicht für heute Nacht, da du mit solch einer entzückenden Begleitung unterwegs bist. Da brauchst du ihn bestimmt noch selbst.« Er zwinkerte Madison durch den Konfettiregen verschwörerisch zu. »Mir reicht es, wenn du mir den Schlüssel fürs nächste Wochenende abtrittst.«

Als Dariens Miene noch finsterer wurde, seufzte Greyson. »Madison, tu uns allen einen Gefallen und lass deine Magie spielen. In mieser Stimmung ist der Mann nämlich nicht zu ertragen. Wenn du das schaffst, verzichte ich sogar auf meinen Gewinn, und er darf seinen Schlüssel behalten. Obwohl meine Mannschaft seine ja echt haushoch geschlagen hat. Loooooser!« Er formte mit den Fingern ein L vor seiner Stirn.

»Mach, dass du wegkommst«, knurrte Darien.

Greyson lachte. »Das Angebot steht, Madison! Bring den Mistkerl zum Lächeln, dann hast du was bei mir gut.« Womit er noch eine Handvoll Konfetti auf sie niedergehen ließ, um dann schleunigst das Weite zu suchen, als Darien einen drohenden Schritt auf ihn zusetzte.

Während Darien ein paar Verwünschungen murmelte, legte Madison nachdenklich den Kopf schief. »Hat Greyson den Mustang für einen Ausflug gewonnen?«

Darien schüttelte den Kopf. »Niemals, außer dir darf keiner meinen Wagen fahren. Bei der Wette ging es bloß um den Schlüssel zu meiner alternativen Unterkunft, in der Greyson mit irgendeiner Lady was losmachen will. Dort verkrieche ich mich immer, wenn mein Mitbewohner Jeremy mal wieder nicht mit dem Lernstress klarkommt.« Er dachte nach. »Oder eine Gamerphase hat.« Noch eine Pause. »Oder seine Kumpel zum Kiffen vorbeikommen und es die nächsten Tage nicht schaffen, das Zimmer wieder zu verlassen. Also quasi ständig. Was meinst du, warum wir beide uns kaum im Wohnhaus über den Weg gelaufen sind? Ich bin nur auf Stippvisite da, sonst bin ich …« Er brach unvermittelt ab und stellte er sich direkt vor sie – unverrückbar wie ein Berg mit seinen breiten Schultern. Ein Lächeln schlich sich auf seine Lippen, während er sie musterte. Und was er sah, machte sein Lächeln noch breiter.

Für einen Augenblick glaubte Madison, dass er sie küssen würde.

Sofort erwachte die Erinnerung, was sein Kuss in ihr zum Leben erweckt hatte. Der Wunsch, seine Lippen auf ihren zu spüren, war so intensiv, dass es schon schmerzte. Ein einziger Kuss konnte doch nicht zu viel verlangt sein, oder? Aber das Risiko, dass sie damit übernatürlichen Besuch anzogen, war zu hoch. Entgegen ihrem Verlangen wich sie zurück, nur ein kleines Stück, zu mehr war sie nicht in der Lage.

»Bitte nicht, es ist zu gefährlich«, flüsterte sie.

Das Lächeln auf Dariens Lippen gewann etwas Trauriges. »Keine Sorge, ich plane keine romantischen Übergriffe, ich wollte nur …« Vorsichtig pflückte er einen roten Konfettipartikel von ihrer Wange. »Vielleicht hätte ich ihn dort lassen sollen, er passt farblich perfekt zu dem Kleid, das du unter dem Parka versteckst.«

»Dann tu den kleinen Schönheitsfleck doch wieder zurück, wenn er dich an das Kleid denken lässt.« Madisons Tonfall geriet rauchiger als beabsichtigt. O nein, dachte sie. Steht etwa schon eine brennende Frauengestalt hinter Darien und lacht sich ins Fäustchen, weil ich meine Hormone nicht im Griff habe?

Dariens Gedanken gingen offenbar in eine ähnliche Richtung, denn seine Augenbraue zuckte in die Höhe. »Madison, ich bin mir nicht sicher, ob es eine gute Idee ist, mit mir zu flirten. Wir wissen schließlich beide, dass ich nicht wirklich gut in Zurückhaltung bin, wenn es um dich geht. Bitte ermuntere mich nicht.«

Bei seinen Worten verspürte Madison einen Stich. Es war so verflucht schwer für sie beide, den Abstand zu wahren. Und das nur, weil Darien für einen Fehler zahlen musste, den sein Vater vor vielen Jahren gemacht hatte. Das war nicht fair. Die Anziehungskraft zwischen ihnen war etwas Wunderschönes, das allein durch diese Dämonin in den Dreck gezogen wurde. Widerstand breitete sich in ihr aus. Mussten sie das tatsächlich so hinnehmen?

»Wenn wir achtsam sind, kann die Dämonin uns nicht in ihren Bann ziehen«, tastete Madison sich voran. »Wir haben uns geküsst … und nicht nur das. Wenn ich daran denke, wie du mich gehalten hast und wo meine Hände gewesen sind … Sie hat sich erst viel später eingeschaltet und ihren Köder ausgeworfen. Und ich bin auch nur fast darauf reingefallen, weil ich noch nicht wusste, womit ich es zu tun hatte. Jetzt, da ich Bescheid weiß, werden wir doch wohl wenigstens miteinander flirten dürfen.«

Darien lehnte sich vor, sodass Madison das Funkeln in seinen Augen sehen konnte. In ihnen brannte ein Feuer, das nichts mit der Magie der Dämonin zu tun hatte, deshalb jedoch nicht minder gefährlich war. »Ich bin mir aber nicht sicher, ob ich das in deiner Nähe so untertourig hinbekomme, wie es nötig ist«, gestand er. »Und selbst wenn, gibt es keine Garantie, dass ich nicht in Versuchung gerate, meine nächste Regel zu brechen. Dieses Kleid, das du trägst … Wie soll ich nicht darüber nachdenken, was sich unter seinem eng anliegenden Stoff verbirgt?«

Darien war anzumerken, wie sehr er zu kämpfen hatte – was es für Madison nicht leichter machte. Denn dadurch wurde er nur noch attraktiver. Ein Kribbeln breitete sich auf ihrer Haut aus, das umso mehr das Bedürfnis weckte, die Grenzen auszuloten. Vielleicht gab es ja doch ein wenig Spielraum … Und so, wie Darien vor ihr stand, war sie unbedingt bereit, es herauszufinden.

»Wenn du möchtest, dass unsere Unterhaltung brav und anständig bleibt, dann solltest du deine Fantasie im Zaum halten und mich nicht damit anstecken«, sagte sie.

Darien grinste schief. »Tut mir leid, ich gebe mir schon extrem viel Mühe, was die Zurückhaltung anbelangt. Mehr ist einfach nicht drin.« Es klang, als trüge sie das Kleid vor seinem geistigen Auge bereits nicht mehr.

»Wie lautet deine zweite Regel noch mal? Keine nackte Haut?«

»Kann mich gerade nicht erinnern«, raunte Darien.

Okay, die Reaktion war eindeutig: Sie testeten die Grenzen nicht aus, sondern hatten sie längst überschritten. »Ich fürchte, das Kleid war keine gute Idee«, gestand Madison sich ein.

Darien hingegen schüttelte den Kopf, während er mit dem Reißverschluss ihres Parkas spielte. Seine Sorge wegen des lauernden Sukkubus schien er völlig vergessen zu haben. »Bevor ich dazu etwas sagen kann, müsste ich es mir genauer ansehen. Hier draußen wird das allerdings nichts, dafür ist es zu dunkel.«

»Verstehe«, sagte Madison. Das war der Punkt, an dem sie definitiv abbrechen sollten. Nur leider war das vollkommen unmöglich, solange Darien in dieser Stimmung war. Er hatte so etwas Verschmitztes und Unverschämtes an sich, das sie schwach machte. Falls es noch einen Rest Vernunft in ihrem Kopf gab, kam die gegen das kribbelnde Vergnügen, das der Flirt bei ihr auslöste, nicht an. »Dann sollten wir vielleicht nach drinnen gehen und uns ein geeignetes Plätzchen zur Kleid-Begutachtung suchen«, hörte sie sich sagen. »Ich bin jetzt schon gespannt auf deine Expertise.«

Mehr Ermunterung brauchte es nicht. Darien nahm ihre Hand

und führte sie ins Loft, das verlassen dalag. Die anderen Gäste feierten ausgiebig auf der Terrasse und ließen das Feuerwerk knallen. Drinnen trafen sie nur Raj mit einer rothaarigen Schönheit an. Die beiden waren allerdings zu beschäftigt miteinander, um die Neuankömmlinge zu beachten. Als Raj seiner Gespielin ein »Es törnt mich an, dass gleich jemand reinplatzen könnte« ins Ohr hauchte, schüttelte Darien nur den Kopf. Dann zog er Madison hinter eine ausladende Skulptur, die von einem Spot beleuchtet wurde.

»Hier ist es mit dem Licht schon deutlich besser.«

»Und so schön abseits des Trubels«, neckte Madison.

Doch Darien wirkte plötzlich nicht mehr verspielt, sondern so gebannt, als gelte es, ein wertvolles Geschenk auszupacken. Langsam zog er den Reißverschluss ihres Parkas runter, wobei sich auf ihrem Dekolleté unweigerlich ein Schauder ausbreitete. Dann schob er mit angehaltenem Atem die beiden Hälften des Parkas auseinander und ließ sie über ihre Schultern gleiten. So, wie er nun vor ihr stand, wirkte er, als würde es ihn zerreißen, wenn er auch nur blinzelte.

Madison konnte die Spannung ebenfalls kaum aushalten. Sein Blick war so intensiv, dass sie spürte, wie er über ihren Körper wanderte. Himmel, wer brauchte die Magie eines Sukkubus, wenn es einen schon völlig fertigmachte, von einem Mann wie Darien auf diese Weise angesehen zu werden?

»Das Kleid …« Darien brach ab, als könnte keine Beschreibung erfassen, was er bei ihrem Anblick empfand. Bei aller Faszination schwang jedoch auch etwas anderes in seiner Stimme mit, etwas in der Tiefe, das verriet, wie viel mehr er noch an dem interessiert war, was sich unter dem roten Stoff verbarg. Wie sehr es ihn drängte, die im Moment noch bedeckten Rundungen zu erkunden. Auch wenn er es nicht aussprach, nahm ihr Körper sein Verlangen wahr – und reagierte mit einem so heftigen Zusammenziehen ihres Schoßes, dass ihr die Hitze verräterisch ins Gesicht stieg.

Wir haben nicht das Geringste unter Kontrolle, gestand Madison sich ein.

Warum hatten sie bloß zugelassen, dass sie in eine solche Situation gerieten? Wie auf ein geheimes Zeichen hin, glaubte sie, einen goldenen Glimmer auf Dariens Gesichtszügen wahrzunehmen. Das, was sich zwischen ihnen entwickelte, war die perfekte Einladung für den Sukkubus.

Sie mussten sofort aufhören.

Madison wich zurück, bis sie gegen die Skulptur stieß. »Für heute haben wir genug Spielraum ausgelotet. Ich gehe nach oben und ziehe meine alten Sachen wieder an.«

Darien fuhr sich mit der Hand über den Mund. »Das wäre vermutlich das Beste«, sagte er. »Denn, um deine Frage zu beantworten: Das Kleid ist verdammt sexy, wenn auch auf eine smarte Art. Nadja ist ein kleines Miststück. Sie hätte dir einen Jogginganzug in die Hand drücken sollen.«

Dem Gefühlschaos, das sich in Madison angesammelt hatte, gesellte sich nun auch noch Wut hinzu und brachte das Fass zum Überlaufen. »Unser Problem hat nichts mit Nadja zu tun, also sag so etwas nicht über sie. Sie wollte uns beiden einen Gefallen tun, weil ihr klar ist, was sich zwischen uns anbahnt. Von deinem ungebetenen Gast, der nur auf seinen Auftritt wartet, weiß sie schließlich nichts. Wir beide müssen das hinbekommen, das ist unsere Aufgabe. Stimmt, ich hätte gleich ablehnen müssen, als Nadja mir das Kleid angeboten hat. Aber als ich die Treppe runtergekommen bin, waren meine Sorgen wie weggeblasen. Dabei hat der Ausdruck in deinem Gesicht Bände gesprochen.«

»Es war Himmel und Hölle zugleich, dich so zu sehen«, gab Darien zu. »Weil es mir vor Augen führt, dass ich dicht am Abgrund wandle, sobald es um dich geht. Trotzdem bin ich absolut froh darüber, dass du hier bist, Madison. Auch wenn es mich verrückt macht, wie sehr ich dich in diesem Kleid sehen will. Und noch lieber ohne das Kleid. Das will ich so sehr, dass es mir schwerfällt, mich an unsere Abmachung zu halten. Dabei ist jetzt absolut wichtig, dass ich es nicht vermassle. Ich würde es nicht aushalten, wenn wir uns trennen müssten. Ich will mit dir zusammen sein.«

Die Wut war mit einem Schlag wie weggewischt. »Das will ich auch. Außerdem war ich eben genauso kurz davor, zu vergessen, warum wir beide auf Abstand zueinander bleiben müssen. Es ist so verdammt schwierig.« Madison widerstand dem Bedürfnis, sich an Darien zu schmiegen, um ihnen beiden Trost zu schenken. Vermutlich würde die liebevolle Geste einen Atemzug anhalten – und dann würde es zwischen ihnen zu knistern beginnen. »Das ist nicht okay«, beschwerte sie sich. »Ich möchte deine Gegenwart genießen und einfach eine schöne Zeit mit dir haben. Dabei will ich nicht ständig erleben müssen, dass du in meiner Nähe unter Strom stehst. Ich zieh das Kleid jetzt aus.« Als sie sich abwenden wollte, versperrte Darien ihr den Weg.

»Gib mir noch einen Moment«, bat er.

»Darien«, wisperte Madison. »Ich sollte wirklich …«

»Ich weiß. Bleib bitte trotzdem noch kurz, bis ich wieder festen Grund unter den Füßen habe. Sonst laufe ich dir ins Schlafzimmer nach, und das wäre ganz bestimmt nicht hilfreich.«

Es war ein Traum von einem Kompliment. Doch so zerrissen, wie Darien wirkte, verspürte Madison vor allem Mitgefühl. Er versuchte, das Richtige zu tun und ihnen beiden die Dämonin vom Leib zu halten – wortwörtlich. Und anstatt ihn dabei zu unterstützen, hielt sie ihm aufs Schönste verpackt unter die Nase, was er nicht haben konnte. Wobei es ihr kein Stück besser ging, schließlich musste sie aushalten, dass er nur eine Handbreit von ihr entfernt stand und sie ihn nicht berühren durfte. Nicht küssen konnte. Weil es die Eintrittskarte für eine Macht darstellte, die sie beide in einen Abgrund reißen wollte, aus dem Flammen züngelten, die wie eine sinnliche Liebkosung wirkten, obwohl sie einem in Wirklichkeit die Haut verbrannten.

Bevor die Sache zwischen ihnen entschieden wurde, kam Nadja auf sie zugestürzt. Die Gastgeberin war so guter Laune, dass sie von der angespannten Situation nichts mitbekam. Überschwänglich drückte sie Madison ein Glas Wein in die Hand, während sie Darien gekonnt abdrängte.

»Was sind denn das für deprimierte Gesichter? So was ist auf meiner Party verboten«, sprudelte es aus Nadja hervor. »Jetzt wird angestoßen – und wenn schon nicht auf das Spiel, dann wenigstens auf das Leben. Was für eine Nacht! Ich fühle mich wie auf körpereigenen Drogen. Madison, kennst du schon meine Freundin Dunja? Ihr beide würdet euch bestimmt super verstehen.« Sie deutete auf eine kleine Frau, deren Haare unter einem Turban versteckt waren. »Von Dunja stammen die Gemälde. Gefallen sie dir?«

»Die Bilder sind großartig, ich habe sie schon ausgiebig bewundert«, sagte Madison. Aus den Augenwinkeln beobachtete sie, wie Darien sich zurückzog. Er zuckte mit den Schultern, als wolle er sagen: »Gegen Nadja kann man nichts machen.« Vielleicht war es ja das Beste so, sie würde sich über Bilder unterhalten und sich dann ganz unauffällig zurückziehen und in Jeans samt Hoodie schlüpfen. Danach würden Darien und sie sich hoffentlich wieder normal benehmen können.

Doch ein Glas Wein und ein anregendes Gespräch mit der Künstlerin über ihre ungewöhnliche Arbeitstechnik später, fand sich Madison umringt von bestens gelaunten und angeschickerten Menschen wieder, die über Gott und die Welt plauderten, lachten und noch mehr Wein- und Bierflaschen öffneten. Niemand beäugte sie als Neuzugang. Ganz im Gegenteil, heute Abend war sie eine Freundin von Nadja, jemand, dem es so leicht wie allen anderen fiel, sich zu unterhalten und Spaß zu haben. Immer wieder erspähte sie Darien in dem Trubel, und mit jedem Mal sah er gelöster aus. So wie jetzt, während er sich mit Greyson, seinem Kumpel Bart und der Sängerin unterhielt, die vor ein paar Tagen noch »My Funny Valentine« für Madison zum Geburtstag gehaucht hatte. Erleichtert stellte sie fest, dass er sich amüsierte. Allem Anschein nach hatten sie beide die Kurve gekriegt.

Als Darien schließlich zu ihr kam, hatte sich die Stimmung im Loft verändert, und aus der Party war eine gesellige Runde geworden, für die man einige Sessel und Bänke vor den freischwebenden Kamin geschoben und es sich gemütlich gemacht hatte. Madison saß eingekeilt zwischen Dunja und einem französischen Gaststudenten, der im mit Abstand charmantesten Akzent aller Zeiten über die Vorzüge und Nachteile des amerikanischen Campuslebens schwadronierte. Partys? Deutlich besser! Aber der Wein? Eine Katastrophe! Was das Liebesleben anbelangte? Bislang unentschieden!

Darien setzte sich in einen tiefen Sessel und schaute zu Madison rüber. Seine innere Zerrissenheit schien noch nicht ganz verschwunden, aber offenbar brachte ihn das nicht länger aus dem Gleichgewicht. Leider war er nicht der Einzige, der Madison im Blick hatte. Neben ihm setzte sich Lemaire mit überschlagenen Beinen auf einen Schemel und machte keinen Hehl daraus, dass er sie eingehend musterte. Als sie seinen Blick erwiderte, grinste er sie haifischmäßig an, ehe er Darien von der Seite anstieß.

»Du bist ein kluger Junge, einen Sicherheitsabstand zu wahren, obwohl sich dein Mitbringsel extra als erwachsene Frau verkleidet hat. Nicht, dass du deinen eisernen Regeln am Ende noch untreu wirst und ausprobierst, wie schnell man dieses hübsche Kleid abstreifen kann.«

Dariens Augen verengten sich zu Schlitzen, ansonsten verriet nichts seine Wut. »Vielen Dank für den Hinweis, Lemaire. Aber ich brauche dich nicht, um mich an meine Regeln zu erinnern.«

Gelassen strich Lemaire den Stoff seiner Hose über dem Knie glatt. »Natürlich nicht. Wenn man sich einer Sache sicher sein kann, dann, dass du dich nur äußerst selten gehen lässt. In dieser Hinsicht ist auf dich wirklich Verlass, mein Freund.«

»Willst du mir irgendwas sagen, Lemaire?« Dariens Stimme hatte ein unterschwelliges Grollen angenommen, doch Lemaire schien die Drohung nicht wahrzunehmen. Zumindest lächelte er seinen Freund verschwörerisch an.

»Ich will nicht kleinlich klingen, zumal du ja so eine unübersehbare Freude an einem gewissen herzförmigen Dekolleté hast«, schwadronierte Lemaire. »Und das Wort Heuchler ist ja auch kein besonders nettes.«

»Du hältst mich also für einen Heuchler«, stellte Darien gefährlich ruhig fest.

»Nur ein klitzekleines bisschen.« Lemaire ließ einen kaum sichtbaren Spalt zwischen Zeigefinger und Daumen frei. Es war eine lupenreine Provokation – und Darien schien abzuwägen, ob er sich auf dieses Kräftemessen einlassen sollte.

Bitte nicht, dachte Madison. So von sich überzeugt, wie Lemaire wirkte, hatte er seit dem Moment, als er Madison in dem

Kleid gesehen hatte, darüber gebrütet, wie er Darien dranbekommen konnte. Das war ganz offensichtlich. Das Dumme war nur, dass Darien dieser Art Spiel nicht widerstehen konnte, das verriet die Art, wie er die Lippen schürzte. Unwillkürlich verspürte Madison den Drang, wegzulaufen. Sie wollte aufspringen, Lemaire eine Beschimpfung an den Kopf werfen und dann einen Abgang hinlegen in der Hoffnung, dass Darien ihr folgte, anstatt es drauf ankommen zu lassen. Aber sie schaffte es nicht. Alles, was sie zustande brachte, war ein gehauchtes »Darien, nicht«.

Doch es war zu spät. »Du meinst, ich bin ein Heuchler, weil ich finde, dass Madison in dem Kleid umwerfend aussieht?«, fragte Darien mit einem Lächeln à la »Lasset die Spiele beginnen«.

Lemaire machte eine wegwerfende Handbewegung. »Wenn es nur um Geschmacksfragen ginge, wäre mir das herzlich egal. Nenn mich einen Propheten, aber ich tipp drauf, dass du deine Finger nicht mehr lange bei dir behalten wirst. Dafür bist du schon zu angespitzt.« Es war Lemaire anzusehen, wie sehr er die Auseinandersetzung genoss. Wenn Darien schon unbedingt mit einer »Minnie Mouse« wie Madison anbändeln musste, dann sollte er dafür wenigstens bezahlen. Das hier war genau Lemaires Ding, außerdem genoss er die wachsende Aufmerksamkeit, als immer mehr Gespräche um sie herum verstummten.

Das bekam auch Darien mit und senkte die Stimme. »Und selbst wenn es so wäre, was geht dich das an?«

Lemaire zuckte die Achseln. »Gar nichts, ich finde Heuchelei bloß extrem armselig. Wie du da sitzt und so tust, als hättest du alles unter Kontrolle, während dein Kopfkino längst auf Porno umgeschaltet hat. Aber was soll's? Ich kann mich an eine Nacht erinnern, als du deine ach so heilige Regel Nr. 2 über Bord geworfen hast und gar nicht genug bekommen konntest von nackter Haut. Gern von mehreren Damen gleichzeitig, wenn mich meine Erinnerung nicht täuscht.«

Ruckartig umfasste Darien die Sessellehnen. »Themenwechsel, und zwar sofort.«

»Warum? Ist es dir etwa unangenehm, wenn Maddie-Maus erfährt, dass sie sich zwar in Schale geschmissen hat, aber außer heißen Blicken nichts einfahren wird, während du in einer anderen Situation keinerlei Hemmungen an den Tag gelegt hast? Das ist ganz schön unfair, wenn du mich fragst.«

»Du brauchst dir meinetwegen keine Sorgen zu machen, Lemaire. Auf deine Anteilnahme verzichte ich gern«, brachte Madison endlich die Kraft auf, sich in dieses abgründige Gespräch einzumischen. »Was auch immer du da andeutest, wasch deine schmutzige Wäsche woanders.«

Lemaire machte ein betroffenes Gesicht. »Das ist ganz schön undankbar von dir, Mäuschen. Aber wenn es dich nicht interessiert, was damals auf der Rainbow-Party des Jahrhunderts abgegangen ist, schweige ich natürlich wie ein Grab. Außerdem hat Darien seit dieser spontanen Orgie ja auch jeder Form von nackter Haut gänzlich abgeschworen – und dem Alkohol gleich mit. Du musst dir also keine Sorgen machen, dass er seine Regeln vergisst, nur weil deine Brüste wie zwei hübsch verpackte Geschenke in deinem Ausschnitt sitzen.«

Madison hatte nicht einmal mit ihrem Weinglas gezielt, es traf Lemaire trotzdem mit einem Klirren an der Brust. Sie sprang auf, bevor er auch nur einen Schreckensschrei ausstoßen konnte, und war bei der Tür, noch ehe er sie lauthals verfluchte. Im Flur hörte sie Dariens Schritte hinter sich und wirbelte herum.

»Wag es ja nicht, mich anzufassen«, stieß sie hervor.

Darien riss kreidebleich seine bereits vorgestreckten Hände zurück.

»Falls du mir nicht sofort schwörst, dass Lemaire nur Unsinn redet über diese Rainbow-Party, um dich vorzuführen und mich damit zu demütigen, dann kannst du gleich zu deinem ach so netten Freund zurückgehen.«

»Es tut mir leid«, brachte Darien gepresst hervor. »Ich hätte nicht auf seine Provokation eingehen dürfen, aber ich hätte niemals damit gerechnet, dass er so weit gehen würde. Er ist einer meiner ältesten Freunde, er weiß Dinge von mir, die sonst niemand weiß.«

Madison unterdrückte das Verlangen, Darien eine Ohrfeige zu verpassen, ihm irgendwie wehzutun, damit der Druck in ihr nachließ. »Verdammt, das ist es nicht, was ich jetzt von dir hören will. Sag mir, dass Lemaire wegen dieser Orgie gelogen hat. Na los!«

Darien starrte sie nur voller Entsetzen an.

»Dann stimmt es also.«

In Madisons Kopf flackerten Bilder von einem dunklen Raum auf, in dem nackte Gliedmaßen aufschimmerten, sich Körpersilhouetten abzeichneten, greifende Hände auftauchten und mittendrin … Darien.

Sie schaffte es irgendwie, den Weg auf die Straße zu finden. Hinter ihr war Darien, das spürte sie, doch sie versuchte, seine Gegenwart auszublenden und sich stattdessen ganz darauf zu konzentrieren, einen Ausweg aus dem Labyrinth zu finden, in das Lemaire sie gestoßen hatte. Als sie ein Taxi sah, stürzte sie sich fast auf dessen Kühlerhaube, um es zum Anhalten zu zwingen. Sie wollte gerade die Hintertür aufreißen, als Darien sie bei den Schultern packte. Seine kräftigen Hände streiften ihre bloße Haut. Madison spürte, wie bei der Berührung Übelkeit in ihr hochstieg und die Bilder wild vor ihrem geistigen Auge aufflackerten. Warum hatte sie davon erfahren müssen?

»Madison, bitte, lass mich dir erklären, was damals passiert ist. Die Nacht war eine einzige Katastrophe, ich bin schon völlig angeschlagen in den Club, weil …«

»Ich will kein Wort darüber hören«, brachte sie erstickt vor.

»Bitte, gib mir eine Chance.«

»Finger weg von der Lady«, raunte ein Bariton, der zu einem Schrank von Mann gehörte. »Allem Anschein nach hast du deine Chance schon gehabt und es verbockt.« Es war der Taxifahrer, der aus seinem Wagen gestiegen war. Er zeigte drohend mit dem Finger auf Darien. »Hast du gehört? Du benimmst dich oder du bekommst es mit mir zu tun.« Dann schaute er Madison an. »Alles okay?«

Madison nahm ihr letztes bisschen Kraft zusammen. »Ich möchte jetzt gern einsteigen.«

»Die junge Dame hat offensichtlich genug von deiner Gesellschaft, also zeig gefälligst Respekt und verabschiede dich, mein

Freund.« Der Taxifahrer trat einen Schritt näher, da Darien immer noch keine Anstalten machte, von Madison abzurücken.

»Ist es wirklich das, was du willst?«, fragte er.

Madison sah ihn an – und sah nur nackte Leiber, die sich um ihn schlangen. Körper, die Nähe suchten, obwohl sie einander fremd waren … während irgendwo im Dunkeln Lemaire saß und zusah. Sich amüsierte. Schau dir genau an, was er tut, wenn er die Kontrolle verliert, schienen Lemaires Augen zu sagen. Und ihm willst du vertrauen?

Prompt war da wieder das Gefühl, als wenn sich etwas in ihr verdrehte. Sie hielt Dariens Nähe nicht aus, nicht, solange ihr Kopf voll von diesen Bildern war. Erst als die ersten Tränen über ihre Wangen liefen, bemerkte sie, dass sie weinte.

Darien zog die Hände zurück, als habe er sich an ihrer Haut verbrannt. Dann trat er zur Seite. Sie nutzte die Chance, schlüpfte an ihm vorbei und ließ sich auf den Rücksitz des Taxis sinken. Sie bekam gerade noch mit, dass er vorsichtig die Wagentür hinter ihr schloss.

Eine gefühlte Ewigkeit später startete der Taxifahrer endlich den Motor und fuhr los, ohne sie nach ihrem Ziel zu fragen. Sie nahm es so hin und versank in ihrem Kummer.

KAPITEL 26

Madison hörte das ferne Klopfen an einer Tür.

Sie musste sich zusammenreißen, um sich nicht sofort im Bett aufzusetzen. Damit hätte sie nur Hemley geweckt, die gerade erst eingeschlafen war, nachdem sie die halbe Nacht auf Madisons Bettkante gesessen und sie getröstet hatte. Irgendwann waren Madison die Tränen ausgegangen, aber nicht der wortlose Kummer, der sich tief in sie hineingefressen hatte und dort nicht zu wüten aufhören wollte. Sie hatte dagelegen, die Augen leer geweint und brennend, doch es war unmöglich gewesen, sie zu schließen. Denn sobald sie die Lider senkte, brach die Bilderflut wieder über sie herein, und sie sah das Meer aus gesichtslosen Körpern, ineinander verschlungen und langsam gleitend, in dem Wissen, dass sich mittendrin der Mann befand, um den sich ihre Welt drehte. Es war nicht zu ertragen. Viel mehr noch, es drohte, etwas in ihr zu zerstören – und sie konnte nicht einmal sagen, warum.

Lemaires wohlplatzierte Eröffnung hatte sie wie ein Projektil getroffen und einen Schock ausgelöst, der sie unfähig machte, die klaffende Wunde in ihrem Inneren auch nur zu ertasten. In diesem Moment hatte sie bloß eins gewusst, und zwar, dass sie Dariens Gegenwart in diesem Zustand keine Sekunde länger ertrug. Wie benommen hatte sie auf dem Rücksitz des Taxis gekauert, ohne sagen zu können, ob sie dem Fahrer überhaupt ihr Ziel genannt hatte. Wo wollte sie eigentlich hin? Doch als der Fahrer dann vor dem Wohnheim gehalten hatte, stand dort bereits Hemley und nahm sie in Empfang, wobei sie keine einzige Frage stellte. Oder vielleicht fragte sie auch vorsichtig nach, aber Madison hörte sie durch den inneren Lärm hindurch nicht. Irgendwie hatte sie sich auf ihr Bett fallen lassen und sich dann nicht mehr gerührt. Nur der Schlaf kam nicht, obwohl sie sehnlichst auf ihn wartete. Sie wollte abtauchen in die samtige Schwärze, sich vergessen, den Schmerz nicht mehr spüren. Doch sie lag nur da wie gelähmt, kämpfte stumm gegen die innere Bilderflut an, bangte, dass sie die Nacht nicht überstand, dass eine andere Madison das anbrechende Tageslicht begrüßen würde, eine, in der etwas Wertvolles zerbrochen war.

Und nun dieses Klopfen.

Nicht an ihrer Tür, sondern an der des Nachbarzimmers, obwohl es draußen noch stockdunkel war. Durch die angelehnte Verbindungstür konnte sie Jelly aufstehen hören, dann knarrten auch schon die Scharniere.

»Was zur Hölle willst du hier?«, zischte Jelly zur Begrüßung.

»Nur hören, wie es ihr geht«, erklang gedämpft Dariens Stimme.

Obwohl Madison geahnt hatte, wer da vor Tagesanbruch klopfte, wurde ihr schlagartig so speiübel, dass sie sich zwangsweise aufsetzen musste. Hemley murmelte etwas und kuschelte sich tiefer in die Kissen.

»Wie soll's ihr gehen?«, knurrte Jelly. »Was auch immer dein Kumpel für einen Dreck über dich erzählt hat, es hat Mads voll ins Herz getroffen. Wenn du solche Leichen im Keller hast, warum hast du Idiot ihr nicht selbst davon erzählt? Anstatt darauf zu warten, dass irgend so ein Wichtigtuer den Job übernimmt?«

Es wurde so still, dass Madison schon dachte, Darien sei wieder gegangen. Doch dann erklang seine Stimme erneut.

»Das, was mein sogenannter Freund ausgepackt hat, war ein absoluter Tiefpunkt in meinem Leben, eine Geschichte, die man zum richtigen Zeitpunkt beichtet. Wenn überhaupt. Ich bin nicht stolz auf das, was in diesem Club passiert ist.«

»Darum geht's nicht«, zischte Jelly. »Du hast deine schmutzigen kleinen Geheimnisse vor ihr versteckt, auf die Gefahr hin, dass sie ihr irgendwann um die Ohren fliegen, wenn sie so richtig unsterblich in dich verknallt ist. Du bist echt ein beschissener Kavalier, Verhoeven.«

»Es war kein Geheimnis, sondern bloß ein übler Ausrutscher«, erwiderte Darien, aber ihm war anzuhören, dass er es nicht auf die leichte Schulter nahm. »Ausgerechnet du müsstest doch Verständnis haben, dass ich damit nicht hausieren gehe. Oder wirst du, wenn du es mal mit jemandem ernst meinst, von unserer missglückten Hinterhofnummer erzählen? Und falls du so dringend reinen Tisch machen willst, glaubst du wirklich, dass du bei einer solchen Geschichte ausreichend Zeit hättest, zu erklären, dass es einfach nur dumm gelaufen ist und es rein gar nichts über dich aussagt, außer, dass du es am liebsten ungeschehen machen möchtest?«

Es entstand eine Pause, dann hörte sie Darien schnaufen. Offenbar sprach Jellys Gesichtsausdruck Bände.

»Siehst du, genau deshalb habe ich Madison nichts von der Rainbow-Party erzählt. Da muss sie ja einfach nur angewidert sein. Dank Lemaire ist es nun aber trotzdem rausgekommen, eben weil ich tatsächlich ein Idiot bin. Ich habe nämlich nicht im Traum damit gerechnet, dass er sich durch Madison so herausgefordert fühlt, dass er unsere Freundschaft riskiert, nur um sie zu schockieren und in die Flucht zu schlagen.« Darien fluchte. »Was soll ich jetzt machen? In den letzten Stunden dachte ich, ich werde verrückt, weil jetzt dieser riesige Dreckhaufen zwischen mir und Madison steht.«

»Ich will's nicht schönreden: Du steckst mächtig in der Scheiße.« Jelly klang schon deutlich versöhnlicher. »Normalerweise würde ich sagen, gib ihr etwas Zeit und dann taste dich langsam an sie heran, voller Demut und auf den Knien rutschend. Aber das ist jetzt schon das zweite Mal innerhalb nur einer Woche, dass du sie in die Verzweiflung getrieben hast. Dabei seid ihr offenbar nicht mal richtig zusammen. Keine Ahnung, was mit dir los ist, aber du tust ihr ständig weh. Da ist es auch nicht mehr so wichtig, dass du dich ansonsten für sie mächtig ins Zeug legst. Wenn du nicht in der Lage bist, wertzuschätzen, was für eine Chance du mit einer so tollen Person wie Madison bekommst, dann solltest du deinen Regeln schleunigst eine weitere hinzufügen: keine Liebesbeziehungen. Und dann halt dich verdammt noch mal auch dran.«

»Das wäre wahrscheinlich das Beste«, sagte Darien so leise, dass Madison ihn kaum verstand, obwohl sie bereits an der Verbindungstür stand.

Das konnte unmöglich sein Ernst sein.

Mit ein paar Schritten war Madison in Jellys Zimmer und bereitete sich auf den Schlag vor, Darien gegenüberzutreten. Doch als sie neben die verblüfft dreinblickende Jelly trat, setzte kein Schmerz, sondern nur unendliche Müdigkeit ein.

»Du brauchst dich meinetwegen nicht noch mehr zu verschließen«, sagte sie.

Es war Darien, der bei ihrem Anblick aussah, als habe ihm jemand einen Schlag verpasst. Ohnehin wirkte er, als sei sein inneres Licht nicht einmal mehr am Glühen. »Ich bin nicht hier, um dir noch mehr zuzusetzen«, sagte er.

Madison nickte. »Es macht ganz den Anschein, als habe Lemaire zwei Fliegen mit einer Klappe erwischt. Das war für ihn garantiert der Höhepunkt des Jahres. Wir sollten ihm nicht den Gefallen tun und uns jetzt auch noch gegenseitig verletzen, es ist so schon schlimm genug.«

»Wie schlimm ist es denn?«, erkundigte sich Darien.

Unsicher fühlte Madison in sich hinein. »Mir ekelt es vor dir.« Als schlagartig sämtliches Blut aus Dariens Gesicht wich, bereute sie ihre Worte. »Ich meine, ich ekle mich vor den Bildern, die Lemaire wachgerufen hat.« Unwillkürlich ballte sie ihre Hände zu Fäusten. »Du setzt mir so zu wegen eines Kusses, verstößt aber bei einer ausgearteten Campusparty mit einem halben Dutzend Frauen gleich gegen deine zweite Regel, dass es keine nackte Haut geben darf.«

Neben Madison schnappte Jelly nach Luft. »Doch nicht etwa die legendäre Rainbow-Party? Von der habe ich gehört, die ist in die College-Annalen eingegangen. Da ist es schlimmer abgegangen als im alten Rom. Ich hab gedacht, die wäre bloß ein Mythos. Und Darien hat da mitgemischt?«

»Ich war komplett betrunken und nicht zurechnungsfähig, als der Trubel losging. Aber es war bloß Sex, so, wie ich es immer halte. Nur eben sehr viel davon. Auf mehr habe ich mich aber selbst dort nicht eingelassen«, verteidigte sich Darien. »Es war damals ein verflucht harter Tag, ich hatte nämlich eine schlimme Nachricht bekommen …«

Sofort hob Madison die Hand. »Du musst dich für deine Vergangenheit nicht rechtfertigen.«

»Aber ich möchte es dir erklären«, beharrte Darien. »Bitte. Nur ganz kurz, keine Rechtfertigung, lediglich die Chance, Lemaires Übergriff etwas entgegenzusetzen, sonst frisst das uns beide noch auf.«

Falls das nicht längst schon geschehen war … Es war, als würde Madison in zwei Teile zerfallen. Der eine hielt es kaum aus, Darien in diesem angeschlagenen Zustand zu sehen, und wollte ihm unbedingt eine Chance geben, während der andere gegen einen unzähmbaren Widerwillen ankämpfte. Und über all dem stand die Frage, ob sie ihm überhaupt noch vertrauen konnte oder jetzt die perfekte Gelegenheit war, einen Schlussstrich unter eine Beziehung zu setzen, die von Anfang an unter einem unstet flackernden Stern gestanden hatte. Die Waagschale schien zugunsten eines Bruchs mit Darien zu stehen.

Letztendlich war es Jelly, die eine Entscheidung herbeiführte, als sie Madison eine Hand auf die Schulter legte. »Falls du meinen Rat möchtest …«, sagte sie.

Mehr als ein schwaches Nicken brachte Madison nicht zustande, das reichte Jelly jedoch. Vermutlich war das hier ihre Gelegenheit, sich für die Unterstützung nach ihrer Hinterhofgeschichte zu bedanken – und Madison wollte ihr die Chance gern geben. »Eigentlich wäre es voll okay, Darien zur Abwechslung mal ein bisschen leiden zu lassen, aber ihr braucht beide dringend eine Aussprache. Macht einen Spaziergang unter der Prämisse, dass du dich ohne große Erklärung absetzen darfst, wenn es dir zu viel wird. Und Darien dir dann weder folgen noch Telefonterror betreiben wird.«

»Als ob ich das je tun würde«, brummte Darien. »Ich musste mich heute schon vor einem wildfremden Taxifahrer und einer wütenden Hemley verteidigen, als wäre ich ein liebeskranker Stalker, der seinen nächsten Anschlag schon geplant hat.«

Jelly warf ihm einen strengen Blick zu, ehe sie sich wieder Madison zuwandte. »Es sei denn, du willst, dass dieses Großmaul jetzt sofort verschwindet und sich jemand anderes zum Ausheulen sucht.«

»Der Spaziergang klingt nach einem guten Tipp, vielen Dank.« Madison schenkte Jelly ein schwaches Lächeln, das diese erwiderte. Dann suchte sie Dariens Blick. »Lässt du dich darauf ein?«

»Natürlich«, sagte Darien. »Das ist mehr, als ich mir erhofft habe. Besonders nach dem Blick, den du mir zugeworfen hast, bevor du ins Taxi eingestiegen bist: als wäre ich das Widerlichste, das dir jemals untergekommen ist.«

»Es sind die Bilder, die mir meine Fantasie zeigt«, sagte Madison. »Und wahrscheinlich auch der Schmerz, weil du anderen freimütig gibst, was du mir vorenthältst.«

Darien zuckte zusammen. »So war das nicht, sondern …«

»Warte kurz«, unterbrach sie ihn. »Ich ziehe mir etwas an, und dann reden wir draußen weiter, sonst wecken wir noch Hemley auf. Und das wollen wir beide ganz bestimmt nicht.«

Madison war selbst erstaunt, wie ruhig sie auf ihrem Zimmer in ein Paar UGG Boots schlüpfte, sich einen dicken Rollkragenpulli über Nadjas Kleid zog und ihren Wintermantel nahm. Hemley lag schlafend in ihrem Bett, und Madison deckte ihre Freundin im Vorbeigehen zu, während sie selbst wegen des Schlafmangels weder Müdigkeit noch Kälte empfand. Ihre Gefühle waren wie weggespült, als hätte die Entscheidung, sich auf eine Aussprache mit offenem Ausgang einzulassen, das Tor zu einem neuen Stück Weg aufgestoßen – und sie spürte die Stärke, herauszufinden, wohin er sie bringen würde.

Der Schnee hatte in der Nacht eine weitere Flockendecke über den Campus gelegt, die im Laternenlicht glitzerte. Als Madison aus dem Wohnheim trat, musste sie unwillkürlich daran denken, wann sie das letzte Mal so früh am Tag vorm Wohnheim gestanden hatte – und verdrängte den Gedanken sofort. Egal, wie wunderschön der Tagesanbruch war, er war nicht ihr Freund. Darien neben ihr schien ebenfalls von unguten Erinnerungen heimgesucht zu werden, wie sein sichtlich angespannter Kiefer verriet. Ob er auch an ihren unglücklich geendeten Kuss vor dem Wohnheim dachte oder an Lemaires Verrat, ließ sich nicht sagen.

Auf den ersten Metern fühlte sich keiner von ihnen bemüßigt, das Gespräch wieder aufzunehmen. Schweigend gingen sie durch den Schnee, während der Frost prickelnd ihre Wangen koste und die nach der langen Nacht verlorene Farbe zurückbrachte. Mit einem Schaudern schaute Madison den Atemwolken zu, die von ihren beiden Mündern davonstoben und sich miteinander vereinten, während Darien und sie darauf bedacht waren, einander nur nicht versehentlich zu berühren. Und doch glichen sich ihre Schritte und der Rhythmus ihres Atems nach einer Weile an. Auch das Gewicht, das Madison niederdrückte, nahm ab, als könnte sie es bei dem raschen Gang durch die Kälte hinter sich lassen.

Nachdem sie das vertraute Campusgelände verlassen hatten, verlor Madison schon bald jegliches Zeitgefühl. Es galt, immer nur einen Schritt vor den anderen zu setzen, durch den Schnee, der alles gleich zu machen schien. Als sie jedoch den Pleasant River entdeckte, der einige Meilen weiter in den Atlantik mündete, war sie überrascht, wie weit sie gelaufen waren. Der Fluss hob sich dunkel von der strahlend weißen Umgebung ab, sein Wasserspiel wirkte lebendig, obwohl er an den Rändern bereits zugefroren war. An seinen Ufern bogen sich gefrostete Gräser unter der Last ihrer weißen Bepuderung, und die Luft wirkte milchig gegen den mittlerweile im hellen Blau scheinenden Himmel. Auch Darien wurde langsamer, fast, als kehre mit dem Anblick des winterlichen Flusses die Erinnerung zurück, warum er überhaupt zu diesem Spaziergang aufgebrochen war.

»Ich wünschte wirklich, wir könnten einfach nur am Fluss spazieren gehen«, sagte er unvermittelt.

Madison leckte über ihre vor Kälte spröden Lippen. »Ich glaube nicht, dass das möglich ist. Auch wenn der Fluss in seinem weißen Bett noch so schön aussieht, irgendwann würde das, was zwischen uns steht, wieder anfangen zu pochen wie eine frische Wunde. Wenn du mir etwas zu sagen hast, Darien, dann jetzt.«

Darien blieb stehen, die Hände tief in den Taschen seiner Jacke vergraben. »Du hast recht, es bringt nichts, so zu tun, als wäre nichts passiert. Trotzdem fällt es mir übel schwer, neben dir zu stehen und über diesen Teil meiner Vergangenheit zu reden.«

»Du entscheidest, was du mir erzählen willst«, gab Madison zu bedenken. »Es irritiert mich nur, dass du nicht zu dem stehen kannst, was du auf dieser Rainbow-Party getan hast, obwohl du doch ansonsten keinen großen Hehl aus deinen One-Night-Stands machst.«

»Ich kann auch dazu stehen, nur offenbar nicht vor dir. Ehrlich, ich könnte Lemaire dafür umbringen, dass er mich mit seiner verdammten Eifersucht in die Scheiße geritten hat, aber das hilft mir jetzt wohl auch nicht weiter.« Darien sog die eisige Luft durch die Nase ein, als bereite er sich auf einen kraftraubenden Sprint vor. »Im Kern geht es bei den Regeln darum, dass meine Sinne gar nicht erst so weit angeregt werden, dass *sie* sich ins Spiel einschalten kann. Wenn du etwas fühlst, kann sie es ins Perverse steigern, das ist ihr Trick, damit erwischt sie voll die Achillessehne von uns Menschen. Wenn sie uns bei unserer Lust packt, vergessen wir alles andere und wollen nur noch eins, vollkommen egal, wie hoch der Preis ist. Deshalb muss man völlig unempfänglich werden, so hat es mir mein Vater eingebläut, als sich mit Anbruch der Teenagerzeit das Zeichen bei mir zeigte. Als *sie* dann zum ersten Mal aufgetaucht ist, war ich vierzehn und noch weit davon entfernt, überhaupt von irgendwem geküsst zu werden. Trotzdem wäre es ihr fast gelungen, mich über meine Sinne einzufangen: über einen betörenden Geruch, durch ein Elektrisieren meiner Haut oder ihren atemberaubenden Anblick. Es war kaum auszuhalten, berauschender als jeder andere Kick.«

»Trotzdem hast du ihrem Angebot widerstanden«, warf Madison ein.

Darien zuckte mit der Schulter. »Ich war wild entschlossen, ihr keine Macht über mich zu geben, nach all dem Schaden, den sie meiner Familie zugefügt hat. Ich habe dichtgemacht, soweit das ging. Nur leider ist eine solche Abschottung nicht ohne Nebenwirkungen, wir Menschen sind darauf ausgerichtet, anderen nahezukommen. Als ich dann auf der Rainbow-Party rausgefunden habe, dass ich durchaus Sex haben kann, war das eine echte Erleichterung. Man muss nur dafür sorgen, dass es unkompliziert abläuft. Und man darf sich null auf die Frau einlassen, genau wie sie nur auf eine schnelle Nummer aus sein muss.«

Madison verzog das Gesicht. »Freut mich, dass dir eine Orgie die Augen für derlei Vergnügungen geöffnet hat. Deshalb hast du dir mit Jelly so überhaupt keine Mühe gegeben und dir nicht mal ihren Namen gemerkt: Du hast mit ihr geschlafen, aber sie sonst in keiner Weise an dich rangelassen.«

Darien nickte. »Genau so läuft es … oder lief es zumindest bislang. Die letzten Jahre hat es mir völlig ausgereicht, dass der Körper Befriedigung findet. Was ich an Nähe brauchte, habe ich mir im Freundeskreis geholt. Aber seit ich dich getroffen habe, erscheinen mir Hinterhöfe plötzlich ziemlich öde und armselig. Als würde man einen Drink nach dem nächsten in sich reinschütten, ohne dass einem dabei auch nur wärmer wird. Eigentlich fühle ich mich schon länger ziemlich taub, besonders seit dem besagten Abend, als ich mich zum ersten und letzten Mal in meinem Leben betrunken habe. *Sie* ist dann auf der Party aufgetaucht und hat mir gesagt, Sex sei das beste Mittel, um Gefühle wie Trauer und Verzweiflung zu verdrängen … Völlig krank, solche Ratschläge bekommt man echt nur von Dämonen.« Er brach so unvermittelt ab, dass Madison damit rechnete, er würde sich umdrehen und sie stehen lassen. Man musste nicht Gedanken lesen können, um den Sturm wahrzunehmen, der in ihm tobte. Doch Darien lief nicht weg, er war kein Drückeberger – das machte ihn durchaus anstrengend, aber gleichzeitig auch so anziehend.

Behutsam legte Madison ihm eine Hand auf die Schulter. »Lass ruhig, es muss nicht alles ausgesprochen werden.«

Das schien Darien jedoch anders zu sehen, denn er wich ihrer tröstenden Geste aus. »Wenn ich das jetzt nicht hinbekomme, wirst du die Bilder von mir in deinem Kopf nie los. Nenn mich selbstsüchtig, aber das könnte ich nicht ertragen.«

»Ich komme schon damit klar, wahrscheinlich braucht es nur etwas Zeit.« Das war die Wahrheit. In Madison begann die Kälte, die Lemaires Verrat erzeugt hatte, langsam zu schmelzen. Was Darien getan hatte, war offenbar aus Schmerz und nicht aus Lust und Egoismus heraus passiert. Er war nicht gleichgültig, sondern wegen etwas verletzt gewesen und hatte sich nicht anders zu helfen gewusst. Das änderte einiges. »Wenn ich es mir richtig überlege, dann ist es völlig okay, am College verrückte Sachen anzustellen und Erfahrungen zu machen, auch solche, auf die man anschließend gern verzichten würde. Verbuchen wir die Nummer unter jugendlichem Wahnsinn und lassen es gut sein.«

Nachdem er ihrem Blick bislang ausgewichen war, sah Darien Madison nun unverwandt an. Seine Augen waren dunkel vor Entschlossenheit. »Nein, das wird sich nicht wieder von allein einrenken. Du hast gesagt, du würdest dich vor mir ekeln. Und das verstehe ich, weil ich mich vor mir selbst ekel. Es ist nämlich nicht der Sex mit Fremden, der mir zu schaffen macht, obwohl die Umstände schon ziemlich schräg waren. Vor allem, weil Lemaire die Show allem Anschein nach ordentlich genossen hat, was mir bislang gar nicht klar war. Wer will bei so was schon beobachtet werden? Das Problem liegt aber woanders: Ich habe an diesem Abend erfahren, dass meine Mutter im Sterben liegt, und hatte nichts Besseres zu tun, als Tipps von dem verfluchten Sukkubus anzunehmen und mir die Seele aus dem Leib zu vögeln.«

Darum ging es also.

Erneut flammte der Schmerz in Madison auf, dieses Mal jedoch speiste er sich aus der Verächtlichkeit, mit der Darien auf sich selbst schaute. »Du hast eine schreckliche Nachricht erhalten, hast dich entgegen deiner Gewohnheit betrunken, und dann ist auf der Party etwas passiert, womit wohl niemand gerechnet hat. Menschen tun verrückte Dinge, wenn sie voller Kummer sind. Und mir tut es ehrlich leid, dass es so für dich gelaufen ist.«

Obwohl Madison es aufrichtig meinte, änderte sich an der Härte in Dariens Augen nichts. Die Verletzungen dieser Nacht gingen offensichtlich tiefer, und ihre Enttäuschung hatte das zum Vorschein gebracht. Wenn sie es jetzt nicht schaffte, das Steuer rumzureißen, würde sich die Wunde nur noch weiter öffnen.

»Vielleicht wehre ich mich völlig umsonst gegen den Sukkubus und versuche, meine Integrität zu bewahren, während ich in Wirklichkeit längst verdorben bin«, bestätigte er ihre Vermutung.

»So etwas darfst du nicht glauben!«, platzte es aus Madison raus. »Darien, wir reden hier von einer Ausnahmesituation, bei der du versucht hast, deinen Schmerz zu betäuben. Wenn ich das gewusst hätte, wäre ich niemals so ausgeflippt. Mir hat bloß die Vorstellung zugesetzt, dass du mit Fremden bereitwillig etwas teilst, das du mir vorenthältst. Dass es für dich kein Problem war, irgendwen anzufassen, und von Händen, die du gar nicht zuordnen kannst, berührt zu werden, während du mich zur Begrüßung nicht einmal in den Arm nimmst.«

Darien blickte zum Fluss. Das Blau seiner Augen ähnelte dem Wasser, das gegen die Erstarrung der Kälte ankämpfte und auf dem sich trotzdem schon die ersten Spuren von Eis zeigten. Madison unterdrückte ein Zittern. Trotz allem, was passiert war und wie sehr ihre Gefühle umhergeschleudert wurden, fühlte sie sich zu Darien hingezogen. Und ihm erging es offenbar mit ihr nicht anders. Warum war es bloß so schrecklich schwer?

»Wir muten einander mehr zu, als wir aushalten können«, sagte Madison. »Seit wir das erste Mal aufeinandergetroffen sind, kämpfen wir miteinander, es ist ein einziges Hin- und Herzerren. Und in den Verschnaufpausen schüren wir Hoffnungen, die sofort wieder zerstört werden. Ich kann mich nicht erinnern, dass mir zuvor schon einmal jemand so wehgetan und gleichzeitig solche intensiven Gefühle in mir wachgerufen hat. Sonst hatte ich immer alles unter Kontrolle … Und jetzt? Ich erkenne mich und mein Leben kaum wieder, seit ich dich getroffen habe.«

»Das will ich ganz bestimmt nicht.« Dariens Stimme war so rau, dass sie beinahe wegbrach.

»Versteh mich bitte nicht falsch, es ist nicht das, was du tust, das mich dermaßen aus der Bahn wirft«, sagte Madison. »Etwas in mir reagiert so hochgradig empfindlich auf dich, als wärst du für mich gemacht, aber leider kann ich dich nicht haben.« Sie lachte bitter. »Warum musst ausgerechnet du unter dem Fluch stehen? Diese Dämonin zur Gegnerin zu haben, ist so, wie mit verbundenen Augen zu kämpfen, ohne eine Ahnung zu haben, aus welcher Richtung der nächste Angriff kommt.«

Darien schüttelte den Kopf. »Das bin ich bestimmt nicht wert. Nicht nur wegen der Regeln, die ich einhalten muss. Sondern weil ich ständig Gefahr laufe, sie deinetwegen zu brechen und dich damit in Gefahr zu bringen. Ganz ehrlich, Madison, du hast was Besseres verdient. Du bist genauso eigensinnig wie liebenswert, intelligent und scharfzüngig. Keine Ahnung, wann ich mich das letzte Mal so lebendig gefühlt habe wie mit dir. Wenn du es zulässt, wird dir das Leben jemand Perfektes zuspielen, der all das zu schätzen weiß und dir nicht ständig wehtut.« Er schluckte. »Es gibt nur einen Haken an der Sache: Du musst das zwischen uns abbrechen, ich schaffe es nicht. Ich fühle mich so stark von dir angezogen, dass ich den Schmerz billigend in Kauf nehme. Eigentlich hätte unser Kuss schon einen sauberen Schlussstrich unter unsere Begegnung setzen müssen. Stattdessen bin ich sofort schwach geworden, als Hemley mir ein Schlupfloch angeboten hat, um zu dir zurückzulaufen. Genau genommen bin ich wie ein komplett Irrer einhundertsechzig Meilen zu dir gefahren, ohne den geringsten Plan, was das eigentlich werden soll.«

Madison widerstand dem Bedürfnis, Dariens Hand zu berühren, wenn auch nur, um ihm zu signalisieren, dass sie ihn verstand. Doch wenn sie ihn jetzt berührte, war sie sich nicht sicher, ob sie wieder damit würde aufhören können. Wie konnte er bloß ernsthaft glauben, dass sie ihm zu widerstehen imstande war?

»Ein Irrer, auf den ich unmöglich verzichten kann. Lügen wir uns nichts vor, Darien. Ein echter Schnitt würde bedeuten, dass wir uns nie wiedersehen dürften. Und wenn du dafür nicht die Stärke aufbringst, kannst du sie von mir erst recht nicht verlangen. Was ich jetzt von dir hören will, ist, dass es die Anstrengung wert ist, dass wir uns allen Widrigkeiten zum Trotz aufeinander zubewegen und du mit mir zusammen sein willst.«

»Das will ich«, sagte Darien. »Aber ich weiß nicht, wie.«

»Finden wir es Schritt für Schritt heraus.«

»Das willst du wirklich auf dich nehmen?«

»So, wie's aussieht, bin ich noch verrückter als du.« Ein Lächeln breitete sich auf Madisons Lippen aus, und mit ihm kehrte die Wärme in ihre Brust zurück. Ihr Verstand mochte ihre Entscheidung für den blanken Wahnsinn halten, trotzdem löste sich der letzte Widerstand auf. Warum auch immer, es fühlte sich richtig an, obwohl ihnen zweifelsohne eine harte Reise bevorstand. Aber solange Darien nicht aufgab, würde sie es erst recht nicht tun. Trotz der Wärme in ihrer Brust musste sie sich allerdings eingestehen, dass ihre Füße sich in Eis verwandelten. »Ich würde ja gern noch Ewigkeiten hier rumstehen und mich von dir entgeistert anstarren lassen, aber ich befürchte, dann bin ich demnächst eine Frau ohne Zehen. Und vielleicht auch ohne Ohren, die sind an ihren Rändern nämlich auch schon ganz taub.«

Sofort warf Darien seine Starre ab. »Wenn du es noch ein paar Schritte schaffst, dann weiß ich den perfekten Platz zum Auftauen.«

KAPITEL 27

Der perfekte Platz zum Auftauen, von dem Darien gesprochen hatte, stellte sich als ein in einem Wäldchen verstecktes Hotel heraus. Es sah aus wie ein ehrwürdiges Herrenhaus, direkt aus dem englischen Cornwall in die Küstenlandschaft rund um Portland verschifft, inklusive weißer Kieselsteineinfahrt.

Je näher der Bau mit seiner weiß gestrichenen Fassade kam, desto langsamer wurde Madison. »Wir wärmen uns also im Adalston Hotel auf«, stellte sie fest. »Oder auch nicht. Weil, für den Fall, dass du es nicht weißt: Das soll eins der luxuriösesten Hotels an der ganzen Atlantikküste sein, so klein und exklusiv, dass die uns vermutlich nicht mal in die Lobby lassen.«

Madisons Unsicherheit sorgte bei Darien für Belustigung, zumindest zeichnete sich auf seinen Lippen so etwas wie ein Lächeln ab. »Warum sollten sie uns denn abweisen?«

»Weil wir beide wie zwei Nachtgespenster aussehen, völlig zerzaust und gebeutelt. Allein unsere Klamotten …«

»So viel ich mitbekommen habe, steckst du noch in dem schicken Kleid«, gab Darien zu bedenken.

»Zu uralten UGG Boots und einem Vogelnest auf dem Kopf.«

»Eben ganz die eigensinnige Persönlichkeit, die wir alle schätzen und lieben.« Lachend wich Darien Madisons Versuch aus, ihm einen Schlag gegen den Oberarm zu verpassen. »Wir lassen es einfach auf einen Versuch ankommen. Wenn sie uns abweisen, ist es okay, ansonsten trinken wir Kaffee aus Silberkannen und bestellen uns diese hauchdünnen französischen Pfannkuchen.«

Madison seufzte ergeben. »Einverstanden, du hattest mich spätestens bei der Silberkanne.«

Trotzdem wurde ihr ganz mulmig, als sie die Lobby betraten, in der man vor Schönheit gar nicht wusste, wohin man blicken sollte. Zum riesigen Kristalllüster, der über der gewundenen Treppe hing? Zu den hoch aufragenden Blumenarrangements? Oder den vier Farbstudien von Mark Rothko, an denen ihr Blick hängen blieb, sodass Darien sie quasi schieben musste, damit sie nicht mit offenem Mund die Drehtür blockierte. Kaum hatte sie ein paar Schritte in die Lobby getan, wollte sie zu einer Entschuldigung ansetzen, weil ihre Boots eine Schmutzspur hinterließen. Stattdessen wünschte ihnen die junge Frau an der Rezeption einen wunderschönen guten Morgen. Dabei musterte sie Madison eingehend, allerdings so höflich, wie es überhaupt möglich war, jemanden abzuchecken. Darien grüßte freundlich zurück und kümmerte sich dann nicht weiter um die Rezeptionistin. Seine Laune verbesserte sich mit jedem Schritt, er pfiff sogar leise vor sich hin und legte eine Hand auf Madisons unteren Rücken. Nur eine hauchzarte Berührung, die trotzdem verriet, dass es eine Verbindung zwischen ihnen gab, die jeder gern sehen durfte. Als ihnen im Frühstückssalon der Ober mit einem breiten Lächeln entgegenkam, rechnete Madison fest mit einer freundlichen, aber bestimmten Begleitung zum Hinterausgang.

Doch es kam anders.

»Ich wünsche einen guten Morgen, Mr Verhoeven.« Der Oberkellner deutete eine leichte Verbeugung an. »Wie schön, Sie heute zu so früher Stunde begrüßen zu dürfen, da können Sie und Ihre Begleitung den Wintergarten ganz für sich allein genießen. Darf ich Ihnen den Tisch beim Kamin vorschlagen? Von dort hat man die beste Sicht auf den Garten, der dank des frisch gefallenen Schnees atemberaubend aussieht.«

»Das klingt wunderbar, William. Vor allem die Sache mit dem Kamin, wir sind nach unserem Spaziergang nämlich ordentlich durchgefroren.« Wie zum Beweis schälte Darien eine versteinerte Madison aus ihrem Mantel, um ihn dem Ober zu reichen. »Besonders die Dame an meiner Seite würde sich bestimmt über etwas Wärmendes freuen. Vielleicht Ihre spezielle Kaffeemischung?«

»Aber natürlich.«

Der Ober machte eine Handbewegung, und sofort eilte ein Kellner, den Madison noch gar nicht bemerkt hatte, los. Ungläubig blickte sie dem jungen Mann nach, während Darien sie anschob, damit sie dem Ober folgen konnten. Hinein in einen viktorianisch anmutenden Wintergarten, in dem Palmen in Kübeln und großzügig verteilte Tische standen. In dieser Hotelkategorie tummelte man sich offensichtlich nicht nur in prächtigem Ambiente, sondern es wurde einem auch noch endlos viel Platz zugestanden.

Benommen ließ Madison sich von Darien ganz oldschoolmäßig auf den Stuhl helfen und beobachtete dann, wie er mit dem Ober ihre Bestellung besprach. Als er sich zu ihr setzte, funkelte sie ihn an. »Du Mistkerl bist Stammgast in diesem Hotel und hast es nicht für nötig gehalten, mich einzuweihen.«

Darien ließ sich sichtlich zufrieden auf seinen Stuhl sinken. »Eigentlich habe ich für den heutigen Morgen schon genug die Hosen runtergelassen, aber ich habe tatsächlich aus reinem Eigennutz den Mund gehalten. Du warst einfach zu süß in deiner Aufregung – und ich wollte dich auch nicht um die Gelegenheit bringen, auf deine Weise ins Adalston einzutauchen.«

Bevor Madison Darien ihre Meinung sagen konnte, erschien der Kellner mit einem Kaffeeservice – inklusive silberner Kanne! –, und solange er mit perfekt inszeniertem Einschenken beschäftigt war, hielt sie den Mund. Als der Kellner sie erwartungsvoll ansah, nahm sie ihre Porzellantasse und probierte einen Schluck. Wow! Es durchrieselte sie wohlig, während zugleich ihre inneren Geister geweckt wurden.

»Das schmeckt ja köstlich! Sind da Gewürze drin, irgendwas Orientalisches? Und Kakao, ganz bestimmt auch Kakao, deshalb die vollmundige Note.«

»Die Zusammenstellung von Williams Spezialmischung hat bislang noch niemand herausbekommen«, verkündete der Kellner mit einem Augenzwinkern, dann zog er sich zurück.

»Wolltest du mich eben nicht anschnauzen?«, erkundigte sich Darien.

»Das hebe ich mir für später auf, jetzt genieße ich erst einmal meinen Kaffee und die Schönheit des Wintergartens.«

»Mir gefällt die Aussicht auch sehr gut.« Darien musterte Madison ungeniert.

Schlagartig schoss das Leben zurück in ihr vor Kälte taubes Gesicht, aber sie beschloss, sich nicht herausfordern zu lassen. Wer konnte schon sagen, wie viele Spezialkaffees Darien an diesem Ort getrunken hatte, dass er sich nicht mehr vor Ehrfurcht die Augen rieb. Sollte er ruhig im Anblick ihres übergroßen Rollkragenpullis schwelgen, sie würde sich davon nicht ablenken lassen.

Der gute William hatte nicht zu viel versprochen, als er den eingeschneiten Garten als atemberaubend bezeichnet hatte. In der Mitte der ovalen Fläche stand ein antik wirkender Springbrunnen, dessen Fontäne in ein gefrorenes Bett fiel. Es gab in floralen Formen angelegte Beete neben gusseisernen Bänken, umrahmt von Büschen, die unter weißen Hauben verschwunden waren. Nur an einigen Stellen ragten Zweige mit roten Beeren heraus und bildeten ein paar Farbtupfer in dem Winterbild. Die einzigen Spuren zu dieser frühen Stunde stammten von Vögeln, die an einer Futterstelle aufgeregt umherflatterten. An den Rändern des Ovals bogen sich Kiefern unter der Schneelast und verliehen dem Garten das Flair eines Kleinods, einer vor der Welt versteckten Zuflucht.

»Wenn ich dann servieren dürfte?«, riss William Madison aus ihren Träumereien.

Neben ihr stand ein Servierwagen voller Leckereien, von Crêpes über pochierte Eier bis hin zu dem für die Atlantikküste klassischen Hummersalat. Mit einem Schlag bemerkte Madison, wie ausgehungert sie war. Ihre letzte Mahlzeit hatte mittags aus einem Proteinriegel bestanden, weil sie unbedingt noch ein Handout für Marketing hatte fertig kriegen müssen, um den Abend freizuhalten. Glücklicherweise schien Darien ebenfalls Hunger zu haben, denn ein paar Minuten später waren sie beide am Essen und informierten sich nur in Kurzfassung darüber, was wie großartig schmeckte und man unbedingt probiert haben müsste. Irgendwann ließ das quälende Gefühl nach, nicht so schnell essen zu können, wie es der Hunger forderte. Das Kaminfeuer knisterte, und Madison spürte seinen Feuerschein nicht länger nur, sondern fühlte sich, nachdem William großzügig Holzscheite nachgelegt hatte, ordentlich durchgeheizt. Obwohl sie inzwischen nicht länger die einzigen Frühstücksgäste waren, zog sie den Rollkragenpulli aus.

Sofort vergaß Darien den Toast, in den er gerade hatte beißen wollen.

Etwas in Madison reagierte auf seinen Blick und zwar keineswegs mit Schüchternheit. Stattdessen streckte sie sich – was in dem Kleid offensichtlich ganz hervorragend ankam. Sicherheitshalber checkte sie ihren Ausschnitt, für den Fall, dass dem Mann ihr gegenüber deshalb plötzlich der Mund offen stand, weil die Körbchen beim Pulli-Ausziehen versehentlich eine Etage tiefer gerutscht waren. Es saß jedoch alles hübsch ordentlich an seinem Platz, und Madison musste zugeben, dass die dunkelrote Farbe des Kleides im Licht des Kaminfeuers erst so richtig zur Geltung kam. Trotzdem meldete sich eine altvertraute Stimme und machte sie darauf aufmerksam, dass ein Kleid nicht darüber hinwegtäuschen konnte, wenn der Rest eine Katastrophe war. Und dass es nur eine Frage der Zeit war, bis auch Darien dahinterkam.

»Ich brauche dringend eine Dusche«, gestand Madison.

Darien krauste die Stirn, dann stand er auf und hielt ihr die Hand hin, um ihr aufzuhelfen.

»Ist es so schlimm?«

In seinen Mundwinkeln zuckte es. »Definitiv. Du solltest dich schämen, so rumzulaufen, und jetzt gleich etwas dagegen unternehmen.«

Madison war bereits aufgestanden, als es ihr dämmerte. »Moment mal. Du hast nicht vor, mich schnellstmöglich ins Wohnheim abzuschieben, damit ich mich dort wieder in einen vorzeigbaren Menschen verwandele. Du planst was ganz anderes, irgendetwas, das bei dir für verdammt gute Laune sorgt.«

»Schlaues Mädchen.« Grinsend zog Darien sie hinter sich her.

In der Lobby versuchte Madison sich zu sträuben. Sie wollte auf keinen Fall dabei sein, wenn Darien die junge Frau an der Rezeption um ein Zimmer bat und die ihn im pikierten Ton darauf hinwies, dass das Adalston – Pardon – kein Stundenhotel war. Doch Darien zog es gar nicht zur Rezeption, er stieg direkt die geschwungene Treppe hoch.

»Darien, wir können doch nicht einfach …« Mehr brachte Madison nicht heraus. Passierte das hier gerade wirklich? Und was passierte eigentlich genau?

Als sie im zweiten Stock in einen breiten Flur liefen, war Madison sich sicher, gleich zu hyperventilieren, doch als Darien vor einer Tür einen altmodischen Schlüssel zückte und aufschloss, setzte sich ein Gedanke durch. »Das Hotel gehört deiner Familie«, keuchte sie.

»Nicht wirklich. Meine Mutter war mit dem Inhaber noch aus Unizeiten befreundet, später hat sie ihn bei der Einrichtung beraten und viele der Antiquitäten und Einzelstücke ausgesucht. Als er wegen einer Finanzkrise Gefahr lief, das Adalston zu verlieren, hat mein Vater ihm ausgeholfen. Für meine Mutter, die das bestimmt so gewollt hätte. Obwohl mein Vater sonst ein echt tougher Geschäftsmann ist, war es ihm nach dem Tod meiner Mutter wichtig, diesen Ort zu erhalten.«

Instinktiv fasste Madison nach Dariens Hand, doch er zuckte mit den Schultern. »Schon okay, ich kann über meine Mutter reden, auch wenn es nach wie vor wehtut. Inzwischen überwiegen allerdings die schönen Erinnerungen und nicht der Abschiedsschmerz. Und was meinen Vater anbelangt … der zieht aus allem seinen Vorteil. Die Räumlichkeiten des Adalston nutzt er, um wenigstens einige seiner gesammelten Kunstwerke nicht nur in Lagerhäusern zu sehen. Der Kasten hier hängt voll mit Vaters Leihgaben.«

»Dann sammelt dein Vater nicht bloß Wahnsinnsautos, sondern auch Kunst? Etwa die Farbstudien, die unten in der Lobby hängen?« Als Darien nickte, unterdrückte Madison ein hysterisches Kichern. »Toll, ich habe auch was zum Angeben: Romy sammelt farbige Kajalstifte, und meine Granny arbeitet jedes Jahr hart daran, den hässlichsten Vorgarten der ganzen Straße zu haben. Im

Vergleich mit dir habe ich somit ganz klar das ›Meine abgefahrene Familie‹-Ranking gewonnen.«

»Das denkst du nur, weil du noch nicht die zweifarbige Schuhsammlung meines älteren Bruders Paul gesehen hast.«

»Du hast einen älteren Bruder?«, fragte Madison erstaunt. Sie hatte nicht damit gerechnet, dass er Geschwister hatte, einfach, weil er sie nie erwähnt hatte. Nicht einmal, als er ihr von dem Fluch erzählt hatte, der wie ein dräuender Schatten über seiner Familie hing.

Darien zuckte die Achseln. »Paul und mich trennen mehrere Jahre. Als ich mich für Zwillen und Fahrräder interessiert habe, war er schon ständig mit irgendwelchen Leuten unterwegs. Viel spannender dürfte für dich sein, dass meine Familie dem Hotel noch mehr Gemälde von Mark Rothko zur Verfügung gestellt hat. Falls du sie sehen möchtest …«

Das wollte sie unbedingt – trotzdem stand Madison wie festgewurzelt da. »Hier steigst du also ab, wenn es dir mit deinem bedröhnten Mitbewohner zu viel wird«, sagte sie ungläubig.

»Oder ich komme hierher, wenn ich mal in Ruhe duschen will, ohne von irgendwelchen verpeilten College-Neuzugängen gestört zu werden, die sich in der Tür irren und mich wie einen miesen Spanner behandeln.« Darien blinzelte Madison zu.

»Dann ist das hier dein zweites Zuhause«, vergewisserte sie sich. Als er nickte, stemmte sie die Hände in die Hüften. »Jetzt mal raus mit der Sprache: Bist du vorhin absichtlich in Richtung Hotel gelaufen?«

»Für wen hältst du mich, für Casanova?« Darien schüttelte den Kopf. »Zu dem Zeitpunkt hätte ich nicht mal im Traum daran gedacht, dass du nach meiner Beichte auch nur einen Coffee-to-go mit mir trinken würdest. Während unseres Spaziergangs bin ich neben dir hergelaufen, ohne auf meine Umgebung zu achten, ich hatte wirklich anderes im Kopf.«

Madison musste schmunzeln. »Nun entspann dich, ich wollte dir nichts unterstellen. Es ist nur so unglaublich, wie sich dieser Morgen entwickelt.«

»Gefällt dir die Richtung denn?«

In Dariens Ton hatte sich eine Unsicherheit geschlichen, als fange er langsam an, sein Handeln selbst zu hinterfragen – und das fühlte sich falsch an. Sie pendelten unentwegt zwischen zwei Polen, unentschlossen, wohin es mit ihnen gehen sollte. Aber es waren Angst und Unsicherheit, die sie immer wieder auseinanderbrachten. Zeit für einen Kurswechsel, beschloss Madison. Ab jetzt würde sie auf ihr Gefühl vertrauen. Ihr innerer Kompass hatte von Anfang an auf Darien gezeigt und verriet ihr nun, dass die Grenzen zwischen ihnen neu ausgetestet werden sollten. Sie mussten endlich aus dem Schatten heraustreten, den der Sukkubus auf sie warf.

Madison schlüpfte aus ihren Boots und betrat mit nackten Füßen die Suite. Sie blickte über die Schulter. »Kommst du?«, fragte sie – und Darien folgte ihr, ohne zu zögern.

KAPITEL 28

Es waren die elegantesten Räumlichkeiten, die Madison je betreten hatte. Allerdings brachte sie in diesem Moment kein wirkliches Interesse dafür auf, ihre Sinne hatten übernommen und verwiesen den Verstand auf den hinteren Platz. Sie nahm den dichtflorigen Teppich unter ihren nackten Füßen wahr, das fast milchige Licht, das durch die hohen Fenster fiel, und die nach Dariens Aftershave duftende Wärme, die sie umfing und willkommen hieß.

In ihrem Rücken spürte sie Dariens pulsierende Lebendigkeit, nicht ganz einen Schritt entfernt. Er wartete. Und überließ ihr die Entscheidung, wie es weitergehen sollte. Doch Madison brauchte gar nicht erst in sich hineinzuhören, ob sie wirklich bereit war, das Risiko einzugehen, seine zweite Regel zu brechen. Sie wusste es.

»Lass uns dort weitermachen, wo unser Kuss geendet hat«, sagte Madison. »Damals hatte ich dich etwas gefragt. Bevor wir ungebetenen Besuch bekamen. Diese Frage würde ich dir gern noch einmal stellen: Möchtest du mehr, Darien?«

Bevor er antworten konnte, ertönte eine Frauenstimme. »Die Antwort interessiert mich auch brennend und in diesem Augenblick mehr denn je.«

Madisons Kopf flog herum.

Auf einem Sofa beim Kamin rekelte sich die Dämonin, ihr flammendes Haar umspielte ihre Schultern, und ihre Katzenaugen blitzten vergnügt. »Lust auf einen Dreier?«, fragte sie herausfordernd.

Dann schob sich auch schon Darien vor Madison, als wolle er

sie hinter seinem Rücken verstecken. »Ich kann mich nicht daran erinnern, dich eingeladen zu haben«, fuhr er den Sukkubus an.

Die Dämonin zog eine Schnute. »Ist mir nicht entgangen. Aber so, wie sich die Stimmung zwischen euch zwei Hübschen aufgeheizt hat, dachte ich mir, ich schaue mal vorbei.«

Dariens Schultern bebten vor Anspannung. »Vollkommen umsonst, wir benötigen deine Dienste nicht. Wenn du dich also schleunigst in die Dimension verziehen würdest, aus der du rausgekrochen bist?«

»Wie unhöflich.« Scheinbar machte ihr Dariens Offenheit jedoch nichts aus, denn sie lachte nur, um dann schlagartig wieder ernst zu werden. »Du glaubst doch nicht wirklich, dass du mir etwas befehlen kannst, du kleiner Scheißkerl? Mit dir hat man nichts als Ärger. Du trägst mein Zeichen, und das bedeutet, dass du in meiner Schuld stehst. Vielleicht habe ich mich noch nicht klar genug ausgedrückt, aber du bist nicht mehr als meine Hure. Und wenn du tust, wofür Huren da sind, dann fordere ich meinen Anteil. Du willst dich mit diesem Mädchen vergnügen? Gern, ich warte schon viel zu lange darauf, dass du endlich zu dienen beginnst. Aber wage es nicht, mich mit leeren Händen fortzuschicken.«

Während Darien um eine Erwiderung rang, schlüpfte Madison hinter seinem Rücken hervor. Sofort bereute sie es, als die Hitzewallungen, die von der Dämonin ausgingen, sie erreichten. Offenbar hatte Darien sie nicht bloß verbergen, sondern auch vor den Begleiterscheinungen des Sukkubus schützen wollen. Es kostete Madison einiges, sich dem plötzlich aufflackernden Begehren ihres Körpers zu widersetzen. Dieses Verlangen ist nur Blendwerk, hielt sie sich vor Augen. Es ist Magie, nichts, was einer wahren Berührung, einer echten Begegnung zwischen zwei Menschen entspringt. Trotzdem war es kaum möglich, sich dieser Macht zu entziehen. Erst als Madison blindlings ihre Hand ausstreckte und Darien sie ergriff, ließ die brennende Lust in ihrem Inneren nach.

»Geht es?«, fragte Darien besorgt. Er hatte offensichtlich mit derselben Herausforderung zu kämpfen, jedoch schon viel mehr Übung darin, ihr zu widerstehen.

»Es ist die Hölle«, gab Madison mit einem schwachen Lächeln zu. Dann wendete sie sich der Dämonin zu, die sie neugierig beäugte. »Niemand will dich um deinen Lohn bringen. Andererseits bedürfen wir deiner Dienste nicht. Das, worum es zwischen mir und Darien geht, hat nichts mit dem zu tun, was du anbietest.«

Die so sinnlichen Gesichtszüge der Dämonin verhärteten sich. »Das klingt, als hättet ihr eine Wahl, einen freien Willen, um zu entscheiden, ob ihr mich einladen wollt oder nicht. So funktioniert der Deal aber nicht.«

»Nun«, sagte Madison. »Wenn ich mich nicht irre, habe ich eben auf dein Angebot verzichtet. Was mir alles andere als leichtgefallen ist, wie ich fairerweise zugeben muss. Nur ist das Verlangen, das Darien in mir weckt, etwas ganz anderes als die brennende Lust, die du hervorzurufen vermagst. Ich will ihn erleben, auf jede einzelne seiner Berührungen reagieren können und ihn mit jeder Faser wahrnehmen. Dein Feuer sorgt hingegen dafür, dass man zwar brennt vor Begierde, aber bloß noch die eigene Lust spürt. Der andere wird zu einem Werkzeug, das man benutzt. Aber nur ein Mittel zum Zweck wird Darien für mich niemals sein.«

»Sehr edel von dir«, ätzte die Dämonin. »Das Problem ist allerdings, dass dein Liebster im Gegensatz zu dir nicht die Wahl hat. Er trägt mein Zeichen, er steht in meiner Schuld, die lediglich auf eine Weise beglichen werden kann, falls er nicht meinen Zorn auf sich ziehen will. Und wenn er sich nicht endlich in sein Schicksal fügt, nachdem ich so viel Geduld bewiesen habe, werde ich ihm die Grenzen seines freien Willens aufzeigen.«

»Was willst du schon groß machen?«, fragte Darien, wobei er Madisons Hand fest drückte. »Die Luft anhalten, bis du deinen Willen bekommst? Hier herumlungern und Sprüche klopfen, während ich Madison küsse? Denn genau das habe ich jetzt vor, mit allen Sinnen und mit der ganzen Hingabe, zu der ich fähig bin. Wenn du uns jetzt bitte entschuldigen würdest?«

Die Glut im Inneren der Dämonin loderte so hell auf, dass ihre äußere Hülle wie Glas aussah. »Du willst es also drauf ankommen lassen, Cederic Martin Verhoevens Spross?«

»Ich lass es nicht drauf ankommen, sondern ziehe hier und jetzt einen Schlussstrich unter deine Verfolgung. Du hast mich lange genug heimgesucht.«

Darien wirkte so entschlossen, dass nicht einmal Madison sich traute, etwas zu sagen. Letztendlich war es auch seine Entscheidung, selbst wenn sie ein ungutes Gefühl beschlich. Das war ohnehin sofort vergessen, als er hinter sie trat und einen Kuss auf ihren Nacken hauchte. Ein warmer Schauer durchflutete sie und verdrängte die letzten Reste der brennenden Begierde, die von der Magie des Sukkubus geschürt worden war, aus ihrem Körper. Das war es, was sie wollte – Dariens ganz eigene Magie und nichts anderes.

Die Dämonin war vom Sofa geglitten und pirschte sich raubtiergleich an, um dann unvermittelt stehen zu bleiben, als wäre sie gegen eine unsichtbare Wand gestoßen. Ihr schönes Gesicht verzog sich zu einer Grimasse. »Dann ist es also entschieden, du bist vertragsbrüchig«, knurrte sie – und löste sich in einem Blitz auf. Schlagartig verschwanden auch die unnatürliche Hitze und die aufgeladene Energie, die einem elektrische Impulse über die Haut prickeln ließ.

»Ist sie wirklich fort?«, vergewisserte sich Madison, obwohl ihre Gedanken schon ganz woanders waren, nämlich bei Darien.

Der zog gerade seine Jeans so weit über den Hüftknochen, dass die Lilie sichtbar wurde. Die Veränderung war deutlich zu sehen: Das rote Glimmen hatte nachgelassen, und das Gefühl, in einen Abgrund zu blicken, wenn man es zu lange ansah, war verschwunden. Nun war es von einem grauen Schleier überzogen. Das Zeichen des Sukkubus war erloschen, nicht mehr als kalte Asche.

»Ja, sie ist weg, obwohl ich es kaum glauben kann«, sagte Darien. »Sogar das widerliche Pochen, das sonst immer Tag und Nacht in dem Zeichen gewütet hat, ist erloschen. Sie ist wahrhaftig fort. Das war leichter als gedacht. Vermutlich hätte ich das schon viel früher tun sollen, aber so wie's aussieht, habe ich dich dazu gebraucht. Ich schulde dir ein Dankeschön.«

Damit drehte er Madison wie bei einem Tanz halb im Kreis und zog sie dann an sich. Im nächsten Moment spürte sie, wie er kaum merklich den Duft ihrer Haut einsog, gerade so, als wollte er überprüfen, ob er seinen Sinnen noch über den Weg trauen konnte. Oder sich nicht doch die Dämonin wieder zeigte. Allem Anschein nach brachte diese Intimität nichts durcheinander, denn plötzlich waren seine Lippen nur noch einen Hauch von ihrer Haut entfernt. Eine süße Folter.

»Möchtest du dich denn gern für meine Unterstützung bedanken? Jetzt gleich und mit all deiner Hingabe, wie du eben so schön gesagt hast?«, fragte Madison.

Bei ihrer Frage beschleunigte sich Dariens Atem. War er tatsächlich schon bereit, eine weitere seiner Regeln zu brechen, selbst wenn es ohne jede Bedrohung geschehen konnte? Viel zu lang hatte er an ihnen wie an einem Rettungsring festgehalten und sich gegen jede sinnliche Erfahrung verschlossen.

Madison gestand Darien den Moment zu, in dem er mit sich rang. Sie konnte es ertragen, dass seine Hände nicht sofort nach ihr griffen, allerdings nur, weil ihnen beiden klar war, dass er ihr sowieso nicht würde widerstehen können. Und dass es ihr mit ihm nicht anders erging. Nicht einmal die Bedrohung durch eine gefährliche Dämonin hatte sie voneinander fernhalten können. Und auch jetzt machte sich der reißende Sog bemerkbar, sodass Madison die Sekunden zählte, bis er sie endlich berührte. Eine kaum erträgliche Unruhe breitete sich in ihr aus, und sie kämpfte dagegen an, sich einfach umzudrehen und ihm die Entscheidung abzunehmen.

Bevor es jedoch so weit kam, verriet eine erlösende Bewegung in ihrem Rücken, dass die Zeit des Zögerns vorbei war. »Ich will nichts lieber, als mich für deine Unterstützung zu bedanken. Und zwar auf jede erdenkliche Weise, die dir gefallen könnte«, raunte Darien, dann zog er sie an sich.

Sofort erstarb das innere Beben, und zurück blieb das Gefühl, sich öffnen zu wollen. Als würde jeder Flecken ihrer Haut erwachen und darauf hoffen, von ihm berührt zu werden. Für Scheu oder Bedenken gab es keinen Platz mehr.

»Darf ich?«, fragte er.

Sie nickte.

Schwebend leicht legte sich seine Hand auf ihre Schulter, genau an den Rückenausschnitt ihres Kleides. Mit den Fingerspitzen fuhr er ihn entlang, erst auf dem Stoff, dann über ihre so überaus empfindliche Haut, um schließlich ihren Rücken hinabzugleiten. Seine Hand nahm einen Weg über ihr Schulterblatt und brachte ihre Wirbelsäule zum Prickeln. Als sie die Form ihrer Taille nachzeichnete, schloss Madison die Augen. Und presste ihre Lider fest zusammen, als seine Hand nach vorn zu ihrem Bauch wanderte und sich zwischen ihren Hüften ein brennendes Ziehen aufbaute. Wie konnte eine so zarte Berührung nur so aufregend und gleichzeitig überaus anstrengend sein? Als würde in ihr ein Damm nur darauf warten, endlich bersten zu dürfen.

Ihren Namen flüsternd, vergrub Darien sein Gesicht in ihrem Haar, während seine andere Hand ihre Schulter umfasste. Dabei war sie mit der auf ihrem Bauch schon vollauf beschäftigt. Denn von ihr ging ein Prickeln aus, das den Wunsch weckte, dass sie endlich weiter auf Erkundungstour ging. Vielleicht ein Stück tiefer, dorthin, wo sich die Spannung fast unerträglich steigerte. Sie gab ein enttäuschtes Seufzen von sich, als die Hand von ihrem Bauch verschwand, nur um ihr im nächsten Moment ein weiteres Seufzen zu entlocken, als Darien ihr Haar beiseiteschob. Seine Lippen streiften ihren Nacken, dann setzten sie einen ersten Kuss in die kleine Mulde unter ihrem Haaransatz.

Ein Schauder durchfuhr Madison und ließ sich nicht verbergen.

Derartig ermutigt kamen weitere Küsse hinzu, erst auf ihren Nacken, dann entlang des empfindlichen Deltas zwischen ihren Schultern. Während seine Küsse eine Feuerspur entfachten, meldeten sich ihre Hände mit dem Wunsch, ihn ebenfalls zu berühren … sein zerzaustes Haar, die Kuhle unter seinem Schlüsselbein oder die dunklen Härchen auf seinen Unterarmen, deren Anblick allein sie schon verrückt machte.

Dieser Mann, der gerade die schmalen Ärmel ihres Kleides ein Stück verschob, um auch die darunterliegende Haut mit seinem Mund zu erforschen, würde er sich wirklich von ihr anfassen lassen? Oder würde er zurückschrecken, wenn er durch ihre Berührung die gleiche Intensität erlebte, der sie unter seinen Küssen ausgesetzt war? Seine Liebkosungen schmerzten beinahe, obwohl sie doch so zart waren … Dann begriff sie, dass es die Sehnsucht nach mehr war, die ihr zusetzte. Sie wollte mehr von ihm, von seinen Berührungen, von seiner Nähe, von seinem Körper. Es war ein süßer Schmerz, ein Verlangen, das nur schlimmer wurde, als er sie langsam in seiner Umarmung umdrehte, sodass sie voreinander standen.

Sein Gesicht zeigte eine Ruhe, die nur jemand verspürt, der keinen Zweifel an seinem Tun hat. Kein Zurückweichen mehr, so viel stand fest. Und doch war da eine Vorsicht, die mit seiner suchenden Annäherung zusammenhing, als müsse er zuerst ausloten, ob das, was er tat, ihr auch gefiel. Egal, wie viele Erfahrungen er mit seinen schnellen Affären gesammelt hatte, das hier war Neuland für ihn. Möchtest du mehr davon?, schien sein Blick zu fragen. O ja, dachte sie, sehr viel mehr.

»Nachdem du meinen Rücken ausgiebig geküsst hast, wäre es nur fair, wenn du dich auch meiner Vorderseite annimmst. Vielleicht möchtest du an dieser Stelle hier beginnen?« Sie deutete auf die Seitenlinie ihres Halses.

Sofort war es mit seiner Gelassenheit vorbei. »Du möchtest spielen?«, fragte er, während das Funkeln in seinen Augen sie herausforderte.

»Das findest du bestimmt ganz allein heraus.« Wie nebenbei zupfte Madison ihren Ausschnitt zurecht, wobei seine Augen jeder ihrer Bewegungen folgten. Rein versehentlich rutschte ein Ärmel über ihre Schulter.

Nachdenklich legte Darien die Stirn in Falten. »Die Frage, was genau dieses Kleid oben hält, beschäftigt mich schon länger. Was würde wohl passieren, wenn auch der zweite Ärmel über die Schulter rutscht?« Sein Zeigefinger hakte sich unter den nachgiebigen Stoff und zog den Ärmel ein Stück hinab.

Sofort lockerte sich der Sitz des Kleides.

»Darien, nicht! Sonst rutscht es noch runter.«

Er schmunzelte. »Worüber beschwerst du dich? Dadurch gibt es doch nur mehr Platz für Küsse.« Den letzten Satz flüsterte er fast, doch sie verstand ihn trotzdem. Vielmehr verstand ihn ihr

Körper und reagierte mit einem leichten Aufbäumen. Mehr Küsse auf ihrer Haut? Unbedingt!

Seine Augenbraue wanderte nach oben. »Ich nehme das mal als ein begeistertes Ja.«

Höchste Zeit für einen Konter. »Wenn wir hier schon über mangelnde nackte Haut für Küsse sprechen, kommen wir allerdings an dem, was du zu bieten hast, nicht vorbei. Soll ich es dir beweisen?«

Sie beugte sich vor und hauchte ihm mit geöffneten Lippen einen Kuss auf den Hals. Als sein Kehlkopf sich bewegte, verstärkte sie den Kuss, schmeckte seine fein salzige Haut, nahm ihre Beschaffenheit wahr … und dann musste sie sich eingestehen, dass er zu gut schmeckte, um ihren Mund wieder wegzunehmen. Also übersäte sie seinen Hals mit Küssen, nicht so vorsichtig, wie er es getan hatte, sondern suchend, fordernd, dabei leicht erschrocken über die Lust, die es ihr bereitete, ihn auf diese Weise zu erobern. Und das tat sie, wie sein Körper verriet. All die kleinen Bewegungen, die seiner wachsenden Erregung entsprangen, die Unruhe, die entstand, wenn man nicht mehr verbergen konnte, wie sehr einen jede noch so kleine Liebkosung reizte. Aber auch ihr ging es nicht besser, es war, als würde die Lust des einen die des anderen schüren. Ihre Hände krallten sich in das Strickgewebe seines Pullovers, jedenfalls so lange, wie sie es aushielt, dann wich sie zurück.

»Was hältst du davon, wenn dieses überflüssige Kleidungsstück jetzt gleich dort drüben auf dem Sessel landet?«

Er brauchte einen Moment, um zu sich zu kommen. Dann packte er den Pullover schon am Saum und zog ihn sich über den Kopf.

Frustriert stellte sie fest, dass er darunter ein T-Shirt trug, aber bevor sie ihrem Unmut Luft machen konnte, zog er es ebenfalls aus und warf es beiseite.

Es war nur ein Kleidungsstück, aber gefühlt veränderte das Abstreifen seines Shirts alles. Als hätten sie eine neue Gangart eingelegt. Und das lag nicht nur daran, dass einer von ihnen plötzlich bloß noch zur Hälfte angezogen war. Schließlich hatte sie ihn bereits mit nacktem Oberkörper gesehen, und sein Anblick hatte sich ihr unwiderruflich eingebrannt. Er war nicht nur wunderschön, fast zu schön mit seiner festen Brust und dem flachen Bauch. Sondern es würde bis zum Zerreißen aufregend sein, ihn zu berühren, zu schmecken, seine Haut an ihrer zu spüren. Anders ausgedrückt: Das Angebot, mit dem sein entblößter Körper sie lockte, erschlug sie geradezu.

»Das ging ja fix mit dem Ausziehen«, sagte Madison etwas atemlos.

»War das zu schnell? Ich habe da nicht so die große Erfahrung.«

Mit Not unterdrückte Madison ein Grinsen. »Und ich bin in diesen Dingen ebenfalls keine Fachfrau.«

»Dann wissen wir beide nicht Bescheid?« Er gab ein Stöhnen von sich, das verdächtig nach einem unterdrückten Fluch klang.

Nun war es also raus, sie hatten beide nicht viel Ahnung, wie es war, wenn man nach dem Küssen nicht direkt zum Sex überging, sondern sich auf die vielen Zwischentöne einließ.

»Sieh es doch mal so«, sagte Madison. »Auf diese Weise können wir gemeinsam Neuland betreten.«

Darien strich sich durchs Haar. »Toll, dann kann ich mich jetzt ja entspannen.«

»Wir können dich komplett ausziehen, vielleicht wird es dann besser«, schlug Madison vor.

Sein Mund verwandelte sich in eine harte Linie. »Ich kann auch weglaufen, wenn dir das lieber ist.«

Herausfordernd hakte sie ihre Finger in den Bund seiner Jeans. »Versuch das erst gar nicht, sonst …«

Beide schauten sie auf ihre Hand an seiner Jeans.

Man konnte sehen, wie er unter dieser Berührung jeden Muskel anspannte und den Rücken durchdrückte, als bereite sich alles in ihm auf eine Flucht vor.

Geht das zu weit?, fragte sie sich.

Nein, wisperte ihr Körper und wies mit einem Kribbeln darauf hin, wie wunderbar warm sich seine Haut anfühlte. Und wie lebendig. Ihn so zu erleben, das wollte sie sich auf keinen Fall entgehen lassen. Und warum sollte es bei ihm anders sein? Seine Erregung war schließlich nicht zu übersehen.

Mit einer sanften Bewegung zog sie ihn an sich, spürte, wie er die Arme um sie legte, und genoss den Moment, als ihre beiden Körper in der Umarmung miteinander verschmolzen. Die empfindsame Haut ihres Dekolletés flammte auf, als sie sich an seine Brust schmiegte. Sie legte den Kopf auf seine Schulter und für einen Augenblick schien die Zeit stillzustehen. Ob wohl immer so viele unterschiedliche Empfindungen gleichzeitig in einem auflebten? Sie war bereit, es herauszufinden, zumindest glaubte sie das, bis er sie noch dichter an sich zog. Jetzt spürte sie, wie lebendig sein Körper wirklich war, sein Herzschlag, die Bewegung seiner Muskeln, als er anfing, ihren Rücken zu streicheln, wie seine Hüften gegen sie drängten und er eine vibrierende Hitze ausstrahlte. Sie war froh, seine Arme um sich zu haben, denn auf ihre Beine war im Augenblick wenig Verlass – und es wurde auch nicht besser, als er – wie von ihr gewünscht – den Ausschnitt ihres Kleides mit den Lippen zu erkunden begann.

Bitte, bitte, jetzt nicht verrutschen, flehte sie das Kleid an, obwohl ein Teil von ihr unleugbar hoffte, dass genau das passierte. Als wäre es nicht länger ein Spiel, sondern nur noch ein Warten darauf, dass sie nichts mehr voneinander trennte.

Plötzlich konnte sie verstehen, warum er sein Shirt so hastig abgestreift hatte: Etwas Wildes in ihr lauerte nur darauf, das Steuer zu übernehmen und sie beide in Gewässer zu bringen, in denen Verstand und anerzogene Zurückhaltung nicht mehr galten. In denen man auslebte, wonach man sich sehnte, anstatt sich vorsichtig auf fremdem Terrain vorzutasten. Sie wusste nicht, welcher Weg der richtige war, sie wollte beides, das achtsame Suchen und die pure Leidenschaft. Sie wollte erleben, wie sehr er sie begehrte, wollte sich von ihm nehmen, wonach ihr der Sinn stand, und gleichzeitig wünschte sie sich, in seinen Armen sicher zu sein und keines seiner Zeichen zu übersehen, damit dieses Zusammenfinden nicht vorzeitig abbrach.

Überrascht stellte Madison fest, dass Darien seinen eigenen Weg zwischen den beiden Polen fand, indem er die Ansätze ihrer Brust liebkoste, aber den Ausschnitt unberührt ließ, bis sie sich unruhig in seinen Armen zu winden begann.

»Erwartest du wirklich, dass ich mir selbst aus dem Kleid helfe?«, fragte sie gereizt.

Er schaute sie durch seine dunklen Wimpern an. »Das möchte ich zu gern sehen.«

Unmöglich, darauf etwas zu antworten. Vor allem nicht, wenn sie daran dachte, dass sie kein Bustier trug. Ohne das Kleid würde sie lediglich im Slip dastehen … »Ich trage nicht allzu viel darunter«, gab sie zu.

»Habe ich mir fast schon gedacht, unter dem Stoff zeichnen sich nämlich unübersehbar zwei Erhebungen ab.«

»Könntest du bitte aufhören, so zu grinsen?«

Anstelle einer Antwort glitten seine Finger sachte über ihre verhärtete Brustspitze. Prompt kam es zu einem Blitzeinschlag, der sich bis in die Tiefen ihres Bauches fortpflanzte.

Offenbar gab es noch eine ganz andere Klasse der Erregung.

Wie von selbst drehte sie sich um, damit er den Reißverschluss am Rücken öffnen konnte, wobei seine Finger Stück für Stück sanft kreisend ihre Wirbelsäule entlangfuhren. Dann streifte er ihr das Kleid von den Schultern. Als sie sich ihm wieder zuwendete, breitete sich eine ungeahnte Ruhe aus. Es war Vertrauen, das sie spürte, das innere Wissen, dass sie diesen Weg mit ihm gemeinsam ging. Ja, sie konnte ihn ansehen, so, wie sie jetzt vor ihm stand, ohne das Bedürfnis, sich zu verstecken oder gar zu schämen. Langsam ließ sie die Arme sinken und gab ihm die Möglichkeit, sie von dem Kleid zu befreien.

Achtsam legte Darien das Kleid über einen der Sessel, dann war er auch schon wieder bei ihr, auf eine Art zurückhaltend, die ihn sehr jung aussehen ließ. Sie nahm seine Hand, drückte einen Kuss auf seine Finger und führte sie dorthin, wo sie gern von ihm berührt werden wollte. Genauso aufmerksam und liebevoll, wie er ihr seit ihrer ersten Berührung begegnet war, umspielten seine Finger nun auch ihren Busen, zeichneten seine Rundungen und das Tal dazwischen nach, umschlossen sie, um sich dann wieder zu öffnen.

»Ich hätte nicht gedacht, dass sich etwas so zart anfühlen kann«, sagte er leise. »Kaum zu glauben, dass ich darauf beinahe verzichtet hätte, weil es mir eine solche Heidenangst eingejagt hat.«

Das, was sie in seinem Gesicht las, berührte sie. Wie anders war das, was er gerade erlebte, im Vergleich zu seinen früheren Begegnungen?

Sie schaute sich um, entdeckte das Bett im Nachbarzimmer, nahm ihn bei der Hand und führte ihn dorthin. Als er sich auf die Bettkante setzen wollte, hielt sie ihn zurück und half ihm aus seiner Jeans. Dann erst durfte er sich setzen, und sie kletterte auf seinen Schoß, eine Position, die er dafür nutzte, ihren Busen mit dem Mund zu erkunden. Nach Luft schnappend bog sie den Rücken durch, was ihm ein tiefes Geräusch entlockte. Bevor sie sich versah, hatte er sie in die Kissen gelegt und beugte sich über sie, betrachtete sie, als sei er unsicher, ob es sie wirklich gab. Sie fasste nach ihm, wollte ihn auf sich ziehen, die Beine um ihn schlingen, doch er legte sich neben sie und küsste ihre Schulter.

»Möchtest du mich nicht?«

»Mehr als alles andere, aber vor allem möchte ich nichts überstürzen«, sagte Darien. »Eine Regel pro Tag zu brechen ist bestimmt mehr als genug, zumal ich nur drei im Angebot habe.«

»Keine Beginners«, benannte Madison die dritte Regel, während er mit dem Finger Ornamente auf ihre Haut zeichnete, was es deutlich erschwerte, ein Gespräch zu führen. »Woher willst du wissen, dass die Regel für mich gilt?«

Darien grinste sie an. »Schon vergessen? Du trägst keinen Verlobungsring an deinem Finger.«

»Ach, dann möchtest du jetzt also nicht mit mir schlafen, weil du dummerweise keinen Verlobungsring dabeihast?«

»Ich habe doch gesagt, ich möchte mit dir schlafen. Aber glücklicherweise fallen mir noch ein paar andere Dinge ein, die ich genauso gern mit dir anstellen würde.«

»Meinst du, du könntest es noch einmal auf einen Kuss ankommen lassen?«, fragte sie hoffnungsvoll.

»Du möchtest gern geküsst werden?«

Dieses Lächeln auf seinen Lippen hätte ihr sofort verdächtig sein sollen. Aber mit dem kritischen Denken war es so eine Sache, wenn man seinen Traummann neben sich liegen hatte und er gerade ihren Bauchnabel mit dem Zeigefinger umkreiste. Also sagte sie wahrheitsgemäß: »Ja.«

»Unbedingt?«, vergewisserte er sich.

Entschlossen blickte Madison ihm in die Augen. »Küss. Mich. Endlich.«

»Dein Wunsch ist mir Befehl«, sagte Darien.

Madison stutzte. So lächelte man eigentlich nur, wenn man soeben einen Blankoscheck ausgestellt bekommen hatte. Prompt machte sich in Madisons Schoß ein tiefes Pulsieren bemerkbar, als stelle sich ihr Körper auf eine ganz andere Intensität ein, als ihr Kuss vor dem Wohnheim wachgerufen hatte. Sie wollte sich ihren Kuss holen, doch er bedeutete ihr, sich wieder auf den Rücken zu legen. Dann beugte er sich über sie, und seine Lippen liebkosten ihr Dekolleté, um dann plötzlich aus ihrem Sichtfeld zu verschwinden.

»Darien?«, fragte Madison verblüfft. Sie richtete sich leicht auf und sah, dass sein Kopf bereits über ihrem Bauch schwebte. Eine Flut von spielerischen Küssen ergoss sich über ihren Bauchnabel, zog einen Bogen um ihn herum, um schließlich die Region weiter unten zu erkunden, wobei sie immer intensiver wurden. Bis seine Lippen ihren Slip erreichten und die Liebkosung durch den Spitzenstoff spürbar war. Und so feucht, dass Madison unwillkürlich nach Luft schnappte.

»Himmel!«

»Alles gut, es sind nur Küsse«, beruhigte sie Darien. Allein die Art, wie er es sagte, sorgte dafür, dass Madison sich auf der Leinendecke zu winden anfing. Dann schenkte er ihr ein Grinsen. »Und außerdem habe ich dir doch versprochen, dass ich mich für deine Unterstützung bedanken möchte. Jetzt ist der perfekte Zeitpunkt, um damit anzufangen. Zumal du offenbar magst, was ich mit meinem Mund zwischen deinen Beinen anstelle.«

Madison brachte nur ein unverständliches Stöhnen hervor, was allerdings auch daran lag, dass Dariens Finger gerade spielerisch unter den Saum ihres Slips glitten. Dann zog er den Stoff hinab, um den frei gewordenen Streifen ihres Bauches sofort mit den Lippen zu liebkosen. Und danach noch ein Stück tiefer hinunter, bis man nicht länger von ihrem Bauch sprechen konnte, was seine Lippen jedoch nur zu ermuntern schien. Und nicht nur seine Lippen. Sie ahnte, dass es nun höchste Zeit war, Einspruch zu erheben.

»Mein Slip …«, begann Madison den Satz, ohne eine Ahnung zu haben, wie sie ihn zu Ende führen sollte. Zu denken war unter diesen Umständen eine echte Herausforderung.

Glücklicherweise übernahm Darien das Reden. »Dein Slip … Der stört ganz schön, der muss unbedingt weg. Wenn du deinen Po mal eben anheben würdest?« Und schon zog er das Stückchen Stoff über ihre Hüften und hielt es in der Hand. Allerdings ohne ihm allzu viel Aufmerksamkeit zu schenken, die war ganz eindeutig woanders.

Madison ahnte, dass sie jetzt die Knie zusammenpressen sollte. Stattdessen ließ sie zu, dass Darien sie sanft auseinanderzog, um zwischen ihre Schenkel zu gleiten. Als sie die Wärme seines Mundes spürte, war auch der letzte Rest an Widerstand vergessen. Dafür waren seine Küsse viel zu überzeugend.

KAPITEL 29

Madison lächelte. Seit sie aufgewacht war, lächelte sie unentwegt. Sie hatte auch allen Grund dazu, wie sie so in Dariens Umarmung lag, seinen warmen Körper rücklings an sie geschmiegt und den Kopf auf seinen Unterarm gebettet. Was einer der vielen, vielen Gründe für ihr Strahlen war. Nun konnte sie die dunklen Härchen endlich aus unmittelbarer Nähe bewundern, zusehen, wie sie bei jedem ihrer Atemzüge zitterten. Egal, wie oft sie in den vergangenen Wochen über Darien nachgedacht hatte, in keiner ihrer geheimsten Überlegungen wäre sie je auf die Idee gekommen, eines Tages verschwitzt, erschöpft und splitternackt in seiner Umarmung zu liegen. Auch jetzt, da sie sich widerwillig eingestand, dass ihre Hüfte in der Seitenlage zu schmerzen begann und ihre Füße froren, weil die Decke im Eifer des Gefechts einen Abgang gemacht hatte, schien es ihr unwirklich, dass Dariens Hand auf ihrem Schenkel lag, als warte sie nur darauf, gleich wieder ihre Haut mit ihrer Berührung zu entflammen. Von anderen Regionen ihres Körpers, die immer noch vor Aufregung pochten, ganz zu schweigen.

War das wirklich passiert? Hatte der Mann, der es zuvor nicht einmal gewagt hatte, sie zu küssen, sie mit seinem Mund halb um den Verstand gebracht?

Ein Stöhnen unterdrückend, presste Madison ihr Gesicht gegen seinen Unterarm.

»Eine gequält stöhnende Frau – nicht gerade das, worauf man beim Aufwachen hofft«, murmelte Darien in ihr Haar.

Madison zuckte ertappt zusammen. »Bist du schon länger wach?«

»Ich habe gar nicht geschlafen – im Gegensatz zu dir. Übrigens kannst du nicht einmal im Schlaf still sein. Falls deine Füße eisig sind, tut es mir leid. Als ich versucht habe, an die Decke ranzukommen, hast du ein Geräusch von dir gegeben, das übersetzt so viel hieß wie: Wenn du dich noch einmal rührst, wirst du es bitterlich bereuen. Deshalb habe ich es lieber sein lassen.«

Unwillkürlich überkam Madison das Bedürfnis, Darien anzusehen. Doch es war gar nicht so leicht, sich aus seiner Umarmung zu lösen, ihre verschwitzte Haut klebte regelrecht zusammen. Da, wo sie sich voneinander trennten, wurde es sofort kühl, während die Stellen, wo ihre Haut frisch zueinanderfand, daran erinnerten, wie heiß es so Körper an Körper werden konnte. Hastig kuschelte sie sich an seine Brust, und er schloss die Arme um sie. Seine Augen waren halb geschlossen, was ihn sexy aussehen ließ. Sie überlegte, ihn damit zu necken, aber seine über ihren Rücken wandernden Finger brachten sie auf eine andere Idee.

»Wenn ich mich richtig erinnere, war vordem die Rede von einer Dusche. Die würde ich jetzt gern besuchen.«

Darien krauste nachdenklich die Stirn. »Stimmt, du schuldest mir ja noch einen gemeinsamen Besuch seit unserem ersten Zusammentreffen.«

»Von wegen!«

»Oder du brauchst jemanden, der dich auf den Füßen hält«, neckte Darien. »Als wir das letzte Mal zusammen in einem Duschraum waren, hattest du jedenfalls arge Gleichgewichtsprobleme und hast mir in deiner Verzweiflung das Handtuch von den Hüften gerissen. Vermutlich wäre es das Beste, wenn ich dich gar nicht mehr loslasse. Obwohl es dann schwierig wird, dich von Kopf bis Fuß einzuseifen … Und das werde ich auf jeden Fall verdammt gründlich machen.«

Der zufriedene Gesichtsausdruck dieses Kerls erinnerte Madison an jemanden. »Fehlt nur noch, dass du selbstgefällig schnurrst«, sagte sie. »Dann wärst du das perfekte Abbild von unserem alten Kater Francis, wenn er einen wieder einmal um den Finger gewickelt hat. Fürs Protokoll: Nur, weil du einmal aus meinem Näpfchen trinken durftest, heißt das nicht, dass du jetzt Narrenfreiheit hast. Wenn du mit unter die Dusche möchtest, dann solltest du dich lieber ins Zeug legen und mich davon überzeugen, dass du überhaupt einen Anspruch darauf erheben darfst.«

»Da ich mit Hunden aufgewachsen bin, die vor Begeisterung gesabbert und mit dem Schwanz gewedelt haben, bin ich komplett ahnungslos, wie ein Kater seine Angebetete einseift.«

»Indem er treuherzig aus seinen großen Augen blickt und ganz lieb Bitte, Bitte sagt.«

Darien krauste nachdenklich die Stirn. »Wirklich? Und ich dachte immer, Katzen nehmen sich einfach, was sie wollen.«

Aufmunternd schmiegte Madison sich der Länge nach an Darien. »Komm schon, Tiger, probier's. Du wirst bestimmt feststellen, dass dir ein bisschen Schnurren um meine Gunst gut gefällt.«

»Ich bin mir kein bisschen zu schade, vor dir auf die Knie zu gehen und zu betteln. Es ist nur ... Ich werde den Verdacht nicht los, dass Kater Francis eine ganz andere Taktik draufhatte«, sagte Darien. »Nämlich diese!«

Bevor Madison sich versah, schnappte Darien sie sich und stand mit ihr in den Armen auf. Es war erschreckend, wie leicht er das schaffte. Und noch viel erschreckender, als er mit ein paar Schritten bereits im angrenzenden Badezimmer war. In einem großen Spiegel erhaschte sie einen Blick darauf, wie er sie hielt. Wenn sie nicht so damit beschäftigt gewesen wäre, aus Leibeskräften zu schimpfen, hätte ihr vor Staunen der Mund offen gestanden. Das waren doch nicht wirklich sie und Darien! Völlig hemmungslos und noch weniger bekleidet als bei ihrem ersten Zusammentreffen. Genau genommen nur sie, denn Darien trug noch seine dunklen Pants. Was zu der Frage führte, warum er die überhaupt noch anhatte.

»Du darfst mich jetzt runterlassen«, sagte Madison.

Darien schüttelte den Kopf. »Ich bin mir nicht sicher, ob ich mich das traue. Du hast so ein Glitzern in den Augen.«

»Aber von hier oben kann ich dich nicht ausziehen – und du willst doch wohl nicht halb verpackt mit unters Wasser kommen. Zumal ich ja schon alles kenne, was du zu bieten hast.«

»Bist du dir da sicher? Soweit ich mich erinnern kann, war die

Situation damals etwas anders. Da habe ich mich jedenfalls nicht so sehr darüber gefreut, dich zu sehen, wie ich es jetzt tue.«

Sofort wurde Madison rot – eine Tatsache, die sie nur noch verlegener machte. So ging das nicht. Wegen ein bisschen schamloser Angeberei zu erröten, war jetzt nicht drin, sonst fing Darien nur wieder mit seinem Beginners-Gerede an. Und sie wollte nicht reden, sondern duschen – und zwar mit ihm.

Madison zappelte ein wenig, bis Darien sie runterließ, dann sah sie sich um. Das Badezimmer war ein luxuriös großer Raum, größer als das Zimmer, das sie sich mit Hemley teilte. Es gab zwei Waschschalen auf einem Marmortisch, eine frei stehende Badewanne vor einem Panoramafenster, durch das man zu ihrer Erleichterung nur Kiefernwipfel und Schneetreiben sah. Und eine begehbare Dusche, die einladend hinter einer Glasscheibe lag. Kurzum, das Badezimmer war ein Traum.

Fasziniert betrat Madison die Dusche, und ganz von selbst begann Wasser, an der Scheibe hinabzulaufen, sodass es aussah, als wäre sie hinter einen Wasserfall getreten. In die Wand waren Silberknöpfe eingelassen, und als sie einen drückte, traf sie ein Schwall warmen Wassers am Rücken.

»Wow«, entfuhr es ihr.

Darien, den sie mitten im Raum zurückgelassen hatte, hüstelte. »Ich will ja nicht beleidigt klingen, aber es ist schon hart, wenn man gegen ein bisschen Prunk verliert.«

»Wenn du mitspielen willst, solltest du dich besser beeilen, sonst vergesse ich noch, wozu ich dich eigentlich brauche.« Voller Neugierde drückte Madison den nächsten Knopf und bekam eine Massage zwischen den Schulterblättern. Bevor sie ihre Erkundung fortsetzte, bemerkte sie aus den Augenwinkeln Darien, der neben sie trat und an ihr vorbeigriff, um den Wasserstrahl so einzustellen, dass er weicher wurde.

»Oder doch lieber härter?«, fragte er.

Madison schüttelte den Kopf. »Ich mag es sanft.«

Während Darien die Dusche einrichtete, betrachtete Madison sein Spiegelbild im mit Wasserschlieren überzogenen Glas. Dieses Aufflackern und Verwischen seines Abbilds hatte etwas Aufregendes. Langsam drehte sie sich um, inzwischen umgeben von warmem Dampf, der sich wie ein glänzender Film auf Dariens Haut legte. Auf erfreulich viel nackte Haut, wie sie schmunzelnd feststellte.

»Ich hab den Look wirklich vermisst, den du bei unserem ersten Treffen getragen hast.« Sie gab ihm einen Klaps auf den Hintern.

Im Gegensatz zu ihrem Zusammenstoß im Waschraum schien es ihn offenbar nicht länger zu stören, nackt vor ihr zu stehen. Jedenfalls machte er keine Anstalten, etwas vor ihr zu verbergen.

Madison stutzte. »Das sieht ja komisch aus.«

»Ich habe dich gewarnt.«

»Witzbold. Ich rede von der Lilie, sie hat sich komplett schwarz verfärbt, als wäre sie verwelkt. Jetzt ist sie nicht mehr als ein Tattoo, wenn auch ungewöhnlich sauber gestochen und von tiefstem Schwarz.«

Darien berührte vorsichtig das Zeichen über seiner Leiste. »Ich verspüre nicht mehr den geringsten Hinweis auf *ihre* Präsenz. Wenn ich jetzt versuchen sollte, dich mithilfe ihrer Magie zu verführen, würde ich ins Leere greifen.«

»Dann gibt es also definitiv keinen Grund mehr für Zurückhaltung?«, vergewisserte sich Madison. »Wir sind frei, alles zu tun, wozu wir Lust haben?«

Seit sie sich eingestanden hatte, dass sie sich zu Darien hingezogen fühlte, hatte stets der Fluch des Sukkubus über ihnen geschwebt wie ein scharfes Schwert. Allein, dass diese Bedrohung nun endlich der Vergangenheit angehören sollte, ließ einen Energiestoß durch ihre Glieder jagen. Als habe sie Fesseln getragen, die sie nun abschütteln konnte. Jetzt durfte sie sich ganz ihrem Gefühl hingeben, ohne jede Angst. Sie betrachtete ihn mit völlig neuen Augen. All das konnte sie haben, diesen bis an die Schmerzgrenze attraktiven Mann. Sie brauchte nur die Hand auszustrecken und …

»O-kay«, sagte Darien. »Könnte es sein, dass du innerlich eben in eine neue Gangart geschaltet hast?«

Womit er verdammt noch mal recht hatte.

Doch nach Reden war Madison nicht zumute, sie hatte andere

Pläne. Sie legte den Zeigefinger auf ihre Lippen und bedeutete ihm, sich vor sie zu stellen. Mit einem Ausdruck, der zwischen Amüsieren und Skepsis wechselte, befolgte er ihre Anweisung. In einem eingelassenen Fach entdeckte sie ein Stück Seife. Genau das, das was sie jetzt brauchte. Zwischen ihren Händen entfaltete die Seife einen fein nach Orange duftenden Schaum. Ein Blick bewies, dass er still dastand, ruhig, abwartend. Das hier war ihr Spiel, und er würde es ihr überlassen, auch wenn ihm das offenbar nicht leichtfiel.

Sanft begann sie, seine Brust einzuseifen, ließ ihre Hände seinen Rücken entlangfahren und ertastete die Einbuchtungen seitlich seines Pos, bevor sie über die Hüften zurückkehrte. Haut, Muskeln, weiche Täler, sich aufschwingende, harte Hügellandschaften. Allein das Erkunden seines Körpers mit den Händen war, als würde sie ihn neu kennenlernen. Sie genoss es, ihn endlich berühren zu dürfen, ihm damit Freude zu bereiten und gleichzeitig zu spüren, wie viel Anstrengung es ihn kostete, stillzustehen, anstatt sie in seine Arme zu ziehen, um die Lust mit ihr zu teilen. Und sie wollte so gern noch mehr, ihn in all seinen Facetten erfahren. Jede Kleinigkeit an ihm erforschen und kennenlernen. Woher stammte etwa die Narbe, die sie am unteren Rücken ertastete? Oder war ihm auch schon aufgefallen, dass die Muttermale auf seiner Schulter wie das Sternbild des Orion aussahen?

Es passierte jedoch noch etwas ganz anderes, während ihre Hände über seinen Körper streiften und er stillhielt, merklich gefangen zwischen Genuss und der süßen Qual, sich ihr überlassen zu müssen. Etwas, womit Madison nicht gerechnet hatte: Obwohl sie ganz darauf konzentriert war, Darien zu verwöhnen, nahm ihre eigene Erregung immer weiter zu. Und das lag nicht allein daran, dass er nackt vor ihr stand und sichtlich angetan war von ihren Liebkosungen. All das hätte vermutlich ausgereicht, um Schauer durch ihren Körper rieseln zu lassen, bis sich eine Spannung in ihr aufbaute, die darauf drängte, sich endlich entladen zu dürfen. Wie ein Irrlicht geisterte die Lust zwischen Kopf und Füßen umher und setzte überall aufglimmende Feuer, die sich wie durch Zauberhand miteinander verbanden und ein kribbelndes Netz spannen, in dem sie gefangen war. Konnte es wirklich so aufregend sein, jemand zu verführen? Darien zu liebkosen und ihn mit jeder Faser bewusst wahrzunehmen, für ihn da zu sein und ihn spüren zu lassen, wie sehr sie ihn wollte, bereitete ihr ein ungeahntes Geschenk. Obwohl er seine Hände gegen die Wände presste, um nicht doch schwach zu werden, war sie so erregt, als würde er sie hingebungsvoll einseifen. Obwohl sie etwas gab, bekam sie gleichzeitig etwas zurück, eine Magie, die sie unter dem Einfluss der Dämonin nie kennengelernt hätte. Was sie beide einander zu geben hatten, ging über die Lust an der eigenen Befriedigung weit hinaus.

»Darien?«, fragte sie.

Er erwiderte ihren Blick aus halb geschlossenen Augen.

Was sie in seinem Gesicht las, gefiel ihr. Aber es brauchte noch etwas mehr, bevor sie weitersprach.

Behutsam ließ Madison ihre Hand Bekanntschaft mit einem Körperteil machen, das sie bislang ausgelassen hatte, teils, um ihn ein wenig zu martern, teils, weil eine solche Berührung komplettes Neuland für sie war. Doch sämtliche Unsicherheiten waren nun wie fortgewischt. Als sie ihre Hand schloss, spannte er mit einem Keuchen sämtliche Muskeln so fest an, dass seine Bauchmuskulatur hart hervortrat. Jetzt hatte sie definitiv seine volle Aufmerksamkeit.

»Ich finde, es ist an der Zeit, auch die letzte Regel zu brechen.«

Er schüttelte den Kopf. »Du musst nichts überstürzen, wir haben alle Zeit der Welt. Ich habe vor, diese Dinge in absoluter Häufigkeit mit dir zu machen.«

Mit einer solchen Antwort hatte sie gerechnet, er war so sehr Gentleman, dass er gar nicht bemerkte, wie bitter nötig sie beide eine Vereinigung hatten. Und zwar sofort, ganz ohne jede Diskussion.

»Wir haben jetzt zwei Möglichkeiten«, sagte Madison, während ihre Hand erstaunlich schnell herausfand, was ihm den Atem raubte. »Entweder breche ich mir das Genick bei dem Versuch, dich zu besteigen, obwohl du über einen Kopf größer bist. Oder du zeigst mir, wie wir beide hier an Ort und Stelle zusammenfinden können. Damit das klar ist, ich werde dich nicht gehen lassen, bevor wir nicht die dritte Regel gebrochen haben.«

Obwohl ihm ihre Forderung eindeutig gefiel, gab er nicht sofort nach. »Bist du dir sicher?«

Madison verdrehte die Augen. »Wahrscheinlich komme ich schon, wenn du bloß Anstalten machst, endlich mit mir zu schlafen.«

Darien starrte sie ungläubig an, dann schlich sich ein schiefes Lächeln auf seine Lippen. In der nächsten Sekunde zog er sie auch schon an sich und hob ihren Hintern an, sodass ihr nichts anderes übrig blieb, als seine Hüfte mit ihren Beinen zu umschlingen. Rücklings presste er sie gegen die Glaswand und warmes Wasser lief ihr über den Rücken. Es war keine Übertreibung gewesen, als sie gesagt hatte, sie sei so erregt, dass ein Anstupsen reichte, um ihren Höhepunkt herauszukitzeln. Jetzt brauchte er sie bloß ein Stück absinken zu lassen, dann wäre auch seine dritte Regel gebrochen.

»Immer noch sicher, dass du es gleich hier und sofort willst?«, fragte Darien. »Oder nehmen wir uns doch etwas Zeit? Das erste Mal gibt es schließlich nur einmal.«

Madisons Herz schlug wie wild. Sie wollte Darien mehr als alles andere. Andererseits war es vielleicht auch etwas, das mehr als schiere Lust erforderte. Unentschlossen lehnte sie ihre Stirn gegen seine.

Ein Klopfen riss sie aus ihren Gedanken, allem Anschein nach stand jemand vor der angelehnten Badezimmertür. »Entschuldigen Sie bitte vielmals die Störung, Mr Verhoeven. Aber bedauerlicherweise scheint das Telefon in Ihrer Suite ausgestellt zu sein, wir konnte Sie jedenfalls nicht erreichen.« Das klang verdächtig nach dem Ober William.

»Fuck«, fluchte Darien. »Handtuch, Handtuch, Handtuch.«

So sanft es ging, setzte er Madison auf ihren Füßen ab und flitzte aus der Dusche. Während sie noch mit ihren weichen Knien kämpfte, kehrte er auch schon zurück, um sie in einen Bademantel zu wickeln.

»Was gibt es denn so Dringendes, William?«, rief Darien, nachdem er sichergestellt hatte, dass Madison gut verpackt war. Er öffnete die Tür, vor der der Ober mit einem auffällig grauen Gesicht stand.

»Sir, es tut mir leid«, sagte William. »Aber uns hat gerade die Nachricht erreicht, dass Ihr Vater völlig unvermittelt zusammengebrochen ist und bislang nicht wieder das Bewusstsein erlangt hat. Ihr Bruder bittet Sie, sofort nach Hause zu kommen. Und ich soll Ihnen ausrichten, es scheint, als habe Ihren Vater ein alter Fluch getroffen.«

KAPITEL 30

Madison kauerte auf dem Beifahrersitz des Mustangs und wagte kaum, sich zu rühren. Genau genommen saß sie schon seit gut vier Stunden in dieser Haltung neben Darien, der entweder auf die Straße oder auf die Meilenanzeige starrte, als könne er die Distanz zu ihrem Ziel auf diese Weise verkürzen.

Noch immer konnte Madison nicht glauben, was passiert war, doch das Telefonat, das Darien mit seinem Bruder geführt hatte, ließ keinen Zweifel aufkommen. Nachdem es ihnen an diesem Morgen gelungen war, die Dämonin in ihre Schranken zu verweisen, und sie einander zum ersten Mal ohne Angst und Regeln erkundet hatten, war Dariens Vater ganz plötzlich zusammengebrochen. Madison hatte neben Darien gestanden und zugehört, als sein älterer Bruder Paul ihm mit wenigen Worten geschildert hatte, was geschehen war. Ihr Vater habe gerade Besuch in seinem Haus in den Hamptons empfangen und sei in einer vorbildlichen Verfassung gewesen. Und dann, ohne jede Vorwarnung, sei er in sich zusammengesunken. Der Notarzt habe keine körperlichen Gründe für seinen Zustand finden können.

»Sein Körper ist noch da«, hatte Paul gesagt. »Aber er ist nur eine leere Hülle. Hast du eine Idee, was Vater zugestoßen sein könnte?«

Darien hatte die Frage seines Bruders offengelassen, aber seitdem war er für Madison unerreichbar. Als sie ihm gesagt hatte, dass sie ihn begleiten würde, hatte er zwar genickt. Sie hatte jedoch das Gefühl, seine Reaktion wäre dieselbe gewesen, wenn sie sich verabschiedet hätte.

Madison hatte jedoch nicht vor, Darien allein nach Long Island fahren zu lassen – und das aus vielerlei Gründen. Zum einen hatte sie ihn dabei unterstützt, der Dämonin eine Absage zu erteilen. Es gab jedoch noch einen anderen Grund: Darien stand das schlechte Gewissen ins Gesicht geschrieben. Dafür hatte es den Spruch seines Bruders Paul, den Vater habe ein alter Fluch getroffen, gar nicht gebraucht. Es war eine Sache, wenn man das Risiko einging, es sich mit einem mächtigen Sukkubus zu verscherzen. Sobald jedoch die eigene Familie die Konsequenzen abbekam, sah es schon anders aus. Besonders, wenn man sich gerade unter einer Dusche vergnügt hatte, während der eigene Vater für diesen Spaß zahlen musste.

Vielleicht hätten wir versuchen sollen, mehr über den Sukkubus in Erfahrung zu bringen, bevor wir uns seiner entledigen, dachte Madison. Leider gab es nur keine entsprechenden Foren, und sie waren auch nicht über uralte Bücher in Geheimschrift gestolpert. Es war alles so schnell gegangen, sie waren nicht einmal dazu gekommen, sich einen Plan auszudenken, als sich die Lage auch schon zugespitzt hatte.

Während Madison in eine Jogginghose und einen Kaschmirpulli geschlüpft war, die sie im Kleiderschrank gefunden hatte, traute sie sich nicht, Darien zu fragen, ob die Erkrankung seines Vaters seiner Meinung nach mit seiner Weigerung, dem Sukkubus zu Diensten zu sein, zusammenhing. Oder ob sein älterer Bruder ebenfalls über den Sukkubus Bescheid wusste. Und auch später war sie in erster Linie froh, dass er sie nicht im Hotel zurückließ. Wobei sie sich nicht sicher war, ob er überhaupt mitbekam, dass sie neben ihm auf dem Beifahrersitz saß.

Pauls Anruf hatte Darien in einen undurchdringlichen Kokon gehüllt, und Madison konnte nur raten, was darin vorging. Es tat weh, ihm eben noch so nah gewesen zu sein, während sie nun auf zwei verschiedenen Planeten unterwegs waren, die sich immer weiter voneinander entfernten. Wenn Dariens Vater tatsächlich ein Opfer des Sukkubus geworden war, würde sie dann überhaupt noch zu Darien durchdringen? Oder würde sie ihn verlieren, wo sie ihn doch gerade erst an ihrer Seite gehabt hatte? Ihr blieb nichts übrig, als abwartend neben dem Mann zu sitzen, der so sehr auf sie beide vertraut hatte, dass er einer Dämonin die Stirn bot. »Du bist vertragsbrüchig«, hatte der Sukkubus gesagt. Aber den Vertrag hatte nicht Darien, sondern sein Vater abgeschlossen, als er sich auf die Magie der Lustdämonin eingelassen hatte. Es war nicht fair, dass Darien jetzt unter einer solchen Schuld litt!

»Wir sind da.« Dariens raue Stimme holte sie zurück in die Gegenwart.

Allem Anschein nach hatte es nicht einmal die beeindruckende Landschaft der Hamptons geschafft, Madison von ihren Grübeleien abzulenken. Und nun parkte Darien den Wagen bereits vor einem viktorianisch angehauchten Haus, das die Luxusausgabe eines typischen Beachhouses mit grauer Holzlattenfassade und weiß gestrichenen Fenstern war. Als sie aus dem Wagen stieg, begrüßten sie Möwengeschrei und Wellenrauschen. Hinter dem Haus lag offenbar das Meer.

Darien war ebenfalls ausgestiegen, doch anstatt sofort auf den Eingang zuzulaufen, um ja keine Sekunde zu verschwenden, blieb er neben der Kühlerhaube stehen. Zum ersten Mal, seit sie aufgebrochen waren, suchte sein Blick Madison.

Ich ahne, was da kommt, dachte sie. Er wird mich darum bitten, im Wagen zu warten. Ich bin nicht länger die Frau, derentwegen er sich mit Dämonen anlegt. Jetzt bin ich diejenige, die ihn dazu verleitet hat, Verderben über seine Familie zu bringen.

»Wenn du hier draußen warten möchtest, würde ich das verstehen«, sagte Darien auch schon prompt. »Schau dich auf dem Anwesen um, und wenn du etwas zu essen oder zu trinken willst, geh einfach ins Poolhaus, da gibt es eine gut bestückte Bar.«

»Ich soll es mir gemütlich machen und ein bisschen die Zeit totschlagen?«, fragte Madison ungläubig. »Dafür bin ich nicht mitgekommen!«

Darien rieb sich das Gesicht, als hoffe er, dadurch aus einem bösen Traum aufzuwachen. »Vielleicht wäre es besser gewesen, wenn du gar nicht mitgekommen wärst. Ein weiterer Fehler, der auf mein Konto geht. Versteh mich nicht falsch, ich bin dir dankbar für deine Unterstützung. Aber was mich da drin erwartet …

Willst du dich dem wirklich aussetzen? Uns ist doch beiden klar, dass mein Vater nicht einfach so ins Koma gefallen ist, ich trage die Schuld an seinem Zustand.«

»Umso wichtiger ist es doch, dass ich bei dir bin«, beharrte Madison. »Du musst das nicht allein durchstehen.«

Dariens Gesichtszüge verhärteten sich, als ginge er innerlich bereits auf Abstand. »Schon klar, du hattest in den letzten Jahren Übung darin, Menschen durch üble Situationen zu begleiten. Aber ich kann dir nicht garantieren, was das hier aus mir macht. Das Letzte, was ich will, ist, dir vor lauter Wut und Kummer die Schuld zuzuschieben. Und Madison, das würde ich am liebsten schon jetzt: uns beide hassen für das, was wir getan haben. Dass ich mich für dich entschieden und damit meinem Vater etwas angetan habe. Damit werde ich nicht zurechtkommen, egal, ob er sich das im Grunde genommen selbst zuzuschreiben hat.«

»Das halte ich aus. Woran ich zerbrechen würde, wäre, wenn du mich fortschickst, bevor ich die Möglichkeit hatte, dir beizustehen.«

»Ich will dir nicht wehtun«, beharrte Darien.

Entschlossen ging Madison auf ihn zu. »Das tust du bereits, weil du mich zurückweist und nicht glaubst, dass wir beide auch nur den Hauch einer Chance haben. Wir sind den Weg gemeinsam gegangen, es war eine gemeinsame Entscheidung.«

Darien schüttelte den Kopf. »Der Fluch lastet auf meiner Familie, es ist meine Aufgabe, mein Scheitern. Ich habe dich schon genug in diese Angelegenheit reingezogen, ich sollte dankbar dafür sein, dass dir nichts zugestoßen ist.« Unvermittelt warf er Madison die Autoschlüssel zu. »Am besten nimmst du jetzt den Wagen und fährst. Falls du zu erschöpft bist, kannst du in dem Hotel, an dem wir vordem vorbeigekommen sind, auf unser Familienkonto einchecken. Iss was, ruh dich aus, ich melde mich dann später bei dir.«

Mit einem solchen Angebot hatte Madison gerechnet – und sie kannte auch schon die Antwort darauf. »Nein danke. Ich bin nicht mitgekommen, um mich nun irgendwo zu verstecken und mir was aufs Zimmer bringen zu lassen. Für wen hältst du mich, Darien?«

»Für eine unfassbar sture Person.« Ein Lächeln flackerte auf, erlosch aber sofort wieder. »Leider habe ich jetzt keine Zeit, mit dir zu verhandeln. Wenn du nicht ins Hotel willst, dann fahr halt zurück ins College.«

»Einen Teufel werde ich tun.«

Madison warf Darien den Schlüssel vor die Brust und ging dann entschlossenen Schrittes auf die Eingangstür zu. Hinter sich hörte sie Darien fluchen. Er holte sie erst ein, als sie bereits die Treppenstufen der Veranda erklomm. Als er sie bei der Schulter packte, machte sie sich sofort wieder frei und lief auf die Tür zu … die sich gerade öffnete.

Ein Mann Anfang dreißig stand vor ihr, eine hochgewachsene Gestalt in eleganten Sachen, wie sie typisch waren für die Hamptons. Viel interessanter war jedoch sein Haar, das genauso dunkel war wie Dariens. Und auch seine Augen waren von verblüffender Ähnlichkeit, außer, dass die Iris grün und nicht tiefblau war. Für eine Sekunde zeigte sich Neugier in diesen Katzenaugen, als wäre Madison ein interessantes Spielzeug, das er gern mal genauer untersuchen würde. Dann wanderten sie weiter zu Darien, der hinter Madison aufragte.

»Du hast dir Zeit gelassen«, begrüßte ihn der Mann.

»Ich bin so schnell gefahren, wie ich konnte«, hielt Darien dagegen.

»Um dann einen ausgiebigen Plausch mit deiner Begleitung draußen auf dem Hof zu halten. Du weißt, wie man Prioritäten setzt, kleiner Bruder.«

Dann war das also Paul, der in Dariens Erzählungen keinen Platz einnahm. Hatte er sie etwa vom Fenster aus beobachtet? Als sich die Katzenaugen erneut auf Madison richteten, wich sie vor dem abschätzigen Blick zurück, allerdings nur um gegen Dariens Brust zu stoßen. Er nutzte die Gelegenheit und legte einen Arm um sie.

»Vielen Dank für die Begrüßung, Paul«, knurrte er. »Darf ich dir Madison vorstellen? Sie war so lieb, mich in dieser außergewöhnlichen Situation zu begleiten. Madison, das ist Paul, mein älterer Bruder.«

Madison nickte Paul zu, der sich nicht die Mühe machte, zu reagieren.

»Du hast also moralische Unterstützung mitgebracht.« So, wie Paul es sagte, klang es abwertend. »Wie auch immer, kommt doch rein.«

Unter anderen Umständen wäre Madison ins Schwärmen geraten über die Pracht des Hauses, hätte sich sofort in seine maritime Einrichtung verliebt und wäre aus dem Staunen gar nicht mehr rausgekommen, als sie in Räumlichkeiten geführt wurde, deren Fenster zum Strand hinausgingen und eine spektakuläre Aussicht boten. Stattdessen versuchte sie, die eisige Stimmung zwischen den beiden Brüdern zu ergründen, die sich trotz der bedrückenden Lage wie Fremde begegneten.

Während Paul sie durchs Haus führte, erzählte er noch einmal in Ruhe, was passiert war. »Du kennst Dad, er war so quicklebendig und fit wie immer. Jeden Morgen läuft er seine Meilen, spielt besser Schach als ich und hat vor Kurzem einen Koch eingestellt, der auf irgend so eine moderne Gesundheitsküche spezialisiert ist. Für heute waren ein paar Gäste eingeladen, wir wollten segeln gehen, deshalb war ich auch vor Ort. Es war alles ganz normal, er begrüßt alle, macht seine Scherze – und plötzlich bricht er ohne jede Vorwarnung zusammen. In der Klinik konnten sie keine Erklärung finden, darum habe ich ihn nach Hause mitgenommen und unseren eigenen Arzt samt einem Pflegeteam holen lassen. Seit Moms Tod hasst Dad Krankenhäuser, er würde dort freiwillig keine Sekunde bleiben.«

Madison, die wegen ihrer Granny und ihrer phasenweise arg angeschlagenen Schwester mehr als genug Zeit in Krankenhäusern verbracht hatte, fielen unzählige Fragen ein. Weil Darien jedoch nur schmerzlich das Gesicht verzog, beschloss sie, dass sie sich über die medizinischen Details später noch unterhalten konnten. Ohnehin waren sie vor einer Tür angekommen, die Paul nicht sofort öffnete, sondern seine Hand auf der Klinke liegen ließ.

»Bereit?«, fragte er seinen jüngeren Bruder.

Darien sah aus, als habe ihm jemand einen Schlag in den Magen verpasst. Der junge Kerl, in dessen Armen sie erst ein paar Stunden zuvor überglücklich aufgewacht war, schien wenig gemeinsam zu haben mit dem sichtlich von Schuldgefühlen zerfressenen Mann, der jetzt neben ihr stand. Sie drückte seine Hand, doch Darien reagierte nicht. Oder vielmehr erst einen Moment später, als er ihr seine Hand entzog, um sich über den Nacken zu streichen.

»Keine Ahnung, was es bedeutet, für so etwas bereit zu sein. Aber letztendlich ist es auch egal.«

Paul nickte, dann öffnete er die Tür.

Dahinter lag ein Raum, der sonst vermutlich für entspannte Momente genutzt wurde, wie Bücherregale und ein Ohrensessel verrieten. Ansonsten war er für ein Krankenhausbett und verschiedene Apparaturen freigeräumt worden, von denen Madison einige wiedererkannte. Es war ein Wunder, dass Paul all das während einiger Stunden organisiert hatte, vermutlich eines, das man nur mit Unmengen von Geld zustande brachte. Die Werte des Patienten wiesen darauf hin, dass er im Tiefschlaf lag und vermutlich nicht einmal dann wach werden würde, wenn neben ihm eins der piependen Geräte explodierte. Ein Blick in das Gesicht des Mannes, der dort zugedeckt lag, ließ allerdings eher an einen Toten denken, so grau und leblos wirkte er. Was Madison jedoch am meisten zusetzte, war die Tatsache, dass dieser Mann wie eine ältere Ausgabe von Darien aussah, als würde er seine Zukunft zeigen.

Auch Darien machte der Anblick seines Vaters merklich zu schaffen, als er neben sein Krankenbett trat und eine Hand ausstreckte, um sie dann wieder zurückzuziehen.

Paul war auf die andere Seite des Bettes getreten und musterte seinen jüngeren Bruder nachdenklich. Nur kurz wanderte sein Blick zu Madison. Was dieser Mann jedoch dachte, blieb ihr ein Rätsel. Vermutlich war sie für ihn ein lästiges Anhängsel, das sein Bruder in eine so private Familiensituation hineingezerrt hatte. Oder die erste Freundin, die Darien mit nach Hause brachte und die damit trotz der bedrückenden Situation interessant war. Besonders dann, wenn Paul ebenfalls das Zeichen des Sukkubus trug. Was auch immer es sein mochte, es gefiel ihr nicht, wie er sie anschaute. Nun bereute Madison es, Darien nicht danach gefragt zu haben. Wenn Paul ebenfalls von dem Fluch betroffen war, wie stand er dann zu der Dämonin? Hatte er, wie auch sein jüngerer Bruder, beigebracht bekommen, wie man sie auf Abstand hält? Und hatte er sich an die Regeln gehalten? In Pauls Blick lag etwas, dass sie sich am liebsten in Dariens großem Kaschmirpulli versteckt hätte.

»Das ist meine Schuld«, sagte Darien in das Schweigen des Raums.

Paul sagte nicht »Unsinn« oder »Wie kommst du darauf?«, sondern: »Willst du mir erzählen, was passiert ist?«

»Als ich mit Madison zusammen war, ist *sie* erschienen und wollte ihren Anteil haben. Wir haben ihr klargemacht, dass es bei uns nichts zu holen gibt. Da ist das Zeichen auf meiner Haut erloschen.«

»Du hast *sie* abgewiesen? Du bist wohl verrückt.« Purer Unglaube lag in Pauls Stimme.

Okay, Paul wusste über den Sukkubus Bescheid. Unwillkürlich fragte Madison sich, ob dieser Mann, dem so etwas flirrend Attraktives und zugleich Aggressives innewohnte, wohl ebenfalls nach einem Weg gesucht hatte, um sich den Sukkubus vom Leib zu halten. Irgendwie hatte sie da ihre Zweifel.

»Wie konntest du so etwas Absurdes tun?«, fragte Paul leise, als wollte er ihren Vater nicht mit seiner Wut belasten. Trotzdem war jedes Wort schneidend. »Du weißt genau, was es bedeutet, unter *ihrem* Zeichen zu stehen. Und trotzdem versuchst du armseliger Idiot, ihr die Stirn zu bieten?«

»Es war nie die Rede davon, dass sie als Strafe Dad niederstrecken würde«, verteidigte sich Darien. »Es hieß: Entweder du widerstehst ihr oder du musst ihr dienen. Ich dachte, wenn sie Vergeltung will, würde sie sich an mir austoben. Stattdessen ist sie einfach nur verschwunden.«

»Das ist ja eine großartige Ausrede«, zischte Paul. »Was ich nicht verstehe, ist: Wenn du schon deine Hosen nicht anlassen konntest, warum hast du *ihr* dann nicht zugestanden, was ihr gehört? Es war doch klar, dass du nicht ohne eine dicke Rechnung wegkommen würdest.«

»Weil ich Madison niemals zu ihrem Opfer machen würde.«

»Aber bei Dad war es okay, ja?«

Darien stand nur da, ein Beben in den Schultern, das sein innerliches Zusammensinken verriet.

Madison wollte das so nicht stehen lassen. »Genau genommen haben wir *sie* nicht um ihren Anteil gebracht, wir haben ihre Dienste nämlich gar nicht erst in Anspruch genommen.«

Falls Madison darauf gehofft hatte, Paul damit etwas Respekt abzuringen, hatte sie sich gründlich geirrt. Völlig ungeniert starrte er sie an, als würde auf ihrer Haut ein Film ablaufen, der zeigte, was sie in den letzten Stunden mit Darien getan hatte.

»Du willst mir doch wohl nicht erzählen, dass zwischen dir und meinem Bruder bloß eine rein platonische Verbindung besteht«, knurrte Paul. »Sogar ein Blinder würde mitbekommen, dass ihr beiden mehr als nur keusche Blicke ausgetauscht habt – und zwar so viel mehr, dass diese Nummer unmöglich ohne *ihre* Einmischung stattgefunden haben kann. So etwas würde sie sich niemals entgehen lassen, dafür hat sie viel zu lang darauf gewartet, dass Darien endlich liefert.«

Empört trat Madison einen Schritt vor. »Das klingt ja fast so, als hättest du ebenfalls darauf gewartet, dass dein Bruder dieser Dämonin zu Willen ist.« Das war eine starke Behauptung, aber so, wie Paul sich aufführte, hatte er einen Schlag vor die Brust verdient.

»Deine Freundin ist ganz schön unverschämt«, sagte Paul.

»Madison, lass es gut sein.« Dariens Stimme war nicht mehr als ein Raunen. Er suchte nicht einmal ihren Blick, so versunken war er in seinen Kummer. »Ich hätte gern einen Augenblick allein mit Vater. Würde es euch etwas ausmachen, eine Weile draußen zu warten?«

»Selbstverständlich nicht, nimm dir so viel Zeit, wie du brauchst.« Paul wartete Madisons Reaktion nicht ab, sondern legte ihr eine Hand auf den Rücken und schob sie durch die Terrassentür nach draußen. »Gehen wir ein paar Schritte, damit Darien sich von uns nicht beobachtet fühlt.«

Widerwillig ließ Madison zu, dass Paul ihr seinen Arm anbot und mit ihr über eine Wiese ging, die in eine Dünenlandschaft mündete. Um sie herum waren lauter Zeichen für die Pracht des Anwesens inklusive des Poolhauses, von dem Darien gesprochen hatte. Aber der ganze Luxus hatte einen bitteren Beigeschmack.

»Gefällt dir nicht, was du siehst?«, erkundigte sich Paul. »Normalerweise sind unsere Gäste immer schwer begeistert von unserem Anwesen.«

Madison zögerte. »Es sieht alles nach Wohlstand und sehr gediegen aus, aber es liegt ein verräterischer Schimmer Dämonenmagie darüber, den ich nicht sehr ansprechend finde.«

Zu ihrer Überraschung nickte Paul. »Das alles hat meine Familie *ihrer* Unterstützung zu verdanken. Die Dämonin nimmt nicht nur, sondern sie gibt auch. Egal, was Darien dir erzählt hat, *sie* sorgt gut für unsere Familie.«

Das klang nicht nur nach einer Rechtfertigung, sondern regelrecht nach Werbung für den Sukkubus. Bei so viel Begeisterung für diese gierige Kreatur, die Darien wie ihren Besitz betrachtet hatte, fühlte Madison sich provoziert. »Wer das Zeichen der Dämonin trägt, verwandelt sich sozusagen in eine luxuriös ausgestattete Venusfalle. Ist es das, was du mir sagen willst?«

Überraschenderweise lachte Paul. »Falls du gerade befürchtest, mein Bruder könnte ohne *ihren* Einfluss nur noch halb so attraktiv sein, kann ich dich beruhigen. Sie ermöglicht uns einen gewissen Lebensstandard, aber für den Rest müssen die Gezeichneten schon allein sorgen.«

»Womit du offenbar keine Probleme hast.«

Unvermittelt blieb Paul stehen. »Ist das der Charme, mit dem du Darien um den Finger gewickelt hast? Nun ja, wie sagt man: Je wilder die Stute, desto aufregender der Ritt.«

»Jetzt begreife ich, warum Darien so gut wie nie erwähnt, dass er einen Bruder hat. Ich denke, ich warte lieber beim Wagen auf ihn.«

Paul legte den Kopf schief, dann lächelte er. Dummerweise ein Lächeln, das Madison bis ins Mark traf, weil es Dariens so sehr ähnelte. »Tut mir leid, wenn ich es etwas auf die Spitze getrieben habe. In unserer Familie neigen wir dazu, keinem Konflikt aus dem Weg zu gehen.«

»Ich weiß«, sagte Madison. Sie dachte an die vielen Male, in denen Darien eine unmögliche Sache nach der nächsten gesagt hatte. Nur war er ihr dabei stets auf Augenhöhe begegnet, während Paul es anscheinend genoss, sie herabzusetzen, als wäre sie bloß ein Spielzeug. Und doch sorgte die Ähnlichkeit zu Darien dafür, dass Madison stehen blieb und den Blick schweifen ließ.

Sie waren beim Poolhaus angekommen, einem Bau im Stil des Haupthauses, hinter dessen Fensterfront das meerblau geflieste Becken des Pools eingelassen war. Paul steckte die Hände in die Taschen seiner schmal geschnittenen Hose, während Madison die Arme um sich schlang, um dem frischen Wind etwas entgegenzusetzen. Trotzdem würde sie in ihrem Sweater nicht mehr lange durchhalten, was offenbar auch Paul nicht entging.

»Komm, wir gehen ins Poolhaus«, sagte er. »Von dort aus können wir sehen, wann Darien wieder Gesellschaft wünscht, ohne zu erfrieren.«

Im Poolhaus war es angenehm warm. Während Madison das Haupthaus durch die Glasfront im Auge behielt, ging Paul zu einem aufgebauten Büfett, das vermutlich für den Besuch gedacht gewesen war.

»Hier.« Er hielt Madison einen dampfenden Becher Tee entgegen. »Du siehst aus, als könntest du was Warmes gebrauchen.«

Gern nahm Madison nichts von diesem Mann an, aber ihre Finger waren eisig, und sie hatte seit dem Frühstück nichts mehr in den Magen bekommen. »Danke«, sagte sie. Dann war sie auch schon froh, den Becher angenommen zu haben, denn der Tee schmeckte wunderbar süß und weckte ihre Sinne.

Über seinen Teebecher hinweg musterte Paul sie erneut. »War die Frage, ob ich kein Problem mit *ihr* habe, ein Versuch, herauszufinden, ob ich ebenfalls ihr Zeichen trage?«

Madisons Körpertemperatur wechselte von fröstelig zu glühend heiß. »Ich bin zwar von Natur aus neugierig, aber vor allem bin ich daran interessiert, wie Darien den Familienfluch endgültig loswerden kann.«

Nachdenklich trank Paul ein paar Schlucke. »Warum nennst du *ihr* Geschenk einen Fluch?«

In Madisons Kopf schrillten die Alarmglocken los, aber vielleicht war es auch nur das Blut, das viel zu schnell durch ihre Adern schoss, als bereite sich ihr Körper auf eine Flucht vor. Nur … dass sie keine Anstalten machte, davonzulaufen. Ihre Füße hatten nicht vor, sie von Paul wegzubringen. Sie stand wie festgemauert da, während sich eine Glut in ihrem Inneren ausbreitete, deren Prickeln völlig fehl am Platz war.

Madison leckte den süßen Geschmack von ihrer Unterlippe. »Was ist in dem Tee?«

»Ein Zaubertrank, der sich schon oft als hilfreich erwiesen hat.« Paul lächelte. »Keine Sorge, nichts, was beim Drogentest am College auffallen würde. Außerdem habe ich dir nur ein paar Tropfen gegeben, sonst würden wir beide schon längst keine Unterhaltung mehr führen. Bei meinem Vater habe ich es leider mit der Dosierung etwas übertrieben, aber *sie* fand, dass es einen drastischen Moment brauche, damit Darien zur Vernunft kommt. Armer, alter Dad, es werden noch Wetten angenommen, ob er jemals wieder zu sich kommt. Ich tippe jedenfalls nicht drauf.«

»Du hast auf Befehl des Sukkubus deinen eigenen Vater vergiftet?« Madison schnappte nach Luft, so glühend heiß brannte es plötzlich in ihr.

Paul zuckte mit den Schultern. »Wenn du es so ausdrückst, klingt es recht unerfreulich. Sagen wir lieber, nach all den Jahren, in denen mein Vater von *ihr* profitiert hat, war es an der Zeit, dass er zur Abwechslung auch mal ein Opfer bringt. Aber reden wir über etwas anderes, reden wir über dich. Falls du das dringende Verlangen verspürst, deine Kleidung von dir zu werfen, tu dir keinen Zwang an. Der Zaubertrank heizt einem ganz schön ein, nicht wahr? Und vertrau mir, dir wird noch sehr viel heißer werden.«

Der Becher schlug vor Madison klirrend auf den Boden. Ihr lag die Frage auf der Zunge, warum Paul so etwas Absurdes getan hatte. Aber es war schwierig, die Gedanken klar auszurichten, wenn einem so heiß war. Und es war nicht nur die Wärme, die ihr zusetzte, ihre Haut war plötzlich so empfindlich, dass sie das Reiben der Kleidung kaum aushielt.

Was Paul allem Anschein nach wusste, wie der süffisante Zug um seinen Mund verriet. »Na, kribbelt es schon?«

Es kostete Madison ihre ganze Konzentration, eine Frage zu stellen. »Was passiert mit mir?«

»Nun, ich gebe dir die Chance, noch einmal zu überdenken, ob du *ihrem* Angebot wirklich so ablehnend gegenüberstehst. Ich habe jedenfalls den Eindruck, dass dein Körper auf *ihre* Essenz recht begeistert reagiert. Für Frauen wie dich ist es meiner Erfahrung nach oftmals eine Wohltat, wenn sie ihre Lust endlich einmal frei ausleben dürfen. Du kannst dich später bei mir bedanken.«

»Was hast du getan?« Madison wollte sich in ihrer Verzweiflung auf Paul stürzen, doch er fing ihre Arme ab und zog sie an sich.

Madison stöhnte auf, allerdings nicht auf die erhoffte Weise. Ihr Körper explodierte regelrecht unter seiner Berührung. Ein goldenes Schimmern breitete sich aus, und die Luft füllte sich mit einem süßlich moschusartigen Geruch. Gegen ihren Willen drängte sie sich dichter an ihn.

»Nicht doch«, sagte Paul. »Mein kleiner Bruder teilt nicht gern. Ich habe einmal versucht, ihn zu einem gemeinsamen Stelldichein einzuladen, ebenfalls an einem Pool, wenn ich mich richtig erinnere. Aber er war nicht sehr angetan. Deshalb würde ich vorschlagen, dass wir abwarten, bis sich *ihre* Essenz vollends in dir ausgebreitet hat – und dann werde ich Darien zu dir schicken. So, wie du jetzt schon glühst, dürfte es nur eine Frage der Zeit sein, bis *sie* uns wieder gewogen ist, weil du ihr so überaus willig zur Verfügung stehst.«

»Du bist doch verrückt«, brachte Madison hervor.

»Nur *ihr* ergebener Diener, also hab bitte Nachsicht. Wenn Darien erst einmal in ihren Dienst getreten ist, wirst du sicherlich großzügiger über mein Handeln denken. Ich kann mich jedenfalls an keine Dame erinnern, die ich nicht mit der flehentlichen Bitte um mehr zurückgelassen habe. Aber solche Sorgen brauchst du dir nicht zu machen. Wie ich Darien kenne, wird er dir treu ergeben sein. So gesehen, wird *sie* schon bald deine beste Freundin sein, dank der dein Leben sich in einen einzigen rauschenden Höhepunkt verwandelt.«

»Bis ich keinen Funken Lebenskraft mehr in mir trage.« Seltsamerweise machte dieser Gedanke Madison keine Angst, denn vor ihrem geistigen Auge erschienen Bilder, wie sie umschlungen mit Darien in einem endlosen Taumel versank. Dort, wohin die Lust sie mitnehmen würde, galt die Zeit nicht. Und wenn die Zeit unwichtig war, dann musste man sich auch nicht davor fürchten, dass irgendwann alles ein Ende nahm.

»So ist es brav«, murmelte Paul beruhigend. »Früher oder später sterben wir alle, so ist das nun mal. Aber du wirst vorher wenigstens ausgiebig auf deine Kosten kommen. Wenn Darien es schlau anstellt, kann es sogar eine ganze Weile gut gehen. Wobei es durchaus anstrengend sein kann, ständig eine äußerst willige Gefährtin um sich zu haben. Es gilt eben, für alles einen Preis zu zahlen, aber wenn ich mich nicht täusche, wirst du ihn mit Kusshand entrichten.« Er strich ihr sanft über den unteren Rücken, doch selbst diese kaum nennenswerte Berührung jagte eine Welle heißer Glut durch Madison hindurch.

»Ich habe *ihr* schon mehr als einmal widerstanden«, brachte sie trotzig hervor und blendete das Ziehen und Pulsieren in ihrem Inneren aus.

In Pauls grünen Augen funkelte es. »Die entscheidende Frage ist doch, ob Darien dir widerstehen kann, wenn er gleich auf dich trifft. Nun versuch nicht, wegzulaufen, ich halte dich lieber noch ein wenig fest. *Ihre* Essenz soll dich doch ganz umwoben haben, bevor mein kleiner Bruder auftaucht. Ich will kein Risiko eingehen, dass du *ihr* noch einmal die Tür vor der Nase zuschlägst. Sie will dich nämlich unbedingt. Dich. Weil du dich ihr widersetzt hast, du kleines Miststück.«

Madison versuchte, sich loszureißen, doch es gelang ihr nicht. Pauls Arme waren zu kräftig, ihr Körper zu sehr mit dem in ihm tobenden Verlangen beschäftigt, und sie selbst … fast verloren in einer Flut aus süßen Fantasien, die ihre Gedanken und Gefühle beiseitedrängten, bis nur noch Platz für das Verlangen war, die Illusion endlich Wirklichkeit werden zu lassen.

KAPITEL 31

Der frische Wind vom Meer vertreibt die letzten Spuren Erschöpfung. Ich schließe die Augen und genieße die Kühle.

Während ich am Bett meines Vaters stand, hat mich das schlechte Gewissen fast aufgefressen. Er lag dort meinetwegen, weil die Dämonin sich von ihm genommen hat, was ich nicht zu geben bereit war. In diesem Moment war es mir gleichgültig, dass er den verfluchten Sukkubus in unsere Familie hineingelassen hatte. Ich habe *sie* herausgefordert – und *sie* hat mir gezeigt, was *sie* von Verweigerung hält. Hätte ich einfach stillgehalten, wäre es so weitergegangen wie seit Jahren. Stattdessen lag mein Vater nun wie eine leblose Hülle ans Bett gefesselt da.

»Ich mache es wieder gut«, habe ich versprochen.

Und da passierte es: ein Augenflackern, sein Gesicht einen Hauch weniger starr. Er war doch nicht ganz fort, es bestand Hoffnung.

Lächelnd schaue ich in den wolkenverhangenen Himmel. Es gibt eine Chance, das Rad der Zeit zurückzudrehen, ich muss nur noch herausfinden, wie. Über das Zeichen wird es nicht möglich sein, die Lilie ist verdorrt. Trotzdem. Ich werde es wiedergutmachen.

In diesem Moment tritt Paul aus dem Poolhaus.

Beim Anblick meines älteren Bruders zucke ich zusammen. Wir sind uns noch nie nah gewesen, und auch jetzt verspüre ich einen Widerwillen, der mich schon mein ganzes Leben lang begleitet. Wobei ich nicht weiß, ob es daran liegt, dass Paul *sie* hingebungsvoll verehrt – oder weil wir schlicht zu verschieden sind. Jetzt interessiert mich allerdings nur, wo Madison ist, sie ist vorhin mit ihm zusammen rausgegangen.

Als könne Paul meine Gedanken lesen, winkt er mir zu und deutet dann aufs Poolhaus, bevor er in Richtung Meer davonschlendert.

Gute Idee, denke ich. Darin ist es warm, und es gibt auf jeden Fall etwas zu essen, der perfekte Ort, um sich zu besprechen, wie es weitergeht. Und um sich zu entschuldigen. Während ich über den Kiesweg gehe, wird mir nämlich erst bewusst, wie undankbar ich mich gegenüber Madison aufgeführt habe. Als ich in die schwüle Wärme des Poolhauses trete, bin ich bereit, direkt auf die Knie zu fallen und zu einer Entschuldigung anzusetzen.

Nur leider steht Madison mit dem Rücken zu mir.

Sie hat ihre Hose und die Boots ausgezogen und testet gerade mit den Zehen das Wasser. Ich denke lieber nicht darüber nach, was – oder vielmehr was sie nicht – unter meinem übergroßen Pullover trägt.

»Hey«, sage ich. »Willst du eine Runde schwimmen?«

Ohne sich zu mir umzudrehen, sagt sie: »Warum nicht? Das Wasser ist ganz wunderbar warm.«

Ihre Stimme klingt verträumt, doch sie zeigt mir immer noch ihre Rückansicht, so, als wolle sie mir nicht in die Augen sehen. Ich ahne, warum: Sie will vor mir verbergen, dass meine Kälte sie verletzt hat. Das befeuert mein schlechtes Gewissen noch zusätzlich.

Ich trete hinter sie und widerstehe dem Verlangen, meine Arme um sie zu legen, egal, wie verführerisch ich sie finde. Erst kommt die Nummer mit dem Kniefall, das schulde ich ihr.

»Madison«, setze ich an. »Es tut mir leid. Ich weiß, du kannst meine Entschuldigungen langsam nicht mehr hören, aber mir ist klar, wie du dich fühlen musst. Dabei bin ich dir dankbarer, als du dir vorstellen kannst.«

»Wirklich?«

Sie wirft mir einen Blick über die Schulter zu, nur ganz flüchtig, aber es reicht aus, um mir die Sprache zu verschlagen. Wie kann es nur sein, dass diese Frau eine solche Wirkung auf mich hat?

Mit einer geschmeidigen Bewegung zieht sie den Pullover aus, sodass ich nun ihren nackten Rücken bewundern kann. Während mir vor Staunen der Mund offen steht, lacht sie leise.

»Wenn du mir als Wiedergutmachung einen Gefallen tun willst, dann geh mit mir schwimmen.«

Ohne meine Reaktion abzuwarten, gleitet sie ins Wasser.

Ich reiße mir nicht die Klamotten vom Leib und springe hinterher. Nein, ich stehe am Beckenrand wie der letzte Schwachkopf. Weil ich mir nicht sicher bin, ob das eine gute Idee ist. Dabei ist von Paul nichts mehr zu sehen, die Lage meines Vaters wird sich nach seinem kurzen Erwachen bestimmt schon bald stabilisieren … und ja, ich schulde Madison Aufmerksamkeit. Eigentlich noch viel mehr als das. Trotzdem stehe ich da, während sie selbstversunken durchs Wasser treibt und mich ihren schönen, perfekt geschwungenen Körper bewundern lässt. Wenn ich noch lange zögere, vergisst sie wahrscheinlich noch, dass es mich überhaupt gibt.

Idiot, beschimpfe ich mich.

Dann schlüpfe ich aus meinen Klamotten, nur um festzustellen, dass ich plötzlich schüchtern geworden bin. Und das nach allem, was ich mit Madison den Morgen über getan habe. Aber irgendwie fühle ich mich ausgeliefert, geradezu zur Schau gestellt. Dabei gehört das einzige Augenpaar, das auf mich gerichtet ist, der Frau, für die ich meine Regeln in den Wind geschlagen habe und bereit war, mein Seelenheil gegebenenfalls gleich mit dranzugeben. Mich vor ihr nackt zu fühlen, ist ein völlig absurder Gedanke, den ich genervt abzuschütteln versuche. Sicherheitshalber werfe ich noch einen raschen Blick auf das Zeichen bei meiner Hüfte, doch die Lilie ist immer noch ganz verdorrtes Schwarz. Dann steige ich über die Treppen ins Wasser, das sich sofort wie flüssiger Samt um mich legt.

Vor mir taucht Madison auf und wischt sich die Tropfen aus dem Gesicht. »Und, ist es nicht wunderbar?«

Du bist wunderbar, will ich sagen. Aber ich bringe lediglich ein Keuchen hervor.

Himmel, was ist nur mit mir los?

Madison schwimmt auf mich zu, mit einer Leichtigkeit, als sei sie in diesem Element zu Hause. Als sie bei mir ankommt, tauche ich bis zur Brust ein. Sie packt mich bei den Schultern und drängt mich ein Stück zurück, bis eine Stufe unter meinem Hintern auftaucht. Sie gleitet auf meinen Schoß – und ich zucke unwillkürlich zurück.

»Willst du mich denn nicht?«, fragt sie. Und rekelt sich dabei, was ich trotz des Wassers mehr als überdeutlich spüre.

Die Frage ist überflüssig, mein Körper antwortet ganz von allein. Trotzdem schiebe ich meine Hände unter ihren Po und zieh mich unter ihr raus. Was sie schmollen lässt. Ich kann es ja auch kaum fassen. Warum lasse ich sie abprallen? Ich will sie doch, verdammt. Sie sieht unfassbar sexy aus mit der vom Wasser glänzenden Haut und den nassen, zurückgestrichenen Haaren. Und das Wasser ist so einladend warm und verspricht, uns zu tragen, der Schwerkraft zu entziehen, wenn ich es endlich über mich bringe, sie wieder auf meinen Schoß zu ziehen.

Das alles liegt glasklar auf der Hand. Und trotzdem schwimme ich mit ein paar Zügen zur Mitte des Beckens und lasse sie allein bei den Treppen zurück wie eine verlassene Meerjungfrau. »Komm«, rufe ich. »Lass uns ein bisschen schwimmen.«

Einen Moment zeigt sie mir noch die kalte Schulter, dann funkelt es in ihren Augen auf. Elegant taucht sie ein und verschwindet unter der sich kräuselnden Oberfläche.

Ich spüre mehr, wie sie rasch auf mich zukommt, als dass ich sie sehe. Unwillkürlich ziehe ich den Atem ein, dabei ist es ja nicht gerade der Weiße Hai, der unter Wasser auf mich zuschwimmt. Oder vielmehr knapp an mir vorbei. Kurz sehe ich sie auftauchen. Sie lacht, bevor sie wieder aus meinem Blickfeld verschwindet. Dann gerät neben mir auch schon das Wasser in Bewegung, doch es ist nicht mehr als ein Vorbeiziehen. Dieses Mal strecke ich den Arm aus in der Hoffnung, sie zu fangen. Denn plötzlich gefällt es mir gar nicht, dass sie sich mir entzieht. Leider lange ich daneben, ihr Lachen ertönt da, wo ich nicht mit ihm gerechnet habe. Irre ich mich, oder klingt es ein wenig so, als würde sie mich auslachen?

Also tauche ich unter mit der Absicht, sie mir zu schnappen.

Und dann … Ein Kribbeln durchfährt mich, als stünde der Pool auf einmal unter Strom. So stark, dass sich sämtliche Härchen gleichzeitig aufstellen. In mir pulsiert eine Energie, die unbedingt umgesetzt werden will.

Wo ist sie?

Ich bin umgeben von unzähligen aufsteigenden Luftbläschen und schimmernden Schlieren.

Da!

Ein Arm! Er blinkt neckisch auf, um sofort wieder im Blau zu verschwinden.

Ich schwimme so schnell los, dass meine Muskeln protestieren. Doch das kümmert mich nicht, genauso wenig wie meine Lunge, die langsam Sauerstoffmangel meldet. Ich habe nur noch eins im Sinn: sie. Und das, was ich mit ihr anstellen werde, sobald ich sie gefangen habe. Verflucht, ich will keine Sekunde länger warten. Kann nicht. Und kurz bevor ich meinen Frust unter Wasser herausschreie, taucht sie in ihrer ganzen Pracht vor mir auf. Mit einem Grinsen will sie hautnah an mir vorbeigleiten, aber daraus wird dieses Mal nichts, ich bin schneller. Ich versperre ihr den Weg, lasse sie gegen meine Brust schwimmen und schlinge die Arme um sie. Es hilft ihr nichts, als sie sich windet, jetzt gehört sie mir. Ich drehe mich mit ihr unter Wasser, als würden wir miteinander ringen, obwohl der Druck in meinen Schläfen pocht und meine Lunge schmerzt. Aber ich mag nicht auftauchen, bevor sie nicht mir gehört.

Dann passiert es, für einen Moment wird mir schwarz vor Augen. Sofort entzieht sie sich mir und durchbricht die Wasseroberfläche. Ich schieße ihr hinterher und schnappe gierig nach Luft. Noch ehe wieder genug Sauerstoff in meinen Körper strömt, ziehe ich sie an mich. Und dieses Mal wehrt sie sich nicht, versucht nicht, mir zu entwischen. Das Spiel ist vorbei, und das weiß sie.

»Willst du mich?«, fragt sie.

»So sehr, dass es mich fast umbringt.«

»Dann lade mich zu dir ein.«

Nichts lieber als das.

Ohne, dass ich es mitbekommen habe, sind wir wieder bei den

Treppen gelandet. Vorsichtig lege ich sie darauf ab und schiebe mich über sie. Sofort beginnt sie, sich zu rekeln, und erinnert meinen Körper daran, was für ein Gefühl es ist, Haut an Haut mit ihr zu sein.

Ich streiche ihr eine nasse Strähne aus dem Gesicht.

Sie schaut mich fordernd, ungeduldig an. Fast, als bereite mein Zögern ihr Schmerzen. Etwas in mir regt sich, eine zarte Ahnung, dass mir in diesem Liebesspiel etwas abhandengekommen ist: meine Hingabe. Alles, was ich gerade spüre, ist reines Wollen, hungrig und zu allem bereit. Und so, wie sie versucht, mich an sich zu ziehen, geht es ihr nicht besser.

»Madison, ist alles okay?«

Sie stöhnt. Gereizt, aber irgendwie auch verwirrt.

Ich setze mich auf eine der höheren Stufen und ziehe sie aus dem Wasser. Was mir überraschend schwerfällt, als würde es sie zurückhalten und nicht freigeben wollen. Sie lässt es sich gefallen und gräbt dabei ihre Fingernägel schmerzend tief in meine Haut. Ich unterdrücke einen Fluch und schrecke im nächsten Moment zusammen, als sie den Blick hebt und mich ansieht. Wer auch immer mich aus diesen vertrauten Augen anschaut, es ist nicht Madison. Langsam zieht sie sich an mir empor, so, als würde jede Regung größte Pein und größte Lust zugleich sein.

»Willst du mir denn gar nicht helfen?«, fragt sie mich mit der Stimme der Frau, die ich liebe. »Es zerreißt mich noch, so sehr brennt es in mir.«

Ich halte es kaum aus, sie in diesem Zustand zu erleben. Es geht so weit, dass mir sogar egal ist, wie es dazu gekommen ist. Hauptsache, es geht sofort vorbei. »Und wenn ich tue, was du willst, wird es dann besser?«

»O ja, das wird es«, wispert sie.

Es lässt sich nicht länger leugnen, die Lilie auf meiner Haut mag erloschen sein, aber *sie* hat einen anderen Weg gefunden, um *ihren* Willen zu bekommen. »Entweder füge ich mich dir oder du bringst sie mit Magie vor Lust um den Verstand«, stelle ich trocken fest.

In *ihren* Augen funkelt es gierig auf, *sie* gibt sich jetzt keine Mühe mehr, sich vor mir zu verbergen. »Es wird die reinste Erlösung sein, wenn du dich mir endlich überlässt – für euch beide. Ansonsten wird dieser Körper von innen heraus verbrennen. Wenn du sie willst, dann jetzt – sonst ist es zu spät.«

Ich nicke, das habe ich mir schon gedacht. Seltsamerweise macht es mir nichts aus, mich geschlagen zu geben. Meine Gegenwehr einzustellen und mich endlich hinzugeben, macht zum ersten Mal Sinn. Soll *sie* doch haben, was *sie* will. Hauptsache, Madison passiert nichts.

»Wenn ich mich füge, gibst du sie dann frei?«

Kurz taucht Argwohn in den Augen auf, aber als ich mich über *sie* beuge, bereit, endlich zu tun, was *sie* so unbedingt will, erlischt er. *Sie* ist zu versessen darauf, mich endlich zu brechen.

»Einverstanden. Beuge dich ihrer Lust und ich werde mich zurückziehen.«

Ich gebe Madison einen Kuss auf die Lippen. Sie öffnen sich sofort, bereit zu mehr. Doch anstatt ihren warmen Mund zu erkunden, liebkose ich ihre Lippen, fordere sie zum Spiel auf. Wo sich eben noch ihre Fingernägel in meine Haut gegraben haben, wird ihr Griff nun weicher. Die Anspannung in ihrem Körper lässt nach, und ihre Umarmung fühlt sich so an, wie ich es von ihr kenne, verführerisch und zärtlich zugleich. Als ich den Mund erneut auf ihren senke, kommen mir ihre Lippen sanft entgegen. Es ist eine Einladung, der ich nicht widerstehen kann. Ich küsse sie und kann nicht anders, als an unseren ersten Kuss zu denken. Oder vielmehr an den Moment, als ich alle Schranken habe fallen lassen und mich wirklich auf sie eingelassen habe. Vielleicht ist das gerade das letzte Mal, dass wir auf diese Art zueinanderfinden. Ein gemeinsames Spiel, das nur dadurch prickelnder wird, indem man bereit ist, dem anderen etwas zurückzugeben. Wenn *sie* meinen Körper erst einmal zu *ihrem* Herrschaftsgebiet erklärt hat, wird so ein Kuss nicht mehr möglich sein. Umso mehr genieße ich ihn – und Madison, wie mir ihr anschmiegsam werdender Körper verrät, auch.

Mitgerissen von Madisons Reaktion überziehe ich ihren Hals mit Liebkosungen und muss grinsen, als sie eine Gänsehaut bekommt. Das mag sie, sehr sogar. Kuss für Kuss wandere ich über ihr Dekolleté und bin bereits in Richtung ihres Busens unterwegs, als ich plötzlich daran erinnert werde, dass Madison und ich nicht allein sind.

»Versuch nicht, es hinauszuzögern«, knurrt *sie*.

»Ganz ruhig, ich möchte das auskosten.«

»Das interessiert mich nicht, nimm sie endlich.«

Dann ist es jetzt also so weit. Ich streife alles ab, was sich an Wut, Ekel, Verzweiflung und Bedürftigkeit in den letzten Jahren aufgestaut hat. Ich bin bereit, mich zu fügen, damit Madison anschließend von *ihr* befreit ist.

»Ich gehöre dir mit Leib und Seele, wenn du das möchtest«, flüstere ich in Madisons Ohr.

Sie dreht den Kopf und sieht mich an. Ihre Augen durchzieht ein Flackern, als tobe ein Sturm tief in ihrem Inneren. Er macht mir deutlich, was sie gerade ertragen muss, und wie tapfer sie dagegenhält.

»Ich möchte dich, es gibt nichts, was ich mehr will«, sagt sie mit einer Stimme, die so vertraut nach Madison klingt, dass es mich fast zerreißt. Der Dämonin ist es nicht gelungen, sie vollkommen *ihrem* Willen zu unterwerfen. Mehr Erleichterung geht nicht … und dadurch wird mir vielleicht auch möglich, was der Sukkubus von mir fordert.

Vorsichtig gleite ich zwischen ihre Schenkel, und als ich ihr ins Gesicht blicke, sehe ich nur Madison.

»Willst du mich denn auch?«, fragt sie.

Mit dieser Frage habe ich nicht gerechnet, nicht in dieser Situation. »Ja«, sage ich – und verdammt, ich meine es auch genau so!

Bevor ich etwas erwidern kann, zieht Madison mich an sich. Einfach so. Ich halte sie in den Armen, aber was noch viel wichtiger ist: Sie hält mich auch. Es ist liebevoll, zärtlich und voller Hingabe, sodass ich *ihre* Forderung schlicht vergesse.

Im Gegensatz zu *ihr*. Wobei *ihre* Stimme nun nur noch ein Hall ist. »Was soll das? Brich endlich deine letzte Regel und mach sie mir zum Geschenk. Sie will es doch.«

»Was Madison will«, flüstere ich kaum hörbar, »das bin ich und nicht die Erfüllung ihrer Lust.«

Es stimmt, ich spüre die Wahrheit tief in meiner Brust, als wäre sie ein Glockenklang, der sich ausweitet und alles hinfortwischt, was in dieser Klarheit nicht bestehen kann.

Vorsichtig löst sich Madison aus der Umarmung und blinzelt, als würde sie aus einem Traum erwachen. »Na du«, sagt sie, als würde sie mich erst jetzt wirklich wahrnehmen.

»Selber na du«, sage ich und muss schmunzeln. Es ist absurd und fühlt sich gleichzeitig komplett richtig an.

Irgendwo in weiter Ferne ertönt ein Schrei, der die Essenz der Wut in sich trägt.

Madison scheint ihn nicht zu hören, also schere ich mich ebenfalls nicht darum und spiele lieber mit ein paar Wassertropfen auf ihrer Schulter.

»Was machen wir hier?« In Madisons Stimme schwingt Verwirrung mit.

»Was hältst du von schwimmen?«, frage ich zurück.

Ihr Blick gleitet über das Wasser, dann kehrt er auch schon zu mir zurück. Ein Lächeln umspielt ihre Lippen, als sie beschließt, alle weiteren Fragen auf später zu vertagen. »Keine Ahnung, was hier los ist, aber schwimmen klingt gut. Besonders, wenn sich ausgerechnet Darien Verhoeven als Gefährte für Wasserspiele anbietet. Und wenn er dabei auch noch das Outfit trägt, was mir von Anfang an am besten an ihm gefallen hat, dann ist es schlicht ein Traum.«

Meine Mundwinkel zucken. »Da ist er ja wieder, dein spezieller Sinn für Humor. Du willst planschen? Dein Wille ist mir Befehl.« Ich ziehe eine lachende und sich spielerisch sträubende Madison mit mir in den Pool und verschwende dabei keinen Gedanken mehr an das, was ich beinahe mit ihr getan hätte. Denn im Prinzip mache ich ja exakt das, was Madison will: mit ihr zusammen sein und unserem Gefühl füreinander folgen. Auch wenn *sie* sich das so keineswegs gedacht hat.

Aber *sie* spielt eh keine Rolle mehr.

Ihr Schrei wird wütender, tobender, während er sich immer weiter von uns entfernt, zurückgedrängt in die Welt, in die *sie* gehört. Eine Welt, in der man nicht damit rechnet, dass Hingabe stärker ist als Lust.

Ein Lachen will über meine Lippen kommen, stattdessen hebe ich Madisons Gesicht an und küsse sie. Zuerst vorsichtig und suchend, dann, als ihre Lippen sich öffnen, tiefer. Es ist, als hätte unser erster Kuss niemals aufgehört.

KAPITEL 32

Manchmal ist die Zeit wie ein lebendiges Wesen, mal läuft sie so schnell, dass man ihr hinterherrennt, und dann wieder scheint sie auf der Stelle zu stehen. Es gibt auch Momente, in denen sie sich versteckt und man sich wie aus Zeit und Raum gehoben fühlt.

Genau diesen seltsamen Zustand erlebte Madison, seit sie im kristallblauen Wasser in Dariens Umarmung zu sich gekommen war. Die Erinnerung an das, was zuvor geschehen war, kehrte zwar nicht zurück. Eben noch trank sie aus einem dampfenden Becher, und dann war da auch schon Darien, ganz nah und überwältigend anziehend. Dafür machte sich jedoch ein neues Bewusstsein bemerkbar: Sie war es, die einzig und allein die Entscheidungen für ihr Leben traf. Es gehörte ihr – und keine noch so bedrückende Familiengeschichte, vererbbare Krankheit und erst recht keine übergriffige Dämonin und ihre Handlanger konnten daran etwas ändern. Zwar hatte ihr Körper noch mit den Nachwirkungen der Sukkubus-Essenz zu kämpfen, die ihr Paul laut Darien verabreicht hatte, und da war auch diese leere Stelle in ihrer Erinnerung. Aber das verunsicherte sie nicht, dafür war das Gefühl, ganz bei sich zu sein, viel zu stark.

Nachdem Darien ihr erklärt hatte, was am Pool vorgefallen war, waren sie ins Haupthaus zurückgekehrt. Sie hatten nicht lange nach Paul suchen müssen, Dariens älterer Bruder lag zusammengebrochen im Foyer, geschüttelt von Krämpfen. Als sein Körper sich endlich beruhigt hatte, sah der eben noch so viril wirkende Mann um Jahre gealtert und völlig ausgezehrt aus. Der Sukkubus hatte nicht nur Darien von seinem Fluch entbunden, sondern seine ganze Familie. Was jedoch bei Darien ohne Weiteres über die Bühne gegangen war, hatte seinen Bruder Paul, der sich mit Haut und Haaren auf den Sukkubus eingelassen hatte, regelrecht gebrochen. Madison konnte es an seinen Augen erkennen, als sie ihm aufhalfen. Hatte darin zuvor ein dämonisches Feuer gebrannt, so herrschte jetzt nur noch Leere. Ihr Bedürfnis, Paul zur Rechenschaft zu ziehen für das, was er ihr angetan hatte, verflog sofort. Er war bereits genug gestraft für seine Dienste. Selbst der gesamte Reichtum der Familie Verhoeven würde den Glanz in seine Augen nicht zurückbringen. Auch Darien schien sich darüber im Klaren zu sein, so geschockt, wie er wirkte.

Vorsichtig legte Madison eine Hand auf Dariens Unterarm. »Wie kann ich dir jetzt am besten helfen? Indem ich hierbleibe – oder dir Raum gebe, deine Familienangelegenheiten zu regeln?«

Darien lächelte schwach. »Ich sollte mich doch eigentlich um dich kümmern, nach allem, was passiert ist. Das schulde ich dir.«

Mit einer solchen Antwort hatte Madison gerechnet, was sie nur noch mehr bestätigte. »Wärst du nicht bereit gewesen, dich für mich aufzugeben, wäre ich jetzt nicht mehr da. Der Sukkubus hätte mich nämlich allen Versprechen zum Trotz niemals aus seinen Klauen entlassen, da bin ich mir sicher. Dass ich mich widersetzen konnte, verdanke ich dir. Also, was brauchst du jetzt, Darien?«

Sichtlich hin- und hergerissen stand Darien da, dann nickte er ergeben. »Ich würde die Sache mit meiner Familie gern in Ordnung bringen, dafür sorgen, dass Paul in seinem Zustand nichts Dummes tut, und außerdem nach meinem Vater schauen.«

»Gute Idee«, stimmte Madison zu – und streckte die Hand aus.

Darien schaute sie fragend an.

»Die Autoschlüssel bitte. Ich quartiere mich in dem Hotel ein, das du bei unserer Ankunft erwähnt hast. Mal schauen, ob sie es mit dem Verwöhnangebot des Adalston aufnehmen können.«

Es dauerte einen Moment, aber dann musste Darien schmunzeln. »Niemand nimmt es mit Williams spezieller Kaffeemischung auf, aber mach ruhig deine eigenen Erfahrungen. Meine Familie quartiert dort regelmäßig Gäste ein und hat ein eigenes Konto, fühl dich bitte eingeladen.« Er nahm sie in den Arm und vergrub sein Gesicht an ihrer Schulter. »Danke«, sagte er leise, dann gab er ihr den Autoschlüssel.

Seitdem waren viele Stunden vergangen, jedenfalls, wenn man der Uhr Glauben schenkte. Auch Madisons Verstand wies sie darauf hin, dass sie in ein elegantes Strandhotel eingecheckt war, sich die Speisekarte einmal rauf und runter aufs Zimmer bestellt hatte, um dann mit vollem Magen vorm Fernseher einzuschlafen. Als sie aufwachte, war bereits ein neuer Tag angebrochen. Sie hatte sich in der Hotelboutique neue Anziehsachen besorgt und war am Strand spazieren gegangen, solange sie ihre Füße trugen, den Kopf wohlig gedankenleer. Nur ein paarmal hatte sie sich gefragt, wie es Darien wohl gerade erging und wie sich die Ereignisse im Haus seiner Familie weiterentwickelt hatten. Aber es hatte wenig Sinn, zu spekulieren. Es war klüger, Kraft zu sammeln für das, was noch kommen sollte. Und so beobachtete sie, wie die Wellen murmelnd und schäumend an den Strand rollten, atmete den rauen Meeresduft und genoss das Gefühl, einfach nur da zu sein.

Als Madison mit rot gefrorener Nase auf ihr Zimmer zurückkehrte, wusste sie noch bevor die Tür aufging, dass Darien da war. Ihr kam eine Wärme entgegen, die kein noch so angenehm aufgeheiztes Hotelzimmer bieten konnte. Ihr erster Impuls war, hineinzustürmen und ihm in die Arme zu fallen. Doch dann trat sie leise ein und sah ihn beim Fenster stehen, den Blick nach draußen in den Himmel gerichtet. Er wirkte erschöpft und in sich gekehrt, aber er war gekommen.

Madison stieg aus ihren Stiefeln und legte den Parka beiseite, dann trat sie neben ihn und schaute ebenfalls den am Himmel kreisenden Möwen zu.

»Wie schlimm war es?«, fragte sie nach einer Weile.

Darien schluckte. »Sehr schlimm und sehr gut. Ich musste Paul in eine Klinik bringen, dort wird er wegen eines massiven Burnout-Syndroms behandelt. Das habe ich mal so stehen lassen, vermutlich hätte es nichts gebracht, wenn ich dem Ärzteteam erklärt hätte, dass mein Bruder von seiner Dämonin sitzen gelassen wurde, die Lebenssinn und Lieblingsdroge gleichzeitig für ihn war. Wahrscheinlich sollte es mir nicht leidtun, dass Paul jetzt am eigenen Leib erfährt, wie es ist, von einem Sukkubus ausgesaugt und fallen gelassen zu werden. Aber er sah so verdammt elend und ausgebrannt aus, dass meine ganze Wut schlagartig verraucht ist.«

»Du solltest dankbar dafür sein«, sagte Madison. »Es ist vorbei.«

»Ja, das ist es. Definitiv. Ich hatte eine Gelegenheit, einen Blick auf Pauls Zeichen zu werfen. Es ist schwarz und tot. Das Kapitel Sukkubus ist für meine Familie abgeschlossen. Und Paul wird jetzt aus eigener Kraft entscheiden müssen, wie es für ihn weitergehen soll.«

Unter anderen Umständen hätte Madison angemerkt, dass Paul ja zumindest weich fallen würde dank seines Reichtums. Aber sie wusste es besser. Was die Dämonin diesem Mann geraubt hatte, war nicht zu ersetzen. Er würde hart an sich arbeiten müssen, um den erlittenen Verlust zu verkraften. »Ich wünsche Paul alles Gute«, sagte sie. Und meinte es ernst. Genau wie bei Darien war ihre Wut längst verflogen und mit ihr das Bedürfnis, Paul zur Rechenschaft zu ziehen.

Ohne den Blick vom Fenster abzuwenden, nahm Darien ihre Hand. »Mein Vater ist gestern Abend wieder zu Bewusstsein gekommen, und wir haben die halbe Nacht durch geredet. Ich verstehe ihn immer noch nicht, aber ich konnte zum ersten Mal neben ihm sitzen, ohne ihn anschreien zu wollen. Keine Ahnung, wohin das führen wird, trotz all der Düsternis kommt es mir jedoch wie ein Neuanfang für unsere Familie vor.«

Madison fiel so viel ein, was sie dazu am liebsten gesagt hätte, allein, wie erleichternd es war, wenn alte Wunden endlich heilen durften. Und dass es trotz allem gut war, eine Familie zu haben. Stattdessen schwieg sie und begnügte sich damit, ein wenig dichter an Darien ranzurutschen. Von ihm ging eine tiefe Erschöpfung aus, und sie wollte ihm nur zu gern etwas von der Kraft schenken, die sie in sich fühlte.

»Mein Vater hat viel darüber geredet, wie es früher war, aber vor allem hat er mir von meiner Mutter erzählt, aus der Zeit, als er sie kennengelernt hat. Wie sehr sie sein Leben auf den Kopf gestellt hat, nichts war danach mehr wie zuvor. Leider hat er nicht den Mut aufgebracht, ihr von seinem Handel mit der Dämonin zu erzählen. Erst, als es schon zu spät war. Vielleicht hätte meine Mutter ihm helfen können, so, wie du mir geholfen hast. Dafür wollte ich mich noch einmal bedanken.«

»Das brauchst du nicht.« Nun hielt Madison es nicht mehr aus und schlang ihre Arme um Darien.

»Einen Moment noch ...«

»Nicht einen einzigen«, unterbrach Madison ihn entschlossen, dann stemmte sie sich auf die Zehenspitzen empor und küsste ihn.

Was immer Darien noch hatte sagen wollen, vergaß er sofort und erwiderte stattdessen ihren Kuss.

Zuerst wollte Madison ihm Halt und Zuversicht schenken, damit er sich in ihren Armen erholen konnte. Sein Bartschatten prickelte, seine Finger in ihrem Nacken waren kühl, und sie schmeckte den Kaffee, mit dem er die zweite durchwachte Nacht wegzuspülen versucht hatte. Als er sie jedoch enger an sich zog und alles an ihm den Eindruck erweckte, dass er sie nicht so schnell wieder loslassen würde, gestand sie sich ein, dass sie ihn unbedingt wollte. Jetzt und auf der Stelle. Und auch sein Verlangen war eindeutig stärker als seine Erschöpfung. Kein Mann küsste auf diese stürmische Weise, wenn er nicht mehr wollte. Sehr viel mehr.

Damit war die Entscheidung getroffen.

Als Darien sie das letzte Mal ausgezogen hatte, hatten sie jedes abgelegte Kleidungsstück zelebriert, und er hatte ihren Körper Stück für Stück erkundet, als wäre sie ein wertvolles Kunstwerk, das er mit allen Sinnen erfahren wollte. Für dieses Spiel fehlte Madison jetzt schlichtweg die Geduld. Sie wand sich aus seiner Umarmung, machte einen Schritt zurück und begann sich auszuziehen. Als Darien ihr mit großen Augen zuschaute, schnalzte sie mit der Zunge.

»Du solltest dich lieber beeilen, deine Klamotten loszuwerden. Denn wenn ich den Job übernehmen muss, kann es gut sein, dass du anschließend keine Sachen mehr hast, in denen du aus diesem

Hotelzimmer spazieren kannst. Mir gefällt nämlich der Gedanke, sie einfach ins Kaminfeuer zu werfen.«

Dariens Kopf zuckte vor Verblüffung zurück, dann lachte er. »Irgendwie warst du von Anfang an dagegen, dass ich was am Leib trage. Entweder reißt du es mir runter, kippst etwas drüber, und jetzt willst du meine Sachen sogar verbrennen.«

Demonstrativ langsam zog Madison ihre Jeans über die Hüften. »Du möchtest es also drauf ankommen lassen?«

Wie hypnotisiert schaute Darien ihr zu, dann zog er seinen Pullover über den Kopf und entledigte sich in Windeseile des Rests seiner Kleidung. Madison war gerade erst aus ihrer Jeans gestiegen, da war er auch schon bei ihr und schob die Träger ihres Bustiers über ihre Schultern. Gerade als sie überlegte, ob das vielleicht nicht doch etwas zu schnell ging, lag ihr Busen auch schon frei, nur um sofort von Dariens prickelnd kühlen Fingern umfasst zu werden.

Anstelle einiger beschwichtigender Worte fand lediglich ein Seufzen über ihre Lippen.

»Genauso fühle ich mich auch«, murmelte Darien, bevor sein Mund das elektrisierende Gefühl in ihren Brustspitzen noch verstärkte.

»Sofa«, keuchte Madison, während sie sich unter Dariens Liebkosungen wand.

»Nicht genug Platz für das, was ich mit dir vorhabe.«

»Dann Bett … Himmel, wieso küsst du mich an der einen Stelle, und es fühlt sich an einer anderen plötzlich so an, als würde ich unter Strom stehen?«

Darien warf ihr einen Blick zu, der ihr glasklar bewies, dass er sie nicht einmal berühren musste, damit es an besagter Stelle kribbelte.

Unter diesen Umständen war das Bett eindeutig zu weit weg, bis dorthin würden sie es auf keinen Fall schaffen. Blieb nur noch der weiche Teppichboden unter ihren Füßen, aber der erschien ohnehin wie ein Himmelbett, als Darien sich mit ihr niederließ und sie die Schwere seines Körpers spürte. Irgendwie gelang es ihr, ihren Slip abzustreifen, bereit, ihn noch näher bei sich zu spüren.

Doch als sie ihn einladend zwischen ihre Schenkel ziehen wollte, richtete er sich auf.

Frustriert ließ Madison die Arme neben sich fallen. »Du möchtest jetzt nicht ernsthaft über Regel Nr. 3 sprechen?«

So unverschämt, wie nur Darien es konnte, grinste er sie an. Wobei er es sich nicht verkneifen konnte, ihren ausgestreckt daliegenden Körper mit dem Blick zu streifen, als er nach seiner Jeans langte.

»Ah, Verhütung«, sagte Madison schon versöhnlicher.

»Das auch, aber noch etwas anderes.«

Darien kehrte an ihre Seite zurück, doch anstatt sie wieder mit seinem Körper zu wärmen, legte er sich neben sie und nahm ihre Hand, um einem ihrer Finger etwas überzustreifen.

Ungläubig starrte Madison auf den frisch angesteckten Ring an ihrem Finger. Das war eindeutig weder ein Dosenverschluss noch ein Plastikring aus einem Automaten, sondern ein goldener Reif, der mit Edelsteinen besetzt war. Nicht, dass sie viel Ahnung hatte auf dem Gebiet, aber so, wie die Steine funkelten, waren es zweifelsohne Diamanten.

»Vielen Dank, aber das hätte es eindeutig nicht gebraucht, damit ich mit dir schlafe«, sagte sie trocken. »Zumal ich unter keinen Umständen vorhabe, diesen Teppich zu verlassen, ehe ich dich nicht gehabt habe.«

»Es ist ein Familienerbstück.« Obwohl Darien das hochfeierlich sagte, glitzerte der Schalk in seinen Meeresaugen. »Ich wollte dir den Ring eben schon geben, aber du hattest es ja so überaus eilig, dich auszuziehen. Nicht, dass ich mich darüber beschweren will. Er steht dir wirklich ganz ausgezeichnet, besonders wenn er das Einzige ist, was du trägst.«

Auf Madisons Stirn bildete sich eine steile Falte. »Das ist nicht nur ein Erbstück, sondern war auch mal ein Verlobungsring, richtig?«

Darien grinste noch breiter. »Ein Mädchen wie du sollte unbedingt einen an ihrem Finger stecken haben, bevor sie zum ersten Mal Sex hat. Besonders wenn er auf einem Teppich vorm Kamin stattfindet.«

Empört schnappte Madison nach Luft. »Darien Verhoeven, hast du eigentlich eine Idee, was ich von solchen Nummern halte?«

»Das werde ich gleich herausfinden«, sagte er und schob seinen langen Oberschenkel über ihre Hüfte, ehe er auch den Rest seines Körpers in Stellung brachte.

Was immer Madison hatte sagen wollen, sie beschloss, es auf später zu verschieben.

Alles an ihr ist erregend warm und einladend.

Und obwohl mein Körper nichts anderes will, als endlich mit ihrem zu verschmelzen, reißt mich die Lust nicht mit sich in einen undurchdringlichen Strudel. Stattdessen nehme ich alles überdeutlich wahr: dass ihre leicht geöffneten Lippen tiefrot sind, dass sich ein feiner Glanz auf ihren Wangen abzeichnet, dass ihr Haar vom Spaziergang am Meer noch ganz zerzaust ist und dass sich an ihrem Hals ein fast verblasster Kratzer abzeichnet, der von unserem Zusammenstoß im Pool stammen muss. Ich spüre ihre Hände an meinem Rücken, meinen Schultern, als ich zwischen ihre Schenkel gleite. Kurz graben sich ihre Fingernägel in meine Haut, doch ich mache mir keine Sorgen. Was sie mir zu geben hat, ist herzlich willkommen, ich will es erleben. Und noch mehr möchte ich mich in ihr spüren, ob nun voller Leidenschaft oder ganz sanft und fast abwartend. Bei ihr zu sein … das ist wie Musik, von der man sich tragen lässt, der man sich mit Haut und Haaren hingibt.

Sie schaut mich an.

»Vertraust du mir?«, frage ich.

Sie nickt.

»Ich liebe dich«, sage ich.

Dann breche ich meine dritte Regel.

Wieder schlagen ihre Nägel in meine Haut, ein wenig Schmerz als Ausgleich für ihren. Dann schlingt sie die Beine um mich und presst ihr Gesicht an meine Schulter.

»Darien …«, bringt sie meinen Namen hervor.

Es fühlt sich an wie eine Befreiung. Das ist nicht nur ihre Stimme, das ist sie, so viel mehr, als ich mir jemals erhofft habe.

Kurz bevor ich meine Umgebung völlig vergesse, bewegt Madison leicht ihre Hüften, nicht mehr als ein Necken, eine Aufforderung zum Spiel. Sofort bin ich dabei. Ich schiebe eine Hand unter ihren unteren Rücken, versuche den Rhythmus unserer beider Körper zu finden, als ihre Hüfte mir auch schon freudig entgegenkommt.

Ich schaue sie an und flüstere ihren Namen.

Dann noch einmal.

Und während ich sie liebe, mit aller Achtsamkeit, zu der ich fähig bin, stelle ich eine neue Regel auf: Ab jetzt wird es immer so sein. Nur so.

INHALTSWARNUNG

»A Whispered Curse«
enthält potenziell triggernde Inhalte.

Diese sind:
Dubious Consent,
Konsum bewusstseinsverändernder Substanzen,
psychische Erkrankung (Borderlinesyndrom),
Tod der Eltern.